U0925469

未惩年

胥振铎　著

中国铁道出版社

2016年·北京

内容简介

小说以2005年前后北京高中生的成长经历为主线，描写一个品学兼优的好少年的蜕变经历，再后来描写其在步入成年社会、成为精英以后对那段记忆的反思。小说塑造的人物及其命运对学生的成长能起到良好的启迪作用。

图书在版编目(CIP)数据

未惩年/胥振铎著.—北京:中国铁道出版社,2016.5

ISBN 978-7-113-21640-5

Ⅰ.①未…　Ⅱ.①胥…　Ⅲ.①长篇小说—中国—当代
Ⅳ.①I247.5

中国版本图书馆CIP数据核字(2016)第058441号

书　　名:未惩年
作　　者:胥振铎　著

责任编辑:石建英　　编辑部电话:010-64549510
封面设计:崔　欣
责任校对:苗　丹
责任印制:郭向伟

出版发行:中国铁道出版社(100054,北京市西城区右安门西街8号)
网　　址:http://www.tdpress.com
印　　刷:北京鑫正大印刷有限公司
版　　次:2016年5月第1版　2016年5月第1次印刷
开　　本:889 mm×1 194 mm　1/32　印张:11.125　字数:270千
书　　号:ISBN 978-7-113-21640-5
定　　价:28.00元

第一章

1-1

冬雪雪冬小大寒。

校园与记忆中大不一样，荒废了很多，破旧了很多。

似乎是为了这种荒废与破旧，肖栋着装并不追求时髦帅气，只是套了身天蓝色羽绒服，丝毫让人感觉不到他的身份，早已与当年大不相同。外人看来，不过是一个普普通通的年轻人，站在一所普普通通的中学前面。

“热烈欢迎国际著名小提琴演奏家肖栋回归母校暨英和中学2006届高三(2)班毕业十周年校友会。”横幅名字很长，肖栋只是瞟了一眼，就打了个哈欠。

又是这一套吗？

校园还是那个样子，红彤彤的教学楼依旧刷着老旧红漆，绿油油的车棚依然顶着“绿帽子”，黄灿灿的操场也依旧铺着廉价的黄色假草皮。又一次回到校园，又一次看着一个个青涩的身影穿着当年熟悉的校服，在冬日操场上挥洒着汗水，将一个个篮球扔进框里。

“啪！”一个篮球狠狠撞在了肖栋抬起的右掌上，就在这一瞬间，似乎有什么东西从肖栋内心涌了出来。他的鼻子微微耸动，眼神也突然坚毅起来，右掌稍稍弯曲，将球扣在手心。

远处，一个寸头中年男人瞳孔猛地紧缩。

“嘭！嘭！嘭！”肖栋拍了三下球，每拍一次球，他的嘴角就会向边上多倾斜一点，好似一个邪魅的笑容。紧接着他原地拔起，将球远远一掷，篮球如火箭一般飞出，划出一道漂亮的弧线。

“咣！”篮球重重砸在了篮板上，冲击力转瞬卸掉，只是轻轻向下一落，“唰！”皮球应声入网。

“不会吧？离三分线还两米呢……”

“这谁啊？”

“啪啪……”孤单的鼓掌声传来，寸头男人缓缓站起，一步步走近肖栋，却在一个不远的位置突然停住，“打板进球了，迂回战术……”

肖栋腼腆地笑着：“意识还在。”

“人也在……”声音有些嘶哑，有些低沉，却又有些欣慰。

“刘老师，我回来了。”

“叫铁哥就好……”刘铁指了指校园里，本来在练习篮球的同学纷纷停下，注视着这一对曾经的师生。

肖栋不再多言，继续向里面走着。离开篮球场，掠过中心花园，穿过大篮球场，肖栋径直登上了教学楼的台阶。

“今儿这么冷，你忍心让我在外面等你吗？”本想多看一会儿，却被一个撒娇的女声打破气氛。转眼一看，一个浓妆艳抹的V脸女郎违和地穿着英和校服，正在对着手机发语音；对方眼睛聚焦在肖栋身上，上下打量了一下。

“你是……啊！‘小提琴骑士’肖栋！”V脸女郎盯着肖栋看了一小会儿，声音忽然放大了数倍。“怎么没穿校服？是不是找不着了？没事，我们这儿有富余的，一会儿就换上啊！”V脸女郎说着就挽起了肖栋的胳膊，硬拽着向前走。

“等会儿！”肖栋强行站住，“你谁啊？”

“讨厌！”V脸女郎撒了个娇，倍加妩媚，“我是苏芸啊！你不认识了?”

“苏芸?”肖栋的惊讶声却比V脸女郎还要高一个等级。肖栋的记忆中,冒出了一个矮胖的身影,正在旁若无人的抠鼻子。

“我一猜你就得问我是不是整容,”苏芸撒开肖栋的胳膊,矫情地晃了晃脑袋,声音却依然大开大合,“告诉你,是自然生长!女大十八变!过去我是又矮又胖,但就不许我现在是个大美女么?”

“哦……”肖栋长吁了一声,“这么回事啊……”

塌鼻梁都变高了,还说没整容?

“怎么样?”苏芸把脸离得肖栋近了一些,“是不是特后悔当初没跟我好?”

肖栋怔了一下,没做回答。

“哎呀,这回组织活动,可忙坏我了,不过肖栋你回来了,我努力也没白费!”苏芸露出了一副可爱的神情。

“苏芸,”肖栋试探性地问道,“今儿个……都谁来?”

“我想想啊!”苏芸掰着手指算了起来,但掰了两下,似乎意识到了什么,便干脆转过来看着肖栋,“反正夏冰不来,她早在美国定居了,你别惦记啦!”

“定居?”肖栋眨了两下眼,似乎想掩饰住内心的疑虑。

“对啊,你跟她没联系啊?她高中毕业就走了,在那边读大学,然后前两年跟一老外结婚,现在也变老外了。”

“哦……”肖栋的眼角里露出一丝遗憾。

“你要想知道班里谁过得怎么样,”苏芸挺了挺那微微起伏的胸脯,轻轻拍了两下,“就找我,包打听!”苏芸突然觉得用词不合适,又赶忙自嘲起来,“哎呀,也不是包打听……就是我这人挺重感情……”

“重感情?就你?”

那徐语薇,你还有联系吗?

听到这个名字,苏芸突然愣住。面对肖栋坚定的眼神,苏芸却不再喜悦，反而有些愧疚地低下了头。

“轰！轰隆！”马达的轰鸣声在更远处响起，待过一两秒钟，一辆崭新的高档摩托车由远至近行驶而来。摩托车越走越慢，停在教学楼门口之时，只剩下一个高大矫健的身躯轻巧地摘下头盔，晃一晃脑袋，清爽短发衬出俊俏面容。男孩抬起左手，捋了一下左侧头发，把汗水打湿的头发整理一下，紧接着用左手按住左侧头发，又用右手捋起了右侧头发，脑袋上呈现出了标准的偏分造型。

原来是他。肖栋的笑容中透着怀念，却不是对老友的怀念。

“皓哥！”苏芸一下子就叫了起来，三两步跃到摩托车男人面前。

“哟，苏大美女啊，想不想我呀？”男人侧脸一笑，却也是邪魅。

“当然想咯！”苏芸拍了下手，指着肖栋，“你看今天谁回来了？”

摩托车男人本没有注意旁边这个瘦削的身影，但当他定睛一看，标志性的阳光笑容却略微有点僵硬，自信的眼神中突然露出一抹恐惧。

“哎哟！肖哥！老班长啊！”又过了一个瞬间，他再度恢复标志性笑容，但声调已然降了三度。只见他立刻把头盔扔在车上，奔到肖栋面前，伸出双手，给肖栋带了个“手套”。

“武皓……”肖栋回敬了一个“手套”，眼睛却是冰冷，“车挺帅啊……”

武皓回顾一下摩托车，又看了看身后的大操场，脸上颇有些不安，“朋友的，借的……”

“最近天儿热，头盔透气儿吗？”肖栋指了指放在车上的头盔，举止间颇有些居高临下。

“谢肖哥关心……”武皓竟然低了低头。

“哎呀你们俩可真是的！”苏芸在一旁想调节一下气氛，“都多大了还玩儿这一套？说好了啊，今天说好都不许说‘哥’啊‘爷’的，就说名字！”

肖栋瞥了一眼苏芸，却没作声，只是向上看了一眼教学楼，又看了一眼忙碌的工作人员，更没再与武皓多说什么，径直走了进去。就在他步入楼门那一刻，整栋教学楼好似遇到了一位久违的王者，赶忙抖擞了一下身体，做出迎接的姿势。

英和，爷回来了。

1-2

这还是肖栋第一次来到机场。

高二前的暑假，英和中学管弦乐团、舞蹈队、合唱队三家文艺社团聚齐机场，准备前往法国演出。肖栋虽然只是乐团一名普通小提琴手，却也得到了前往法国旅行的机会。

说不出是因为期待还是淘气，男孩子要么互相说笑，要么就都盯着远处的舞蹈队女孩坏笑。不过顺着人流望去，却发现肖栋兀自背着个小提琴，穿越嘈杂的人群，把一个不大的箱子摊在地上，坐在上面闭目养神。周围的一切，都与他无关，他也不想与谁扯上什么关系。他没有看到，舞蹈队的女孩子一个个都拖着巨大的行李箱，正在吃力地向前挪着。女孩子本来东西就多，再加上舞蹈行头，到头来只能扩大箱子尺寸。尺寸一大，重量自然也上去了，坐大巴倒还有司机帮忙搬运，到机场里却只能自己拖着。

箱子拖地的声音越来越响，肖栋也被迫睁开眼睛。第一次映入眼帘的，是他在舞蹈队里的一个同班同学，一个他有点留心的女孩子。

肖栋对徐语薇的印象，大体是两个字：花瓶。

这个女孩虽然相貌出众，学习跳舞也都不错，但肖栋就是本能地认为好看的女孩都没什么脑子。用现在的话说，就是标准的直男癌逻辑。

高中不少女孩已开始堆积脂肪，相比之下，舞蹈队员由于从小锻炼，身体线条凸显，在紧身衣衬托下，更显出花季少女的韵味，对少男而言当然是一种强烈诱惑。肖栋也不是没想法，但他对女孩的理解，仍然停留在“同学”阶段。虽然与徐语薇认识一年，却似乎并没说过几句话。

“手里没活儿的男生，帮舞蹈队女生搬行李！”

肖栋转头一看，原来是乐团的魏老师在喊话。马上，男生之间坏笑起来，你推我、我推你，逐渐有人前去帮忙。人人都奔着女孩去，肖栋却不愿与他们为伍，只是站在后面观望。

“肖栋，你去！”魏老师见肖栋一点动静也没有，过来拍了他一下，“那个行李大，你帮着拿吧！”

肖栋望去，只见徐语薇身边放了一个足有她本人六成高的大箱子。虽然青春少女备受关注，但与这么个钢铁怪物绑定在一起，却是让人望而却步。肖栋看了一下，半不情愿地走到箱子跟前，叹了口气。

“肖栋……”徐语薇喘着粗气，脸上泛起红晕，既是累的，也有点不好意思。

肖栋点了下头，二话不说，左手拽起徐语薇的巨大箱子，右手拿起自己的小行李箱，背上还背着小提琴盒，吃力地向行李托运台走去。随着肖栋身体晃动，琴盒偶尔会撞击着行李箱。

“肖栋，”徐语薇走到肖栋前面，“我帮你拿琴吧？”

“好吧……”肖栋将琴盒卸了下来。但拉箱子费了不少体力，肖栋手有些发抖，盒子坠在了徐语薇手上。肖栋向前一护，恰好与徐语薇两手触在一起。

“啊，对不起……”肖栋身体抖动了一下，瞳孔不由得缩小。

“没事……”徐语薇没有抬头看肖栋，只是接过琴盒。

“这不是徐语薇么！还有肖栋啊！在这儿卿卿我我呢？”转头一看，一个戴着双耳环的女孩拖着一个小箱子奔来。相比徐语薇乖乖地将头发梳了个马尾，这位女孩却将辫子梳在头上，好似“冲天辫”。

"什么卿卿我我……"肖栋略显不快,提高了点声音。

"不识逗啊,"耳环女孩摇了摇头,"说卿卿我我是抬举你,你哪儿配得上我们徐语薇啊,切!"

"夏冰……你也要去欧洲吗?"徐语薇朝女孩招了招手,看到对方只拿了一个小箱子,颇有些奇怪,"怎么就这么个小箱子?"

"轻装上阵,想要什么到那边直接买!"说到这里,夏冰突然降了点声音,"这次吧,我爸跟咱乐团商量了一下,把我算作乐团替补,去欧洲好好玩儿上一圈!"说完了,夏冰又是一阵豪迈大笑。

"乐团?"肖栋有些惊讶,"但乐团只有……"

夏冰手指点了点肖栋,"我知道,有个大款,赞助了一百个免费名额——但你看看这些人,"夏冰指了指旁边的学生,"哪儿只一百个啊,其他人都是自费去的!"

"又是后门……"

"你还别这么说!我们交全款了,就是跟团游,有什么的?"夏冰说着摆了摆手,"算了,不扯闲篇儿了,语薇,到巴黎陪我逛街啊!咱们班就咱俩女生,得互相照顾照顾!"

"嗯,好……"徐语薇轻声应着。

两个柜台空了出来。夏冰忙跑去其中一个,没跟工作人员聊两句就拿着机票离开,又快跑了两步,跟一帮高年级的男生攀谈去了。肖栋没关注这么多,只是拖起徐语薇的大箱子直奔另一个柜台,两只手一使劲,脚尖用力一提,"哐当"一声就把箱子放在了传送带上。

"轰隆隆……"传送带的声音响了起来。肖栋喘了两口粗气,拉起自己的箱子,转身离开。

"哎……"肖栋刚转过身,徐语薇就叫住了他。

"怎么了?"肖栋回身,徐语薇一双明眸在看着他。

"琴呀!"徐语薇露出了礼貌的微笑,拍了拍小提琴盒。

"啊!"肖栋上前一把接过琴盒,"那我回去了啊?"

"嗯！谢谢你帮我拿行李!"本有些累了,但嫣然一笑却让他内心有了一些悸动。

不知道有什么东西在血液里涌动着,涌上脸颊,涌入心窝,涌向全身。肖栋盯着徐语薇的侧影,一直等着她再转头。但时间一秒一秒过去,肖栋内心的悸动也慢慢平息,表情也从期待变回僵硬,又拖着行李离开。

但他没有看见,就在他离开之后,徐语薇立刻转过脸来,看着肖栋的背影渐渐滑向男生队伍,表情却有些茫然。

1-3

晚上,肖栋睡不着,便从宿舍里走了出来,到外面透透气。

巴黎行第一周,英和三个艺术团体都做了封闭式排练,准备汇报演出。比起成人世界,青春期最让人怀念的,恐怕也有这个集体生活。即便是存在感最弱的人,也能找到一丝自尊:不管长得好看与否、学习优秀与否、运动矫健与否、艺术精湛与否,都要一起吃饭、一起睡觉、一起排练、一起演出。

排练这几天,肖栋住男生宿舍,没什么机会见女孩子。但当乐团与舞蹈队合练时分,肖栋也会偶尔瞥一下徐语薇,看着她的曼妙身姿在舞台上舞动着,肖栋内心一些沉睡的东西正在苏醒,也会不经意间走神,乃至会拉错一两个音符。

下了楼,便算是出了宿舍。

所谓宿舍,就是法国接待方准备的一座宾馆,女生住下面,男生住上面。宾馆本身有乡村宾馆的风范,外有一串铺满鹅卵石的小路通往门外,大堂外更是装着透明落地窗,说典雅又有点乡土,说俗气又有些高洁。宾馆位于巴黎郊外,附近有一个面积非常大的公园,每天清晨都会有人在这里跑步。

肖栋,沿着鹅卵石小路走出,径直走向了公园里面。时已至夜,若非有月光照着,恐怕肖栋也看不清公园深处的一片草坪上,整齐排列着一个又一个白色的十字架，每个十字架底下都有一个墓碑。没错，这正是一片墓园。但一条道路却从旁边穿过，好像这里从来不是什么禁区，反而是另一个家园。

肖栋走到一块墓碑前，心中并无丝毫畏惧，只有好奇。墓碑周围长着一些法式香草与薄荷，还点缀着一些肖栋叫不出名字的多肉植物，散发的清香让人心醉，感觉这里并不是一块墓地，只是墓地主人的另一个家。墓碑一角用干花拼成了一个小花环，好像墓地主人去年才下葬，而不是像碑文上所写：1970-1988。

十八岁……这个人只在世界上活了十八年。肖栋情不自禁地用手触碰了一下墓碑。

"谁？"一个身影正鬼鬼祟祟地躲在后面。

"你是人是鬼？"一个略显受惊的女声喊了出来，这声线，肖栋似乎比较熟悉，却又有些陌生。

"我要是鬼，"肖栋反而笑起来，"早把你吃了……出来吧！"

肖栋的面前出现了一个没有好奇、只有畏惧的身影。一个女孩散开了扎起的头发，身上穿了一件长袖 T 恤与长裙，这对盛夏的法国而言无疑是厚重了，但她身上不但没有出汗，反而是浑身发凉。

"徐语薇？"肖栋认了出来。

"啊！"徐语薇向后一缩，上下打量了一下肖栋。借助月光，肖栋发现徐语薇脸色已然惨白，浑身不住地发抖，"肖栋？"

"对啊，是我！"肖栋疑惑地看着徐语薇，"你怎么了？"

"肖栋……"徐语薇赶忙奔过来，两只手拉着肖栋的手臂就往墓地外面跑，连说话声音都有点发抖，"我……不小心走到墓地了，有点……害怕。"

徐语薇抓住他的那一刻，肖栋身上如同过了一股电流，让他不得不震颤一下。

"原来……"跑了两步，肖栋先慢了下来，定了定神，又看向了墓园方向，“书里说得是对的。”

“说的什么……对？”徐语薇已然说不了整句话。

“古代罗马人死了，不会像中国一样埋在深山老林，反而会就近埋在道路两旁，”肖栋依然看着墓地，声音却愈发温柔，“看来法国也有这个传统。”

“那他们……”徐语薇依然有些忐忑，“多让人害怕啊？”

“别怕……”肖栋转过身来面对徐语薇，“法国人都不怕，咱怕什么？”

徐语薇没说话，但呼吸似乎轻松了一点。

“真不用怕，”肖栋微笑起来，指着墓园，“你就这么想：你、我、世界上的任何一个人，不管以后成功失败，不管以后成为什么样的人，那个地方都是咱们的最后一个家，永远的家。”

“最后一个……家？”

“我爸以前老说我：‘你学琴有什么用？以后能拿琴吃饭吗？要是拉琴吃不了饭怎么办？老了拿什么养活自己？’”肖栋低头苦笑了一下，表情变得异常严肃，“有一次我就告诉他，‘没准我老了以前，就会死，所以我要走我的路’。”

徐语薇默不作声，她没弄明白肖栋为什么要说这番话。

“那个墓地的主人，只活了十八岁，要按这个人的算法，三年后我也要搬家了。”肖栋却是微笑起来，“有什么可怕的？”

“你……”徐语薇迟疑地看着肖栋，“真的不怕墓地？”

“早晚要来，怕什么？就当看房子了。”说着，肖栋哈哈大笑，声音似乎惊醒了树上的什么生物，树叶沙沙作响。严肃的表情逐渐回归平常，肖栋的目光又变得有点死板，向宿舍方向走了两步，看到徐语薇还没动，便向她招了招手，示意她与自己一起回宿舍。

“肖栋……”徐语薇神情缓和了一些，“谢谢你啊，为了安慰我，说了这些奇奇怪怪的话……”

“奇怪吗？”肖栋脸上倒有些疑惑。

“你……”徐语薇跟着肖栋，试探地问，“不像我们这个年龄的人。你……是不是经历过什么事？”

“哈……”肖栋表情轻松了一点，“也没有啦。”

“那你是不是……和你爸爸有矛盾呢？”

没想到这个女孩……对我有些好奇？“矛盾？”肖栋少许站定，又接着向前走，“也没什么，就是我一开始学琴跟杀鸡一样，吱儿了哇啦的。我爸一听，血压就得上一百六，肯定不愿意让我学这些东西。”

“杀鸡……”徐语薇本觉得是个笑点，此情此景下却笑不起来，“那你怎么坚持下来呢？”

“就坚持呗！”肖栋骄傲地立起脑袋，“他越说我越练！”

“那你妈妈呢？”

“妈妈……”肖栋有点迟疑，“她攒了半年工资，给我买了这把琴。”

“那你妈妈对你真好啊！”

“但自从上了高中，我就再也没见过她……”肖栋眼神中露出一丝怅惘，也让徐语薇敏锐捕捉到。

“他们……”徐语薇依旧试探地说。

“没离婚！”肖栋嗓音突然提高八度，吓得徐语薇向后一缩，肖栋发现自己失态，瞬间又恢复平静，“只是出了个远门……”

“那等于说……”徐语薇意识到肖栋情绪的变化，转移了话题，“你一直是靠着自己的努力才练下来小提琴？”

肖栋不置可否，只是向前走着，把面前的一块石头踢开。

沉默许久。

“真佩服你，我就没有这种坚持自我的劲儿……”徐语薇带了些南方腔调，“劲”的儿化音没能发好。

肖栋扑哧一笑，脸上僵硬倒是稍有缓解。

“怎么啦？”徐语薇有点疑惑，“我说错什么了？”

“没什么，”肖栋摆了摆手，故意模仿了一下徐语薇的口音，“就觉得你说‘劲儿’特有意思。”

“啊！”徐语薇歪了歪头，有些懊恼，“我长在广东，刚来北京一年，特别想学这个‘儿’化音……”徐语薇特地把“儿”拉长音，却仍能明显感觉到舌头是直的。

“没必要！”肖栋仍在笑着，“女孩子细声细气挺好，北京话太侉。”

“‘侉’……什么意思？”徐语薇睁大眼睛看着肖栋。

肖栋一时找不到好的解释，“就咱班团支书苏芸，说话最侉了！”

“哈，是吗？但我觉得苏芸说话还蛮可爱的。”

“可爱？”肖栋难以置信，“反正她有一次在我面前抠鼻子，还往身上抹，打那之后我就觉得她特别……特别不像个女孩……”

“别这么说人家，听了该多伤心呀！”徐语薇虽然嗔怪，脸上却带着笑。

“哈哈……”肖栋终于又笑了出来，“其实我也没多坚持自我，起码比我的偶像帕格尼尼差远了……”

“帕格尼尼？那个小提琴大师？”

“没错！”肖栋兴奋起来，“他十几岁时候酗酒、赌博，还老跟人打架，他爸差点跟他断绝关系，可人家最后成了小提琴历史上不朽的丰碑。”

“那你也准备酗酒、赌博、打架咯？”徐语薇第一次调侃起来。

“哪儿啊！他每天至少十五个小时练琴，我是佩服他这一点！”肖栋聊在花头上，不禁手舞足蹈起来，“现在好多小提琴技法，都是帕格尼尼创造的！”

“那你知道，帕格尼尼为什么能创作这么多技法么？”

“那肯定是他……”肖栋有点呆住，“勤学苦练？”

“帕格尼尼最穷困的时候，一个贵妇人救了他，还教他学吉他。

他从吉他里得到了很多灵感，这才丰富了小提琴技法。”

“吉他？”

“对啊，他写了上百首吉他曲呢！”说着，徐语薇假装弹起吉他，“我也一直很想学学吉他呢！”

这个女孩，不是什么都不懂……没准，没准她会理解我……会理解我的一些想法……

“我是不是特别怪？”肖栋无厘头地问了一句。

“你很有趣……”徐语薇望着肖栋，脚步停了停，“跟你在一块儿，能知道很多东西……”说罢，徐语薇露出了灿烂的笑容。

“那你……”肖栋试探地问道，“喜欢古典乐么？”

“嗯！”徐语薇不住地点头，“我小时候跟父母在英国呆过一阵子，也蛮喜欢古典乐的……”

“所以才去学舞蹈？”

“嗯……我其实不太喜欢舞蹈，是父母说学舞蹈提气质……我才……”徐语薇面容有点疲倦，“又得学习，又不能耽误跳舞，真是的……”

这个女孩……挺有意思的……

“欸？又是这个墓园？”徐语薇惊讶地叫着，却已没有一丝恐惧。

肖栋这才发现，原来自己与徐语薇并没有踏上回宾馆的道路，而是不知不觉之间绕着公园走了一圈，又回到了原地。

肖栋嘴角，露出一丝浅笑。

2-1

肖栋从没想到，再回学校，除了见到旧日同窗，也会见到媒体。工作人员正在出出进进，摆放调整各种设备，楼道里散落了好几根电线。

教学楼的墙壁依然粉刷地毫无创意，上半身刷了如同保护树木一样的白色，下半身则刷了类似莜麦菜一样的绿色，两色相配颇有违和感；但看久了，却也容易习惯。好像哪里都是这样，无论是再看不上眼的东西，只要过了些时日，有了些回忆，便成了难以忘怀的地方，待得越久，越不容易忘怀，但我们怀念的并不是那些人、那些地方，而是在那些地方与那些人在一起的自己。

班里传出了一阵欢呼。

"肖栋回来了？"肖栋刚刚踏上原先班级的楼层，衰老的女声先行传来。随着声音，一个年过六旬的妇女从教室里跑了出来。虽然脸上满步皱纹，老年斑也已经到处挂在她的脸上，但那一头些许烫过的头发，那一身藏蓝色的长连衣裙，那一副精致的金框眼镜，都在向肖栋提示着这个人的身份。

"王老师好！"肖栋本来是面无表情，但很快就露出了舞台的标志性微笑，轻鞠了一躬，"您还是那么年轻！"

"哪儿啊！老太太了！"王老师脸上收不住地喜悦，眼里甚至透着点泪光，两只手抓着肖栋的胳膊奋力摇晃着，"你回来了就好啊！你可是我王红艳培养出的最优秀的孩子！当年我就说你错不了！有希望！"

当年你是这么说的吗？

"走走走！进教室！"王红艳拉着他进了班里。

教室还是很邋遢，黑板上没写字，却多了一条欢迎横幅。至于后边，更已架起两个摄像机位和一个摄影灯，还有一个大录音器斜摆在一边，几个摄影师端着相机待命，这帮人加上旧日同学，把教室充得满满当当。

旧日同学大部分换上了老校服，三三两两地凑在一起议论着。

"肖栋回来了啊！"

"哎哟！真的是肖栋啊！"

"是最近特火的那个'小提琴骑士'肖栋吗？"

听说肖栋来了，旧日同学当然有些议论，但最兴奋的并不是他们。只见一个记者早已在教室内“蹲守”多时，“嗖”地蹿到前面，旁边还跟着一个摄像师：“肖栋，回到阔别多年的母校，你有什么想说的么？是不是觉得时光飞逝？”

肖栋右脸颊不禁颤抖了一下。

“肖栋先生，在英和母校你度过了怎样的时光呢？”又有一个记者从前门冲了进来，直奔肖栋而来。

“好了！”一个严厉而不乏稳重的男声冲破了记者的阻拦，“肖栋马上就会发表演讲，大家耐心等候！”

这个声音……

肖栋一转头，果然是他，虽然这次，他已是戴着一副学霸一般的眼镜出现在他的面前，但眉宇间依然露着那过去的锋芒。

“肖栋，好久不见。”

“刘子龙？”来了这么久，肖栋第一次露出会心的微笑。“你也来了？”

“我不是来了，”刘子龙笑了笑，“我回来当老师了。”

“老师？”肖栋饶有兴致地看着，“教什么啊？拳击？”

“别闹！”刘子龙笑着嗔怪，“在德育处……”

肖栋一拍手，颇有些幽默：“那还真适合你……”

瞥了一眼班门口，记者依然围在一边，刘子龙便俯在肖栋耳边低声说了一句话，指了指班门外。肖栋立刻会意，与王红艳打了个招呼，就先行跟着刘子龙走了出去。

“大哥……”肖栋站定，“大哥没事吧？”

“你去看看他吧……”刘子龙摇了摇头，肖栋眼睛里则露出一丝失望，“他估计没多少日子了……”

“一起去吧？”

“一个人去吧？”刘子龙摇摇头，“他有话要跟你说……”

“什么话？”肖栋不解地问着，却转瞬间感到这句问话多余，刘子龙当然也没有做出什么回答。肖栋点了点头，看了一下远处虎视眈眈的记者，便又改口问道："这帮是什么人？"

刘子龙苦笑三声，从兜里掏出一张折成两折的A4纸，递给肖栋："这个……是校领导的意思。"

肖栋接过来看了几眼，使劲抿了抿嘴，"歌功颂德么？"

"应付一下吧，给兄弟个面子。"刘子龙无奈地说。

"你是我哥哥。"肖栋拍了拍刘子龙的右臂。

时间似乎早已麻痹了刘子龙的反应器，无论遇到什么事情，都要先停顿两三秒，但两三秒过后，刘子龙却突然上前一步，紧紧抱住了肖栋。

"肖栋啊，十年了，终于……"

肖栋被这突如其来的拥抱惊了一下，神色却也逐渐软了下来，他抚住刘的后背："龙哥，怎么了？"

刘子龙少许松开肖栋，摇了摇头，一道泪痕连接起通红的眼眶，嘴上却不忘带着笑容："没什么，最近有点喜欢男人……"

肖栋听了，只是笑了笑，似乎是不想说什么道别的话。

"龙哥……"肖栋还是说了，"要放现在，肯定好多人觉得咱俩是GAY。"

说完，肖栋不等回音，便走回教室方向。

刘子龙看了看肖栋的背影，点了点头，目光里好像有什么期待，却又笑了笑："以后的孩子，再也理解不了'兄弟'二个字了吧……"

兄弟……

"肖哥！"刚一回教室，武皓又重新出现在讲台旁边，而讲台上摆着一个高挑的东西，但上面蒙了一层布，看不出来具体是什么。"快上讲台！"说着跑过来将肖栋扶了上去，自己则跑出教室，在楼道里喊了什么。

喊声结束，三个男人突然冲了进来。定睛一瞧，三人不但是齐刷刷穿上了当年校服，更在校服正面的左胸口处写下了"太子堂"三个大字。但肖栋注意到，"太子堂"字样的里面，隐约透出了另外三个字——火炬帮。

这家伙，还是穿着当年那身老校服……

看到肖栋在班门口站着，三人赶忙列作一排，右手弯起无名指与小指，手背冲外拍在胸口上，三个人按顺序接连报起了名字：

“江子睿——冯勇——李旭东！”

“恭迎堂主回校！”

肖栋先是按捺住笑容，却也拦不住接下来的狂笑，好似一位霸王重回驰骋多年的沙场。但除了肖栋，其他人却顿时停止了笑声与吵闹声，以恐惧的眼神看着肖栋，也看着那三个人。忽然，肖栋也弯起无名指与小指，做起了同样动作，朝着全班同学。

“堂主？”一个记者默念着，脸上又止不住地疑惑。

“好了！早没什么太子堂了，我也不是堂主了！”肖栋口中虽然说着“不是堂主”，却依旧显出统御众人，轻轻走下讲台，拍了拍江子睿的肩膀，脸上顿时从一副温文尔雅的表情转成了高傲。

“肖哥！”江子睿赶忙答应，“自从你离开，我们哥儿仨把你留下的东西保存得好好的，就等你什么时候回来拿！”

江子睿突然低下头，装作哽咽，肖栋干脆拍了他的脑袋。“干吗呢！我又没死！我是去奥地利，又不是去地狱！”说着又拍了一下，江子睿做疼痛状抱起脑袋，惹得旁边同学与老师一阵哄笑。

“我留下东西，是这个？”随着肖栋指尖指向讲台上的东西，数台摄像机似乎同时找到了焦点，全部开始录像。肖栋看大家都整备好了，便也没再说什么，将盖头一掀——一架古旧的小提琴。

“肖哥，”冯勇兴奋地叫着，“这是你的第一把小提琴啊！”

居然……还在？！

比起记忆中那把小提琴，这把旧物如同人上了年纪，纹路满布，色泽也变得粗糙。翻过身来，能清晰地看到背板上留下了一道又长又深的裂纹，裂纹早已与琴身的红棕色完全不同，显现出了一丝黝黑。恰似一位意气风发的年轻人突然患上返祖综合征，脸上跑满了火车道。

肖栋轻轻拍了拍琴，突然咽起了吐沫。

“肖哥！拉一段吧！”

“我们都特别想听听你拉琴！”

“‘小提琴骑士’给我们拉一段吧！”

“让我们再怀念一下青春吧！”

怀念青春？

肖栋看看旧日同学，那一个个穿着校服的身影，让他不知不觉中陷入恍惚。

青春有什么好的？

“拉不了……”肖栋慢慢踱步上了讲台，捏住小提琴的琴头，将琴背竖着按在了桌子上面，“背板裂了，拉不了……”

“那你讲点什么吧！”王红艳拍了拍手，示意所有人安静，“今天也来了这么多媒体，有什么想对我们说的，想对母校说的，都可以好好讲讲！时间没有限制的！”

肖栋默默把双手放在讲台上，展开捏着的那张纸。

“大家都找地方坐下！”王红艳高声一喊，所有同学都各就各位，有的规规矩矩坐在椅子上，有的干脆坐在桌子上。因为媒体占了不少地方，还有些同学甚至站在门口听，这其中，也包括武皓。

“好吧，那我就讲两句。”随着肖栋一声话落，全场突然安静下来，就连机器声也都淹没在沉默中，只有录音师将录音器少许调试了一下。

肖栋目光朝下，一字一句地读着：“青春，是人最美好的时光。”

一盏大灯打向肖栋，几台摄影机的小红点亮起，将冬日雪白衬得黑暗如墨。肖栋内心突然有什么东西扭了一下，逼得他面色涨红，上下牙齿打战，一些话语，已经离开了横膈膜，正在通过声门，向着喉头迸发。

肖栋合上了那张纸，抬起血色的目光，声音不禁凄厉起来。“谁说的?”

武皓向后退了一步。

2-2

无论时光如何流逝，巴黎永远穿着一身19世纪的晚礼服，对着每一个来访者浅浅倾身。即便天色已暗，当大巴车穿过香榭丽舍大街，路过那标志性的老佛爷百货店，那忽而时尚、忽而古典的浪漫灯火也会偶尔眷顾一下学生们，让刚入21世纪的新人好好学习一下礼仪。

肖栋手里握着什么东西，眼睛偶尔瞟过徐语薇。

“今天是最后一天排练，明天就上台演出。大家今天回去好好休息，明天早上以严整的态度面对观众，好不好?”魏老师站在大巴最前面，高声喊着。

“好……”全体成员似乎都很累，显得有气无力。

“好不好?”魏老师拍了拍手。

“好!”声音终于大了些。

“来来来！咱们离旅馆还有一段距离，出来个人唱唱歌吧!”老师见气氛好像上来了一点，便又督促了一下。

但无人应声，老师的话如同石沉大海。

“来个人啊，别这么腼腆!”老师指了指后排的几个男生，“男孩先上!”

后排传出了鼾声，搞得气氛好不尴尬。“那我点名了啊……江子睿，你是乐团首席，麻利儿的!”

所谓首席，就是首席小提琴的简称，单说“首席”二字必指首席小提琴，基本上可以看作团员中地位最高的人。首席的左手边是第二小提琴(小提琴二声部)首席，中提琴首席坐在第二小提琴的正对面，大提琴首席坐在小提琴首席正对面，以这四个人为中心，四个声部如同比萨饼一样，呈扇形分布成一个半圆。至于低音提琴，首席排在大提琴声部的右边，该声部也是从前向后排布。

江子睿与肖栋是一个班的，在高二二班也是小有名气。他的名字高大威猛，实际上却是个干瘦的小矮子，就叫"瘦子"。一副大大的黑框眼镜戴上去，活像个脱去脂肪的猩猩。高一时候，江子睿拉琴技术不错，被选为次席；到了现在，首席已经高三了，跑去准备高考，原来的次席江子睿自然顺次升任首席。

不过，虽然同在一个班，又在一个团，肖栋对他一贯是敬而远之。

只见江子睿连忙摆手："别啊！我不太会唱……"

"有什么不会的？上来就会！"老师迫不及待了。

"真不行！"

"不行？那你点一个行的！"

江子睿向周围看了看，将目光圈定在肖栋身上："老师！应该让肖栋唱！"

肖栋回过头，看着这个平常没什么瓜葛的首席。

"为什么啊？"老师先是瞥了一眼肖栋，又看着江子睿。

"我们都是独唱，肖栋可以情侣对唱。"江子睿竖起手掌捂着嘴，饶有兴趣地侃着。

"什么对唱？"老师有点不敢相信自己的耳朵。

"情侣对唱啊！肖栋跟他媳妇一起，徐语薇！"江子睿摇头晃脑，声音也提高了一些。

最近几天，肖栋与徐语薇每晚都会一起出去散步，也时常会被一些好事的男男女女撞到。几天过去，两人的八卦话题已经在出国学生之中普及开来，俨然成了全校皆知的情侣。

虽然尽人皆知，但江子睿这么一说出来，徐语薇还是害羞地看着窗外，肖栋的脸却突然涨红，猛地从座位上蹿了起来。

"江子睿！你什么意思？"

“我说实话啊，你是不是喜欢徐语薇？”江子睿耍赖地看着肖栋。这话一下子倒把肖栋问住了，他说是也不行，说不是就更不行了。

“关你什么事？”肖栋憋了半天才憋出这么一句。

“行了！肖栋，你给我回去坐下！”老师见肖栋情绪激动，赶忙严肃起来。

“老师……”肖栋当然是不满意。

“我让你坐下！”老师拍了下椅背，肖栋只气愤地回去，“砰”的一声重重坐下，不停地在位子上嘟囔着什么。

“江子睿！”老师是各打五十大板，“你这臭小子别跟这儿瞎折腾，人家姑娘还要脸呢！你说话要再没个把门儿的，回国就开除出乐团！我可不管什么首席不首席！”见江子睿服软了，老师又冲着徐语薇安慰着，“徐语薇，别听他们胡闹啊！”

“老师，要没人唱，我先来一首吧？”原来是坐在徐语薇旁边的夏冰举起了手。

“好啊！”老师赶忙鼓掌，“上来！”

“我唱一首《十年》吧！”夏冰走到前面，清了清嗓子，自己唱了起来：“十年之前，我不认识你，你不属于我……”

随着夏冰唱着，学生们也跟着唱了起来：

“我们还是一样，陪在一个陌生人左右，走过渐渐熟悉的街头，

“十年之后，我们是朋友，还可以问候，

“只是那种温柔，再也找不到拥抱的理由，情人最后难免沦为朋友。”

唱歌的时候，肖栋一直盯着坐在前面的徐语薇的背影，但一首歌都唱完了，徐语薇却一直没有回过头。

这个江子睿……肯定是嫉妒……但这么一来，徐语薇恐怕不会理我了吧？

徐语薇也跟着一起张嘴唱了起来，却依然没有回头看过肖栋。

这就是命吧？好不容易遇到一个能理解我的女孩，要泡汤了？肖栋用头抵住前面座椅，轻声叹气。

2-3

天色渐晚，夕阳逐渐走向地平线，将天空晒成黄红色。一条双层游船浮在塞纳河上，黄昏夕阳斜照在肖栋的脸上，肖栋的目光正望着徐语薇，她正在不远处，向前倚在栏杆上。

演出结束，全体学生迫不及待地在巴黎游玩起来。什么卢浮宫、凡尔赛宫、埃菲尔铁塔、迪士尼乐园，大家都去了个遍。但肖栋却不那么高兴，那天江子睿闹过之后，当天晚上徐语薇就没跟自己一起出来散步，后来几天见面也只是打了下招呼，并没有多说什么。

时光过得很快，转眼就到了回国前的最后一天。肖栋本以为一切还没开始就结束了，却没想到，又在这条船上遇到了徐语薇。

摸了摸兜里，摸到了一个钥匙链一样的东西。

方才上船，由于英和学生太多，一条船没能装下，队尾几个学生就分别安插到了另外几艘船上，肖栋便是不幸者之一。本以为这艘船上只有自己一个人，徐语薇的身影却也跟着走了上来。

"那个……"肖栋咽了口吐沫，"真……真巧啊……"

"啊！"徐语薇也有些意外，"你也在这艘船上啊？"

"是啊，我……我排后面了……"

"哎呀！咱们两个人坐这个船的话……"徐语薇稍微侧脸，激灵了一下，"一会儿去哪儿和他们会合啊？"

还以为你不愿意跟我坐一艘船呢……肖栋松了一口气，"没事，他们说下船以后等咱们，反正好几个人都没跟大部队走，别担心了。"

"嗯……"徐语薇看了看其他船，稍稍低下头。

船只全速启动，河两岸的景色向后倒退着，船上除了解说的声音，除了游客们拍照与交谈的欢快声，也响起了一曲优美的古典乐。曲子有点欢快，又带着周边的每一缕元素，与整个塞纳河两岸的景色相得益彰。

徐语薇虽然近在咫尺，却并未主动说话，肖栋也不知道该从何说起。

“肖栋……这是什么曲子啊?”突然耳边传来一声悦耳的银铃。

“贝多芬第六交响曲——《田园》。”肖栋想都没想就说了出来，眼睛露出欣喜。

“啊，《田园》!”徐语薇眼睛睁大，左右看了看景色，“还真像田园。”

见徐语薇似乎打开了话匣子，肖栋也急忙跟进，“巴黎虽然是大城市，但塞纳河两岸还是有点田园风情啊!”

“这曲子蛮应景的，”徐语薇点了点头，“贝多芬真细心，感觉他抓住了自然里每一个声音。”

“其实吧……”肖栋摇头晃脑起来，“贝多芬写《田园》的时候，耳朵已经全聋了。周围有什么声，他根本听不见。”

“聋了?”徐语薇有点惊讶，“那他怎么写曲子呢?”

“靠回忆啊。《田园》不是描绘自然景色，而是写他看到景色的心情。要是没有这种记忆，估计他也写不出这么好听的曲子。”

“写的是心啊……”徐语薇念道。两个人对视在一起。忽地一阵清风吹来，吹起了徐的马尾辫，肖栋看着有些出神。

“真像小时候……”徐语薇伸出舌尖舔了舔嘴唇，“无忧无虑的……”

“现在有忧虑了?”肖栋体贴地问着。

“等一回去，又该是不停地学习，不停地练舞。”

“我以前也抱怨过，结果我爸妈就劈头盖脸说我，”肖栋假装板起脸来，伸出食指点着，“‘你这小孩愁什么？每天都有吃有喝又不用挣钱!’”肖栋又摇了摇头，“这帮大人啊，就知道挣钱……”

“他们说得也对，但每个人都更容易感受到自己身边的事，”徐语薇看向另一个方向，背影显得有些彷徨，“都会觉得自己最不容易……”

“你怎么了？”

“就是老觉得……”徐语薇强支起笑容，“自己虽然不用为钱发愁，却总也自由不了。”

“有什么不自由的？”

“我很想过自己的生活，但总会有人指手画脚。”

“指手画脚……”肖栋心中忽地一震，“那天大巴那个事……你是不是……”

“大巴？”徐语薇没明白肖栋说的是哪件事，但又眼珠一动，笑着晃了晃头发，“那件事啊，我不在乎他们说咱们什么，但你下次反应别那么激烈啦，好像急着跟我划清界限一样……”

等会儿！让我捋一下思路！

江子睿说“她是我媳妇”，她说“别和她划清界限”……肖栋抬眼对着徐语薇，却发现徐语薇有点羞涩地低下头。

只知春风和煦，却不知道，夏风也可以如此和煦。

“帮我拍张照片吧？”徐语薇俏皮地看着肖栋两秒钟，掏出一个小型照相机递过去。

“没问题！”肖栋接过相机，稍微看了两眼，便按下一个按钮，相机镜头“吱啦”一下伸了出来，“就在这儿吧？笑一个！”

徐语薇笑着歪了一下头，可爱非常，肖栋随即按下快门。但谁承想，后面却突然冒出一个游客，在相机的一角毁掉了整体布局，肖栋不快地“哎”了一声。

“没事，在这边吧！”徐语薇招着手，带着肖栋走向一个没人的角落。

肖栋赶忙奔过去，蹲下身子，准备按快门。突然，又有一个游客站在徐的旁边拍照，恰好站在镜头中心。

“这什么人啊？都是……”肖栋不高兴地站起来，面前是更加不高兴的徐语薇。但游客来来回回走动着，实在是找不到什么好地方。

肖栋四周看了看，忽地，他走到甲板边上向下看了看——果然，下面没人。

“语薇，去底下吧？”

“底下？”徐语薇朝下看了一下，却随即跟着走起来。

空无一人的船头。徐语薇伸出两手，斜向上拥抱着大自然。随即，徐语薇回眸对着肖栋一笑。

“1—2—3，好！”肖栋按下快门，一张美丽的照片终于完成。

“我也帮你拍一张？”徐语薇走了过来。

“我？”肖栋连忙摆手，“不上相。”

“不会是害羞吧？”徐语薇向前伸了下头，搞得肖栋只好躲得远一点，扶着栏杆看向远方，一个双塔建筑出现在肖栋面前。

“啊！巴黎圣母院！是圣母院啊！”肖栋有些愣神。

肖栋早已在脑海里想象过无数次圣母院的美景，本以为圣母院这种老式建筑会与周围的现代风情格格不入，谁承想圣母院却如绣花针扎入刺绣之后，留在塞纳河边的那一点点金色线头。

“我也是第一次见圣母院……”一时间，肖栋与徐语薇都俯在栏杆上，面对着沉下的夕阳，面对着闪耀的圣母院。

“我给你拍一张照片吧？”肖栋说着拿起相机。

“不用了……”徐语薇轻轻抓住了肖栋的手，但脸并没有看向肖栋，似乎是在掩盖自己眼中那一丝含情脉脉，“陪我看看景色。”

硕大的圣母院从两人面前经过，一片片贴在墙上的砖瓦已经见证了塞纳河畔数百年情侣们的分分合合，早已对这里无甚所谓，于是在肖栋与徐语薇手拉手放在栏杆上之时，却也只能乖乖地做了个美丽的背景板。

建筑历经千年，却也是建筑；人情历经千年，却也是人情。

"我真希望,自己永远也不要忘了这次回忆。"没想到,这话居然是从徐语薇嘴中说出,她的手,似乎抓得更紧了一点。

"我买了个纪念品……"肖栋鼓了鼓勇气,从兜里掏出一个钥匙链,把印有迪士尼米妮图案的一面冲着徐语薇晃了起来,"一直想送给你……"

"你特意给我买的?"徐语薇眼中泛起一点光芒。

"嗯……以后你看到这个钥匙链,就能想到这次回忆,肯定忘不了啦!"肖栋印象之中,他第一次朝着一个女孩傻笑着。

徐语薇微笑着,身体不经意间靠近了肖栋。"你……你是我最好的男性朋友……"徐语薇把情意寄托在了目光之中。

肖栋不禁呆了,他却从未如今近距离观察过徐语薇。皮肤白皙,黑色长发齐齐扎入绛蓝色头绳,脸颊少许泛红。白色 T 恤的扣子散开了两个,将锁骨彻底暴露了出来,还隐隐透出了更下面的风景。这在情窦高开的青春期,确是一番不小的诱惑。

肖栋突然感觉到有一股强大的引力,像磁铁一样将他的嘴唇引向彼岸,脑中所有思维活动都已经停止,只有本能还在起作用——就在嘴唇即将接触到的时候,有一只强力的手却将他的头往反向拉。

这是肖栋的右手,就在理智快要丧失的边缘,理智却重新从谷底中爬出来,将他的右手伸向头部。

猛然惊醒。

肖栋,你在做什么,这么一位圣洁的女孩,怎容得你现在就去……你刚十七岁,什么责任也负不起,又怎么能负得起这两片朱唇?

不能这样!肖栋深吸一口气,轻闭双眼。

"嗯……"徐语薇突然喘气加速,肖栋像通电一样张开眼睛。

还好,她还没有睁开眼。欸?那为什么她会喘气加速呢?啊!我的左手!为什么我的左手会搭在她的肩上?怎么回事?理智!

理智！

又一次猛然惊醒。

肖栋左手倏地推开了徐语薇，把头转到另一个方向喘着粗气。徐语薇只是一愣，两片细长的眼睛充满了惊讶与疑问。当看到肖栋气息混乱，她的眉宇间飘过一丝失望，紧接着又是抿嘴一笑，侧头斜视着肖栋。

“你真有趣。”

“有趣？什么意思？”肖栋似乎有点惊魂未定。

“自！己！猜！”徐语薇随着三个字的节奏左右晃动了三下。

周围的阳光似乎不那么刺眼，微风却仍旧那么温柔。

这个世界，真好。

3-1

“青春，挺感人的，但真那么好吗？”肖栋的拇指与食指捏在一起，向课桌上砸了三下。满场人员，不管是媒体还是旧日师生，全都愣在当场。

“事故？”一个记者跟旁边的导播说着。

“没事……”导播摇了摇头，“我想听他讲实话，不是纸上的套话。”

“有人问我，我在英和度过了什么样的时光……”肖栋用目光找了一下刚才问话的记者，“我现在回答。”

“高二那年，我被赶出了乐团。”肖栋有规律地晃了晃脑袋，“最后一次在乐团排练室的时候，我想拉一首曲子纪念一下，结果……这根E弦就断了。琴弦断裂的瞬间，我就意识到，我跟这个乐团缘分已尽，把琴扔下，走了。”肖栋轻轻把琴平放在讲台上。

“我一直有个问题：从中学开始，老师就告诉我们‘青春是美好的时代，没有利益纷争，无忧无虑，友情也真挚。”

“但真的是这样吗？”肖栋的声音还显得比较平静。

“老师还告诉我们‘成人社会尔虞我诈，找不到真朋友，自由也受限’。但真的是这样么？”肖栋突然转换为厉声。班内气氛瞬间冷下来，几个老同学下意识地扶住了身前的桌子。

“至少对我来说，不是！”肖栋在说出“不是”二字时候，手指尖重重敲了两下桌子。江子睿、冯勇等人呆立在一旁，不知如何是好；武皓在门口静静听着，面无表情；苏芸甚至往后退了两步。

“成人社会没什么好的，评价标准就是权、钱、名，浓缩起来，就是势力！”肖栋翻起手掌，向上挥舞着，“有了势力，才能有圈子，才能更成功！那青春时代呢？长得好看的、运动好的、文艺特长的、学习好的，这都是圈子，评判标准也无外乎相貌、身体、脑力。没这些本事，就进不去圈子。但相貌好不好看，取决于基因；身体棒不棒，取决于家庭给予的营养；脑力强不强，既有基因也有家庭培养。换句话说，这些标准都与先天条件密不可分，那青春是什么时代？是血统论的时代！”肖栋重重砸了砸桌子。气氛彻底沉寂了下来，似乎所有人都在同一时刻想起了同一件事。

肖栋沉了口气，降低了调门。

“一说青春，解读就只有‘美好’，永远都是‘美好’，连不美好都变成了美好……太阳永远是斜向下45度打下来，色彩饱和度永远要打出400%，音乐永远是那几首怀旧老歌……”肖栋鼻子向上耸着，表情略有狰狞。

“因为青春，吵架就不是吵架，而是嬉闹；因为青春，暴力也不是暴力，而是团结；因为青春，背叛更不是背叛，而是错过；因为青春，那些见不得人的事，就全他妈的一笔勾销了！”肖栋好像又站到了多年前那个位置上，向下面咆哮着。

“这些坏事，我经历过、也做过，但我绝不会把这些东西抹掉，因为这些也是我人生的一部分。为什么一提青春，就会刻意把不愉快藏起来，摆出来的全是光鲜亮丽？”

肖栋粗喘了两口气，擦了擦鼻子上的汗，两行热泪从肖栋眼眶中涌了出来。

“你们真的尊重过‘青春’这两个字吗?”

“肖栋……你没事吧……”苏芸走上前来,担心地看着肖栋。

“苏芸……”肖栋收起了笑容,严肃而又期待地看着对方,“你的青春就那么美好吗? 一点不美好都没有吗?”

“这个……”苏芸低下了头,泪光与笑脸都不见了踪影。

“那对你来说,青春里的美与不美,哪个更多?”

“肖栋……”苏芸眼皮皱了皱,好像又要哭了,“什么都有好,都有不好……要辩证啊!”苏芸越说声音越小,言语间透出一点责备的语气,眼神也不断在肖栋与窗外之间闪烁着。

“我不问辩证不辩证,就问美还是不美?”肖栋一根食指指向苏芸,语气低沉却又不太吵。

“那么多青春小说都……你看那些爱情故事,都只可能在青春发生,长大了就有利益了,所以……还是挺美的……”

“一千人有一千个青春,你为什么要让一两本青春小说定义了你的青春?”肖栋激动起来,手指抓起一支粉笔按作两段,声音也变得越来越响:“明明是你自己的青春,为什么要听别人的?”

苏芸哭了出来,武皓低头不语,回头一看,外面多了穿着一样制服的不良学生,从班门口一直排满了楼道。为首的却是一个与肖栋岁数差不多的男人,正在摆弄手中的 ZIPPO 打火机。

武皓瞪大了眼睛,他认出了面前的人。

“青春时代,我们能决定的,太少;但在外面……”肖栋少许平复心情,“社会上,虽然鱼龙混杂,但人更多,圈子也就更多,努力的方向也更多,我们能决定的——更多。我们怀念青春,是因为青春有无限的可能性,但事实上,真正无限的可能性,在成人社会。青春,绝不是最美的时代,未来才是。”

“说得好!”一个镌刻着火焰符号的 ZIPPO 火机“咔”地一下磕到位置,班门口传来几声清脆的巴掌声,随即掌声变得越来越大,整个楼道轰轰作响，搞得录音师都有些急躁。

不良学生的老大搓了搓手，走进教室，右手弯起无名指与小指，手背冲外拍在胸口上，向前深鞠一躬："太子堂第三队队长小王磊，恭迎堂主回校！"

记者压低声音拉了一下导播："咱们以前采访过他，他是这一片儿第一个搞正经生意的'黑社会'老大！"

"太子堂……"导播摸了摸胡子，掏出手机开始查。

"行了！"肖栋擦了擦眼上的泪水，"别堂主了……多少年了都！"

"肖哥……"小王磊扬起眉毛仰视肖栋，"我不管你当了大腕，还是做了大款，我认的，只有太子堂堂主肖哥！"

"兄弟……"肖栋走下台来与小王磊紧紧地握了握手，脸上却有些感动，"今天早就听说你要来了，但真没想到……"

"我知道了！"导播突然明白了什么，拿着手机给旁边的记者看着，"太子堂是成立于 2005 年的青少年黑社会性质团体，2006 年一名成员因故意伤人致人死亡而判刑，太子堂被迫解散。"

"这……这不可能吧……肖栋这个小提琴家……竟然……"

"你看他和小王磊的交情……"导演摇了摇头，"少年的肖栋，就是这个少年黑帮的老大啊！"

没有人看到，刚才还兴高采烈的武皓已经离开了人群，独自下了楼，穿戴上他那身拉风的行头，灰溜溜地骑上摩托车。

"轰轰！"一阵摩托车的轰鸣声响彻校园，正如它当年来的时候一样。不同的是，这一次，摩托车的声音越来越远，一片阴云也缓缓移开，露出了那本应万里无云的天空。

3-2

"轰隆隆隆……"摩托车的声响吓到了校门外的几个女孩，但骑在车上的男孩却并没有介意，只是把头盔一摘，抖了抖散乱的头发，让它回归偏分。

在一身短袖防晒背心的外面，男孩终于是穿上了英和中学的校服T恤。

“好帅啊，是不是?”一个刚被吓到的女孩忽地回头看着这个没穿校服的男生，眼中有些荡漾，忙着抓住旁边的女孩。

“真的很帅……”另一个女孩也傻了。

武皓斜眼看了一下旁边的几个女孩，伸手打了个招呼，右嘴角一斜，露出邪魅一笑。

“哇!”女孩群中顿时传出尖叫声。

远处的肖栋，正在艺术楼二楼的排练室里，远远地望着武皓夹着一个头盔走进校园。肖栋没多计较什么，只是继续调试他的小提琴。

抬琴，夹琴，捏弓，架弓，拉弦。偌大的乐团排练室里，只有肖栋一个人在练琴。今天是乐团新学期第一次排练的日子，肖栋想在正式排练前先热热身。

音乐可以陶冶情操，但把音乐做出来，演出来，绝不是只有情操就能完成。

不了解音乐，总会以为音乐得自于奇思妙想，天马行空；然而熟知音乐的人都明白，音乐创作恰如数学推演，每一种音符组合能引来听众何种情绪，百年前便已确定。作曲家利用各种音符组合，让听众或悲或喜，或怒或忧；演奏者自然要体察作曲家的想法，或快或慢，或长或短，将每组音符挥洒出来，配合作曲家的想法。

《查尔达什舞曲》，小提琴九级曲目。前半段是慢板，深沉而略含忧愁；中段突然加快速度，如吉卜赛舞曲一样欢快而奔放；结尾将忧愁的慢板少许转调，反而成了明朗的乐章。

抬眼望去，肖栋的谱子上满是铅笔记号。

这里要慢，不能太快……转调部分要注意弓法变换……渐弱……十六分音符要平均……

随着乐曲进入快节奏，肖栋的小提琴不禁向上抬起，好似摇滚乐手在拉电声小提琴一样，脸上充满着享受的表情。但他的双眼依然聚焦于谱子上，每个标记都丝毫不落。

揉弦少用中指……切分音后半拍要拉满小节……渐强……结尾不要浮躁……拉满小节……

“不错!”一曲《查尔达什舞曲》拉完，一阵掌声突然从排练室外面传来，肖栋甚至来不及将抬起的小提琴放下，就看到一位慈祥面孔的老者顶着一副银发走入排练室。只见对方挂着一副颇显年头的老花镜，手一边轻轻拍着，眼里一边露出欣慰的目光。“一拉琴就爱抬琴身，你终于改了这个毛病了。”

肖栋赶忙把小提琴卸下:“俞老师？您怎么来了?”

“我是你们乐团今年的新指挥，”俞指挥的白发显得比以前更多了些，“只不过不是单独教你了。”

“太好了！真没想到还能再见到您!”

“我也是今天才看到咱们团员名单!”俞指挥依旧笑着，“要不然我早就给你家打电话了……”

肖栋的眼光突然变得羞愧起来:“真对不起，我……”

“无所谓!”俞指挥虽然话语里透着不在乎，口气却异常遗憾，“不是你的错。只不过吗，去年那个国际青少年小提琴比赛真的是机会难得，以你的天赋，我资助你都行!”

“谢谢您，只是当时我妈妈……”

“她回来了么?”俞指挥轻问了一句，看到肖栋低下头、捏紧五指，也便不再深究，“那……你爸爸还是不支持你练琴?”

肖栋少许抬头，僵硬地点了两下。

“一年没见了，你跟着哪个老师练琴呢?”

肖栋直接摇了摇头，还是没说话。

“一年没跟老师还拉这么好？真没看错你!”

“都是靠了俞指挥您……”肖栋轻轻躬了下身子，“那么认真指导我……”

“你还是有天赋！现在你是首席吧？正好，你在乐团好好帮我，我肯定还有机会推荐你，加油吧！”

“老师……”肖栋忙止住俞指挥的兴头，“其实我现在是一提5。”

“一提5?”俞指挥把眼镜一摘，随手放开，眼镜并没有掉下来，而是垂在了胸前，这才看到眼镜腿上还栓了一道白绳子，挂在脖子上，“等于说这个乐团里有四个人水平比你还要高?”

“这个……”

“我不信！你们首席呢？我要听听他拉琴。”

“咣当!”然传来一声巨响，原来是乐团排练的人三三两两来报到了，最后一人便是江子睿。

“哟，肖栋啊……”精瘦的江子睿瞥了一眼旁边的指挥，右嘴角向下沉了一下：“这老头儿谁啊？你爷爷？怎么都弄学校来了?”

“江子睿……”肖栋右手的弓子向江子睿摇了摇，“这是咱们新指挥!”

江子睿瞪大双眼，两手捏在一起：“您就是俞指挥？就是……”

“你也是小提琴吧？叫什么名字?”俞指挥看到江子睿背着的小提琴，还保持着标志性的微笑，但现在的笑容变得有些僵硬。

“江子睿……我是首席。”江子睿被问懵了，只能细声细气地往外蹦词。

“首席?”俞指挥重新戴上眼镜，拿起《查尔达什舞曲》的谱子递给江子睿，“想做我的首席，我要先认可你的技术！现在就拉一首让我听!”

江子睿顿时愣住了，眼珠盯着俞指挥，又朝着肖栋瞥了一眼，鼻子不经意间耸动了一下，那耸动的时间也就是不到四分之一秒。

“拉啊！今年首席选拔，我要一个一个听，不管多少人，不管原来是什么位置，我都要听，就听《查尔达什》!”

“老师……指挥……”江子睿继续结巴，却不忘了堆砌笑容，

“您可能不知道，咱们乐团换位都是要经过正式考核……”

俞指挥边说边把谱子在谱架上敲打几下，“我指挥过的乐手比你见过的都多！我就想听你拉琴，怎么了？多少人想让我听他拉琴都没有这个机会！”

“没有……指挥，我不是这个意思……我……”江子睿连忙摆手。

“那就拉！快点！”

江子睿把谱子摆在谱架上，又从琴箱里取出小提琴，稍作调整。

“指挥，我有一阵子没碰过了这个曲子了……有点生。”江子睿在拉琴之前，还不忘了先给自己辩解一番。怎知俞指挥好似没有听见一样，手掌向外挥了挥，示意江子睿尽快拉琴。

江子睿不情愿地开始拉琴。慢板部分还算是马马虎虎，但在慢板与快板的切换阶段居然出现了疵音。也不知因为是紧张还是愤怒，江子睿的琴声与高学者那种锯木头的声音相差无几，不仅是俞指挥看得呆住，连肖栋也惊讶不已。

“停停停!!”俞指挥手中不知什么时候多了一根指挥棒，谱架让他敲得声声作响，不耐烦的情绪完全占据了整张脸，“说吧，多久没碰琴了？”

“我……”江子睿两个脸颊向上方抖动着，“暑假还一直练来着……”

“少撒谎!”俞指挥这句话倒不是严厉训斥，却似惋惜，“你至少半年没好好练琴了！今年要去日本参加比赛，咱们是全中国唯一一个报名的乐团，要为国争光！你这个样子，怎么能胜任这个乐团的首席？”

“指挥……我……”江子睿的模样好像要哭了。

“你现在这个技术，比肖栋都不如！我宁愿把首席交给他!”

指挥！肖栋眼中放出了金光。

“俞指挥，你来了？”负责乐团的魏老师走了进来，看到俞指挥与江子睿、肖栋等人站在一起，颇有些疑惑。

“小魏啊，你来得正好！”俞指挥拿指挥棒点了点这几个乐手，“今天，我要对每个乐手做测试，重新定座次！”

俞指挥一脸笃定，语气更是不容置喙。

3-3

“你当首席了？”刘子龙与肖栋准备一起出去吃午饭。

英和中学是这一片不多的有校内食堂的学校，但问题在于，校内食堂吃一天两天还凑合，要是天天吃迟早也会腻。更何况食堂只能容纳五百人，相比于整个中学多达两千人的师生队伍，这个比例必然是灾难，每天中午食堂门口一定会排起大长队。

不想排队，就去外面吃呗。

肖栋兴奋地摇拳头，“你是不知道，这回指挥可赏识我了！硬是把那个江子睿给扔下去，让我上来了！”

“你说谁？”刘子龙突然停了下来，眼神中不知是疑惑还是恐惧。

“江子睿啊！”

“你把他赶下来了？”刘子龙虽然笑了起来，但配合着一个轻微的摇头动作，肖栋明白这不是开心的笑，“那他现在还是次席？”

“他现在是二提首席了，指挥说他和声意识不错，想让他充实一下二提实力……”肖栋看到刘子龙态度奇怪，本不想接着说，却鬼使神差地接着说了后半句，“不过从一提到二提……肯定是降格了……”

“降格……”刘子龙缓慢地捏了捏手，半天没说话。

如果说肖栋有什么朋友的话，也就是刘子龙了。高一军训时候，刘子龙与肖栋分在了同一个上下铺，虽然军训只有短短十天，但对于高一孩子而言，十天不啻为一个长假，两人经常一起给全校师生打热水，互相开着玩笑，关系还算不错。

刘子龙在高二四班，他有两个身份，第一个，就是当时校学生会的纪律检查部长。

纪检部这种东西，名义上是学生自我管理，实际上是老师的眼线，专门盯着“坏学生”举动。但与普通的纪检部长不同，刘子龙每当发现一些“坏”举动，大多是睁一只眼、闭一只眼，只要不让老师看到，并不会真的去报告。久而久之，刘子龙与各路“坏学生”之间的关系也不算差，还经常会有人请他喝瓶北冰洋，吃几个烤串。

当然，刘子龙这么干，倒不是因为他多两面派，而是因为他有第二个身份：校篮球队主力队员。

校篮球队是英和中学的“上层建筑”，虽然不见得能在区里比赛拿什么名次，但只要加入篮球队，却都如同拿到了一张门票，成了学生里的“上层阶级”。大致因此，篮球队也都不是善茬儿，但刘子龙却是出了名的好说话，用现在的话说，算是篮球队里的“暖男”。

两个人从学校后门走出，只见这里已经聚集了一大票学生。学校正门每天都是金光闪烁，光辉靓丽；后门却是一条九十年代风情的小吃街，街道两旁也没人打扫卫生，经常是臭烘烘的。

两个男学生站在一个小卖部旁边，一人拧开一瓶最小的二锅头，旁边还有一群小兄弟一边抽着烟一边起哄；远处又有几个女孩在吃着麻辣烫，似乎是怕冷而穿上了长袖校服，却又把两臂挽了起来，中间的拉链也拉到了胸口处，露出了里面花花绿绿的衬衫。

“肖栋啊……”刘子龙一声低叫，拉着肖栋进了旁边一个拉面馆子，找了个没人的地方坐下，周围也全都是高二的学生，“看看想吃什么……好不容易出来吃顿饭，别拘着，来，今天我请客啊！”说着，刘子龙拿起桌上一份脏兮兮的塑封菜单递给肖栋。

“我……就来碗面呗……”

“两份大碗牛肉面加肉！还有一盘炒花生米！”刘子龙喊了一嗓子，饭馆跑堂听到也没吱声，只是往厨房方向走去。

“说真的，这江子睿最近可挺有意思。”

“怎么了？”

“他高一本来是我们四班的，你知道吧？”见肖栋点头，刘子龙便冷笑道，“那时候他可爱作秀了，天天语文课接下茬儿……结果今年分班考试，他考砸了，去了你们班了……”

英和中学每年级有八个班，一班是体育特长生班，二班是文艺特长生班，三四班是实验班，后面都是普通班。缘此，实验班对待分班考试考砸的学生，也多多少少有些嘲讽。

“我们班怎么了？”肖栋倒有些不满意。

“哎呀没那个意思，”刘子龙连忙摆手，“你是小提琴特长生，学习什么都不重要……江子睿虽然也是特长生，但他高一分数也够啊，谁知道高二就砸了，只能去你们班了。”

“所以呢？”

“他现在见着实验班的人顶多是点个头，肯定是不说话；但我观察啊，他最近老爱跟中华帮的人接触……”刘子龙右手肘立在桌子上，食指与中指做出了一个夹烟的动作。

“中华帮？那帮‘冒烟儿’的？”肖栋终于拿起筷子，用尾部点着桌面，“子龙啊，咱们学校这种……这个帮那个派的得有多少啊？”

店员将花生送了过来，“啪”的一声砸到了桌子上，引得肖栋不满地“嘿”了一声，刘子龙却连忙示意他别生气。

“我还真数过……”刘子龙撂下这么一句话，转脸喝了一大口汤，又挑起两根面吃了些，嘴里一边含着东西一边回答肖栋，“我把这些‘帮派’划成三堆：跨年级的，跨班的，班内的。跨年级最有名的，就是这个中华帮……”

“不就一帮人一块堆儿抽烟……”肖栋嘴里也满是面条。

“要不然说你不知道呢!”刘子龙笑出了声,抓了四五颗花生一起扔进嘴里。“他们虽然聚在一起抽烟,但你知道他们帮主是谁吗?”

“谁?”

“篮球队的高硕……就是高三一班那个大壮儿……经常会拿一些好烟来低价卖……我跟高硕都在篮球队,篮球队大哥是郑天楚,高硕挣钱,我负责跟学校老师疏通关系,我们俩算是他的左膀右臂吧。”

“高硕哪儿来那么多好烟?”

“他爸是官儿,天天有人送烟,又抽不了那么多,就拿给高硕去卖。”刘子龙摇头晃脑,“中华帮啊,就跟你们班那个光盘帮差不多,是挣钱的……”

“跟光盘帮一样?”肖栋的筷子使劲在碗里面插了插,“那可够脏的……我真想把我们班这帮卖黄色光盘的给举报了,太不干净了!”

“说好了啊……”刘子龙放下筷子,表情好像刚才提到江子睿一样,“光盘帮可不好惹,许多班都有他们的‘销售员’。我都不敢报告老师,你可千万别……”

“那他们要惹我的话……”

“多注意,你们班可是卧虎藏龙……”

“怎么卧虎藏龙了?没看出来。”肖栋用勺子盛了几颗花生。

“你们班不只男的有帮派,女的也有啊。”刘子龙吹了一口面条,看到肖栋的眼珠朝着右下角偏着,便知道他在思考什么,“就是苏芸啊!”

“苏芸?”肖栋极为费解地皱了皱眉,“也说不上帮派吧……不就是几个女孩天天凑在一起,吃吃饭什么的……她们学习都不错啊,组什么帮派……”

“我一开始也不信,但一听说她们干什么我就信了……”刘子龙轻轻敲了一下桌子，双掌做出一个“挡”的动作，“谁考砸了，不愿意让家长签字，其他人就帮着互相签。名字叫‘挡灾会’。”

还没等肖栋回话，刘子龙便面露惊讶，指了一下肖栋后面，“欸！你看……”

肖栋转过头去，发现一群学生沿着走了过来。

学生有男有女，有大有小，却大多把头发染得五颜六色。虽然穿着统一的校服，但有的把秋季校服的长袖裁了下来，有的在校服上乱涂乱画。为首的一个学生步速很慢，走一步晃三晃，一双狐狸眼不停瞄着四周，手中拿着 ZIPPO 火机上下甩着。所过之处，英和中学的学生无论男女，都纷纷退避三舍，有的才刚从饭馆吃完饭出来，看到他们也是面露惊恐，要么背过身回去，要么加快步速回学校，反正是不敢与他们擦肩而过。

“职高的？”肖栋回过头来，面露鄙夷。

“是啊……又来了，这一阵子又跑到咱们学校活动了……”

“这一阵子？他们不是一直在吗？”

“职高劫钱，不会‘在一只羊上薅羊毛’，咱们旁边不还有泰和附中跟五一吗？职高就在咱这三个普通中学的正中间，他们也怕有人来抓，过一阵子就去另外一个地方活动……”

“欸？那是怎么回事？”肖栋疑惑地指了指外面，六七个穿着英和中学校服的男孩子从另一个馆子里面奔出来，纷纷站在街道两侧，把本就不宽的街道缩的更窄，远远望着职高学生，一个个面色如临大敌。

职高学生停止了脚步，但为首的学生依然无意停下，依然一边晃着身子一边走过来。就在他离这群英和学生只有不到十米的时候，一个并不高大却很结实的男生从羊肉串馆子里走了出来，抬手擦了擦嘴，表情严肃，站在饭馆台阶上。

“大哥……”刘子龙默念了一句，“肖栋，我这就回来啊……”说完刘子龙就冲出饭馆，站到郑天楚旁边。

“子龙来了?”这位“大哥”点了点头,朝着肖栋的位置上看了一眼,似乎是确认一下刘子龙确实是从“高二食堂”里出来的。

“大哥,咱别……”看到“大哥”与职高学生距离太近,刘子龙却也着急。

“大哥”摆了摆手,朝着远处喊着,“小磊哥……你怎么又回来了?”

“郑天楚啊!”职高带头的学生把 ZIPPO 火机一扣,盖子啪的一声磕到了位置,往街口另一侧点了一下,“我小王磊今天是来过路的,想吃点麦当劳改善生活,不惹事儿,楚哥这是想干什么?”

“列队迎接啊,”郑天楚从饭馆台阶上漫步踱下,双手叉在胸前,“中午吃饭人多,怕挡了小磊哥,这不,先帮忙清道……”

“清道?”小王磊走到郑天楚跟前,把面前细长的刘海向旁边拨了拨,面露狠色,“老朋友了,不用拐弯抹角。想打架,随时奉陪!”

“你不动我们学校的人,就不用打……”郑天楚虽然矮于对手,气势却丝毫不输。

“这话,说的我小王磊是个地痞? 挑事儿是不是?”王磊声音忽然提高,后面的散兵游勇也一下子警醒了起来,两三个职高学生向前走了几步,英和中学几个高三学生也向前逼近了一下,战事一触即发。

“高二食堂”的学生赶忙向外走着,连店员都非常紧张,只有肖栋还镇静地坐在原位,“哧溜”一声又吃了一坨面。

“好了!”窗外传来郑天楚的一声喊叫,声音虽然低沉,却铿锵有力。肖栋远望去,只见郑天楚两手横着伸开,拦住后面想要冲上来的英和中学学生,他的正前方则遍布职高学生。“以前大磊哥在的时候,不会虚张声势,说打就已经扑过来了……”

“楚哥,你老是护着这帮怂包蛋……”小王磊却是没受这一激将法,挥手让其他人退了退,“你得收了多少保护费啊?”

“呵……”郑天楚轻蔑地笑了起来,“我是这个学校的人,他们也是,我的目的是保着他们的钱不让人拿走,我当然也不能拿。”

“你跟哪个电视剧学的?”小王磊明显还是不信,“你以前那点事……大磊哥告诉过我,你是什么人,我可……说白了吧,我们都是穷人,英和学生都是富家子弟,我们生活不下去,你们也有责任!”小王磊突然坏笑起来,“但大磊哥总是亲自带人‘借钱’,太野蛮了,现在我带人,想改改作风,搞得和谐一点……楚哥,只要你一个月给我这个数……”

小王磊伸出五个手指,手掌简直要贴在郑天楚的脸上。

“你就从这儿滚出去么?”郑天楚一点也没笑,眼睛反而瞪大了不少。

“这月底,”小王磊五个手指抱成拳,“要么你送来,要么我来拿。”

“你又跟哪个电视剧学的?”郑天楚虽然开着玩笑,脸上却依旧严肃。

“你管呢!”小王磊一字字吐了出来,吐字好像在吐枣核。“兄弟们,走吧,今天改善伙食了!”待到最后一个“枣核”吐出口,小王磊挥了挥手,大军跟着排起了一字长蛇阵,从满布英和校服的学生之中穿过。

4-1

自从离开英和之后,肖栋就再也没有见过郑天楚。

时值夏日,路两边农田本应绿油油一片,农民更应等待着收割;如今农田却几乎寸草不生,越往深处看越是光秃,好像一片大火从中心燃起,烧掉了周围全部的景色。

肖栋没时间关心这些,他只记挂着公路终点的那个人。

“一定要等着我。”肖栋默默祈祷。

从终点路口出来,肖栋又绕上外环,还未及饱览海滩景色,便已到了旅程的终点:临终关怀疗养院。

急忙忙推开大门，楼道里看不见任何病人，只有一些工作人员和志愿者走来走去，整个疗养院看不出一丝生气，甚至连前台护士都有些无精打采，即便看到肖栋走到面前，也丝毫无意主动站起。

“您好，我想看一下郑天楚。”

“稍等。”护士转向另一边，在一大堆文件里不知道翻着什么，边翻还边想，有时候不禁停一停，有时候会朝着肖栋看一眼。肖栋急得在一旁打转，护士却似乎并没看到，仍然我行我素。终于，护士好像想起了什么，转过来问肖栋：“您想看哪位患者？”

肖栋脾气不算差，但顿时想抄起椅子扔人。

“郑天楚。”肖栋咬着牙蹦出两个字。

“是不是一个年轻人，不太高，挺帅的？”

肖栋猛地点了点头。

“就在旁边第一间，他媳妇也……”

肖栋来不及听完护士讲话，甚至都不去办理探望手续，就急忙跑到房门口。

大门敞开，房里有两张床。房间整个布局不像病房，却似酒店大床房，不仅天花板中间有顶灯，床头左右也布有两盏灯，可以通过床边旋钮调整大小。窗帘用了黑色，阳光顺着纱窗斜射进来，打在郑天楚的右脸颊，在床旁边还有一个温婉的女人，穿着很朴素的衣服，小脸却戴着一个很大的黑框眼镜，静静坐在郑天楚旁边。看到肖栋过来，两个人都眼望着肖栋。

“肖栋吧？”郑天楚的声音不似记忆中那般强大，却依然透着一点韧劲。四目相对，郑天楚并非显得多么惊讶，只是微微抬起身。

借着微弱阳光，郑天楚的轮廓多少还能看出原来的英姿飒爽，身体却明显消瘦不少，眼窝也深陷发黑，好像一夜间被抽去了阳气。

“大哥——你怎么——怎么这样了？”肖栋本来有很多话想跟郑天楚说，话到嘴边却拥挤到一起，只能憋出这么一两句。

“听说过一个笑话么?”郑天楚慢慢坐起身子,把后背靠在床上,拍了拍旁边的空椅子,示意肖栋坐下,“有一个美国人叫杰克,很爱运动,来中国工作,每天沿大街小巷跑两小时才罢休,一年以后得了肺癌,死了。”

肖栋当然听过这个笑话,也为之捧腹不已,但今天,他没笑出来。

“我英文名字就叫杰克。”郑天楚合紧右手,拍了下胸口,哈哈大笑。每当他做这个动作,肖栋就会很放心,因为他清楚地明白,这位大哥已经是胸有成竹。

但这次,肖栋更加清楚地明白,郑天楚是想让自己放心。

“嫂子好,”肖栋不忍心接着看郑天楚的模样,向着旁边的女人打了声招呼,“好久不见了。我……”肖栋似有什么话想说,却没能说出口。

“肖栋,真的是你吗?”女人似乎不敢相信自己的眼睛。

“嫂子,是我,”肖栋低下头,脸上抱有很大歉意,“我早该向你们俩好好道歉,当年要不是我任性……”

“别站着了,”郑天楚再次拍了拍病床旁边的椅子,脆弱地微笑着。“我说过,不要自责,不是你的错。”

肖栋顿时有些愣了,不知道应不应该坐下来。

“坐啊!又不传染。”郑天楚又是哈哈大笑。

肖栋从没听过谁的笑声会这么悲凉,郑天楚妻子也把自己的椅子挪开了一点,给肖栋腾出地方。

“接了嫂子电话,我马上就赶来了,”肖栋总是有些欲言又止,“为什么这么久才告诉我?”

“不想让你们白操心……”郑天楚伸出食指,左右摆了摆,“瘤子长在前列腺上,多少还能拖几年;长在肺上,就是几个月的事儿,没什么久不久的。”

“那为什么要来这么个破地方?为什么不去医院?”

“医院有什么用？不过多活一两个月，”郑天楚转身看着窗外，不住地摇头，“不如到海边，享受一下以前没享受的景色。以前，越是尾气大的地方越打球，当了二十几年强效吸尘器，如今也该退出历史舞台了。”郑天楚一根食指脆弱地指着肖栋，“你个弱效吸尘器还得继续吸啊！”

“大哥啊……你真是……还这么乐观。”

“我不乐观啊！我没多久了，与其想着怎么多活几个月，倒不如想想怎么才能不留遗憾。”郑天楚语速突然顿了下来，“为了不留遗憾，我才把你叫过来，因为有些话，一直没跟你说过，关于高三……哦……你高二时候那件事。”

肖栋瞳孔放大了一圈。妻子听到，起身要走，郑天楚轻轻摇了摇头，妻子又轻轻坐下。

“你问过我无数次，为什么我要帮你，我从没回答过。”

肖栋点了点头。

“如果我告诉你，一开始我挺喜欢那个武皓，你怎么看？”

肖栋脑后如同一道闪电劈过，却没有留下任何痕迹。

“他岁数跟我一样，性格也像，打球也好，我本来很看好他。我还跟咱们篮球队教练，那个刘铁也说过，让他接我的班，做下一任篮球队长。”

“那，为什么你最后要？”肖栋依然没能捋顺舌头。

“一部分原因，是张倩……”郑天楚温柔地看了一眼妻子，妻子却看向别处，“更重要的原因，是你。”郑天楚坚定地说，反而搞得肖栋一头雾水。

“为什么是我？”

“从对你的态度上，我看到他与我最大的不同：没有原则。”

“什么意思？”

“我常会回忆高中，但我不觉得多美好……高中我才第一次感觉到，世界上所有人并不天然处于一个世界。像你，学习还行，是班长,算是好学生;我们这些人,包括武皓,都捣乱,是坏学生。这种分类当然有问题,但两个世界起码是存在的。”

“所以呢?为什么说他没有原则?”肖栋不禁皱起眉头。

“不管进了哪个世界都要好好混,但对另一个世界,一定要尊重,不要以己之强、欺人之短。教授不会跟地痞流氓卖弄学识,地痞流氓也不会跟教授比打架。要打架了,教授会花钱买痞子,要学习了,痞子会花钱找教授补习。由于有了不同的世界,金钱才有意义。”

肖栋好像突然明白了什么。

“当年我说过,想报仇,必须用这个世界的手段,”郑天楚本来温和的目光突然变得犀利起来,好似当年那个英姿勃发的少年,“但进了这个世界,你就别想再回去。”

“但我也不是非得进那个世界……”肖栋悻悻地说。

“你后来报了仇,离开这个世界了吗?”

肖栋不禁一愣。

“你的全部力量都来源于这个世界,而你原来的世界,什么也剩不下。日本黑帮喜欢文身,级别越高、文身越多,平常人见了都怕,而文身越密,他们也就越离不开这个圈子,因为文身已经成了标志,连洗澡都不接待。咱们不是黑帮,但咱们的文身……”郑天楚剥开右袖子,露出已然有些瘦骨嶙峋的小臂,左手在上面抚了抚,“在骨头里。”

“但我现在不是已经……”

“对啊,你离开了,没错,”郑天楚打断了肖栋,“那是咱们长大了,进了成人世界,如果还坚持那一套,真成黑帮了。成人世界有更多人,就有更多的世界,你去了奥地利,进了适合你的新世界,所以成功了。”

“所以你不喜欢武皓?”肖栋半天才重新挑起话题。

“我不喜欢夸夸其谈。更何况,他对女孩的态度,太随便。”

“太随便?”肖栋不知道郑天楚指的是什么。

“你不知道啊?”郑天楚反而很困惑,“他甩了你喜欢的那个女孩啊。”

“甩了……徐语薇??”肖栋的情绪绝对可以用两个问号来表现,脑袋不停晃动着,“什么时候的事儿?”

“哪天来着?”

“你忘了,就是那天啊!”张倩坐在一旁,抿了抿嘴。

“啊,对了! 情人节,武皓跟……”郑天楚向张倩方向晃动了一下眼珠,见张倩有些羞赧,口气也稍微一变,“反正情人节甩女孩,这种事……哼!”

肖栋立时呆住了,郑天楚这个消息给肖栋提供了一条崭新线索,一条颠覆原有认知的线索,把一系列未解的历史碎片穿了起来。

不对,不对! 武皓甩了徐语薇! 甩了徐语薇! 那……

当时那个眼神,那曲舞蹈,那首歌,那条短信……

原来,那些我以为对的事情,原来都是错的!

肖栋眼神忽地犀利起来,穿回英和中学。

4-2

时已至秋,肖栋与徐语薇不敢在校园里大大方方地牵手,只能在放学后,躲在校园的一个角落里闷头吃着冰棍,似乎是在庆祝什么。

“恭喜你啊!”肖栋侧眼看着徐语薇,“拿了第一!”

徐语薇扑哧一笑,“这有什么好庆祝的? 就是个摸底测验呀! 你不也考了第三吗?”

“那也要庆祝!”肖栋举起自己的冰棍,碰了一下徐语薇的冰棍,好似一个干杯动作,“而且,今天还是一个重要日子:你的生日!”

“你……”徐语薇垂下了头，“怎么知道的……”

“那个……”肖栋挠了挠头，没多说什么。

“是夏冰说的吧……”

“而且，还想给你听首曲子……”肖栋没接茬儿，转而从书包里掏出一个音色CD唱机，抽出一根耳机给徐语薇。

“什么曲子啊？”徐语薇接过耳机线，插在自己耳朵里。

“你听就知道了，”肖栋没多解释，将耳机另一侧塞进自己的耳朵里。

从一座不为所知的山上，两条河流涓涓流下，它们滑过的每一粒坚石都逐渐软化成鹅卵石，它们路过的每一寸农田都获得了灌溉，最终交汇在一起，向着一个共同的目标奔去，开始向着一座又一座岩石冲击而去。

“这是什么曲子啊？”

“《沃尔塔瓦河》，我最喜欢的曲子。”肖栋念道。

“真好听，好像流水一样，不知从哪里穿出来，又不知向哪里流去。”徐语薇轻轻晃着脑袋，文学功底突然显露。

“不管流水从哪里来，都希望流入海里吧……”肖栋也学着徐语薇说起话来，右手推了一下松动的耳机。

徐语薇抿嘴笑了起来，她将脸部对着天空，享受着温柔的秋风。

“这张CD是进口的，想给你做生日礼物。”

“那我就收下啦！”徐语薇转身看着肖栋，瞳孔少许放大，眼光闪动不已。

“没关系，你……高兴，我就……高兴……”肖栋愣愣地点了点头，左手抹了抹脸颊，说话颇似电视剧台词。

“嗯……”徐语薇嘴依然抿着，低下头，斜靠在肖栋肩膀上，却很快被几声尖叫吓了一跳，慌忙向外看着。

“武皓？是武皓！”尖叫声的来源是篮球场。

“武皓真厉害!”

“单挑啊! 一个人挑好几个了!”

英和中学的篮球场是个半封闭笼子,四周都用铁丝圈起来,活像个小监狱。如今在“监狱”正中心,两个男孩对面而立,一边站着一个高三一班的男生,他的对面站着武皓。武皓单手抓住球,自信的笑容布满脸庞。

“武皓……”徐语薇默念着,“新来的那个转学生?”

“嗯……应该是……”肖栋不太明白徐语薇的兴趣点在哪儿。

“哦……就是他每天骑着摩托车上学啊?”

“你怎么知道的?”肖栋眼神中居然出现了惊恐。

“他每天都骑摩托车上学,声音特别响,速度又快,弄得周围人骑车都害怕撞到,”徐语薇稍有些不满,“谁不知道他啊?”

太好了,徐语薇对他……应该是很不满意。

“咱们……要不然回家?”肖栋转开了话题。

“嗯!”徐语薇点了点头,“那咱们还是分头去推车,在外面的小卖部见面?”

“好!”肖栋先奔出了这个角落,跑去车棚推车。

“这个高二学生已经单挑了三个篮球队队员了!”

肖栋跑着的时候,听到了一个老师在喊着什么。这正是主管校篮球队训练工作的体育老师刘铁,只见他戴着一副运动眼镜,飘逸的中长发似乎与其中学老师身份并不相称。

肖栋不禁把目光投向篮球场,似乎也是好奇这个转学生身上有多少能量。

“是吗? 高三一班不是有六个篮球队员吗,实力应该很强啊!”另一位体育老师也在一旁观战。

“我倒想看看这个小子能掀起什么波澜。”刘铁微微一笑,表情很是兴奋。

高三一班的男孩带球突破,冲到一半突然一个急停,紧接着一个转身从武皓肩头溜过去，甩开空挡向前带球，准备上篮。谁知武皓很快转身，从背后将这个球捅了出去。球向侧面少许弹出三分线，武皓一把将球拿住，见对手没有跟过来，便跃入三分线，高高跳起，做了一个舒爽的中投，球在空中划出一道抛物线——进了。

虽然武皓这球不是靠突破得分，而是靠了投术，但满场观众，尤其是女观众并不在意过程，她们只知道，有一个新来帅哥连续单挑了四个校篮球队员。有些女生没有忍住，“哇”得叫了出来。

“这应该能选进篮球队了吧？”耳边传来这样一句询问。

“回追还可以，投球也不错，胳膊肌肉还比较粗壮，是个好料子。”刘铁好像评论家一样，搞起了专业评述，“但块头不算太大，正面有点吃亏。看看他怎么应对高硕吧。”

说着，一位大块头走了上来。高硕是校篮球队核心中锋，名如其人，可谓身高腿长、硕大威猛，只要让他的屁股拱一下，泰山也要让让座。

武皓把球丢过去，谁知高硕一把拍了回来，球又回到了武皓手中。武皓咧嘴一笑，马上带球向前，高硕一把顶住，差点把武皓顶飞出去。不过武皓稍作调整，稳住重心，顶住高硕，停留两秒钟。他先是向前一进，紧接着向后一退，高高跳了起来。但看到高硕已经伸展单臂，挡在面前，武皓只好在刹那间将球投得稍高一点……

“呼……”武皓投出了一个篮外空刷，俗称“三不沾”。周遭出现嬉笑声，高硕也斜眼瞟了一下武皓，眉眼中虽无挑衅、却也有些蔑视。

武皓接住球，轻轻扔给高硕，谁承想高硕又是一把拍回给武皓。一次也就算了，高硕居然两次放弃进攻机会，显然是挑衅。武皓急了，开始带球生突，不停用身体撞击高硕，然而高硕已经扎稳底盘，侧身伸出双臂，扩大防守面积，根本攻不破。

“高硕站得很稳，武皓撞人了。”刘铁默默念道。

就这么僵持着数秒，武皓又是突然一退，高硕以为他又要故技重施，便再度伸展单臂干扰。谁知武皓突然将球向下一拍，穿过高硕两腿之间，紧接着拿球冲向篮板，一个教科书般的三步上篮——进了。

满场爆发热烈的欢呼。穿裆过人，虽然不是什么罕见技术，但能在高中阶段就把这个技术运用得如此娴熟，的确不多见。高硕两次用同一招挑衅，目的在于激怒对手，让他自己犯错，却没想到武皓在第一次对抗就找到了高硕移动速度不快的弱点，用一招快速突破过掉对手。高硕只好底下高傲的头颅。肖栋着急地跺了跺地。

“怎么了？这么个新来的都打不过？”

一声厉喝从远处传来，众人向着喊声方向探去，一位男生大汗淋漓、拍着篮球远远踱来。身高并不太高，甚至比武皓还要稍矮，但双臂肌肉极为发达，身体精壮结实，瘦削的脸颊遮不住坚毅的眼神，两撇眉毛斜斜向上，凸显出凌厉气质。只见他一靠近，所有人都不禁让开道路，好似列队欢迎。之前五位失败的校篮球队员更是脸色通红，齐刷刷走上前去，在中圈附近低头站好。

“是郑天楚，郑天楚啊！”

郑天楚？之前面对职高学生，就是他？

在这个高中，郑天楚无疑是当红明星。从高一进校开始，他就是篮球队的绝对主力，三年间无论技术还是身体都有了大幅度飞跃，如今不仅是学校篮球队队长，更受到全区少年篮球队青睐，在区里担任主力。

“五个人让他一个人单挑了，不错。”郑天楚话中无疑是嘲讽，“高硕，你那两个球拍得真漂亮啊，比赛里也这么拍！”高硕本想再解释一下，怎知郑天楚将目光突然转向了武皓：“你叫什么名字？”

“武皓。”

“哪个班的？”郑天楚眼睛斜到别处，又转回来接着问。

“高二二班。”

“那个班……”郑天楚望向高中教学楼方向，似乎在寻找着高二二班的窗口，“哦……那你是刚转来的？”

“嗯。”

这个武皓，干吗跟高三的顶牛，惹了人家，整个班都得跟着遭殃……

肖栋咬了咬牙。

“那不是出了名的书呆子班吗？”郑天楚结束眺望，拍起了手中的篮球。

“有了我，就不是了！”武皓自信地伸出右手食指。

“我可不喜欢夸夸其谈。”篮球稳稳地停在了郑天楚手中。

“夸夸其谈？”武皓指了指郑天楚手里的篮球，“来一局？”

“跟我下战书？”郑天楚不禁哈哈大笑，笑声中充斥着爽朗，却摇了摇头，“我不跟你比……”说着，郑天楚转身就走，把球扔在了地上。

“砰！”郑天楚刚走出几步远，武皓就从后面捡起篮球，直接扔在了郑天楚的后背上。这一下虽然不太重，却让郑天楚猝不及防，向前踉跄了一步。

“武皓……”转身之时，郑天楚两眼绷成了三角形，阳光笑容也从脸上瞬间消失，代之以怒火四溢。

郑天楚走到篮筐前面，半蹲下腰；武皓撇嘴一笑，用舌头舔了舔嘴唇。

没有任何征兆，武皓就将左手手掌顺势一抬，皮球有个小幅度地弹起，紧接着在重力作用下向地上摔去，紧接着又弹起，被武皓牢牢抓在手中。

郑天楚一句话没有说，他只用眼神就可以对武皓下战书。

五位失败者见状急忙散开，武皓抱着球走出三分线，回身加速冲向篮板。郑天楚卡住位置，封锁武皓的进军路线。当武皓稍微一停顿,郑天楚马上变换节奏,一个箭步扎向武皓;武皓以为他要扛住自己,马上向前顶住;但不等武皓落定,郑天楚突然撤开力气,搞得武皓向前摔了一下。见对手失去重心,郑天楚猛地一捅,将皮球捅出三分线。

防守动作干净利索,确非一般人能比。武皓虽然技术不错,但遇到半职业选手依然有些发怵。还没来得及想,郑天楚马上冲来,武皓被动迎战,虽然也站住位置,但郑天楚丝毫没有减速的意思,搞得武皓不禁向后撤了半步。就在大家以为两人相撞时,郑天楚突然侧身一滑,甩开武皓半个身位、从容跃起,轻轻将皮球绕背后转了半圈,由另一侧勾手投出,武皓虽然也伸手想拦,怎奈鞭长莫及,篮球先打中篮板,紧接着向篮筐旋去。

在满场欢呼中,郑天楚离开场地,志得意满,留下武皓有些懊恼。

"武皓,礼拜五放学,来篮球场。"刘铁朝着武皓方向走了过去。

"啊,不好!我还说去推车呢!这么半天了,徐语薇肯定……"突然,肖栋看着远方,呆住了。

刘铁离开以后,空出了一个位置,肖栋的目光能直接看到远方的那一群女孩。有一位女孩落入了肖栋的视野,她面露惊讶与喜悦,却正在与身旁的夏冰一起高兴地聊着什么。那双马尾,那副神态,决计是她没错……

4-3

每周一下午最后一节课是班会,自然应该由班主任主持。但班会时间都过了十分钟,却仍然不见王红艳的身影。没了人管,班里自然是闹成了一团,无论肖栋怎么维持秩序也没用。

"怎么回事啊?"

"哎,真没劲。"

"这老师干吗去了?"肖栋侧脸一看,是班里光盘帮的几个成员在嘟囔。这个光盘帮不仅能搞到各种光盘,还总爱聚在一起或调侃或贬低别人。

青春期男孩是情窦初开,却什么荤腥都没见过,光盘帮应运而生,为这些男孩做供给。当然价值也不菲:他们找批发商按三到五块钱进来光盘,然后卖八到十块钱,抽取中间差价,这在那时也算是一笔不小的收入。

“该不是窝在办公室,”光盘帮所谓的“帮主”李旭东露出一抹坏笑,朝着自己书包方向指了指,“看片儿呢吧?”

“上次她没收那几张,可都是珍品!”

“三十如狼、四十如虎、五十坐地能吸土!”几个光盘帮成员笑不可支,纷纷趴在了桌子上。

“李旭东!”肖栋站了起来,脸上写满了不快,“你怎么这么编排老师?”

“干吗这么严肃啊!”李旭东挥挥手,“那老娘们平常对我们那么苛刻,见我们卖盘就请家长,还不许我们说说?”

“你们卖那种东西本来就不对!”

“得得得!”李旭东双手合十,“肖班长,我错了,你该干吗干吗去吧!”

肖栋被噎了一句,很不高兴地拍了下桌子,“我现在就该管你!”

“你管我?”李旭东转头来,说话也有了点痞气,“我们是说王红艳,你怎么这么起急啊?是不是让王红艳破处了?”

破处?一言既出,不仅是光盘帮在笑,连周围其他男生也都纷纷笑了起来,但显然肖栋仍然不太明白怎么回事。

“哎哟!”李旭东看了下愣神的肖栋,好似看见了稀有动物,“你不会不懂什么叫‘破处’吧?咱班长可真纯洁!”李旭东转脸指着另一个光盘帮矮个子成员,“你,赶紧送班长一个‘松岛枫’,让班长好好学学!”

矮个子故意学着古装戏里女孩扭捏的样子向前甩了一下手，语气也突然伪装成了娘娘腔，“肖栋哥哥，看我一个片儿不就都懂了么?”

肖栋显然不知道这个日本名字与什么样的画面有关，但对光盘帮想要说什么，他也算了如指掌，于是眉头也随着紧皱:“你们再不安静，我就把你们的事儿告诉教务处!”

李旭东听罢有些气馁，目光转向了别处。毕竟生意不能见光，班主任也就算了，要是教务处知道了，轻则警告处分，重则劝退开除。光盘帮几个人家里都不算富裕，在肖栋面前也只好忍气吞声。

“装什么纯，跟徐语薇不定搞过多少次了……”肖栋耳朵里传进了这么一句话，而班里人听到这句话，却也是一片寂静，谁也不知道会发生什么。

徐语薇转过头看着肖栋，看着他瞪大了眼睛，只是摇了摇头。

“李旭东!”肖栋没有理会徐语薇。

肖栋推开班门，沿着楼道走向了教师办公室。由于颇有些生气，肖栋可谓是健步如飞，但走着走着，肖栋却逐渐放慢脚步。他清晰听到办公室里传出一阵阵吵骂声，而且声音的主人毫无疑问是王红艳。这一下子激起了肖栋的好奇心，他蹑手蹑脚走过去，趴在门口听着里面。

“你在外面有了多少女人我不管，我只要孩子!”

肖栋听见，立时呆了。

我只在电视剧里见过，怎么王老师也会出这种事……

现在班中秩序乱得不行，需要老师维持，但肖栋又不想让老师知道自己在偷听，两相权衡，肖栋颇有些踌躇。时间好像过了好几年，肖栋还是鼓起勇气敲了下门。

“咚咚咚……”

房间里突然静了下来，好像一秒钟前的噪声不过是喇叭里放出来的，肖栋先听到了挂电话的声音，转瞬间又传出了一个和蔼的女声："谁呀?"

肖栋没敢推开房门："王老师……是我，肖栋。"

"哦，肖栋啊，有什么事吗?"王老师似乎无意让肖栋进房门。

"班里……有点乱，您……能不能来一下?"肖栋说的结结巴巴。

"你先回去吧，我一会儿过去。"王老师回得很平静。

"您得快点，我怕一会儿……大家就闹起来了。"

"我知道了。"声音依然很平静，但显然透出了一点不耐烦。

肖栋没有回话，赶紧离开办公室。

王老师可是个好人，是个好老师，对我也非常好……

没了班长镇场，班内已经乱作一团，有些人做作业，有些人玩手机，有些人趴在桌子上睡觉，有几个位子已然空了。肖栋非常焦急，马上站上了讲台："大家安静一点，王老师马上就回来。"

话音刚落，光盘帮几个人向他齐齐伸出了中指："走狗!"

肖栋没理他们，也没有顾忌徐语薇的目光，只是回位坐下。但王红艳并没有立刻回来，班里也又开始议论纷纷。

"都给我安静！安静!"不一会儿，班主任王红艳就出现在讲台上，用力敲着桌子。这位面貌慈祥的中年妇女每次敲桌子都代表着有什么大事要来临。当然，这个"大事"的标准由王老师自己定。

"今天班会，我要说说校运动会的事儿，下个月就要比赛了!"

看到学生们终于停止议论，王老师便轻微撩起下巴，继续念叨起来："我知道！咱们班不太擅长体育活动，去年运动会也就是那样，但不努力也是不行的！身体是革命的本钱，体育要是做不好，你们平常的学习也一定做不好，将来高考、高考怎么拿好成绩？进入社会又怎么好好工作?"

现代教育不太支持这种过度联系的教育方式，但从那个特定时代走来，又身披"特级教师"霞光，又是班主任，王老师反而像是说出了某种真理。

“班长，”王老师的脸转向肖栋，从桌子上抄起一张纸递出来，“你到前面来，拿着这个表，组织一下运动会报名。”

肖栋走到前面，接过报名表。向下望去，大家似乎在同一时间都有了各自的事情，写作业的写作业，翻书的翻书，实在没事的干脆眺望窗外，似乎没有一个人敢与肖栋四目相对，就连徐语薇也不由得翻起了笔袋。

“先说田赛吧，实心球有哪位同学想报？”

鸦雀无声。

“没人报名就我来选了，”王老师有些着急，拿起笔就写，“冯勇，你这一身疙瘩肉，给我投实心球去！”

冯勇是班里著名的“胖子”，也是校乐团的大鼓手，但由于技术太差，又舍不得交钱，暑假的法国演出并没有参与。

王老师说冯勇有“一身疙瘩肉”，其实有点过度抬举。他家里算是个小暴发户，由于父母大多吃过苦，就什么都尽量满足孩子，便把冯勇彻底吃成了一个胖子。吃了不少，胖子却偏偏不爱运动，别说投实心球，连个沙包都扔不远，唯一的运动大概也就是偶尔拉一拉中提琴了。

“为什么是我啊，我真不行！”冯勇站起来控诉道。

“坐下！有什么不行的？这么壮，好好练半个月怎么也能拿名次！就这么定了！”

冯勇悻悻坐下，口中暗自咒骂。

咒骂的很快就不止有胖子一个人了。见到全班同学都不积极报名，这位班主任有点急了，干脆乱排封神榜，该跑步的拉去跳高，该打排球的拉去跳远。肖栋当然明白王老师不太理智，但既然是班主任下令，他也不敢不从，老师说一个他记下一个，好像一件木偶。

随着一个又一个名字进了名单，不少同学交头接耳，有的说老师乱点名，有的说班长也不为学生想想，教室里越来越乱，老师拍拍桌子也只能管十几秒钟。

“别吵吵了!”

突然从课堂后排传出一声喊,众人转头一看,原来是那个转学生。武皓前一天晚上睡得晚,早上在趴着睡觉,班里一乱他也就睡不着了,心烦意乱之际喊了一声,没想到控制不好音量,搞得半个楼道都能听到他的叫声。

“新来的武皓同学吧,”王红艳看到有人能镇住班集体,也不去计较他喊声太大,“你还没做自我介绍呢!跟大家说说,你名字怎么写,有什么特长!”

武皓打了个哈欠,轻轻站起来:“我叫武皓,武术的武,皓是左边一个白,右边是一个告。”

听完这话,江子睿却摇头晃脑地念叨着:“止戈为武,皓月千里。”

武皓看了一眼江子睿,眼里满是轻蔑:“没那么有文化,我在美国上了三年高中,所以也比大家都大一岁……”

夏冰本来在看着位子里的课外书,听到这里也抬起头来,饶有兴趣地打量武皓。

夏冰是班中女孩里的异类,上课从不认真听讲,却对地下摇滚很感兴趣,几乎每天都要去听到很晚。由于发育比较早,刚一上高中身高就接近一米七,运动能力也超过了很多男孩,动起手来甚至能把瘦小男孩打得泣不成声,因而被选为体育委员。

夏冰名字好听,长得却不美,但由于性格爽朗,胸部发育明显,在年级里也有几个追逐者,当然,她一个也不搭理。

江子睿则似乎又找到了调侃点:“那你怎么蹲班跑回来了?”

武皓把手重重放在桌子上,一字字念着:“报效祖国。”

肖栋赶紧插了一句:“江子睿,新同学在说话,你尊重一点别人。”

这次却轮到武皓轻蔑地看了一眼肖栋,自言自语道:“什么尊重……”

“好了！说正题！”王红艳拍拍手，“有什么特长？”

“跑步……篮球……摇滚……hip-hop。”武皓自信地列举着，而底下的学生却已经议论纷纷，毕竟这个文艺特长班都是一些乐器、合唱、跳舞的特长生，所谓“体育特差班”之名也不是空穴来风，能来一个体育健将，自然对运动会拿名次有所帮助。

“你打球怎么样啊？”夏冰话音一出，周围同学纷纷惊讶地看过来，毕竟这么久了，夏冰还是第一次主动跟班里男生搭话。

“不怎么样，就是在美国把老黑都打趴下了！”

“你是打球还是打人啊！”夏冰会心一笑。

“要打球，有几个不打人的？”武皓邪魅一笑。

“那你不报几个名？”夏冰晃了晃头发。

武皓意识到现在是运动会报名，内心中某个开关似乎突然打开了：“报就报，但长跑太累，除了1 500米都算上我一个！”

众人大惊，连王红艳都瞪大了眼睛，表情写满了不可思议。

高二二班建立有了一年，但每逢各大事件，遇事即逃者众多，每次都只能是矬子里拔将军，生拉硬拽也不一定能抓到几个壮丁。这次武皓一声表态，不仅让王老师觉得有了些指望，也让在场同学倍感惊讶。女孩子大多投过去佩服的眼神，而男孩子反应却不太一致。

“你牛，一下子报好几门，受得了吗？”冯勇用力抬了一下肥胖的下巴。

“不信？You shall see。”武皓拽了句英文，缓缓念起来，“我的目标，就是带着咱们班在运动会拿第一！”

在场更是一片哗然，“吹牛B”“说大话”不时从其他男生嘴里冒出来。

“武皓同学，你刚来可能不太清楚情况，咱们班体育很不好，没有几个能上的，你自己能拿下一门两门，我倒是相信，可咱们学校高三那些学生都很厉害，想拿第一还是不太可能的。”

武皓看到了肖栋,居然是这位文弱班长在细声细气解释情况。

武皓“呵呵”一笑:“如果是你带队,的确是不太可能,但如果让我来带队,那就没有什么不可能!”

肖栋一下子觉得脸上挂不住,“我可没跟你吵,只是说咱们现在的情况。”

“我也没吵啊,我只是告诉你,如果我来带队会是什么情况。”武皓仿佛一瞬间就学会了班长那种一板一眼的说话方式。

“严格说也不是我带队,是体育委员带队。”肖栋把目光投向夏冰。

夏冰眼珠子上下打量了武皓:“我无所谓……”

肖栋却是慌了。

不对啊?一般来说……这种事不都应该交给班长来定吗?怎么可能……武皓这刚一来,就要接管班中最重要的体育……这可怎么是好?不过连夏冰都让出带队权,我也不好说什么啊……

肖栋只好做总结陈词:“老师,武皓同学刚来,不熟悉情况,不适合组织这次运动会。”

武皓却笑出了声:“老师,反正让他管,百分之百拿不了第一,对吗?”

全场哑口无言,肖栋脸上也是红一阵白一阵,好像是受了天大的委屈,也好像是实在气不过,但最终还是忍了下来。

王红艳看了看肖栋,又盯着武皓打量了一下:“行,那就你带队!肖栋,把报名表给他,让他重新选人。”

肖栋慢慢走到武皓跟前,两只手递了过去。武皓一把扯过来,大致扫了一下全班:“既然是我带队,我就希望大家都听我的。过几天放学,所有人都去操场,咱们一个项目一个项目地挑!体委,”武皓特地点了一下夏冰,“我还不太认识所有同学,你也来帮我。”

夏冰侧眼看了看武皓,点了点头。

“同学们,大家都听到了……”王红艳冲着肖栋挥了挥手,示意他回到座位上，“咱们差不多该上课了，把上次的卷子拿出来……上课！”

“起立！”肖栋本能地喊出了这句话，赶忙跑回原座位。

5-1

傍晚路灯照来，小巷也安静下来，没想到，这个音像店还在。

说起音像店，如今听来已然难以想象，毕竟网络把传统行业冲得支离破碎，而音像店这种生物，恰好就是传统行业里最缺乏价值的。除非是有老唱片，或是如同这家音像店一样、在前台还买起咖啡，那么这种最为传统的知识传播渠道，恐怕是最难生存。

繁华中的寂静，大陆间的孤岛。

推开门，陈旧的木头味道扑面而来，似有增减，却无变化。肖栋已经忘了上次来这里是什么时候，却依稀记着，这里曾经发生过太多事情，曾经是他精神世界的中心。

屋子里仍是整齐的四排架子，每个架子摆着不同种类的 CD 与 VCD。虽然已经是十年过去，有些东西依然没有变。没错，就在靠南边的墙上，依旧挂着四个 CD 唱机，虽然整齐得好像从未动过，但头戴式耳机的型号却比印象里小了很多。

或许已经没人记得，徐语薇曾经把耳机摘下，用耳机左侧贴在肖栋的右耳，耳机右侧贴在她自己的左耳。

那是捷克作曲家斯美塔那的《沃尔塔瓦河》。

肖栋拿起耳机，如同以往戴在耳朵上，如同以往听起了当年最喜欢的曲子。

一位骑士在战斗中最终取胜，头顶桂冠，荣归故里，河边的村庄里无不张灯结彩，大加欢迎。然而，当骑士沿着河道走向城堡，却忽然发现城门大开，城头空无一人，四周都长起了杂草。但这才是骑士成长的地方。就在那城头上，本应站着一位公主。

从超自然世界之中顿时跳出，门又开了。虽是上学时间，却有几个高中生模样的男孩推门而入，他们对于音乐这边的CD并没有什么兴趣，只是径自去前台买了杯咖啡。几个人有说有笑，模样异常兴奋。肖栋不由得向前台方向踱了几步，而他没注意到，前台正在给孩子们端咖啡的老板也端详起了肖栋。

“小伙子……你差不多十年前，是不是老来这儿啊？”

“啊？”肖栋倒是一惊，左右看了一下，断定没有别人，才点了点头，“啊，是啊，原来我在英和中学上学，有时候会来这边。都差不多十年了吧，您还记得我啊？”

“还有一个女孩，当时你们老来……”

肖栋轻笑了一声，没有作答。

“欸，你是不是叫肖栋啊？”

肖栋明显惊讶了许多，毕竟他印象中从未与这位老板说过自己的名字：“你怎么知道的？”

老板脸色也舒缓了一些：“这么多年，终于找着你了。”老板转过身去，在后面的柜橱里翻了翻，不知道在找什么。

肖栋愣在原地，不知道剧情会如何发展。终于，老板停住寻找，抽出了一个小塑料袋，从里面又掏出一个早已皱巴巴的小纸袋，放在了前台。

肖栋睁大了眼睛，好像已经意识到了什么。

难道这就是……肖栋两三步冲到前台，将小纸袋倒着翻出来，一枚很是崭新的迪士尼钥匙链掉在了前台。不过是一个钥匙链掉在桌上，却有着万钧重量，让肖栋不由得想起了一桩又一桩往事。

“这是？”

老板不急不忙，将已经空了的小纸袋翻了过来，只见背面工工整整写了“肖栋”两个字。

“这个钥匙链可算是经历了不少坎坷啊……”老板说着点燃了一颗香烟，伴着缓慢的音乐声娓娓道来：“那年平安夜，她脸上挂着笑，让我下次见到你就还给你；到了情人节，她跑了过来，在那边听了听 CD,然后号啕大哭,把钥匙链要了回去;然后就是夏天了,她拖着个大箱子来到这里,又让我把这个钥匙链还给你……”

这都是那一年的事儿?

“我就记得最后一次她来的时候,那真是面如死灰啊……”

面如死灰?

“可惜你后来就没来过,我还想呢,这到底是怎么回事……”老板吐了一口香烟,面冲肖栋,“开店 20 年了,这种事就有过这么一次,到底怎么回事,你跟我讲讲呗。”

肖栋却是很无奈:“这个事,我其实一点儿也不知道……”

“这样啊……”老板倒也有些遗憾,“那你把这钥匙链拿走吧,我也算是完成工作了……”说着,老板放下香烟,转身去收拾东西。

“打扰一下……请问,你就是肖栋先生么?”

肖栋转眼望向旁边。那是一个短发而瘦削的女性身影,头发微微烫过,末梢轻轻贴在耳边,一抬头,不经意间透着些属于少男的帅气。

肖栋冲着她眨了一下眼。

“我没认错人吧?”一身蓝衣凸显出了她的知性,也让她异国风情的汉语更加引人注目。

“你是?”肖栋摘下耳机。

“我是一名记者,正在……”记者从兜里掏出一个皮质名片夹,正要掏出名片。

“找我的经纪人约时间吧。”肖栋摆了摆手,放下耳机,走向门边。

“我不是媒体记者,”记者从后面喊着,“我找你也不是因为小提琴,是因为你的过去。”

肖栋突然站住。

“前两天你在学校的发言我看了,很喜欢,”记者一步步走近站在原地的肖栋,“‘一提到青春永远是美好,连不美好都变成了美好’，我很喜欢。其实不只是你的国家，我的国家也对青春有着很多不切实际的幻想。好像青春就应该尽力挥洒，无论做什么都是对的……”

“你的国家？”

记者缓缓站到站到肖栋对面，将一张名片递到面前，上面竖着写了“中川美奈子”五个字。

“日本人？”

美奈子点了点头，短发随着轻微晃动起来。

“那为什么你会在这里？”

“我是自由记者，走了很多国家，现在正好在中国。”美奈子特别的日式汉语让人颇感异域风情，“我想了解每个人不同的成长经历，了解每个人真正的青春，尤其是名人。”

“我可没什么名……”肖栋终于笑了起来。

“太有名也不好，因为我会见不到！”美奈子晃了晃脑袋，一股别样的香水味道扑面而来，这本是要吸引别人的香水味，却让肖栋警觉地收起笑容。

“那如果不是小提琴，你想知道我的什么事呢？”

“太子堂在 2005 年成立，在 2006 年被迫解散。而你自己在以前的采访里说过，自己在 2005 年突然停止了小提琴练习，2006 年却突然跑去奥地利学习音乐……”美奈子眼中透着光芒，“我不相信这两件事没有联系。”

“不愧是日本人，调查得这么仔细……”

“每个人的生命都会有白色的时期，也有黑色的时期，从黑色到白色的转折一定是美好的，而从白色到黑色的转折却肯定是痛苦的……你从白色转为黑色，却恰恰在成长最重要的青春时期……”

“为什么会从白变黑……”肖栋自言自语，眼里闪过了些什么。

想着，刚才买咖啡的几个孩子突然排成一字长蛇阵冲出门去，最后一个男孩把门嘭的一声关紧，搞得老板心疼地喊了一句“慢点儿！”

“孩子最爱群居，成人却爱独居……你知道这是为什么？”肖栋转过头来，仔细看着几个孩子走出去的方向。

“为什么？”

“因为团结就是力量……”

肖栋踱步起来，无视周围的风景与气氛有着何种变化，向门口走去。

“中川小姐，我希望你明白：没有人是100％纯白，也没有100％纯黑，我们都是灰色的人，我也只不过是从10％的灰，变成80％的灰而已。”

“灰色？”美奈子跟了一步。

“世界上哪儿有那么多变化？”肖栋好像是在自言自语，摇了摇头，“变的只是我们对待世界的方法！但对世界的态度，我们从来没有变过……只是太阳照得多了，就更像白色；月亮照得多了，就更像黑色。”

“什么意思？”

“意思就是，我的青春之所以是黑色，也是我有意无意选择的。”

“怎么讲？”

“找我的经纪人约时间吧。”肖栋却是邪魅一笑，攥紧手中的钥匙链，转身离去。

5-2

一曲萨克斯《回家》正在校园里单曲循环。学生们正在四散回家，校门口也是一片拥挤。

高中时期，大多数学生逐渐学会了骑车上下学，一来是公交系统不太发达，二来骑车更容易结伴远行，也更方便绕路，是一生之中第一次享受自由的象征。无数浪漫故事由自行车而发，无数江湖恩怨也因自行车而起。

不过自行车并不是主角，因为相比喧闹的校门口，大篮球场外面那一圈跑道上却是意外的冷静，只有高二二班同学在集体慢跑。

为什么集体慢跑？当然是武皓要求的。整个运动会，径赛项目占了七成，所谓“得径赛者得天下”，不选点像样的选手，武皓的大话怕也是圆不了。

“夏冰，”武皓用右手食指点了一下队尾，“让那个胖子别跑了，白费力气么不是？”

队尾便是冯勇。

“让那胖子去田赛吧，没准扔实心球还有点用……”武皓拿出报名表，掏出一杆笔，“那胖子叫什么名字？”

“冯勇……那天王红艳也说让他去扔实心球，他不愿意去。”夏冰很无所谓地叫着班主任老师的名字。

“算了，也没别人了……”武皓摆了摆脑袋。

夏冰“扑哧”一笑，也没说别的。

“反正田赛我不熟，美国都没有这些项目……投篮球我可以报名，剩下的你定吧。”自打武皓出现在班级之后，聊天中好像还是第一次提到“美国”这个词语，夏冰听了，眼光中突然透出期待。

“美国……怎么样啊？”夏冰故意看着别处，好像这句话只是不经意间的一句插话，没什么深刻的含义。

“还能怎么样，该上课上课，该睡觉睡觉。”武皓仿佛有些打趣，“但课程没这么死板，也没有班级概念。所有课可以随便选，每个人的课表、教室都完全不同，应该说更自由吧！”武皓站了起来，做出了自由女神像的手势。

“更自由。”夏冰默默重复着这句话，抬眼打量了一下天空的云彩。一片不常见的乳白色云彩正在缓缓飘过操场上空，太阳光随着云层薄厚不同，也发出着不同程度的亮光。

“是啊，年级里互相都认识，像我，还经常跟黑人一起打球，这才有了现在的技术！”武皓抬起一侧脸颊，歪着脑袋伸出了双手，还握起了拳头。

“老看电视里说美国有校园枪击，有这回事么？”夏冰指了指东边，似乎隔壁就是美国。

“当然有啊。”

“那你在学校不是很危险？”

“没事！”武皓突然凑到夏冰耳边，搞得夏冰少许吓了一下，“我也有。”说完了不禁邪魅一笑，伸出手比画了一个手枪形状，向着夏冰“开”了一枪。

这邪魅一笑，不禁让夏冰蓦地一震，也说不清是胆战还是兴奋。

“大家集合！宣布径赛人选！”

英和中学径赛除了100、200、400三种传统项目之外，4×100米、4×400米也分男子、女子、混合三种形式，加上女子800米、男子1 500米，构成了一个复杂的计分体系。虽然长跑更累，但在计分上与短跑相差不大，武皓便觉得拼个长跑虽然听起来很猛，但在抢分上没有什么优势，便做出了一个出乎意料的安排——

“江子睿，你去跑1 500米，苏芸跑800米。”

全班都惊呆了，且不论江子睿一点也不像运动健将，“黑旋风”苏芸更难与“长跑”二字挂上钩。

“你能别瞎指挥吗？你看这俩人哪个能撑下来长跑？”冯勇被提前叫了下来，气正不顺。

“对啊，我可跑不下来啊！”江子睿也一个劲儿摆手。一胖一瘦两位活宝开启了反对之声，全班立即出现了大量质疑。

“大家听我说！”武皓鼓足气喊了出来，嗓门之大不禁让所有人为之一怔，纷纷不再说话了，“长跑冠军多少分？二十分！短跑呢？都是十分，打破纪录还能多拿十分！争长跑有什么意义？应该拼短跑、拼纪录才对！咱们要拿全校第一，要想办法多抢分！”

一番话很有道理，说的底下没人能反驳。

“可我真跑不了，不能拿我去现眼吧！”江子睿依然不甘心。

“那就找个没人的地方，中途出来！”

让武皓一喝，江子睿顿时失去了勇气，但仍然扭扭捏捏。

“咱们班体育素质是不怎么样，但也有可用之材。除了我之外，班长还不错，”说着用手指向了肖栋，“爆发力凑合，在接力里面凑合跑一棒吧。”这话虽是表扬肖栋，但言语间总有些“矬子里拔将军”的意味。

明里夸我，暗地贬我，行，让你看看我的实力！肖栋走到队伍前面。

“男子三个短跑个人项目我包了，大家不用担心。男子4×100米、4×400米再加上那两位同学，”说着武皓指向了光盘帮的两个男生。

“女子短跑100米、200米由那位长头发的同学来。”

“徐语薇，过来。”夏冰走过去，把不知所指的徐语薇拉了出来。

肖栋与徐语薇站在一起，周围目光多少也会变得有点灵动，几个男孩甚至露出了坏笑，“比赛夫妻俩”这句话不知从哪里冒了出来，搞得徐语薇有些紧张，肖栋却有些得意。两人对视一下，肖栋急忙收起嘴角一抹得意，转头望向校门口，徐语薇则少许皱起了眉头，好像是在责怪肖栋。

“夏冰，400米就是你了。”

“好，不过我也想参加接力呢！”夏冰倒是爽朗。

“别着急，肯定有你！”武皓又是邪魅一笑，紧接着点出了两个瘦瘦小小的女孩，虽然不一定跑得多快，但也不会太慢。

很明显，武皓有意让更有能力的人承担更多个人项目，而到了接力，反而会点一些小鱼小虾凑数。看起来是要搞个人英雄主义，但翻开运动会评分标准，不难发现接力冠军只有十分，普通100、

400 米个人赛冠军也都能有十分，也难怪武皓更重视个人项目。

“好，那就这么定了，4×100 米、4×400 米男女混合，就是我、班长、夏冰，还有这位，”武皓轻轻转过头来，装作不太熟悉的样子……

“徐语薇，语文的语，蔷薇的薇。”徐语薇语气突然笃定起来，眼神直直盯着武皓。

武皓又是邪魅一笑。

“好，那就这样，田赛选手由夏冰定。从明天开始，放学之后咱们要一起练习，班长，”武皓转向肖栋，“从明天开始，下课以后你去借接力棒吧！”

肖栋不知为什么，说了句“明白”，还少许立正，搞得周围人都大笑不已。

“班长真听话……”不知哪里冒出这么一句。

5-3

“肖栋，快点，队都往前走了！”胡子拉碴的刘子龙叫了他一声。今天两个人并没有出去吃饭，虽然小饭馆东西不贵，却也不是天天能消费得起。

“子龙，那个武皓……你听说什么消息没？”肖栋问起来。

“武皓……”刘子龙在眉毛处抓了抓痒痒，“你们班新来的那个？”

肖栋点了点头，跟着队伍向前走了半步。

“上回单挑了好几个高三的，还有点技术。刘铁挺喜欢他，挑进篮球队了。”刘子龙稍有些夸赞。

“这人是个威胁。”肖栋脸上露出担忧。

“他怎么了？”刘子龙依然处变不惊，“单挑都输给大哥了，怕什么？”

“他刚来就在班里放大话，说什么要带我们班在运动会上拿第一……”

“你啊，杞人忧天……”忽然一个网球从边上滚了过来，刘子龙一脚踢走，肖栋抬眼一看，原来是几个喜欢足球的学生在踢网球，“你看看学校里，这么大个大篮球场，偏偏不让踢足球，逼得他们踢网球，咱中国足球好的了么?”刘子龙摇了摇头。

“不是……我怎么杞人忧天了?”肖栋又盯着刘子龙看了起来。

“我问你，齐达内来中国，中国能拿世界杯吗?”刘子龙指了指踢网球那波学生，“你们班体育根本就不行，武皓觉得自己牛逼、这个班就牛逼了。”

“足球我不懂……”肖栋摇了摇头，“他家里好像挺有钱……我们暑假去欧洲，他们家赞助了一百个名额，每人一万的标准!”

“有钱怎么了?”刘子龙倒是有点轻蔑，“越砸钱说明他学习越差!”

“但有钱……女孩不喜欢吗?”肖栋向前走半步，又停下。

“哦……”刘子龙笑了起来，“你是担心他抢徐语薇吧?”

“不是……”肖栋脸有点涨红，“我也不知道怎么说，就是担心……”

“你啊……”刘子龙与肖栋已经排到了队首，向着食堂里面走去，刘子龙把下巴往肖栋方向旋转了一下，“瞎嘀咕。”

肖栋一时无语，只能随刘子龙进了食堂。

肖栋与朋友吃饭，徐语薇也不能落单，这不，她身边盘踞了四五个女孩子，当然，也有团支书苏芸。这时的她，绝对是“微胖界”人士，脸也晒得黝黑。

那几个人……就是挡灾会？真是难以想象……

挡灾会这几个人都加入了共青团。要知道，刚刚高二，入团人很少，要么学习特别好，要么跟老师关系特别好。至于这几个女孩，则是两样都占，可以说是班里公认的好学生。

“子龙，咱们去那边……”肖栋打好了饭，在调料桌上磨蹭了一下，跟刘子龙一起站在徐语薇侧后面。她们看不到自己，自己却能听到她们说什么。

“哎，怎么一个是美少女，一个是黑旋风呢？”

旁边几个高一模样的学生在议论，但声音太大传到了苏芸耳朵里，苏芸便狠狠瞪了他们一眼，这些小孩不敢说话，吃了几口很快就走了。

肖栋听到这番话，乐得差点把饭吐出来。

“徐语薇，你最近怎么吃这么多啊？”苏芸转过头来，看到了徐语薇的饭盘里不仅有很多青菜与肉菜，更有一大块米饭。

“啊？舞蹈老师说过几天要集训，要多吃一点。”徐语薇肯定地点了点头。

“哎，我也应该报个舞蹈班，可家里不让学，结果就成了这么一副模样。”苏芸狠狠低了一下头，双下巴更加明显。

“那我宁愿跟你换，我可是家里人逼着学的。”徐语薇把一块肥瘦肉中的肥肉部分切开，扔到一边，把瘦肉放在饭盘边上使劲挤了挤，这才放进嘴里。

“逼着你学？为什么？”苏芸不管什么肥肉瘦肉，一下子扔进了嘴里。

“哎，我父母都在大学……小时候有个舞蹈教授来我家吃饭，看见我就让我去练舞蹈，还说别荒废了，我妈就赶紧给我报了班儿……”

“那不是挺好么？”

“好什么啊……天天要练功，又是劈叉、又是压腿、还要竖脚尖，到现在脚上还有很多瘀青下不去。”说着徐语薇拎了一下裤腿，将脚踝少许露出一点，的确有一点青色痕迹印在上面。

“不练不就好了，为什么还……”苏芸眼中透出一点同情。

“我妈非让我练啊，每次一不想练，她就拿那个教授的话说我。后来，还把流行歌曲的 CD 都收了起来，说这些会影响练舞蹈。我到现在都没听过几首流行音乐，家里全是巴赫、莫扎特……哎……”

“这跟流不流行有什么关系？”苏芸倒是有些奇怪。

“我一听歌就忘了时间，我妈就不高兴，说流行乐都是低俗东西，古典乐才高雅，才能跟芭蕾舞配上……”

“不过说实话，别人看你，肯定觉得你喜欢古典乐。”

“我是觉得各有各的好，不让我听流行，我反而更想听……”徐语薇看着文静，但话匣子一打开，也决计难以收住，“有时候放学早，就特别喜欢站在音像店里，听听他们放的新歌。”徐语薇脸色有些难看。

“那好办！回头我把 MP3 借你听听，好多新歌！”

“真的啊？那太谢谢你了……”徐语薇露出一丝浅笑。

“不过吧，练舞蹈也不都是坏事，你要不练，身材哪儿有这么好？估计也会跟我一样咯。”苏芸把筷子轻轻伏在餐盘上，好似在等着什么。

“胖也有胖的美啊。”徐语薇细声细气道，“像那些跳肚皮舞的，身上就必须有点肉呢！”

苏芸不吭声了，远处的肖栋也捂住了脸。

语薇……你可真是傻啊……

苏芸这话是找安慰，标准答案是“你一点都不胖”“不用担心”什么的……谁都知道是假话，但苏芸心里会好受一点。你这么一句“胖也无所谓”，加上刚才高一学生嘲笑，苏芸会怎么想啊……

“你老公可够丢人的。”苏芸冷不丁丢出这么一句话。

肖栋停下了筷子，看着刘子龙，刘子龙也同时看着肖栋。

“谁？”徐语薇露出疑惑神情，转而变成了嗔怪，把筷子往边上一放，“跟你说多少次了，他是我关系比较好的男性朋友。”徐语薇的脸有些涨红。

什么叫关系好的男性朋友？我就是你男朋友啊！

苏芸不禁下巴朝天,哈哈大笑。每当心情不爽,她都会拿肖栋与徐语薇的关系开玩笑。“好了好了,开开玩笑,不过肖栋确实丢人。”

“丢人?”

“对啊,堂堂班长,让转学生抢了风头……”苏芸蔑视地摇了摇头,“要是武皓带队,咱们可能比去年强点。你看看去年,除了你……还是谁啊……拿了个什么100米冠军,什么名次都没有。”

一提起别人的不好,这苏芸就跟上了弦一样。

徐语薇明显有些困窘,却又不好意思说什么。

说话啊!你怎么不替我说话呢?

“过几天就选人了,你今年还得上啊,怎么也得再拿个名次回来。”苏芸接着说起来,“看见武皓那么有信心,我今年都想上了,回头去报个实心球。”说着苏芸将胳膊竖起来,掐了一下她那扁平的肱二头肌。

“嗯,我也想参加呢,今年再跑跑步吧。”徐语薇脑袋歪了一下,甚是可爱。

“这就对了!”苏芸顿了一下,口风也变了,“不知道为什么,咱们班男生体育普遍不行,怎么现在男孩都是些书呆子,就没有几个有阳刚之气的!”

“草食男多了吧。”徐语薇兀自念道,语气中也带着一点叹息。

“草食男?什么意思?”

“日本流行语啊。就是说男孩不主动表现,做事也没信心,好像草食动物一样,看着人畜无害,其实是怕自己受伤害,”徐语薇把这一长串话倾泻而出,好像说得太多耗费了很多能量,吃口菜缓和一下,“相反就是肉食男,什么事情都主动、积极、有攻击性。一般前者适合做研究,后者适合当领袖。”

“这不就是肖栋跟武皓的区别么?看来你喜欢草食男呀!”

“还好吧。”徐语薇歪了一下脑袋,又突然反应过来,“哎呀,我跟他只是关系比较好的朋友而已！”

“还辩解，前几天你还问我肖栋这人怎么样呢！”

又传来一阵爽朗的笑声。这回轮到肖栋兴高采烈，他不住地给刘子龙眨着眼。刘子龙叼着勺子，也对肖栋露出了坏笑。两人齐齐向后瞟了一眼，本想议论什么，却发现徐语薇与苏芸早已背对他们，端着盘子向食堂外走去。

“子龙……”肖栋把手肘搭在刘子龙的肩膀上，“你说她……是不是喜欢食草男？”

“反正喜欢你就对喽！”刘子龙奋力把一大勺米饭吞了进去。

“是吗？”肖栋从刘子龙饭盘里挖了一勺肉丝，脸上不住地笑。

“哎！你丫怎么抢人饭啊，自己打去！”刘子龙开玩笑似地推了肖栋一下，肖栋则下意识地往后退了一下。

这一退，却把他自己的饭盘碰倒了。

“哈哈哈！”刘子龙张开大嘴笑了起来，嘴里满是米饭粒。“报应吧！”

“操！”肖栋边笑边捂着脸，又有点无奈，又有点开心。

6-1

深夜，肖栋对着 QQ 输入了一个号码。试了三四个密码，都失败了，系统不仅弹出了验证码，更开始要求肖栋申诉 QQ 号。

“Scheisse！”肖栋用德语来了个国骂。

好久没回这个家了，虽然从奥地利回来也有时日，但肖栋依然只愿意住在酒店，见父亲也是约在外面。但今天，不知道为什么，他又鬼使神差地跑了回来。父亲见到他，依然没有什么特别的表示，就好像昨天刚刚见过儿子一样。

但对于肖栋，回家却有不一样的意味。

回家到底意味着什么？找回童年的足迹，寻找少年的乐趣，追寻青春的回忆？对于肖栋，他恨不能把以前的事情全都忘掉，一点也不想记起来。人生要是开始于成年,该有多好。

肖栋的屋子一尘不染,各样东西摆放得错落有致,完全不像没人住。正面墙上依然贴着一幅老旧的 NBA 全明星海报,书架上放着大量初高中参考书,高中时候用过的书包,虽然有些旧了,但依然躺在一角,好似忠犬一样默默等待主人归来。

突然,肖栋把注意力投到了书架的背后,走过去探了探身子。

还在。

呈现在肖栋面前的,是一个饼干盒子,漫步尘土。肖栋单手勾了勾盒子,但盒子实在是太深,通道又太窄,肖栋只能有一根手指碰到那个盒子。他顿了顿,使劲把书架向外面拉了拉,几本书愤怒地向外面一窜——还好,书架是封闭的,书再愤怒,也只能与玻璃门来一个亲密接触。

肖栋,终于能把饼干盒子取出了。轻轻打开,一张塑封完好的照片摆在里面。

"英和中学 2006 年高三二班毕业留念。"照片上面这么写着。

照片上,没有徐语薇。

"这破玩意儿有什么用。"肖栋自言自语。

照片仍在一边,一个厚厚的大本出现在眼前,些许泛黄。这是高中毕业时候的同学录,那个时候很流行这种本子,毕业之前大家让每个人给自己填一份,在背面写一系列寄语,聊为纪念。过了这么多年,有些人还珍藏着,有些人早就扔掉了,有些人则卖了废纸,肖栋并没有刻意去留,但毕竟多年没有回家,父母也不会扔,于是就这么留了下来。

"肖栋,我知道你还是个好人,不要再那样做了。"

翻开一页,肖栋猛然发现了一些当年同学的寄语。

"跟武皓和好吧,他也已经受尽了惩罚。"

肖栋又接着翻。

"我还是喜欢高一那个肖栋。"

肖栋明显不耐烦了，急急忙忙翻到下一页。

“你还能考上高中吗？”

肖栋“哼”了一声。

“愿为肖哥效命，鞠躬尽瘁、死而后已！”

肖栋不禁笑出了声，江子睿这个小王八蛋。

“咱们一起上一所大学吧，好好在一起。”

这一页写着“夏冰”，生日一栏写着“1月29日”。

肖栋眼皮一抬，眼前一亮，带着同学录回到了电脑前面，匆忙输入“xiabing0129”，按下回车。

小企鹅游荡了一会儿，展开了界面。数据显示，整个QQ只有15个人，也没有分组，只有“我的好友”“企业好友”“陌生人”“黑名单”四部分组成。肖栋点开“我的好友”，目光搜寻着什么，很快停留在一个女孩头像上。头像显示，一个女人正在海边玩耍，旁边有一个高她一头的白人在后面大笑着。

这个女人，网名叫“Melting Ice”，亮着。

肖栋双击她的头像，把光标移到了对话框，却又停了下来。

说什么好呢？这么多年没见过了，该说什么好呢？

对话框突然弹出了一句话：“回来了？”

肖栋慌了，不错，正是夏冰主动跟他说话。

“嗯，回来了。”肖栋左手抚了抚嘴唇，轻咽一口吐沫。他的内心澎湃不已，表面上却装作无动于衷。

“在奥地利怎么样？”墨绿色文字还附送了一个笑脸。

“我已经回国了，没在奥地利。”肖栋快速敲入，轻轻抿了抿嘴。

“毕业了？”

“嗯嗯！”肖栋本想只写一个“嗯”，却觉得这样太冷落人，便又加了一个“嗯”，结尾还附上了一个叹号。

“你还好么？”夏冰又重新发问。

“比较忙，下月去美国比赛。”肖栋抬头缓解一下颈椎，又低头键入。

“我就在美国啊！！！”夏冰兴奋地打了三个叹号。

肖栋苦笑了两声。

“是吗？在哪个城市？我要去纽约。”肖栋故意装得什么都不知道。

“我在费城，不算太远。”

“你……嫁人了？”肖栋在“你”和“嫁人”之间特意打了省略号。

“嗯，两年前结婚，现在准备要宝宝。”

果然是结婚了……“是白人么？”

“他对我很好，你放心吧。”

肖栋看到这句话，顿时心头一凉。

还是说正事吧。

“前两天的校服Party，你知道吧？”

“听苏芸说了……”夏冰似乎是很惋惜，“校服Party感觉怎么样，大家是都穿校服了么？”

“嗯，就是大家重新穿校服，回到当年的教室，找回当年的老师，重新上一次课。”

“啊！还挺有创意啊！”夏冰先打了这么一条，但紧接着又跟了一条，“不过，估计对于你，这个party不是什么享受吧……”

还是她懂我……肖栋攥起拳头想捶桌子，却最终散开了手掌，俯在了桌面上，好似俯在琴弦上。

肖栋站起来，踱步到餐厅里，“啪”得一下打开了酒柜灯，掏出一瓶喝了半截的威士忌，又拿出一个酒杯。灯光斜斜地打在他的脸上，他也斜斜地端着酒杯，将那一杯香醇威士忌一口饮了大半。

带着一点微醺，肖栋回到了电脑前面。只见夏冰已经陷入了“离线或隐身”状态。若是一般人对话，恐怕也就到此为止了。

肖栋却一直盯着屏幕，他在犹豫，不知道是不是要打进去那个名字。

“你有徐语薇的消息吗？”

“果然是徐语薇啊……”过了一小会儿，夏冰的回复来了，好像有点无奈，又有点不满，但紧接着又跟了一条，“无所谓了，都过了这么久，说说吧。”

“你还记得郑天楚吗？”肖栋想了半天，终于觉得应该从这里入手。

“你的……大哥？”

“对，大哥……前几天我去看了他一眼，他身体……很不好。”肖栋猛然想起郑天楚与夏冰其实没什么关系，就删去了“他身体……很不好”几个字，“他说，武皓当年在情人节把徐语薇甩了，这事是真是假？”

“那件事啊，你不知道么？”夏冰这句话，无异于承认了这个事。

“不知道啊！”

“我以为你知道呢！”夏冰发出了一个“惊讶”的表情。

“我真的一无所知，那年圣诞节之后，我跟徐语薇就没说过话。”

“我说你怎么会那样……”

“哪样？”

“你是不是觉得徐语薇特别水性杨花，特别墙头草？”

“是有点，她一边跟武皓在一起，一边又跟我这边经常走来走去，我当然会觉得她……而且他们那几个人，就是那几个武皓帮派的人，不是还经常给徐语薇买零食、买饮料么？”

“这个事太复杂了，一两句话讲不清楚。”

“都这么多年了，跟我讲讲吧，多复杂我都想听。”

“这样，你来美国咱们见个面，我把我知道的都告诉你。”

肖栋没再说什么，重重瘫倒在床上，闭上双眼。

6-2

“不错！今天就到这儿了！”随着武皓一声喊，所有人都露出了松快的神色。

还有几天就要运动会了，这几天武皓一直带着所有人加班加点，尤其是在接力上狠下功夫。肖栋感觉到，在这一段时间里，不仅夏冰对武皓言听计从，就连徐语薇也一直是按照武皓的指点行动。

这次离开之前，肖栋特意与徐语薇对了一下眼神，又见她轻轻一笑。

他知道，又是在大门口见面。

肖栋那辆“二八铁驴”瘫倒在一旁，与别的车勾在了一起，费了好一会儿才弄起来，担心徐语薇等急了，肖栋赶忙骑车奔出车棚，穿过教学楼与中心花园直达校门口。却看到徐语薇呆呆站着，并未骑上旁边的草绿色自行车，只是有些出神地望着远处。

“怎么了？”肖栋在徐语薇附近捏下了闸。

“没什么……”徐语薇看向肖栋，眼神之中却透着恍惚。肖栋顺着刚才的方向望去，发现在门不远处的武皓正在戴头盔。夏冰很快走了过来，与武皓略微交谈几句，也戴上了头盔，一屁股坐在了摩托车后座上。

“轰隆隆……”一声巨响，摩托车窜向街道，吓得旁边行人一个趔趄。

“夏冰怎么……”徐语薇神色有点忧虑。

“夏冰啊……”肖栋用前脚掌推了一下车蹬子，车链子发出了“吱啦”声，蹬子转了一圈又回到脚下，“还以为她挺有主见，结果看见帅哥就跟上去了，真是……”肖栋本想说“贱”这个字，却发现徐语薇脸色明显阴沉下来。

“怎么了？”肖栋凑近了看徐语薇的脸，徐语薇躲了一下，骑上车就出了门，肖栋连忙跟上。

“怎么了啊？”肖栋又急切地问了一句，但徐语薇一言不发。

两人骑车走出小路，走上环线，紧接着又向学院路方向走去，一些大学零零散散出现在两人面前，车道也变得愈加拥挤，比起汽车，骑车反而显得要更快一点。

“最近，好像有个帕格尼尼的音乐会要上了，如果……”肖栋话说了一半，眼见徐语薇还是一言不发，疑惑也变成了不满，但还不及发作，突然，前方有一辆汽车强行并线进了右边的自行车道，肖栋猛地一刹停住了，但徐语薇却没能停住，被汽车别到了马路牙子上，差点摔倒。

“语薇！”肖栋急忙伸手去抓，却未能抓住。

“没事……”徐语薇右脚踩了一下马路牙子，好歹是站住了。

“这个车开得！”肖栋见她没事，又看见“肇事”车继续向前走着，便将一腔怒火转移到了前方。他骑上车，两三秒钟就追上了前面的汽车，超过去，猛地将自行车一横，把汽车挡在了后面。

“你丫干吗呢？起开！”一个男司机拉开窗，探出头。

“你占自行车道了知道吗？”肖栋伸手指着，眼光中不无愤怒。

“哪个汽车不占？起开起开！”

“占了道，别了人，必须道歉！”肖栋依旧横着车。

“肖栋！”徐语薇已经骑车过来，“走吧，我没事……”

“不行！必须让他道歉！”

“想在女朋友面前耍威风？”司机冷笑两声，“这么小就早恋，你们家长知道吗？要不要告诉你们学校去？”

“你非法占自行车道还有理了啊？”肖栋着急了，拍了下汽车的前车盖子。

“你是警察吗？不是给我滚！”司机也急了。

“我不是警察！”肖栋点了两下头，愤怒地笑了两声，掏出手机，假装调出拍照模式。“总有人是警察！”

“走啊!”徐语薇拽住了肖栋的衣袖。

“语薇……”肖栋拍了拍徐语薇,轻声说道,“你去右边那个路口等我,快去!”徐语薇不情愿地看了看他,他又挥了挥手,徐语薇这才骑车离开,但他依然站在原处不动。

“赶紧他妈走啊! 好狗不挡道!”

“我把你车牌号拍下来,报到交警队去!”肖栋把手机对准了汽车,假装拍了一张照片。

“你个毛孩子还没完了?”司机打开车门,探身站出来,“汽车走自行车道天经地义,你读书成书呆子了吧? 把照片删了!”

肖栋看见司机开始往自己这边走,做了个鬼脸,转身就骑车离开,“让你知道知道自行车的厉害!”

“我操!”司机拔腿就追,迈了好几个大步,离肖栋的自行车越来越近。

不好……得想个办法!

忽然,肖栋转头朝着司机背后喊着,“兄弟们,上!”

“上”字一出口,司机一下子愣住,转身奔着汽车看去,以为有人要来抢劫他的汽车。就趁着这几秒钟的时机,肖栋飞速骑车离开现场,驶向约好的路口,徐语薇就在不远处等着他。

“你没事吧?”徐语薇关切地问。

“没事,我拍了个照片就跑了。”

“他没追你?”徐语薇不安地看了看后方。

“我玩儿了个花招,把他吓回去了。”肖栋反而有些洋洋得意,“我朝着后面喊‘兄弟们,上!’,他还以为有人要抢他车呢!”说着,肖栋不仅哈哈大笑起来,徐语薇却有些焦虑。

“怎么了?”肖栋当然很奇怪。

“你啊……”徐语薇摇了摇头,“别老只顾自己高兴,得多想想我啊!”

“我就是为了你才……”

“那你要是被他打了怎么办？”徐语薇咬了下嘴唇。

“我不会被他打的，我都……”

“你的花招要是不好使呢？他追过来怎么办？”

“我……”肖栋一时语塞。

“你被打了，我也会害怕、也会难过！你有没有想想我的感受！”

“对不起……”肖栋只能服气。

徐语薇继续骑车走着，肖栋也好似做错了事情的孩子一样跟在后面。骑了一阵子，又到了分别的岔路口。这座岔路口就在一座高架立交桥的下坡处，东西两边相去甚远，徐语薇的家在西边，每次肖栋都会在桥东边目送徐语薇离开。然后找个机会掉头而去，重新回家——其实，他家离学校很近。

这次，肖栋又将车骑到了马路最东边，等着徐语薇离去。

“徐语薇——”肖栋唤了一声，“今天的事儿，你别放在心上哈！”

“嗯……”徐语薇摇了摇头，秀丽的马尾向后轻轻甩了一下，“那明天见……”

肖栋心里，一颗石头终于落地。

肖栋挥了挥手，徐语薇看着他走远，也只是抿了抿嘴，便朝着另一个方向骑去。

每天徐语薇都这么回家吗？

放了学独自回家，哪儿也不去？

那上次她跟苏芸说，自己会去音像店听音乐，是在什么时候？

要不然……跟着她去看看？

不是跟踪，就是想多了解了解她，不算跟踪吧？

肖栋将车倒了过来，逆行回到了刚才的立交桥。现在正好是南北向车辆在左拐，车流纷纷从南向西、从北向东转去，形成了两条优美的弧线。肖栋加快蹬了两步，从这两条弧线的中间穿了过去，向着一片未知的土地行进而去。

这边，我还从没有来过。

少年时代，日子总是过得很慢，世界也总是那么狭窄。只是越过一道熟悉的立交桥，穿过一道熟悉的小巷，景色便大不相同，时间也会骤然放慢。这个时节已是招聘季，大学生们三五成群，有的穿着西装前往人才市场，有的与男女伴一起携手散步，有的独自坐在咖啡馆里对着电脑发呆。这一切，都与肖栋的日常生活那么不同。

肖栋加快速度行进着，"二八铁驴"发出了别扭的声音。自行车虽然已老，但却是中学生能负担起的最快交通工具，中学生的行动范围得意扩大，世界也自然扩展开来。人类第一次认识到世界的广袤，认识到自身的渺小，恐怕都来自于这两个轮子。

啊！语薇！肖栋看到徐语薇在一个路口红灯处停着，险些叫出声来。

徐语薇似乎让肖栋驱赶着，很快骑了出去，但骑了没多远，徐语薇却也突然停下，从兜里翻出手机看了看，紧接着从一个路口掉了头，重新朝着"分别的立交桥"驶去。

肖栋怕被发现，便没有随着掉头，而是干脆在原地转了 180 度，在人行便道逆行追去。

秋日微风拂过小树，片片树叶滑落下来，有的遮住了肖栋的眼睛，有的挡住了徐语薇的身影。徐语薇的速度比平常要快上很多，肖栋甚至都有些追不上，有时候只能跟着感觉前行。

他们穿过了大街小巷，又回到徐语薇上学的必经路上。一路上，肖栋看着与刚才截然相反的风景，却并无时间去享受，他的目光完全盯住了徐语薇，眼里也只有徐语薇。再回过神来，看到徐语薇进入了学校边上那个熟悉的音像店。门脸不算大，却也有点点霓虹灯闪烁，门口贴着海报，循环往复一首《夜曲》。夜已经有些降临，灯便显得格外耀眼。徐语薇推开大门，踮着脚走了进去，向着里面挥了挥手。

肖栋把车扔在一旁，没有上锁，快步凑近音像店门口。眼看徐语薇的车在店门左边，他便在店门右边靠了靠，落地窗上正好有一张海报挡着。

肖栋把眼睛侧了过来，盯着里面。

徐语薇正身处光碟的海洋之中，手指饶有兴致地拨过每一张CD。偶尔，她还会透过CD之间的缝隙，向另一侧与谁做着眼神交流。肖栋隔着窗户看到徐语薇的另一侧，正站在一个矮胖的黑色身影，同样穿着英和中学的校服。

苏芸叫她来的啊……肖栋松了一口气，靠着不高的落地窗轻轻一笑。

“轰轰……”肖栋已经离开音像店有一段距离，突然一阵摩托车的声音由远至近、呼啸而来。肖栋远远一看，武皓身披防晒背心，后座的女孩悄声摘下头盔，那正是夏冰穿着一身太妹的衣服。夏冰一边跟武皓说着什么，一边指着音像店。

夏冰先进了店，武皓则不慌不忙慢慢摘下头盔，还把里面的头发丝摘了摘，这才放在一边。双手又把头发捋了捋，一道斜向下的刘海向右侧偏了偏。等准备得差不多了，也不锁车，又抱起头盔进了音像店。

肖栋急匆匆返了回来，但他并没有凑上前，而是找了一根电线杆躲了起来，远远望着音像店门口。

不行，去了该让她觉得我在跟踪了……肖栋一脚躲在地上，吓得旁边一只流浪猫打了一个哆嗦。

但时间过去了多少年，音像店门口依然一片平静。肖栋顾不得那么多，又跑回了音像店门口。但他刚到那张海报前面不久，门却应声而开。肖栋看到了，蓦地向后一闪，闪到了一个阴影里面。

“别着急走啊！”苏芸在徐语薇后面一个劲儿地唠叨着，徐语薇什么也不说，只是背冲苏芸。突然，徐语薇站住，掉头往反方向走，苏芸也跟了过来，肖栋便往阴影里站得更深。

肖栋看到，徐语薇虽然走路很快，却在弯腰开锁的时候，窃笑了一下。

为什么要笑？武皓跟你说什么了？

徐语薇与苏芸骑着车走远了，肖栋却依旧躲在黑暗之中。

门又开了，夏冰与武皓走了出来。

“皓哥，有戏……”夏冰戴上头盔，坐去后座。

什么有戏？

6-3

“九月金秋，秋高气爽。各位参赛选手在运动会上奋勇争先、不怕苦累，赛出了成绩，赛出了风格，发扬了友谊第一，比赛第二的精神，在比赛中寻觅了更多的光彩和梦想，在比赛中创造了更多的美好和辉煌——高一五班”

“某一天，醒在梦的旁边；手指间，光线有些特别；我能看得见，看见光在变，变成七彩的寓言，飞向梦的起点。某一天，飞奔在跑道间；两腮间，汗水不断流出；我能感觉到，感觉你在变，变成生活的强者，奔向成功的边缘！——高二二班”

广播员不停播放着运动会竞赛投稿。运动会新闻稿是赚取运动会积分的重要工具，每有一份稿件在广播站朗读，就有1分会加到班级积分中，如果有十份稿件朗读了，就相当于拿了一个短跑第一。这种事对体育不见长的高二二班，当然是个好机会，更何况，今年他们体育也不能说不见长。

英和中学特意把运动会放在了新城区体育场，而不在中心城区举办。一来是新城区体育场刚建好，容易预约；二来也是要显示自己财大气粗。与学校体育场不同，新城区体育场完全是标准化体育场，周围一圈看台能容纳数万人。英和中学师生一共不到两千人，在学校体育场只能挤来挤去；但在新城区体育场，这么多人也就能占据一面看台，另外三面都空着。

体育场正上方，是一块电子显示板，平常会显示比分，今天，则显示着各个班级的现有积分。除去这块电子板，各班自己也都带来了塑料黑板，只要本班得分，就会在板子上按“姓名，比赛，名次，得分”逐次写上信息。

比赛已经开始了一个多小时，跳高、跳远等田赛项目基本结束，几项短跑个人赛也已经跑完。不出所料，高三一班基本上抢走了所有田赛冠军，破了几个记录，101 分。但紧随其后的就是高二二班，他们黑马姿态抢走了 83 分，位居第二，与第三名拉开了 40 分差距。之所以这么高，主要是武皓一人夺下了 100、200、400 米三个冠军，其中 100、200 米还破了学校记录，一把拿走了 50 分；徐语薇拿下了 100、200 米短跑两个第一，20 分到手；夏冰拿下 400 米季军，6 分；冯勇虽然不太会投实心球，却也拿了个第五，挣了 2 分；还有 5 份稿件上了广播台。

虽然距离第一名有 18 分差距，但高二二班第一次获得如此高分，着实罕见，整个班的情绪都被调动起来。参赛选手纷纷摩拳擦掌，不参赛的则不停地写稿子——送得多了，总会有一两份念出来。

武皓既是运动会组织者，又亲自披挂上阵，三度拔得头筹，自然成了高二二班的英雄。只见他刚从 400 米赛跑中回来，刚一上看台，周围几个高一高二女孩都投以崇拜目光，高三女孩也指着他纷纷议论起来，甚至直接竞争对手——高三一班女生都悄悄看了过来。武皓对这些情况视而不见，随便找了个地方，扫开旁边几个书包，一屁股坐在地上。

“皓哥，擦汗。”江子睿谄媚地递过毛巾，武皓看也没看，“嗖”得抽了过去。

“皓哥厉害，去年一共才拿了 40 多分，今年刚一半，就……”

"瘦子边儿去,我还想跟皓哥聊会儿呢!"只见夏冰凑了过来,把瘦子推开,"扑通"瘫倒在武皓旁边,"皓哥,这形势不太好啊,接下来是两个长跑,还有一个投篮,要再这么下去,高三一班很难追上吧!"

武皓也很焦急:"是啊,投篮的话,我倒有把握拿第一,但高三一班起码拿个第二,差距根本拉不开。至于长跑,我从来也没指着拿分,要是江子睿跟苏芸跑得太差就麻烦了!"

"皓哥,冰姐,"瘦子听到了两人对话,不禁插了一嘴,"既然形势这么严峻,你就别让我去长跑了,换个厉害的去,要不然就更追不上了,不是吗?"

武皓对江子睿烦透了,本想吼一声。但转念一想,的确,要想挽回颓势,必须要在长跑这种20分比赛中拉开差距,起码不能扩大差距。

"夏冰,你还能跑吗?"

"怎么了?"

"你替苏芸去跑800米吧!"

"欸?我才刚跑完400米,体力还不行,这……"

"拜托了!"武皓突然坐过来,猛地抓住夏冰的手,夏冰则是一惊,半天没说出话来。

武皓又是邪魅一笑。

夏冰少许低下了头,起身去找苏芸。

看到夏冰离开的背影,武皓成就感颇丰,紧接着拉过江子睿:"你觉得谁能替你?"

"肖栋就不错。"

"那不行啊,一会儿还有两个接力呢!他能撑得住吗?"

"有什么撑不住的?夏冰不也去长跑了?"

武皓看了一眼江子睿,只见他眼中透着一股希望,便掏出了手机。武皓手机是这一年新款,上网速度非常快。只见武皓得意地捏着手机一端，用另一端拍着江子睿的肩膀："不跑也行，你起码在广播站给我发个二十篇稿子，就当你拿了个长跑冠军。"

"二十篇？这，现在一共才发了五六篇，你要二十篇……"江子睿不禁迟疑起来。

"没关系，你拿着我手机，"武皓把手机塞给了江子睿，"上网给我抄去，抄一百篇，我就不信发不出二十篇来。"

江子睿捧着这款崭新的手机，眼睛滴溜发转，半晌说不出话来。

"愣着干吗，赶紧去叫肖栋！"

"听说江子睿不想长跑了，让我去跑？"没过一会儿，瘦子把肖栋带了过来。

"是我的主意，"武皓摆出一副有些恶心的笑脸，这在转学以来从没出现过，"班长啊，你听我说，现在咱们差了高三一班有 18 分，说少也少，说多也多，要想追回来，必须在大分值比赛里超过他们。你看长跑有 20 分，万一成了，起码挽回 4 分，但要是输了，可就不知道要丢多少分了！"

肖栋脑子突然有些发木，事前他从没仔细计算过分数，只想着准备好接力就可以了。但计划突然有变，他虽无从推辞，却似乎也没有别的选择。

"可一会儿接力怎么办？"

"没事，夏冰也去跑 800 米了，一会儿她也要跑接力。"武皓看出肖栋有些迟疑，"这样，你在长跑里好好保存体力，别差的太远，尽量跟住第一梯队，跟着那个领头的跑，这样体力消耗少，分数也不会相差太多，我们在其他项目上接着努力，你看怎么样？"

话说到这个份儿上，肖栋只好点点头。

满场嘈杂之中，肖栋回到了座位。望一眼徐语薇，只见她正在把苏芸背上的号码摘下来，夏冰则在一边站着。徐语薇看到肖栋的目光，少许一笑，肖栋则报以会心一笑。

只要有她一笑，我什么都能做成！

“男子1 500米选手，现在开始检录。”广播台喊了起来。肖栋毅然决然站起来，戴上江子睿留下的号码，从看台上走了下去。他又回头看了一眼，本以为徐语薇会目送自己下去，谁承想徐语薇的目光却投往另一个方向。肖栋顺着她的目光看过去，只见武皓正与冯勇打趣。

她在看谁？

“男子1 500米选手，现在开始检录。”肖栋正想驻足，广播台却又催促。

没事，没事，她只是随便看一眼，应该没什么问题。肖栋转身下台。走过漫长的走廊，肖栋来到看台内部的检录处，签上江子睿名字。看着一个又一个选手从看台上方走进看台内部，看着一条条健壮而厚实的小腿，他不禁心中忐忑：这段时间虽然勤加苦练，但毕竟练的不是长跑。1 500米呢，他有这种耐力与体力么？能坚持下来么？他自己都不能保证。

“女子800米选手，现在开始检录。”下一个项目检录，就说明上一个项目马上要开始了。

肖栋随着其他二十几位选手一起，走出看台。重新面对阳光，肖栋却有些不适，好像这是有生以来第一次看到太阳。不仅眼睛睁不开，两腿也发软，好像一股冷气凝结在大腿处，让他动弹不得。

别紧张，我也不是没练，没问题，一定要拿前五，多拿分！

肖栋向看台上望去，寻找着徐语薇的身影，但根本寻不到。只看见夏冰穿着苏芸的号码，从看台上走下来。

不要慌张，夏冰一会儿也要跑接力，没问题！

“各位选手，各就各位！”

这次1 500米比赛中，高一到高三的孩子都混杂在一起。由于发育有先后，为了公平起见，高一放在最前面，高二在十米之后起跑，高三则再要后退十米。看起来高一虽然占了优势，但跑过长跑都明白，区区十米决定不了什么。

肖栋站到第二条线前，大腿处的冷气凝结得更重了，呼吸也更急促，耳边也开始响起轰鸣声，好像一辆重载火车马上要从他身边呼啸奔袭。肖栋不知所措，他在起跑线上俯下身子，好似做出了起跑准备；眼睛死死盯着裁判老师，只见一只手握着枪举过头顶——

为什么没看到徐语薇？

“砰！”发令枪打响，肖栋周围的人都抢着向前奔去。长跑这种比赛，如果一开始不能进入“第一梯队”，想得第一就基本上是梦话了。肖栋当然明白这一点，他忍住大腿僵硬，动用每一分力气向前冲。

1 500 米不就是 15 个 100 米么？一会儿我反正也要跑 100 米，我就把每个 100 米都当作冲刺来跑！

肖栋从后列窜到前列，用最快速度超过了高一孩子。

跑道都是四百米，梯队分列，也基本都是在第一个半圈决定。经过开赛时分的左冲右撞，第一梯队只剩下六个人，肖栋在领跑。

“坏了。”夏冰看到，不禁捏了一把汗。

肖栋只练过短跑，对于长跑经验不足。虽然最开始要冲到第一梯队，但如果体力就不足，一般策略是“跟班儿”，专门跟着一个跑得比较快的人。虽然身体压力不一定减小多少，但心理压力就小多了；相反若是做了领头羊，精神身体压力都非常大，精神一旦崩溃，身体自然是更不听使唤了。

肖栋却是不自知，就这么兀自在前面跑着。跑过第一圈时，他向看台上瞟了一眼——徐语薇伸出手，向他挥舞着。

肖栋咧开嘴，向她笑着。没关系，我还有她在支持，我要坚持第一名，一直到 1 500 米跑完！还剩下 11 个 100 米，接着冲！

肖栋忘记了节省体力，以全力继续前奔跑。但冲着冲着，他却发觉大腿附近的冷气越来越重，胸部也越来越喘不上气，好像有一只手捏住了他的肺，不允许他呼吸。

不行，我要更多氧气！越是想要呼吸，那只手就抓得越紧，转弯时，肖栋侧过身子准备过弯，却突然一个趔趄，右小腿突然一抻——语薇，救救我。

“嘣！”肖栋笔直向里摔在了地上，大腿之间的冷气一瞬间散去，肖栋只能感觉到小腿有一根筋在抽动。

“啊！”肖栋喊得极为凄惨，后面跟着的几个高一学生都不敢靠近他，只能从旁边绕过去，虽然降低了速度，但能避过这副惨象也值了。

医务室老师跑了过来，以为出了什么大事，赶紧招呼旁边几个学生去抬担架。但少许一检查，老师突然神经放松，弯腰将肖栋的腿竖了起来，一起一落向下压腿。压了几下，肖栋的喊声开始变弱，神情也不那么紧张。

“没事，抽筋了。”医务室老师对着跑过来的担架队如是说。

肖栋懊恼不已，单手拍了一下地面。

医务室老师似乎看出了肖栋的疑惑：“准备活动没做好吧？这都十月了，长跑不做准备活动，抽筋也正常。不过嘛，”老师往体育场对面看了看，只见现在的长跑领头羊已经冲过第二圈，“歇会儿就回去吧。”

肖栋一句话没说，他不敢往看台方向看，甚至都不敢坐起身子。如果只是躺着，班里同学还认为是有什么大伤。但如果就这么坐起来，直接回到看台，太丢面子了。该怎么办呢？

不行……爬也得爬到终点，这不只是面子问题，我既然应了这个事儿，就要干到底！肖栋不顾医务老师阻拦，支撑着站了起来，勉强着以慢速从原地跑了起来。奔着终点，继续冲！

肖栋继续绕着这条四百米跑道跑了起来，再次经过看台的时候，本以为能获得一些安慰与掌声，谁承想江子睿、冯勇这一票人对着他狂嘘一气，搞得肖栋心态也颇有失衡。

但他仍然看到，徐语薇站在栏杆边上，对着他鼓掌。但是，她没有笑。

肖栋控制住自己的目光与情绪，尽快往前跑着。但问题在于，前面的人大多已经比肖栋多跑了一圈，这场比赛对他已经没有什么意义。最终撞线的时候，肖栋也没有任何笑容，只是把身上的号码一扯，坐在原地，不知道在想着什么。

丢人了……

就在肖栋懊恼之时，他没有看到，“光盘帮”的李旭东突然凑到了肖栋书包前面，趁着大家注意力没在这边，悄悄在肖栋的书包里摸了摸，把手机拿走放在了兜里。

终于，肖栋还是站了起来，朝着看台入口走去。

“现在播报男子 1 500 米最终名次。”广播台的大喇叭震耳欲聋，“第一名，高三二班，王子威，3 分 51 秒，20 分。”

太好了，第一名不是高三一班，那这样一来……

不对！肖栋突然醒过神儿来，看了一眼总积分榜，高三二班就排在高二二班后面，夺了这 20 分，两个班距离只剩下 20 分了。

“第二名，高二一班，林修博，3 分 55 秒，16 分。”

还好。

“第三名，高三一班，史文渊，4 分 01 秒，12 分。”

果然来了。

长跑虽然不是高三一班强项，但好歹拿了 12 分，而自己却一分没拿，积分差距就从 18 分扩大到 30 分了。这怎么追啊？

全赖我。肖栋步伐越走越慢，差点撞上了女子 800 米选手。

女子 800 米？夏冰已经开始跑了吗？

肖栋将目光投向队首，发现一群女孩里面有一个很显眼的高个子。夏冰如今处于第一梯团里面，排名第三。相比于男子 1 500 米要跑将近 4 圈，女子 800 米却只需要两圈。很快，第一梯团就全体进入了冲刺阶段，只见夏冰提前 200 米加快了速度，超越前方

10 米左右的第二名，又在最后一个弯道处从外道超过了第一名。

“夏冰，加油！”

看台上传来了女孩子整齐的喊声，震耳欲聋。夏冰也是努足了劲头，用身体使劲挡住了后面的几个女孩，向前狂奔。

第一！太好了！我的罪责能减轻了。

“夏冰，你太厉害了！”肖栋兴奋地跑到夏冰面前，伸出双拳庆祝。

“你刚才怎么回事？为什么不跑了？你现在跑得挺快啊！”夏冰来不及高兴，来不及喝水，先甩了几个问题给肖栋。

“我……抽筋了。”

肖栋明显看到夏冰翻了一个白眼。

“你还班长呢？抽个筋就不跑了？”

“我……跑到终点了啊……”

“那有什么用啊？使点劲争个第五名也好啊！我后面那个就是高三一班的，我这么努力跑，才多挣了 4 分，你这一下可就丢了 12 分你知道不知道啊？皓哥的计划都让你给毁了！咱们班拿不了第一，全是你的错！”

肖栋傻了，他无言以对，连他自己也在这么骂自己。

“组织组织不行，跑步又没个耐力，你赶紧把班长让给武皓吧！”夏冰气愤地走了，留下肖栋一个人，不知所措。

“又不是我要跑这个破 1 500 米。”肖栋骂道，“不都是你们塞给我的！”

“肖栋，你……没事吧？”似乎过了很久，肖栋才回到看台上，徐语薇连忙凑了过来。

“我……抽筋了。”话音刚落，肖栋明显看到徐语薇脸上的关切瞬间消失，她的两个嘴唇一抿，好像也是在责怪肖栋。

“你也想骂我？骂吧。”肖栋有点自暴自弃。

“没有啊,不就是抽个筋吗……”

“不就是抽个筋吗？所以我应该也能争个第五名是吧……”肖栋没好气。

“你别把火冲我发啊……”徐语薇当然很不高兴。

“对不起,我……”肖栋叹了口气。

“算了,我去给你抹点东西,好好准备 4×100 米吧。”徐语薇说罢转身去拿药。

“大英雄回来了！”江子睿走了过来,言语中带着钉子。

肖栋没说话。

“有个士兵,不想打仗,又怕死,每次一上战场,就拿着一小袋子血。一开始他一定冲在前面,只要看见敌军,立刻就把袋子在胸口捏碎,装作中弹身亡。等队友都冲过去了……”

“你他妈想说什么?”肖栋大声喊了起来,连徐语薇都吓了一跳,在她印象中,肖栋别说没有骂过人,连脏话都没说过。

“那个士兵后来真的被敌人打死了。”说完,江子睿低下头,用右手捂住左胸,浅鞠一躬,走了。

“你有本事自己去跑啊！”肖栋脸上一阵红一阵白,徐语薇也不敢靠近。

“我没本事啊！”江子睿哈哈大笑。

远处突然传来欢呼声,嘈杂一片,肖栋、徐语薇都不禁望去,原来是男子投篮比赛结束了。武皓在一大队女孩的簇拥下从篮球场一路走向看台,这些女孩上穿篮球背心、下着短裙,比一般的校服要露出了更多女性特征,自然成为整个运动场关注的焦点。

“武皓,你真棒！武皓,你真棒！”啦啦队有节奏地喊着。

“武皓,什么东西！”原来是肖栋发表了看法,徐语薇则好像没听见,面部依然朝着武皓方向。

“你知道吗？就中间那个高二男孩,连续投进了 21 个球呢！”

“连续 21 个球?”徐语薇听到旁边有几个高三学生聊天,不由得问道。

“对啊，投篮比赛的决赛只有两个人参加，是十球定胜负，如果十罚全中赢下比赛，赢的那个人就继续投球，一直到投不进为止。每进 1 个球就额外算 1 个积分啊！”

“真的啊！”徐语薇不禁瞪大了眼睛。

“狗屎运……”肖栋念叨完，便突然站起身，向看台另一侧走去。

“那哥们说的也对，”一个高三学生说，“今天正好是区里篮球队比赛，郑天楚可不在家，如果郑天楚在，他也拿不了冠军。”

徐语薇回过神来，发现肖栋已经走远，便也没去追。

徐语薇刚刚转过头去，肖栋却突然停下回望，发现徐语薇正看着武皓方向。

她为什么不看我？难道一个运动会结果，就比我还要重要？

“一会儿接力，我一定要拿出实力让你们看看！”肖栋紧咬了一下嘴唇。

“你怎么没在厕所里摔一下？哼！”肖栋刚在厕所放松过，旁边又一句嘟囔让他的神经彻底紧绷起来。回头一看，“胖子”冯勇正站在他的面前。肖栋心情正不好，估摸着自己也搞不动冯勇，便想走开。

“跟你说话呢，听见没有？”胖子走了过来，一把拍住肖栋。

“要接力了。”肖栋冷冷说道。

“还准备个什么劲啊？你要再摔上一下子……”胖子说着做出了一个侧摔的动作，“那咱们班可就全栽了。”

身体一侧不要紧，胖子头上突然下起了“雪”。冯勇摄入高油脂食品过多，头皮屑从来都是一大块接着一大块，每一块都足有半个一毛钱硬币那么大，不管怎么天天洗头也不管用，久而久之也就放任不管了。只不过每次一拉琴，冯勇的头皮屑就会掉在琴上，所以乐团分辨中提琴，冯勇的那一把永远最好认。

肖栋眼看着一大块“雪片”要飞向自己，赶忙躲开一旁，用手掸了掸肩膀。

“你小子，还没资格嫌弃你哥哥我！”冯勇有些恼羞成怒。

“你别过来。”肖栋连忙退了两步，“我好歹还在 1 500 米拼抽了筋，你干什么了？”

“你真不知道还是装傻啊？”胖子突然哈哈大笑，“我投实心球啊，再不济我也得了两分，现在有……”胖子掰出手指数了一下，“将近五十分之一的分数是我挣出来的。你拼不拼我不知道，反正 1 分没拿回来是真的！”

“马上接力了，我戴罪立功！”

“还戴罪立功？别开玩笑了！皓哥可说了，你既然受伤了，就别上了，总有人能替你！”

“不用……不用我了？”肖栋愣住了。

“对啊！你今儿可以回家了！”冯勇哼笑两声。

肖栋恍惚地走了起来，神情好似是打了摆子，身体一直左右摇晃。

连将功赎罪的机会都没了吗？

“接力赛马上开始，请各就各位。现在播报总积分。”

“第一名，高三一班，135 分。”

“第二名，高二二班，126 分。”

似乎过了很久，肖栋又回到了自己的位置，不论是徐语薇还是江子睿、冯勇，都已经不见踪影，连高二二班的同学都已经少了很多。

都去准备接力了吧？也可能是为接力加油去了吧？

肖栋背起书包，往出口方向走。

“肖栋？”路过高二四班的座位，耳边却传来了刘子龙的唤声，“刚才看你摔了一跤，没什么事吧？”

“没事……”肖栋面色沮丧，“不过他们不让我上接力了，还让我回家去……”

“回家?”刘子龙愣了一下,“不是吧……刚才你们班人还到处找你呢!”

“找我?”肖栋叹了口气,“估计是想当面让我回家吧!”

“不是!”刘子龙指着高二二班的位置,“武皓还说呢,‘这比赛没肖栋可不行!’你们班人漫山遍野找你,找不到人,最后让江子睿顶你了……我都给你打了个电话,但你关机了……”

“关机?”肖栋摸了摸兜,又打开书包找了找,却没有发现手机的踪影,“哎呀!我手机丢了!”

“丢了?想想看可能丢哪儿了?”

“不是……”肖栋有点慌张,“我去跑1 500米之前还看见来着……”突然,肖栋眼睛瞪大了一些,“我知道了!”

“知道什么?”

“我一会儿跟你说!”肖栋说着把书包扔给了刘子龙,拔腿跑向检录处。

一边是冯勇让我回家,一边我手机又丢了,一边武皓又到处找我……这是设计好的,这么一来,我就成了临阵退缩了!我就成了怕事的小人了!不行,绝对不能让他们得逞,我一定要赶在……

“咣当!”肖栋刚刚跑下看台,离检录处还有一段距离,就好像撞到了一座山,定睛一看,又是冯勇。

“妈的……”冯勇看见肖栋来了,颇为气恼,“你丫没回家啊?”

“冯勇,你骗我!”

“你啊!”冯勇说着就上前一步,捏住肖栋的手臂就往回拉,“就别坏皓哥的好事儿了!”

“什么好事儿?”肖栋抵挡不过冯勇的力量,踉跄往回走着,“什么好事儿这个混蛋武皓也不能骗我!”

“哎哟,你小子也会骂人了?”冯勇接着拉他,“不过我告诉你,你还真骂错了,这回不是皓哥,是李旭东想让你滚远点儿!你那破手机，过两天就给你！”

“砰！”发令枪响起，男子 4×100 米接力开始。

完了……肖栋瘫倒在了地上。

要说英和中学运动会组织还真是迅速，不过十几分钟，男女的 4×100 米、4×400 米四场比赛就全部结束。两场女子比赛中，徐语薇与夏冰发挥了主要作用，两度拿到第一。至于两场男子比赛，武皓身为主将表现固然不错，但江子睿临危受命，心理准备不足，着实是拉低了整个队伍的平均分，两次都只拿了第二。

好在，这两次第二里，第一名都不是高三一班。

“第一名，高三一班，165 分。”

“第二名，高二二班，162 分。”

不行，绝对不能让武皓得逞，他绝对不能拿冠军，哪怕我们班拿不了第一也无所谓！肖栋双手合十，开始祈求班级失败。

但似乎事不随人愿，很快高二二班就拿了 4×100 米混合接力冠军。

“第一名，高三一班，173 分。”

“第二名，高二二班，172 分。”

就差一分了……下一场一定要输！绝对不能让武皓出彩！肖栋瞪大了眼睛看着比赛，连呼吸都不敢用力。

“砰！”最后一场 4×400 米混合接力开始：

夏冰、江子睿跑出第一、二棒，少许落后；徐语薇跑回第三棒，追回了一点；武皓正面着徐语薇，倒跑接棒；武皓对徐语薇邪魅一笑，嘴里嘟囔着什么；徐语薇大声催促武皓快跑；武皓以惊人速度向前急追；武皓与高三一班的人肩头越来越齐，两个人最后几乎是同一时间撞线。

“谁第一？”肖栋急切地冲在栏杆前面。

“4×400 米混合接力，并列第一名是……”

肖栋长舒了一口气，拍了拍栏杆。并列就并列吧，高三一班肯定是冠军了。

“请全体同学稍候，积分委员会正在统计积分。”

武皓没实现承诺，没带着班里拿冠军，肯定会失去些信任。这时候，我只要能从李旭东那边把手机拿回来，就告诉所有同学武皓是怎么耍我的！这么一来，他就不会对我有什么威胁了……他也就对徐语薇没什么吸引力了吧……

“现在播报本届英和中学运动会评奖结果。”

广播站开始宣布精神文明奖、宣传奖这些毫无意义的安慰奖。肖栋默默爬上看台，往台下一看，武皓、徐语薇都是满面愁容，夏冰甚至哭了起来，旁边有几个女孩子在安慰着她。

你们要是不耍我，现在就是冠军了！

“第三名，高三二班，149 分。”

肖栋从刘子龙那里接过书包，朝着自己的班级方向走去。

哎，我也希望班里能夺冠，不过第二也可以了。

“第二名，高三一班，187 分。”

肖栋猛地愣住了。不仅是肖栋，高三一班也显得十分惊讶。高二二班所有同学更是屏气凝神，好像接下来的一句话，就会决定他们的一生的命运。

会是第一吗？

“第一名，高二二班，190 分。”

高二二班彻底爆炸了。自从高中以来，他们第一次在全校大型比赛中获奖，他们第一次意识到，这个班级有能力做到所有事情，有能力与其他班级一样，甚至与那个看似遥不可及的高三一班一样，君临天下。就连其他班级也为他们鼓掌，这个高一时候连前五都没进的班，竟然能够一路“黑”到底，着实不易。

“请获奖各班班长来主席台领奖。”

肖栋惊住了，没有任何反应。

不对啊，最后一场比赛不是输了吗？我们班应该落后 3 分，应该第二，为什么最后反而高过高三一班 5 分？

他目睹着武皓跑去了领奖台，抱着奖杯跑回集体。

他目睹着瘦子把一个崭新的手机递给武皓，还比画了一个 V 字。

不对，我是班长，应该是我去领奖的！

他目睹着，夏冰主动拥抱武皓，泣不成声。

他目睹着，冯勇捶了一下武皓的肩膀，大笑不已。

错了，一切都错了！不应该是这样的！

他目睹着，武皓伸出坚实的双手，向着徐语薇。

他目睹着，徐语薇脱去矜持，被武皓拥入怀中。

肖栋猛地后退几步，后背让栏杆拦住。向后一看，他正在看台顶层，向下一看，虽不是万丈深渊，却也是十米巨楼。

如果掉下去，徐语薇会不会记得我？

高二二班的人，大都哭了。肖栋，也哭了。唯一笑着的，是武皓。还有几十份字迹工整的广播稿，落款“高二二班”。

第二章

7-1

肖栋正在一个读书会做嘉宾。

读书会会场在一个商场五层，是一家极富文艺青年气息的书吧。书吧外部是彻头彻尾的书店；深处会冒出几个沙发，可供阅读；稍一转弯，便是两倍于书店面积的咖啡馆，布置严重参考了日本森林系，质朴而富有生活气息。至于肖栋等人所在的嘉宾席，就在“咖啡馆”最深处。

肖栋举起一本稍显破旧的书：“我想推荐的书是英国作家威廉·戈丁的著作《蝇王》。”

“作者把一群孩子扔到荒岛。一个小孩叫拉尔夫，他吹响海螺，召集大家成立团队，建立民主秩序；但不久，大家怀疑有野兽出没，另一个小孩杰克就组织了打猎队，把野猪头挂在棍子上，每天围着猪头跳舞，以为这样就能驱走野兽。杰克可算另一个秩序，释放了人类本能的恶，而拉尔夫的民主秩序越来越脆弱，小伙伴一个接一个归附杰克，最后杰克放火烧岛，追杀拉尔夫。”

肖栋嘴上说着，心里却好像有什么东西在不停敲打。

“这部小说我之所以推崇，主要是有两点：首先，他用儿童为主角，鼓吹，人性恶是天生的，只要条件足够，一定会引发出来。里面儿童大概是六到十二岁，而主角全部都是十二岁的孩子。发育好才能掌握主动权，而弱势群体在丛林社会中无法得到照顾。故事结尾，拉尔夫遭杰克追杀，马上就要走投无路，突然碰到两个英国士兵驾船登陆，这两个士兵看到儿童互相残杀，抛出的第一句话就是：你们是在闹着玩儿吧？”

肖栋脸上充斥着难以相信的神情，摇了摇头。

“不错，大人看孩子打闹，不管多么剧烈、多么严重，都会觉得是闹着玩儿，其实，他们比任何人都认真。尤其是青春期，发育刚刚开始，每场打斗、每场竞争，都非常认真，没有人会闹着玩儿。

听众专心致志，盯着肖栋的手从一个方向指向另一个方向。

“《蝇王》里有个孩子叫西蒙，思辨能力强，意识到‘野兽’是因人类恐惧而生，并不是真的野兽。有一天，天上掉下来一具尸体，大家以为是野兽而不敢靠近，西蒙鼓起勇气去看，发现是一个飞行员尸体。他兴高采烈回到阵营里，要澄清疑惑，但正好大家在跳驱赶野兽的舞蹈，就把他当作野兽、活活打死了。”

肖栋握了一下拳头，脸也绕着下巴转了30度角。

“这是我喜欢这部小说的第二点：主角拉尔夫，是个有教养的军官之子，但他也参与了这场谋杀，换句话说，一个人不管受过怎样的熏陶，心灵的阴暗面也许依然存在，只要有条件，一样会爆发出来。世界上没有乌托邦，看似童真的孩子，一样有可能爆发原始战争，一样会把美好变为残酷。”

“《蝇王》，我看过电影，”主持人接过话，“野兽就好像谣言，谣言出现之后，大家害怕了。害怕就需要暴力维持平静，而为了让暴力更强大，更可怕的谣言又会编出来——最后，看起来是野兽让人走向了野蛮，但罪魁祸首反而是恐惧。”

“所以西蒙才说：野兽在我们心中。”肖栋补充了一下。

“这倒是有点像罗斯福那句名言：最大恐惧就是恐惧本身啊！”主持人拍了下手。

“但即便恐惧对象消失了，恐惧本身还会存在；谣言还会扩散。

罗斯福为什么要说这句话，因为美国大萧条趋于尾声，百姓却仍然以恐惧心态看事儿，不相信经济危机已经过去，反而会让政策无法奏效。”

“这倒是可以套用现在一个流行语：缺乏安全感。”主持人说道。

“安全感，”肖栋一根手指点了一下主持人，“所以说一旦恐惧，单纯在物质上努力根本没用，还得从心理上关心。”

“看起来小肖也是个情场高手啊，想必感情经历很丰富吧？”主持人略有打趣。

吃的亏太多，想不高也不行。

7-2

“把那小子给我锯了！”

学生里流行起一种新游戏——“锯人”。武皓冲着一个体格瘦小的高一男孩冲去，身后跟着冯勇、江子睿、光盘帮等一干人马。三四个人将小男孩架起来，两人抓住腿，用尽力气掰开，将两腿中间的部位向着操场上的足球柱而去。眼见一桩不大不小的“暴行”进展在一片绿色假草皮上。

“别……”高一男孩惊恐地尖叫，生怕受伤。

“小同学，”江子睿没参与行动，却边跟着边搭腔，“只要你乖乖让我们锯了，包你以后无事；但要是不听话……”说着坏笑了几声。

“少废话，快点给我锯啊！”武皓两手架住了小男孩两个腋窝，说着更带劲了。

冯勇也很激动，赶忙将柱子让进了小男孩两腿之间，向前一顶。

远远看去，柱子似乎是到了大腿根部，但事实上仅仅卡在了两条大腿的内侧肌肉，距离要害部位还有一定距离，肯定不会让人受伤。

“上下……上下……上下……”玩儿了一会儿，大家也累了，武皓便叫停，一同走了。小男孩躺在操场上，心里不甘，却不敢明言，只是一个人整理衣物。

“叫什么啊？哪个班的？”江子睿晃晃悠悠走来，摆出了一副关切的样子。

“张晓晨，高一三班……”男孩身体不禁向后错了错。

“还是个实验班的好孩子啊？”江子睿伸出一根手指，边说边坏笑着，“知道为什么锯你吗？”

“不……不知道。”

“因为刚才皓哥看到你的时候，你冲着他吐了一口唾沫。”江子睿眼睛眯成了一条缝，一只抽去脂肪的猩猩仿佛看到了百年难得一遇的香蕉。

张晓晨眼神中露出了“原来如此”的神情：“可我，不是冲他，是……”

“我明白……你不是冲皓哥，你都不认识皓哥，对不对？”

“嗯……”张晓晨点了点头，“哪个是皓哥我都不知道。”

“来，我告诉你，就那个最高、最帅、最有气势的，就是皓哥，”江子睿向后一指，恰好武皓也回身招呼江子睿赶紧过来，江子睿堆出笑脸回应了一下，又转身对着张晓晨：“知道前几天运动会哪个班拿了第一么？高二二班！他就是这个班的统帅。”说着，江子睿缓缓起身，跑步回到武皓阵营之中。

“皓……皓哥。”张晓晨朝着武皓的方向，默默念道，眼里似乎少了愤恨，多了憧憬。

“皓哥，想喝点儿什么？来瓶可乐？最近刚出了 NBA 篮球巨星限量版。”武皓抬眼一看，正是光盘帮帮主李旭东。

“不用。碳酸饮料我最不喜欢，那玩意儿对骨骼不好，你们以后也少喝！”

旁边几个人连忙称是。

“不用这样，大家都是兄弟，干吗弄得这么见外！”

旁边几个人依然称是。

“哎呀，你们会不会玩儿啊？都是兄弟啊，谁要见外我就跟谁急！”

“好嘞，那我也就不客气了，皓哥，想喝点儿什么？”李旭东倒是甩开了面子，但话里依然还是那番意思，“要不要尝尝新出的运动饮料？咱们都刚运动完，应该喝点运动饮料！”

“嗯，”武皓一听，眉毛都高兴得抬了起来，“就运动饮料！买去吧！我给你钱！”

李旭东一听“钱”，连连摆手。“皓哥你这是骂我。我们几个人做点小买卖，也挣了点钱。挣钱应该干吗？不就是跟兄弟们一起高兴高兴吗？这点小钱，不劳皓哥费心。”李旭东这番话把武皓逗了个前仰后合。

“你逗死我了，买吧，我都渴了。”李旭东做出一个“OK”手势，与其他几个光盘帮朋友一同跑去校外的小卖部。

“皓哥，你说，咱们是不是应该有个名字啊？”江子睿提到。

“什么名字？”

“就是咱们这个帮派的名字啊！”

“名字啊……”武皓抬头想了想，“这玩意儿我不擅长，睿子，你说！”

“皓哥，”江子睿完全没在乎武皓怎么称呼他，而是献媚似的说道，“你看名字叫火炬帮，怎么样？”

“火炬？什么意思？”

“火是做事风风火火，炬不是跟锯人的‘锯’同音吗？”江子睿看了冯勇一眼，“每周三下午第二节是体育课，人正好齐，想锯谁直接上，怎么样？”

所谓“锯人”，其实大学也偶尔也会看到。但在大学，若是关系不好或不太熟悉，反而不会贸然去锯，只有打成一片，才会互相开锯，以示友好。相反，初、高中锯人一般都有压迫或敌对性，被锯者虽然不会在生理上受到伤害，但在心理上却会有失落，疯狂反抗也不在少数。

李旭东跑了回来，递上运动饮料。武皓看也没看，拧开就喝了。

“李旭东，皓哥说了，咱们以后叫火炬帮，每周三下午锯一次人，怎么样?”冯勇好像摆出了一副“大护法”的姿态，两眼直勾勾盯着李旭东。

“好啊!”李旭东被冯勇盯得有点发毛，赶忙连声附合。“皓哥，拿肖栋开刀吧！我早就看他不顺眼，让他出点丑吧!”

肖栋正好从附近经过，虽有一点距离，却也能看到。

“皓哥，好机会啊！我早想锯他了，他在运动会给咱们班拖了多大后腿！运动会那天我就应该好好锯锯他！李旭东，上!”冯勇说着，撸起袖子就准备冲，瘦子也是连声叫好。

“别着急!”武皓突然喝住众人。“他这人是不地道，但在这儿锯了他也没人知道，以后有机会再说吧。”武皓啜了一口饮料。

“皓哥，他太可气了，我说他两句，嘿！他还跟我阴阳怪气的，还干脆撂了挑子，要不是有皓哥你在，咱们整个班集体都得受连累！这么不负责任，他不配当这个班长，应该你当!”冯勇气得躲了一下脚。

“班长不班长，这都是小事，皓哥也不在乎，班长就是老师的傀儡。”江子睿接过话题，“他最不配的是徐语薇，那么个好姑娘，啧啧，让猪拱了!”

话题一转到徐语薇身上，男生就兴奋了起来，一个个痛骂肖栋多么无用、徐语薇又多么傻。一时间，什么癞蛤蟆想吃天鹅肉，一朵鲜花插在牛粪上，全都萦绕在了武皓的耳边。

“好了!”武皓估计也是听烦了，“不就是个徐语薇么？我想拿下个妞儿还不手到擒来？运动会时候我都 hug 了，下一步就该

kiss 了，再下一步就能 go to bed 了。”武皓越说越离谱，脸上则是写满了得意二字。

“既然这样，那再给皓哥的追妞事业添一点力，如何？”江子睿谄媚一笑。

“怎么添？”

肖栋已经推出自行车，准备放学回家，远远看见武皓与这几个人在一起，心里不禁有些疑惑。

他们在聊什么呢？最近徐语薇短信经常不回我，电话也不接，见面说话态度也有点奇怪，是不是跟他们有关系？还有，徐语薇那次跟武皓拥抱之后，从来没给过我一个解释。

一阵北风刮过，天色渐渐阴沉下来。秋凉了。

7-3

肖栋家是一间 50 平方米大小的两居室，客厅只有不到 10 平方米的空间。肖栋卧室里，床的一侧靠墙，墙上贴着一张小提琴的海报，另外一侧摆着一张桌子，中间的过道很窄。桌子上面有三排书架摆满了书，桌子上也有很多书本。床上则摆着一个小提琴盒。就在这个狭窄的空间里，肖栋正在聚精会神地盯着电脑，用鼠标上下浏览着什么。

大门开了。

“爸，回来了？”

过了两秒钟，父亲的房门响起了关门声，肖栋似乎也是习惯了这种父子交流方式，便继续看起了电脑。

其实现在已是晚上十点，按说第二天早起，现在应该已经睡了，肖栋却仍盯着电脑屏幕。倒不是痴迷于什么，而是他在学校论坛上看到了一条不得了的消息。

“题目：谁知道徐语薇啊？”

点进去一看，里面一楼冒出这么一行字：“舞蹈队的徐语薇，高二二班班花，据说还跟肖栋还有一腿，有谁知道吗？”

肖栋很生气，但转念又有些欣慰，毕竟更多人知道了徐语薇与自己的关系，这并不算是坏事。高中时期，能够交到男女朋友非常难得，能找到漂亮女孩更是难上加难。肖栋巴不得让更多的人知道这件事，每有人一提“你媳妇”这种字眼，肖栋表面上会做出一种“别闹”的神情，内心却会暗爽。

“肖栋是谁？”

“高二二班班长啊，乐团新首席，老师的好狗腿子。徐语薇那个姑娘那么漂亮，怎么跟了这么个狗腿子？”

谁是狗腿子？

“这刚高中，什么媳妇不媳妇的？这俩人敢拉手吗？敢亲嘴么？不敢就别扯淡。”

我是没有……那怎么了？你们这帮肤浅的人，就知道身体接触！

“拉手亲嘴就是媳妇么？这么理解的年轻人真浅薄！”

肖栋输入一串文字，点下“回复”按键。

家里的拨号上网就是慢，区区一个论坛，也没有什么重要图片，居然刷了两分钟都刷不出来。肖栋很是不耐烦，用力点了好几次 F5 键，最后却干脆弹出一个“网络无法连接”。向右一伸头，隐约听到了老爹有些醉醺醺的声音，原来是老爹干脆把电话线拔了又插上，肖栋不禁抖了几下嘴唇。

等了半个小时，喝得烂醉的老爹终于挂了电话，肖栋才又接上网络，回到了刚才的页面。

肖栋一口气拉到底，草草一看，自己的回复并没能发上去，相反短短半小时过去，回复突然一下子多了好几页。带着不解，肖栋回到刚才看到的最后一条，向下继续滑动滚轮。

“还拉手亲嘴？人家俩人都去宾馆开房了！”

肖栋惊慌失措，发帖人一栏写了一连串数字，看来是故意隐身,不穿马甲。

“不会吧?他们俩还是高中生啊!都是好孩子,怎么可能?”

“怎么不可能?我亲眼看见两个人走进学校旁边的银色年华酒店。”

银色年华?学校周围有这个酒店吗?

“这应该判非法同居吧!”

“你丫法盲吧?早就没有非法同居罪了。”

“那你丫说应该判什吗?”

“我怎么知道?问法院去!”

看着两个人为这个无聊事情吵起来,肖栋真的是没好气儿。

什么开房?哪儿有什么银色年华?我跟徐语薇都骑车,怎么可能走进酒店?一听就是假的!但为什么有人要造谣?这是诋毁我和徐语薇啊!

“你说肖栋和徐语薇要是看见咱们这么聊天,会怎么想?”肖栋正想打一句话问这几个匿名发帖都是谁,就看到下面来了这么一句,手指停在了键盘上,无法动弹。

“谁知道啊,肖栋可能暗爽吧,徐语薇八成不高兴。女生都矜持。”

“徐语薇矜持?你们都见过她么?那个贱货也矜持?别逗了!”突然出现了第三方,IP 地址与前面两个人都不一样,语气也不似前两人那样是无聊调侃,更像无端辱骂。

“你谁啊?”另外两个无名 IP 同时发了这么一条信息,好像第三人出现打乱了他们之前的聊天节奏,逼得两人发了内容一样的信息。

“徐语薇多喜新厌旧啊!跟肖栋好着,运动会反而跟武皓搂搂抱抱的!我看她八成是跟武皓去开房,你们看错了吧!”

跟武皓开房?肖栋思绪不禁有些混乱,他想起来最近徐语薇有那么几次神情恍惚,放学以后也经常不向家的方向去走,他怎么问，徐语薇也不理自己。难道，她真的跟武皓开过房？她背叛过我？一个如此圣洁的女孩怎么会跑去小宾馆，与一个不务正业的坏学生……那样？

肖栋摁开短信。

“我看你最近放学经常往别的方向走，有什么事么？”不行，显得像怀疑人……要委婉一点。

“明天放学有空吗？这星期还没跟你一起骑车呢。”太矫情了。

“舞蹈队训练怎么样？”憋了半天，只搞出这么一句。

消息发出去，徐语薇却一直不回，肖栋便开始了漫长的等待。在武皓来之前，肖栋每次发短信，徐语薇最多也会在十分钟之内回，但这次却不是。

肖栋把手机扔在一边，尽量让自己不去想这件事，又去洗了个澡，回来再度拿出手机，发现还是没有回音。

肖栋干脆翻起了以前的短信，小小短信箱里全都是徐语薇的信息。但肖栋发现，以前徐语薇的短信经常很长，近期却越来越短，标点符号也不再加上，只以空格代替——啊！短信箱满了！我说新消息怎么发不进来呢！

肖栋赶忙删掉了徐语薇一条内容为“嗯”的短信，没过几秒钟，发现左上角弹出了一个短信提醒，不禁喜出望外，赶忙按出来：

“您手机当前余额为：－4.50 元，请尽快充值，以免影响正常使用。”

Fuck！早不发、晚不发，偏偏这个时候发！还是得赶紧充值，一旦徐语薇真的找我就麻烦了。

虽然时间已经快十一点了，肖栋却依然不顾北风凛冽，套上衣服，大踏步走出房间，摔门而去。肖栋父亲的屋子只是传来了一阵鼾声，几句呓语。

这个造谣生事的，我一定要揪出来！

8-1

日本，好久不见。

虽然上一次来已是十六岁，也算老大不小，但对日本的印象却非常模糊，甚至辨别不出来是不是一个地方。但这也不重要，相比于当年前，这次他只是匆匆过客，转机之后就要去美国。

他只是依稀记得，在一个神社门口，一桶油倒下……

跟着人流走入机场，日本的感觉依然是那样干净、整洁、有序。商店服务员依然堆砌着笑容，老人依旧充斥着警察与保安工作，周围孩子则依然绽放着笑脸，人群依旧熙熙攘攘，不过，肖栋总觉得有些不对劲：这不是我之前来过的日本。

“二十号登机口在哪里？”一个工作人员指了指楼下。

肖栋沿着商圈道路一步步踱着，发现机场的确是比记忆中美观了不少。中心区布置了小型游乐场，供孩子们玩耍；扶梯旁边设置了很多精致的小花篮，远望去颇有些可爱。这都不算，他居然还发现了一个洗澡的地方。

定睛一看，还真是个收费的小型浴室。

走进浴室，屋内设施虽然简单，却不简陋。淋浴器左右分别设有一个调节开关，一边是温度，另一边是出水方向：向上扳去，便是喷头出水；向下扳去，水便会从中间的水龙头里冒出来。扳开水阀，喷头射出带有温度的水花。

这次比赛，该选什么自选曲目呢？

莫扎特《回旋曲》？太工整了。

维瓦尔第《四季》？太炫技了。

帕格尼尼的哪一首？

不行，参加比赛的一定都是顶级选手，不能光靠技术本身，必须要融入自己的东西才行……以前老师也好，评委也好，都曾经说过，我拉琴的时候太擅于隐藏了，一直在用技巧来掩盖内心。

那我有什么内心呢？肖栋用手指一点点将洗发水搓进发根，将头发上的每一点遮掩都洗去。

一个人不会变，变的只是对待世界的方式，这是我说的话。但我自己隐藏这么多年了，自己都快忘了原来是什么样子。

我，肖栋，到底是一个什么样的人呢？

受欺负的我，作威作福的我；失败的我，成功的我；高高在上的我，跌入谷底的我……我与我之间，到底有什么相似点呢？

那个日本女孩说得对，最初我是白色，然后是黑色，再然后又是白色，最重要的第一次转折，到底发生了什么？我为什么会走入那个黑色的世界呢？如果不走近那个黑色的世界，我的人生是不是就会全然不同呢？

我之前一直以为，在圣诞节之后，徐语薇就一直跟武皓在一起，一直到我把武皓打倒为止。但郑天楚说了，武皓、徐语薇在情人节分手；音像店老板也说，情人节那天徐语薇哭了很久——那为什么她不回来找我呢？

肖栋搓头发的手停了下来。

不对，她找过我，歌咏比赛时候那支舞蹈，那首歌，那次擦肩而过，很可能都是……但她为什么不来直接找我呢？

太矜持了，不好意思？恐怕也只有这一个解释方法了吧……

可也不是啊，在那次最终决战之前，她还给我发了那个短信……如果这次能见到徐语薇就好了……

男人洗澡，总会花五分钟把身上身下洗干净，然后花三十分钟去思考人生。肖栋似乎在为这个命题提供证据，于是半个多小时后，肖栋便惊惊慌慌跑出浴室，头上也没擦干净，直奔登机口而去。

"肖栋先生，您乘坐的航班即将起飞，请您迅速抵达登机口。"

这句话念完第二遍，肖栋才到登机口。地勤人员看到机票，赶忙帮他检票登机，帮着他提着行李，跑进机舱。

"好晚啊？"穿着灰色毛衣的中川美奈子坐在窗边，将面前的平板电脑按下暂停。看到肖栋来了，她挂起了笑容，用了普通的问句，而不是用责怪或催促的口吻。

或许，这也是日本女人的一种气质吧。

自从音像店偶遇之后，美奈子一直想约肖栋采访，怎奈演出之日临近，实在是排不开时间，于是美奈子便主动提议跟着肖栋一起去美国比赛，顺道做次跟踪采访。当然，路费全部是由美奈子自己来掏。

"你这可算是'过家门而不入'啊……"肖栋已经坐定，便调侃起来。

"什么?"美奈子明显没有听懂。

"中国的一句成语，意思是你好不容易经过家门口，却因为有别的事情而不回家……这还是一种美德呢!"

"我家也不在东京啊，不算吧?"美奈子显然没懂得肖栋调侃的点。

"算了……"肖栋无趣地摆了摆手，"不过我是没想到，你还真跟来了……"

"我说过，我对每个人的成长经历都很感兴趣……"

肖栋"哼哼"笑了两下："不只这样吧，如果你只是对别人的成长本身感兴趣，怎么会自己掏钱陪着我去美国呢?"

"因为……"美奈子抿了抿嘴，"我的青春也不是白色的。"

肖栋转过头来，仔细看着美奈子。

突然，飞机的燃气轮机发出了巨大轰响，尾部一阵推力将头部重重推起，随即向上一拉，机头顺着流动空气抬角上迎。一次愉快的飞行开始了。

"那时候，我有一个前辈……"

肖栋闭上眼睛，在飞机的嘈杂背景下静静聆听。

8-2

英和中学的大篮球场，平常便是做课间操用。上午一共五节课,每逢第二、第三节课的课间便要上操。

英和中学的校服是上身红白相间,下身白色裤子,脚下的绿色假草皮却因为质量太差而多处泛黄。远看起来,恰似米饭西红柿炒鸡蛋。

“第二套全国中学生广播体操:青春的活力!”

只见各班学生分男女站成两列,懒洋洋地随着节拍而活动,虽然体操的名字叫作“青春的活力”,然而大多学生不但没有活力,反而是有些老态龙钟。然而吊诡的是,若是这时候努力伸展四肢,做出标准体操,便会引得周围同学侧目乃至鄙夷。不过是照章办事,若是周围人都不照章,照章之人自然也难逃舆论责罚。

肖栋,正是力图将体操做标准的人。一来他是班长,要起到表率作用;二来他也觉得,做好体操乃是学生分内之事,别人怎么样他不管,他自己要做好。

“今天课间操就到这里,解散!”

肖栋随着人流返回教室,猛地看见徐语薇一个人在走,便三步并作两步追了上去,“最近怎么了?发短信怎么不回?”

“没看见。”徐语薇些许低头,肖栋只能继续追着。

“那个,今天放学一起骑车回家吧?”

“不用了,舞蹈队训练。”

“今天我们也有排练,结束了来找我呗。”肖栋说得是不容置喙,搞得徐语薇一时有些尴尬。

“别等我了,可能很晚。”

“你……是不是听说什么乱七八糟的事儿了?”肖栋终于憋出了这句话。

徐语薇突然停下,回头直勾勾地看着肖栋,眼里似乎有说不完的话。

“没什么……”徐语薇又看着其他地方。

“那些人造谣生事,肯定是嫉妒咱们。我保证,一定把造谣人揪出来!”肖栋伸手出来下保证。

“不要!”徐语薇嗓音略有些高,引得附近几个女孩侧目而视。徐语薇也意识到周围目光,便示意肖栋跟她到了一个角落,“他们说什么我不在乎,但不要闹得世人皆知。你追着不放,别人反而会觉得是真的,事就麻烦了!”

“你说反了吧?”肖栋很是不解。“要不说话,别人就觉得默认了,得把造谣那人抓出来,让他道歉,大家才会觉得咱们是清白的!”

“小点儿声!”徐语薇四下张望了一下,“你越追着,造谣的就越高兴,流言蜚语就越多。”

“我反正没做亏心事,流言蜚语有就有吧!”肖栋嘟囔了一句。

“你什么意思?我就做了亏心事吗?”徐语薇是真生气了。

“反正……”肖栋阴沉着脸,“运动会上的事儿我可是看到了。”

“运动会什么事?”徐语薇语气更加严苛。

“你自己知道……”肖栋抿了抿嘴。

“你什么意思啊?说清楚!”

“运动会之后,你跟武皓……那个……抱来着,对吧?”肖栋被逼急了。

“那个……”徐语薇一下子软了下来,“那不是抱,是他抱过来的!他跟每个女孩都抱了,抱夏冰的时候更紧,脸都快贴上了!”

肖栋一时沉默,徐语薇却开始流眼泪:“不就是有人造谣吗?你要是……”徐语薇擦了擦眼泪,“你要是不信我,明天我爸妈不在家,你可以来我们家……我们家……检查我!”徐语薇越说越激动,声音也越来越大。

检查什么?

“我没这个意思,”肖栋看到女孩哭了,赶忙握住徐语薇双手,“我信你,所以我才要把造谣那个人找出来,让他道歉,不就解决了么?”

“那你找不到怎么办?”徐语薇嘟囔道。

肖栋一下子愣住了,他从没想过这个问题。

“要是找不到,那别人就该觉得你……”徐语薇在脑海里搜索着合适词汇,“觉得你欲盖弥彰,更有人指指点点了。”

“我一定会找到!”肖栋开始意气用事了。

“就算找到了,那也就闹大了,就算人都知道咱俩清白,但肯定会告诉老师,老师会找家长,以后怎么办?”

“那就,偷偷在一起呗……”肖栋越说声音越弱。

“你太幼稚了! 你也得想想我的心情啊!”

“只有把这个事解决了,你的心情才会好啊!”

突然,一阵铃声打响。

“先回去上课吧。”徐语薇擦了擦眼泪,招呼肖栋一起回去。

“语薇,你放心,我会帮你洗脱冤屈!”肖栋笃定地说。

“那个……你一会儿再进来。”

肖栋呆呆地立在那里。

“子龙,怎么样了?”终于换到中午吃饭,下课铃刚刚响,肖栋不管徐语薇,而是径直跑到刘子龙班门口等着。

“先走,”刘子龙说着拿起餐具,与肖栋一起沿着过道下了楼梯。“有点复杂……”

“复杂?”

“对,刚才课间,我正好跟高硕一起抽了根烟……你知道高硕吧?”

“你也抽烟?”肖栋关注点似乎不一样。

“你不抽烟,就没人说实话……不过我没有瘾,平常不抽。”

“行吧,”肖栋还是抿了抿嘴,“中华帮天天抽烟,真是……”

“都快没中华帮了。”刘子龙冷冷地说道,但语气中带了一点惋惜,“中华帮不只卖烟,也经常聚一起抽烟,高硕能当帮主,主要是因为他手里烟最多。但高硕跟我说,最近家里烟少了,拿不出中华来，只能拿点玉溪啊、中南海啊什么的。”

“没好烟就当不了帮主了？”肖栋不仅吐槽道。

“以前也有几次烟少了，中华帮也没散。但这次，中华帮马上就不跟高硕玩儿了，你猜为什么？”

“为什么？”

冯勇忽然从旁边经过，斜眼瞥了一下肖栋，漏出鄙夷的神情，看到刘子龙之后却又堆满了笑，还叫了一声“龙哥”。刘子龙回以一笑，半天没说话。等冯勇走过去，刘子龙拉着肖栋到了一个高台附近，坐在了上面。

“因为又有一个人能拿出烟了，而且数量质量都特别牛。”刘子龙点了点头，“就是你们班武皓。”

“武皓？”

“武皓最近成立了一个火炬帮。帮派虽然小，但什么东西都有，烟尤其多，价钱还特便宜，好多中华帮人都过去跟他抽。”

“你说了这么多，跟那个帖子有什么关系啊？”

“我今天仔细看了一下那个帖子，你说的那两个没马甲的账号，他们每次互相对话的间隔都在两分钟，不多不少，换句话说，这两个人很可能就是串通好了，他们俩是在一唱一和！”

“这有什么好处呢？”

“有好处啊！要是一个人胡编，肯定没人信，但要是两个人说，你不就信了么？”

“我想了半天，两个人通气这么快，肯定是在网吧里；网吧没几个不抽烟的，中华帮又刚刚易主，我就感觉，这次很可能是武皓在惦记徐语薇。”

肖栋身体一震，刘子龙真是个名侦探的底子。

“那你说，”肖栋半晌才回过神来，“后面还有个人，专门诋毁徐语薇，说什么她跟武皓开房那个，你说这是真的，还是激将？”

“那个，我也不知道。”刘子龙摇了摇头。

肖栋叹了一口气,“那该怎么办?”

“最好的方法,就是不要太冲动,要不然很容易让人抓住把柄!”刘子龙斜靠在一边的墙上,两个手互相捏了捏。

“咱们出去吃吧。”肖栋反倒主动提议,“子龙你帮我这么多,也得请你吃点东西。”

“不用请啦,这点小事算什么啊,客气就不是兄弟了!”

“走走走!”肖栋拍着刘子龙后背,一起走出校门,直奔拉面馆而去。

还没踏进去,肖栋突然听到店里传来一声议论,连忙拉着刘子龙退了出来:

“你知道吗?徐语薇这人啊,水性杨花!”

谁啊?

“徐语薇这骚货,一边跟肖栋好,一边又开始倒追武皓啦!我亲眼看见她去学校旁边的小旅馆里!你说说这是去干吗了?”

声音太熟悉了,这大大咧咧的劲儿也太熟悉了。除了她,不可能是别人。

“现在男孩都只看脸蛋,脸蛋漂亮就什么都行了,要论人品、论学习,徐语薇哪儿比我强了?肖栋跟武皓怎么都看上这种女人?!”

肖栋在窗外,死死盯着声音的来源。

“肖栋,别冲动。”刘子龙这番话,也不知道肖栋听没听进去。

苏芸,你!

8-3

“你有麻烦咯!快看这个!”中午休息时间,有些人还在班里趴着睡觉,一名高一同学却突然大喊着,站在他旁边还有另一个高一学生,面色非常惊恐,手不住地颤抖。

每个班外都有一排柜子,装着学生的东西。顺着高一学生的目光看去,只见一张小纸片贴在了他的柜子上。最上面画了一个黑色的骷髅头，中间是两根棍子形成一个“乂”形状，下面则用红笔画了一团火焰。

火炬帮每当要锯人，必会发出“预告”，把纸片贴在被锯者的柜子上，这个人在当天放学一定会被锯。

如果只是被锯倒也无所谓，更难办的是，火炬帮锯人成了惯例，每逢周三放学，好事者都不着急走，反而是在操场围观，无疑加重了被锯者的担忧。

这个高一学生身材瘦小，似乎有些发育不好，加上受了惊吓，脸上煞白一片，远远看去，不无恐怖。

“火炬帮欺人太甚！咱们班张晓晨平常不爱说话，也没得罪他们，凭什么老锯他？”

“对啊，张晓晨身体这么弱，肯定会伤着！”

“不行，咱们不能让火炬帮这么干！高一三班男生一起上，不信打不过他们！”

“好了！”张晓晨喊道，“别把事闹大！”

张晓晨一个人爬上楼，径直走向高二二班。正好看到冯勇与江子睿一左一右，簇拥着武皓从男厕所里鱼贯而出，后面还有李旭东带着光盘帮一起跟随。

“你们现在就把我锯了吧！”张晓晨声音中似乎带了一点哭腔。

武皓斜眼看了一下这个小不点儿：比自己矮了一头不说，身材更是瘦了一大圈，戴着个小眼镜，简直如同高一时期的肖栋。武皓刚打过篮球，满头大汗，连忙拿毛巾擦了擦，紧接着伸出右手拨了拨头发，慵懒地打了个哈欠，又接着走起路。

“我都愿意让你们锯了，还想怎么样啊？！”张晓晨气急败坏。

“你说锯就锯？你以为你是谁啊？”冯勇白了一眼，拍着胸脯说，“锯不锯，什么时候锯，都是哥哥说了算。滚下去！”

“我……”小男孩一时间不知道该说什么。

“你是乐团的吧？”江子睿走到他跟前，“做人，要老实；做事，要听话。你愿意让哥哥们锯，够老实；但也不能不听话，还是要等放学。”

张晓晨脸上写满了不甘，悻悻地往楼梯走去。脸一低，发现肖栋正从楼梯爬上来，神色中充斥着烦躁。

“你是肖首席吧？”

肖栋抬头一看，上下打量了一下。

“你是谁？”

“我是高一三班的张晓晨，乐队里打小军鼓的。”

“哦，有什么事么？”肖栋在记忆里搜寻打击乐那边的人名单，却始终也想不起来这个张晓晨。

“肖首席，你帮帮我吧！火炬帮今天要锯我了！”

“我又不是火炬帮的，这事我定不了啊！”肖栋有些不解。

“你是我认识最正直的人了，在高二还这么有能力，你要是不管……那就真没人能帮我了！”

“哎……锯人也不是什么大事，他们都有分寸，还能把你伤了？”虽然让人夸了一通，肖栋却越说越不耐烦。

“主要是……”张晓晨没再接着说。

“好了好了，我去跟他们说说，你下去吧。”肖栋不禁搪塞道。

“谢谢首席！”张晓晨似乎有些破涕为笑。

“记着啊：没什么事，以后少往二楼跑。”肖栋抬了一下下巴，言语之中既有些不满，也有些威严。

张晓晨答应了一声，高兴地跑了回去。

连续一星期了，肖栋都没吃好饭。每当他一想到徐语薇，苏芸那声尖厉的讽刺声就持续回响在他的脑海。

别人侮辱语薇也就算了，苏芸，你是她最好的朋友，你居然在背后诋毁她！

但这话，他又不敢跟徐语薇去说，生怕徐语薇听到了以后难过。

肖栋绕着楼道走了起来。英和教学楼很有趣，虽然建立已是九十年代中后期，风格却依然采用“天井”。四周是教学区域，中间是一组巨大的羽毛球场。肖栋看着下面的羽毛球飞来飞去，思绪也是一会儿飞到徐语薇，一会儿飞到武皓，一会儿又飞去苏芸。

“肖栋，发什么呆呢！”

回头望去，眼见苏芸堆着一脸笑容，手里还拿着个小本子。

“有事吗？”肖栋冷冷地回到。

“想请教你个问题啊……”苏芸谄媚地打开了本子，“你看这道函数题，我真的是不太会写，挺复杂的，你帮我看看呗。”

肖栋接过本子，发现还真是一道难题，看了半天也没想出什么思路，顿时觉得有些不好意思。刚想说“对不起，我也不会”，却突然发现一个问题，反而火冒三丈。

“这个题，是咱们现在学的那个单元吗？”刚刚想起来，这个单元老师还没有讲。

苏芸脸上露出“露馅了”的表情，只是支支吾吾地“嗯”了一声。

“你这是玩儿我啊？”肖栋说着把本子扔给了苏芸，苏芸没接住，“砰”一声掉在了地上，只见本子里掉出了一张折起来的纸，苏芸连忙护住本子，把那张纸拿了起来，又塞进本子里。

这张纸是粉色的，与白色纸张的本子不太一样，似乎是一张精心选过的纸，上面还印满了粉红色的桃心。或许里面写了什么东西，然而肖栋并不关心这些。

苏芸脸上涨得通红，起来就骂道：“你不会就说不会，干吗要扔我的本？你看，这页都撕了！”说着就哭了起来，眼泪没流多少，哭声却震得天花板都要裂开了，转瞬之间，几位挡灾会成员像是约好了一样从班里冒了出来。

“苏芸，怎么了这是，哭什么啊？”

“我好好问他题，他不会就算了，还把我本弄坏了！”说着哭得更厉害，其他班里也有人开始探出头。

“是啊，你怎么不问我一道解析几何，不问我一道微积分，我也一样不会！”肖栋说着就要走，却转瞬间让团姐们围了起来。

“肖栋你太过分了！”

“你不会可以，好好说话不行么？干吗要把我们苏芸弄哭？！”

“苏芸对你那么好，那么用心，你怎么能这么对她？”

肖栋眼神突然变得锐利起来，一股子蛮力将眼珠子挤得通红。

“苏芸对我好？是啊，她对我真好，对徐语薇也真好，也不知道是谁在背后诋毁徐语薇！”肖栋连忙回击。

“我说什么了？”苏芸立刻警惕起来，其他人也有些退缩。

“你说什么了？你自己最清楚！你对得起徐语薇么？”肖栋不禁用手指指点点。

“肖栋你用手指人！真不礼貌！”一个女孩连忙应对。

“她礼貌！她那些话敢当着徐语薇再说一遍么？在论坛造谣生事，要不要我把徐语薇也叫来？”肖栋干脆伸直了胳膊指着苏芸。

“你叫啊，我苏芸什么都不怕！”苏芸眼泪不见多，喊声却越来越大。

刘子龙在远处看到了，赶忙跑了过来，拉住肖栋：“怎么回事这是？”

“她玩儿我，还恶人先告状！子龙，你说，上礼拜四出去吃饭，在那个小吃店门口就听到她喊来喊去，有印象吧？”

刘子龙不置可否，眼睛望向了老师办公室方向。

“她当时是不是说徐语薇脚踩两条船？是不是说我跟徐语薇怎么会般配？”肖栋倒开始诘问刘子龙，搞得他脸上红一阵白一阵。苏芸听说刘子龙也是见证人，哭声顿时小了很多，反而站在一边，用狐疑的眼神望着刘子龙。

“肖栋，你不要再闹了！把老师惊动了，你们俩都要挨骂！我也要跟着吃瓜落儿！”刘子龙强势了起来。

“谁闹了？子龙你到底是哪一头儿的？”肖栋也急了。

“你别跟我吵啊！我没招你！”刘子龙说着往另一个方向看了过去，语气瞬间减轻了许多，他轻轻拉住肖栋的衣袖，“肖栋，你不要再计较这个事了，行不行？”

“不行！谁诋毁徐语薇，我就跟他没完！”肖栋喊完了，转脸对着苏芸，“你等着，我去把徐语薇叫来，让她好好看看你是个什么朋友！”

“不用了……”一声低吟出现在班门口，徐语薇早就出现了，只是一直处在肖栋视线的盲点上，没有注意到。刚刚刘子龙语气减轻，想必也是看到了徐语薇过来。

“语薇，你对苏芸这么好，她竟然对你这么……”

“别说了！”徐语薇目光笃定，迎着苏芸走去，如同什么也没发生，轻轻地搀住苏芸。肖栋顿时失语，嘴唇抖了好几下，却一句话也没有蹦出来。

苏芸擦了擦眼泪：“对不起，我是有一次……但百度贴吧上那个帖子不是我啊，相信我……”

“没关系。”徐语薇浅笑着，但目光转到肖栋脸上，丝丝浅笑却又变成怨恨。

“吵死了，还让不让人睡午觉？”武皓又从班里冒了出来，“哼哈二将”冯勇、江子睿当然也是寸步不离。随着火炬帮介入，周围同学不禁往后一退，给武皓让出了一片不算小的空间。

“皓哥啊，没事没事，小矛盾，”刘子龙连忙凑了上去，“已经解决了，解决了……”话里明显是带着“大事化小、小事化了”的心态。

“龙哥啊，辛苦了，”武皓见到刘子龙，当然也不敢怠慢，“没什么，我听到一句话，说什么徐语薇脚踩两条船，什么两个人不般配。就想问问，这话到底是谁说的？”

一言发来，众人沉默。

“苏芸说的，她还在学校论坛造谣生事，她自己承认了，你就别管了。”肖栋话音刚落，冯勇眼睛突然瞪了起来，江子睿也露出了怪笑，但武皓两手一伸，挡在胖瘦两人前面，并没有给他们机会发作。

“别管了？”武皓顿时扬起声调，“我管不管，你说了不算。”又转过头来对着苏芸，“那些话，是你说的么？”

苏芸只好点了点头，徐语薇赶忙辩解：“苏芸没恶意，她……”

“没事，”武皓微笑着伸出手掌，“苏芸啊，你有一句话说对了，”武皓指向肖栋，“他，的确是配不上徐语薇，这么个孬货，运动会组织不行，比赛临阵脱逃。要没有我？哼！”武皓把手指伸回面前摇了摇，“下次想骂肖栋，随你便，但记住，”武皓手指又转向徐语薇，然后又收回来，“不能再诋毁徐语薇，这样……不好。”

苏芸又点了点头。

“那这事解决了！”武皓说着，嘴角对着徐语薇露出邪魅一笑，转身而去，绝不回顾。

肖栋一时傻了，他傻傻地上前，伸出一只手，似乎是想得到什么回应似的，徐语薇却丝毫没有搭理，挽着苏芸就走。

“肖栋啊，好自为之吧。”惊醒过来，刘子龙已经消失在视野之中。

9-1

“您好，飞机遭遇气流，卫生间暂停使用。”

飞机随着气流上下晃动着，响动虽然不大，却把肖栋惊醒。眼望左右，飞机灯早已关闭，机舱内一片黑暗。

果然大家都睡觉了。也不对，中川美奈子并没有睡着。

肖栋又歪着身子，把毯子往上拉了拉。但没过多久，他又睁开眼睛，发现美奈子还是呈那么一副相似的状态：趴在窗口，看着窗外的黑夜，似乎是等待着飞机会在什么时候追上太阳，重回白昼。

“怎么了？”肖栋抬起睡眼，轻声问道。

美奈子反射弧似乎特别长，肖栋问话之后好几秒钟，她才慢慢转过来，轻轻摇了摇头。

“想起什么事儿了?”

“美国……”美奈子将窗户关上，打开了头顶的阅读灯，在面前的手提包里找着什么。很快，肖栋面前出现一张发黄的照片上，映出几个白色的身影，那是几个芭蕾舞演员在一起的合影。

其中有一个女孩绑着长头发，那正是稚嫩的中川美奈子。

“你以前……”肖栋眼里放着光，“是跳芭蕾舞的?”

“是高中舞蹈部……”美奈子摇摇头，“我是转校生，所以交不到什么朋友，但舞蹈部的一个前辈……”美奈子指了下照片里自己旁边一个高一点的女孩，那笑容是那么自信而灿烂，“她让我加入舞蹈队，我的朋友才多了起来，生活也更好了一点……”

“那不是挺好的么?”肖栋疑惑起来，“那你的青春很快乐啊，哪里黑了?”

“她后来自杀了，就在美国。”

肖栋彻底坐起身来。

“大概是十年前吧，我们学校舞蹈部去美国比赛，本来是想拿大奖的。就在比赛当天，她发烧很厉害，但还坚持上场，结果就晕在了舞台上。最后，我们什么奖也没拿到。”

“那也不至于自杀吧?”肖栋惊道，“日本人只要输了就会自杀吗?”

“当然不是……”美奈子摇摇头，“舞蹈部所有人都责怪她，明明是为了大家好，结果却……她还发着高烧，那些女孩却让她穿着舞蹈服继续训练，还让她跪在地上……打她……”眼泪就挂在美奈子的眼眶上，淌下也只是时间问题。

“别难过，中学不都是这样吗?”

美奈子摇摇头，声音已经开始颤抖：“都怪我……她还发烧，那么难受，我应该帮她才对……但我……”

“别那么自责，那种环境下，你也没有别的选择……”

“我有！”美奈子声音放大了一声，随即闭住眼睛，任泪水流下来，“她们知道我和前辈关系好，就让我去打她……我就……就……她那个眼神，我永远也不会忘记的……”

肖栋心里“咯噔”一下，抓住美奈子的双手：“不是你的错！”

“怎么不是？是我杀了她……”美奈子转过头来，泪眼与肖栋相对。

“不是，你没有选择……”肖栋温柔地说，“总以为青春有选择，但实际上，我们一直被集体束缚，集体要打她，你如果不打，下一个就会打你！所以，你没有错，错的是她们，是这个集体！”

美奈子哭得更厉害了，多年郁积的心愁都在这一刻迸发出来。肖栋递过一张餐巾纸。

“但集体怎么会错呢？”美奈子委屈地说了一句。

肖栋突然愣了一下。

集体怎么会错呢？集体人多势众，在这个封闭的圈子里，集体的意志就是法律，而集体里的领导者就是集体意志的代言人。他想做的事，就会变成集体目标，大家就会自动调节角色，自动成为这个集体目标的实施者。集体怎么会错呢？

要是集体错了，歪了，那每一个好人，哪怕是像美奈子这样的好人，也会成为帮凶。哪怕最后集体确实错了，每一个人也会认为自己是被逼无奈，殊不知，自己也是这一切恶果的制造者。

但在集体里生存，又有几个人能跳出这个框架，做自己认为正确的事情呢？

曾经的我，就是因为这个才……徐语薇，你能吗？

9-2

“宣布东亚青少年交响乐一等奖：英和中学代表团。总得分94.5分。”

英和中学学生一片欢呼，额手相庆，身边的其他乐团也纷纷鼓掌。的确，刚刚过去的演奏之中，英和乐队水平最高，仪容仪表也最为得体，拿了第一，别人也说不出什么来。整个音乐堂里只听见英和学生的欢呼声，墙壁似乎都有些抵挡不住。

第一次来日本，还没有去什么地方逛一逛，就被直接拉到东京郊外的一家旅馆。一周以来，每天日程里只有排练二字，从白天 8 点到晚上 9 点，除了午饭与例行休息之外别无一秒能停，肖栋对日本甚至都没有形成一点概念。

在肖栋看来，若是俞指挥来现场指挥，效果一定会更好。但比赛规定，指挥必须是在校内任职的老师，没办法，只能由管理乐团的魏老师来指挥，好似暑假在法国演出的时候一样。

魏老师代表英和乐团上台领奖，但他还没走下台，音响却又继续传出声音："现在宣布最后一个奖项，东亚青少年'交响之星'奖——日本千叶县南佐仓中学代表团。"

全场静默了一阵。音响并未传出其他声音，气氛却好似飞过一群乌鸦。

这下子炸锅了。最后一个颁奖，又是"交响之星"奖，分量自然要比一等奖重，换句话说，英和中学只是排在了第二位。更何况，在之前三等奖、二等奖之中，这个南佐仓中学根本就没上榜，分数更无人知晓。英和学生骚动不已，南佐仓中学的日本学生却纷纷抱头饮泣，一时间音乐堂里乱作一团。

"安静一下，人家还颁奖呢！"肖栋身为首席，自然要负责起乐团秩序。

"为什么不公布分数？让他们公布分数！"

"刚才根本没听见他们的名字，"

"对，不能在日本就偏袒日本人！公布分数！"

"我们得分不是第一么？为什么不能拿大奖？"

早在颁奖之前，英和学生从小道消息得知，他们的分数最高。

宣布 94.5 分这个数据之后，他们便觉得没什么问题了，怎知突然又冒出一个“金奖”，而且还不公布分数，大家便有些控制不住情绪。

突然，英和乐团几个弦乐手跨过位子，跑到南佐仓中学的区域，不让日本代表去上台领奖。由于语言不通，二提首席江子睿就带着拿蹩脚的英语喊着“Stop”；日本学生倒是听懂了，但他们说的英语，英和学生却听不懂。双方在语言不通的条件下交流着，情绪都有些激动，直到老师前来干涉。

“都给我回来！丢不丢人！”魏老师从台下下来，急忙让肖栋带上几个学生，边说边绕到南佐仓中学那边，把闹事的学生揪了回来。

“肖栋，这都是弦乐的人吧？你是首席，看住他们！”说着，魏老师又旋即走向一边，与一个工作人员开始交涉。

“干嘛把我们揪回来？”

“我们犯什么错了？”

“事情还没查出来，不能让他们领奖！”

几个弦乐手又开始闹腾，肖栋也有点焦急：“你们安静点！魏老师都去跟人家谈了，还闹什么啊？”

“怎么不能闹？大奖明明就应该是咱们的！是他们先闹的！”

“找他们要个说法！”

“肖栋你到底是哪头的？干吗要拦着我们？”

“好了！”肖栋这下子也急了，“我是为了你们好，闹大了肯定有处分！”一语勉强压住了一群人。英和中学只好看着日本代表上台领奖，大鼓替补冯勇将水瓶子愤恨地摔在地上。

“为你大爷好去吧！”

肖栋没理会这一句挑衅，却听得音响又一次作响；“各位同学请保持安静，现针对‘交响之星’这一奖项做出解释。”

众人竖起耳朵听了起来：“一至三等奖都是针对演奏技巧，‘交响之星'奖不仅针对演奏技巧,更针对一周来乐手的实际表现进行综合评分。9位评委经过讨论,一致同意日本南佐仓中学获得该奖项。”

英和学生开始气馁。的确,不到一周时间里,别说排练经常晚个半小时,就是午饭晚饭时分,英和乐团也经常是最后一个到齐。这在重视守时的日本,难以称得上好。

魏老师回到英和乐团,脸色又和蔼一些,“好了!已经一等奖了,这说明水平最强,人家不得不承认啊!这什么‘交响之星’,就是个精神文明奖!不能让日本人在家门口什么也拿不到啊!对不对?”

“不对!”冯勇扯起嗓子,“他们拿的是奖杯,咱是奖牌,大了那么多,肯定这个才是大奖!”

抬眼望去,南佐仓中学的老师在舞台上接过奖杯。其实奖杯体积并不大,但相比于英和中学只有一个小小的奖牌,象征意义自然更强一些。

见魏老师沉默了,肖栋出来喊了一嗓子:“行了行了!人家说咱们没错!咱们团是谁经常迟到?谁拖的后腿?咱们是没评上大奖,应该怪谁啊?”

肖栋一言喷出,冯勇顿时哑火。没办法,日常活动中,正是江子睿与冯勇这帮人经常迟到,还特别喜欢在公共场所大声喧哗。

让肖栋抓住了小辫子,他们只好沉默。

肖栋说完,得意地转身走向老师。冯勇则向地上啐了一口吐沫。“狗汉奸!”

一到国外,肖栋总要在晚上遛遛弯儿。比起一天逛十个景点,肖栋更喜欢在一个地方多待一阵,用两条腿感受路面起伏,把自己融入当地环境之中。

不远处出现了一个鸟居,正是一个附近的民间神社。神社规模非常小，大门里面就是一个神龛。从侧面看，神龛整体呈“个”字形；转过正面，顶沿很低，前面有两根细小的木柱子撑着，柱子中间则挂上了黄色的绳子，中间系了四个穗；至于神龛里面，则由两个木栅门合了起来，谁也看不到里面有什么。

肖栋不禁驻足，欣赏起这个小神社，这才是日本最为乡土的一面。

“呼……”深秋日本也颇凉，肖栋所穿衣物似乎难以御寒，便突然缩作一团。

并不仅仅只有他缩作一团，突然从肖栋后面传来一阵急促喘息声，回头一看，却见两三个身影鬼鬼祟祟出没在路口一带。肖栋顺着路灯看去，身影藏在了路灯死角里，仍然不明晰。

肖栋以为是附近居民，便没有继续看，而是转身准备回宾馆，怎知他的耳边突然传来了一句响亮的汉语——“冷死了！”

“谁啊？”肖栋很疑惑，这附近的中国人，怕是只有英和乐团的人了。

阴影中走出一个干瘦矮小的身影，正是打击乐手张晓晨。

“你……在这儿干什么？”

“肖……首席，”张晓晨明显有些不知所措，手连忙背后，好像藏了什么，“我遛遛弯儿……”

虽然见到张晓晨有点出乎意料，但也没必要大惊小怪，肖栋摆了摆手，转身就走，“那你接着遛你的……”

“晓晨！睿哥说什么时候开始烧？”另一个英和男孩从黑暗处跑了出来，手里拿着一个宾馆里的打火机。张晓晨赶忙摆了摆手，另一个男孩看到肖栋，向后退了一步，把捏着打火机的手藏在了背后。

“你们要干什么？”肖栋一听“烧”这个字，顿时着急了起来。见两个人不作回答，便走近两步，却发现在一个小巷拐角的黑暗里面，还有两个高一乐手正站在路边，地上有两个大桶。

“你们要干什么?!”肖栋声音严厉了起来,“这两桶汽油要干嘛?”

没人回声。

“说话啊!”一丝路灯照出了肖栋愤怒的脸庞。“要烧什么?”

“首席,这不是我们弄的,”张晓晨也跟着跑了回来,“我们只是看着桶……”

“不是你们弄的,那是谁?”

“是……是睿哥!”

“江子睿? 他要烧什么?”

“那个……”张晓晨指向了神社方向。

“烧神社? 江子睿人呢?”

“马上就来了……”

“不能让他们烧了这个神社,明白吗?”看到四个人只是面面相觑,肖栋便发了狠,“要真烧了,警察肯定来,你们全是同谋! 不怕犯罪,就跟着江子睿接着干!”

“首席……那怎么办?”张晓晨听肖栋这么一说,眼泪差点掉了出来。

“汽油不能放在这儿,得把它倒了!”肖栋斩钉截铁地说。

“不行,真不行!”几个高一学生一起说道。

“怎么了?”

“汽油是睿哥买的,要是倒了,他肯定找人打我们!”张晓晨终于说出了实情。

“肖栋啊……”远方传来一阵低吟,转身一看,正是江子睿走近,后面除了冯勇之外,还跟着六七个弦乐声部的乐手,走到跟前了,齐刷刷把烟头扔在一边。

肖栋在这里,江子睿惊慌与愤怒同时爬上眉梢,随即转向四个高一学生,“好啊,你们没胆子为国复仇,倒有胆子通风报信!”江子睿向这三个人走去,张晓晨只是支吾了一句“别!”,没敢继续发声。

“他们没报信,是我看到的,别欺负小孩!”肖栋迅速绕到张晓晨四人跟前，挡住江子睿去路。

“肖栋，这事跟你没关系……”江子睿搓搓手，伸出一根修长的食指冲着肖栋，“你要坏我们的好事，我们连你一起揍！”

“什么好事？烧神社算好事？纵火是好事？”

“烧靖国神社，中国人都有责任！”江子睿抬起头，浮着些正义的气息。

“这又不是靖国神社！”肖栋苦笑起来，“这不过是个小神社，管理人估计就是个老头，你烧个老头的神社，算什么英雄好汉？”

“老头原来肯定支持战争！更该烧！”

“你到底是为国报仇，还是因为这次没拿那个‘交响之星’，泄泄私愤啊？”

“肖栋！”江子睿似乎被触到了痛处，声音尖厉起来，好似女巫，“我能跟你一样么？今天我就是要为国报仇，替天行道！”

“那你烧吧！”肖栋冷笑道，“烧了我就报警，你们谁也别想明天回国！”肖栋有点气急败坏，“回国了学校也要开除你们！”

一听“报警”“开除”这些话，江子睿顿时有些退缩。

“狗汉奸！你丫还敢报警！”冯勇喊着扑了上来，“烧神社是为国报仇，你丫居然串通日本鬼子，一起对付中国人！狗汉奸！”

“你骂谁汉奸！”肖栋眼神死死盯着冯勇。

“骂孙子你呢！狗汉奸！”冯勇两手推了肖栋一把，肖栋一下子就被推出了一米远。“你丫再管，爷爷连你一起烧了！”冯勇走过两步，抄起一个汽油桶，边拧盖子边往肖栋这边奔。

“勇哥，为这么个东西不值当，要真烧了他，还得担责任！”江子睿见状，赶紧指挥旁边几个乐手上来拦。

几相劝解，冯勇狠狠把油桶往地上一扔。怎知油桶盖子本来就松，这么一摔，油桶一下子倒在地上，开始漏油。大家一看就慌了，毕竟这几个人刚刚抽完的烟头还在一旁点点荧光，一旦两方来个亲密接触，恐怕就没有然后了。

恰好油桶倒的方向，正是烟头方向。肖栋见汽油流速过快，又来不及跑，便赶紧趴在一边，用后背对着汽油。江子睿几个人也赶忙模仿起来，都用后背对着中心处。一群人背冲一个方向趴着，倒像是行为艺术。

过了十几秒钟，仍然没有动静。

肖栋警惕地窥视了一下，烟头不但没有点燃，反而灭了。

“这是豆油吧?”肖栋竖起鼻子闻了闻，又站起身来，跑去闻了闻另外一个油桶。

“豆油?”四下都是惊讶声，冯勇也急忙站起来，拿起油桶凑近了闻，“还真是有点豆子味儿。”又回头看着江子睿，“睿哥，你不是说这是从加油站买的汽油么? 怎么买成豆油了?”

“汽油太贵了，咱们凑那点钱根本不够，我就想买食用油代替一下，”江子睿绕了绕腮帮子，眼睛瞄着另一个方向，“反正都是油，点火不就着了么?”。

“哈哈哈……”肖栋似乎忍了很久，终于可以笑出来了。“你们物理怎么学的? 食用油挥发很慢，点不着的!”

“就你学习好!”江子睿狠狠瞪了肖栋一眼，声音忽然不再那么细，“拉琴你最好，姑娘你也找了最好的，什么都你牛逼! 我从实验班掉下来也就算了，但好不容易当了一年的次席，好不容易把首席熬走了，你小子一来就给抢走了! 什么东西!”

“江子睿……”肖栋似乎明白了什么，“我没想抢你的首席，但那天你在指挥面前表现太差，是你自己的问题。”

“什么我的问题!”江子睿一脚踹倒了另一个油桶，“那他妈指挥原来是你的老师，肯定偏向你!”

“你要是不服我的技术，”肖栋站直了面对江子睿，“可以单挑，我随时等着。”说完了，肖栋一边盯着江子睿一边转身，大踏步朝着宾馆的方向走去。

这个江子睿，我才不怕他!

9-3

“早上还一起走吗?”

肖栋揉了揉睡眼,拿起一看,发信人是徐语薇,便一个激灵坐起来。看了下短信发来的时间:凌晨1点24分。

二十七天,哦不,二十八天了,徐语薇终于又主动给我短信了!

“好啊,没问题!”发出去的瞬间,他就意识到好像有什么不太对——没错,表上清清楚楚显示着六点半。

哎呀,我怎么那时候就没听见呢!

“对不起,昨天睡了没看见,我现在马上过去,老地方,七点见!”

肖栋赶忙起床,牙也不刷,头发也不梳,拿着一个凉三明治就走出家门。

一阵冷风刮来,又把他刮回房间。肖栋披上一件外衣,拿起围脖随便缠了一下,歪歪斜斜走出家门。肖栋将楼道里斜停的“二八铁驴”搬下楼,曲里拐弯地骑出院门,又朝着与学校完全相反的方向走去。

走到“老地方”——也就是两人经常分开的那个立交桥下,徐语薇还没有到,肖栋便从书包里掏出了CD机与一个小CD盒。

肖栋推开唱机,熟练地按下中间按钮,一张“维瓦尔第《四季》”CD应声而出,随即装上“瓦格纳《众神的黄昏》”CD,然后合上唱机,挑了一首播放,然后把唱机塞进上衣兜里,双手戴上耳机,脸颊斜向上摆了一个15度角,也不知道是在向谁摆pose。

终于,他远远看到徐语薇骑车到了桥斜对角。刚想打招呼,却又迟疑:徐语薇并不是一个人,她身边还有女孩也穿着校服,而且不止一个,而有两个。远远看去,两个身影都略熟悉。

是不是回晚了,她就约了别人?

肖栋暂停音乐,取下耳机,骑车走到旁边一个报亭,借着报亭挡板遮住了自己，但另一个方向的情况却能从挡板背后看到。

徐语薇与另外两个女孩一起骑车走近，定睛一看，竟是夏冰与苏芸。夏冰校服画得乱七八糟，苏芸有一身标志性赘肉，虽然离得有些距离，却决然不会有错。三人骑车过来，没有任何停留，径直朝着学校走去。

目送徐语薇远去，肖栋呆了，掏出手机准备打电话，却发现手机上显示出一条新消息：

“不必，我已出门。”

这是徐语薇十分钟以前给他的短信，他却又一次漏看了。

“我这个猪脑子！”肖栋气急败坏。眼见上学时间将近，只好赶忙上学去，也顾不得继续听音乐了。

徐语薇到底怎么了？还以为在日本得了奖，能让她把苏芸那件事给忘了，怎么，怎么会还是这样？

肖栋虽然只骑“二八铁驴”，但毕竟是青春期男孩，速度飞快，不一会儿就能看到三人。肖栋没有向前，而是绕另一条路向学校奔去，骑得飞快，不一会儿就到了学校，甚至比徐语薇还要早。

正在车棚停车，恰好碰到三人进来。苏芸与夏冰在最前面，徐语薇一个人把车停在后面，肖栋本想等前两人过去了跟徐语薇说两句话，谁承想苏芸却先发了话，语气中透着阴阳怪气：“哟，这不是班长吗？”

肖栋瞪了苏芸一眼，兀自走去，夏冰却又挡在面前：“苏芸跟你打招呼呢，有没有礼貌啊？”

肖栋看了下夏冰，朝着苏芸咬出了一句“你好”。看到徐语薇准备走出车棚，便不顾夏冰眼神，接着走出去追徐语薇。

“语薇，”肖栋跑了两步，总算追到了，“昨天晚上我没看到短信……”

“啊……”徐语薇站下来，肖栋隐约看到徐语薇的手机换了一个手机链，色泽发亮，好似银箔，“以后我跟苏芸、夏冰一起上下学，不用陪我了。”徐语薇语调如同往常，肖栋难以猜透缘由。

肖栋两步迈到徐语薇身前：“怎么了？”

徐语薇躲开了肖栋的眼神，往教学楼走去：“没有……”

“还缠着徐语薇呐？”夏冰与苏芸已经走近了，“肖栋我跟你说，你老耽误她学习，回头我可得告老师去了，你……”

“有你什么事？你怎么管这么宽啊？”

“怎么说话呢！”夏冰站近肖栋身边，“我管了，你怎么着？”

“我跟我女朋友说话！你无权侵犯我隐私！”肖栋非常气愤。

“女朋友”三个字一出来，夏冰与苏芸都笑得前仰后合，徐语薇则有些羞愧地低下了头，脚步向前挪了挪，却让苏芸抓住。

“语薇你别着急走。肖栋啊，你本事不小，你什么时候成语薇的男朋友了？”苏芸面带嘲讽。

“暑假以后啊，这个事我们乐团，哦不，全校估计都知道！”

“全校……”徐语薇默念着。

“那你问徐语薇本人，”夏冰拍了拍徐语薇的肩膀，“他是你男朋友么？”

说是啊！是！

肖栋心里不停喊着，嘴唇也开始抖动起来。却见徐语薇慢慢转过身，脸上又是羞愧又是无奈，不见一点正面情绪。肖栋、夏冰、苏芸三双眼睛齐齐盯着她，压力似乎是前所未有。

“肖栋……你，是我最好的男性朋友。一直都是。”徐语薇顿了好几秒钟，却才细声细语地回答。

“喏，你听到了，最好的男性朋友，不是男朋友啊！”苏芸两手朝天，做出了一个“无奈”的动作。夏冰也冷笑了两声。

“为什么你要逼她？你是不是要挟她啊？”肖栋情急，用词也是越来越乱，苏芸听得不禁一愣，眼望着徐语薇。

“你别说了！”徐语薇双眼盯着肖栋，目光里充斥着不满与不解，平坦的胸部有些起伏，“不要再挑拨我跟苏芸的关系，她是我的好朋友！”说着，徐语薇挽起苏芸的手，大步走向教学楼。

印象中，徐语薇第一次这么发狠，肖栋呆住了。一行热泪，顺着肖栋左眼角流了下来，不声不响。

“肖栋，”夏冰语气突然软了下来，“找别人吧。”

肖栋恍惚了一下，意识到夏冰在跟自己说话，连忙擦掉泪水。“夏冰，我去日本这一个星期，都出了什么事？”

夏冰急忙走开，朝着教学楼方向大踏步行进。

“说啊！出了什么事了?!”肖栋在教学楼门口截住了她。

“肖栋你闹的事儿还不多么？你想让徐语薇替你担多少压力？”

“我闹什么了？”肖栋瞪大了眼睛。

夏冰没好气地说：“你个倔脾气！今天课间操调成早操，马上就开始了，我还得先回班里……”

说着，早操铃声响了起来，夏冰向上翻了个白眼，拖着瘪瘪的书包走向操场。全校学生也如同得了号令一般，全体走出教学楼。

明知是早操，肖栋却似乎意识到了什么，拎起书包就向着楼里跑。不顾人流都在向外，肖栋只是一个劲儿地向里冲，一路上不知道挤了多少人，踩了多少脚，挨了多少骂，终于到达班里后门。

透过后门窗户，肖栋看到武皓坐在最后一排，手里拿着一串钥匙，不知冲着谁在说什么。走近一瞥，武皓对面正站着徐语薇。

肖栋从没见过徐语薇笑得这么开心。

肖栋向后退了两步，随即扭头冲向男厕所，冲进一个单间，狠狠捶门。

武皓，就是武皓！武皓竟然趁我不在国内就勾引徐语薇！就是因为他花言巧语，徐语薇才逐渐不理我，才说什么“最好的男性朋友”！

不对啊，徐语薇这么容易被勾引，是不是也说明她比较……不！怎么会！徐语薇是受了武皓迷惑！武皓那个人，我承认他是比我高点，比我帅点，比我会打篮球，但说到艺术素养，对于道德，他就是个……就是个……混蛋！

但苍蝇不叮无缝的蛋，武皓勾引，若不是徐语薇本身也……不会的！谁都有犯错的时候！徐语薇只不过是一时糊涂……

“第二套全国中学生广播体操——青春的活力！”

上操了，我毕竟是班长，应该过去。

“轰……”肖栋猛然听到，在早操的乐曲之中，突然迸发出一声属于机械的吼叫声。肖栋赶忙从厕所探头出去，但这边却看不到校门口。肖栋又急忙跑向教室，教室已然空无一人，打开窗户看出去，恰好看到武皓的摩托车奔出校园。恰好看到，一个美丽的背影坐在摩托车后座。

徐语薇解开马尾辫，长发飘飘。

肖栋瘫坐在地上，难辨伤痛。

“肖栋，怎么不去上操？”好像是班主任王红艳在喊他。

10-1

再见夏冰，恰在比赛之前十天，是个礼拜日。

中川美奈子要先去凭吊一下自己死去的前辈，肖栋多年后第一次见夏冰，也不想带个外人，便分头行动。出租车驶入一个别墅区，两边全都是各式各样的小别墅。当然，在美国人观念里，这个别墅并不是什么奢侈品，只是房子，中国人费劲买来的房子只是公寓。房子刷了白漆，外面却也爬了些爬山虎，白漆色泽并不明显，却更凸显出一丝怀旧风味。

最终落脚点是附近的一个小房子，由灰红色的砖头堆砌而成，屋顶正上方有个很小的钟楼，顶着一个十字架，里面传来阵阵歌声。

这就是乡村教堂了吧。

肖栋站在教堂外面,他不是第一次体会真正意义上的“礼拜日”。他来这里,显然不是为了看美国乡村教堂,而是等人。

“我到了。”肖栋掏出手机,发了一条短信。

不一会儿,教堂门口打开了一个缝,一个年轻女孩乖巧地走出来,轻轻带上门,稍一捋头发,看到肖栋,抿嘴浅笑了一下,轻轻跑来。

肖栋呆了一下。与夏冰再会的场景,肖栋设想过无数次,却压根也没有想到她竟然变成了现在这样:白色连衣裙穿在身上,长发披肩,俨然一副女神形象;肤色也好像受了白人传染,与初高中时的古铜色皮肤形成了鲜明对比;定睛一看,似乎脸也小了些,从圆脸变成了瓜子脸。

“怎么啦?”夏冰早已没了鲁劲,完全成了一个娇小人妻。

“越来越女神……”肖栋用手在脑袋上比画了一个光圈,“女神经了……”

“讨厌!”夏冰笑着嗔怪道,“还是没正经!”

夏风吹过,掩盖了两人之间突如其来的沉默,夏冰转过头去,任由夏风吹拂头发。

“信教了?”

“嗯,跟着老公信的。”

“真信假信啊?”

“当然真信啦!我可是虔诚的教徒,每周末都要礼拜!”说着,夏冰在胸前与额头画了一个标准的基督教三角。“不进去看看么?”

“我不进教堂,你知道的。”

“还是那个原则么?”夏冰略有点失望。

“对……”肖栋略有沉吟,指了指教堂方向,“你不用接着礼拜吗?”

“没关系，仪式结束了，大家在里面聊天儿。”

“你老公呢？他没在里面？”

“他一会儿才回来。”夏冰摇了摇头，“他很喜欢小提琴，今天晚上想跟你一起吃个饭，晚上住我家吧，别走了啊！”

“嗯……”肖栋点着头，“这么多年没见，还挺想……”肖栋似乎是想说“挺想你”，但话到嘴边又突然一变，“挺想多聊聊的。”

夏冰先愣了一下，紧接着皮笑肉不笑，最后直接是“噗嗤”一笑，似乎是看出肖栋临时更换了词语：“好啊，聊什么？”夏冰俏皮地看着肖栋，那模样比起分别之时，似乎没有什么区别，不，应该是更加清秀了。

小时候看着狂放不羁，十五岁像是二十五岁；而长大了以后却又乖巧动人，二十五岁仿佛十五岁。这是为什么呢？难道真的是逆生长？

也不对，恐怕，只是小时候故意往大了打扮，长大了又要往小了装扮。

“这些年……你怎么样了？”总有很多话想说，但话到嘴边，却总是那么几句俗不可耐的话。

夏冰轻摇身体：“你去了奥地利，我就好好学习、天天向上，然后考了 SAT，就来美国了，大学时候认识了现在老公，毕业就结婚了。”

“好孩子？”肖栋又开始故作惊讶状，“你那时候……”

“你想说不良少女？”夏冰“嘿嘿”一笑，“不过严格来说，我不是不良少女，而是女汉子，天天翘课、抄作业、听 hip-hop、抽烟、喝酒，还老跟男人们混在一起，跟个爷们儿似的……”

夏冰突然话音一沉，“但是吧，跟你在一起以后我才发现，自己是个小女人，以前老觉得自己有主见，真在你面前……嘴硬，心里还是……”

“因为我？”

“对啊，跟你在一起，我重新认识了自己。”夏冰突然站住，眼睛望着肖栋，少许放出了些光亮。

肖栋微微低下头：“那时候我……估计没少伤害你……”

“其实你很可怜”，夏冰语气之中却有几分理解，“只要是别人女朋友，你就发疯去抢……但真抢到手了，你却只是 kiss 一下……”

“我不是非要抢别人女友……”肖栋不知道该如何解释。

“你是实验，”夏冰接过话茬，“实验每一种追逐女孩的方法，你想知道，武皓当年是用了什么方法抢走徐语薇。”

肖栋愣在原地，没有跟上夏冰的脚步。

“我早就看出来了，”夏冰看到肖栋停住了，便回过头看着他，“你追的每一个女孩，都有点徐语薇的影子。”

这个女孩，真的懂我……

“我……”肖栋支吾起来，“一直不知道武皓用了什么办法。”

“比你简单很多，”夏冰走近，右手食指点向肖栋心脏，“他没用技术，他用心了。”

“他……”肖栋睁大眼睛，“不会是……”

“你那年去日本比赛以后，他就一直想约徐语薇出去，”夏冰放下手臂，娓娓道来，“一次两次没理他，他就穷追不舍，最后徐语薇说，只要他能在考试里拿个全班男生第一，就跟他出去。”

“徐语薇主动的？”

“我觉得，她是想委婉拒绝，因为马上要考数学，是武皓弱项。”

“后来呢？”肖栋不由得走近一步。

“后来武皓真在数学考试里拿了男生第一，虽然还是不及格。”

“不可能啊！”肖栋不解，“班里那么多人，学习怎么会比他还差？”说完，肖栋一下子愣住了，他想到了一种答案，一种与他切身经历有关的答案。

“你想到了吧？”夏冰看眼神便猜到了想法，“‘火炬帮’跟所有男生说，谁考试比武皓高，就罚谁。”

肖栋笑了起来，什么也没说。

“徐语薇也知道武皓要阴招，”夏冰摇了摇头，“但她后来说过，她感受到了武皓的真诚……”

“不只是真诚吧？”肖栋收起了笑容。

夏冰抿抿嘴，“她说过，一靠近武皓，马上会有很多人与她打交道。火炬帮会经常给她买饮料、买早餐……如果考试不好了，苏芸那个‘挡灾会’还会帮她应付。她就感觉……不那么孤独了。”

“孤独……她不是有苏芸吗？”

“苏芸可不是什么好姑娘。”夏冰又转念一想，“哎，也不能这么说。苏芸也挺可怜，她喜欢过你，你知道么？”

“喜欢我？什么时候的事儿？”肖栋一愣。

“就高二吧……你跟她吵架之前……”

肖栋无语，脑子里的很多信息在飞速融合着。

“因为喜欢你，她才嫉妒徐语薇，才给她造谣……她还干过狠事：有一次徐语薇在厕所换衣服，她用手机偷拍了两张，用蓝牙发给了其他班几个男孩……”

肖栋大惊：“什么时候的事儿？”

“什么时候……”夏冰被肖栋的反应吓了一跳，“嗯……好像就是你有一次跟苏芸吵架之前，啊对，那次吵架，徐语薇不是还帮着苏芸吗？”

“苏芸这么折腾徐语薇，为什么还要帮着苏芸？”肖栋两手攥紧了拳头。

“苏芸跟徐语薇好，挡灾会才会跟徐语薇交往，要是关系不好，就折腾徐语薇。你跟苏芸吵了起来，她要支持你，以后就混不下去了吧。”

“这就是女孩世界？”

“男孩世界不也差不多吗？只不过多加了个‘锯人’。”

肖栋无言以对。

“也赖我，”一缕清风吹过夏冰的发梢，“我太迷武皓，知道他不会喜欢我，只能做哥们，就想帮他追徐语薇……谁知道……”

“你算帮凶啊……”肖栋苦笑了起来，也不知道是开玩笑还是真的。

“所以……”夏冰的眼睛里有些肿胀，“我一辈子对不起你……”

“咱们……”肖栋指了指另一个方向，一辆本地牌照的车正冲着两个人驶来，里面坐着一个俊秀的白人，“没有一辈子……”

夏冰脸上闪过一丝失望，却只能转过头去，对着丈夫露出微笑。

10-2

“别在屋里睡了，都去上体育课！”夏冰拍着手大声喊道。

中学生应该正是撒欢儿的年纪，喜欢体育课多于文化课应是真理，但在高二二班这个文艺特长班，真理却失了效。这不，体育老师刚点完名，不少人就溜回教室，睡觉的睡觉，看书的看书，擎等放学。

“肖栋，你还班长呢！带头在班里睡觉！起来！”夏冰喊了半天没人理，自然火冒三丈，对着肖栋就是劈头盖脸一顿骂。

肖栋把脑袋换了个姿势，继续睡。

“肖栋，跟你说话听见没有？你再不下去，我去找王老师了啊！”

肖栋猛地起身，恶狠狠地盯着夏冰。夏冰不作理会，其他学生嘟囔着站起来，不情愿地走向班门口。

“老师说了，今天要练习投篮，你这个鞋可不行。”夏冰指了指肖栋的一双帆布鞋，“看你刚买了双新运动鞋，穿那个！”

“不就投篮吗？鞋不鞋的……不换……”肖栋有点没睡醒，伸了伸懒腰。

“行，那我找班主任请您老人家，行了吧?”夏冰气哼哼地走出班门。

肖栋看到夏冰跑了，心里着急。没办法，赶忙跑到柜子门口，开门拿出一双崭新的篮球鞋，不由分说就往楼下跑。从二楼到一楼有二十多个台阶，肖栋直接沿着扶手滑了下去，不到十秒就下到了一楼。

不过他没着急去操场，而是跑去一楼男厕所，把篮球鞋放在了窗台。

男孩子大都喜欢足篮球，但足球鞋脚底都是钉子，平常走路不方便，篮球鞋脚下却是一个大气垫，自然深受青睐。时值 NBA 大行其道，不少少年男孩将篮球也当作信仰一般看待，自然也会在篮球鞋上有所比拼。

肖栋这双鞋，是一款稍显旧式的篮球鞋，鞋帮与鞋舌头上正直写着“YAO 11”字样。很明显，这是赞助商的所谓“姚明鞋”。其实每一个 NBA 知名球星都会有定制鞋，穿上谁的球鞋，就会意淫自己是谁，打起球来也更有劲头。但肖栋眼睛望着这双鞋，却总有些不爽。

这双鞋，是去年妈妈离开之前，最后一次去商场买的……一直藏在家里，上周被爸爸发现了，才拿到学校……

从厕所窗户往外看，夏冰已经到了操场，一边与体育老师刘铁交流，一边四下张望，肖栋意识到情况不对，赶紧把鞋套上，拎着帆布鞋就去了操场。但越接近操场，他的步伐就越慢，好像脚上挂了一颗铅球。

“肖栋你干吗呢？肉了吧唧的!”夏冰看到肖栋过来，忙上前去，拽着肖栋的胳膊就往操场拉，一直拉到了篮球场才放开。

“这疯丫头，劲儿挺大。”肖栋嘟囔着。揉了揉胳膊，却发现周围男生都在盯着自己。愣了一下，胖瘦两人开始大笑，引得旁边光盘帮也是一阵欢声笑语；又转过来，只见武皓正拿着一颗篮球，站在罚球线上。

原来，肖栋没意识到，自己就站在篮筐正下方。

“肖栋你赶紧起开，别砸……”刘铁话音刚落，武皓以一个优美的跳投将皮球扔出，一记空刷入网，紧接着就砸到了肖栋的脑袋上——“咚！”

“没看见有人啊！”肖栋捂着脑袋咆哮着。武皓好像没听见，转过去与狐朋狗友击掌。徐语薇看到肖栋来了，赶忙把脑袋背对肖栋。

妈妈就是这样，一声不吭就走了……

“好了！”刘铁赶忙跑过来，“肖栋你站这儿干吗，今天练投篮，快点准备。”

肖栋狠狠瞪了一眼武皓，走了两步排到队尾，蹲下身子紧鞋带。

“哎哟喂，班长换新鞋了啊！”江子睿又冒出一句酸腐声，“还是姚明鞋啊！大家来看，姚明鞋！”

“姚明鞋？”武皓在远处听了，冷笑不已，其他男生闻风而来，都跑到肖栋跟前参观这双鞋。

“肖栋你居然买姚明鞋，懂不懂 NBA 啊！”

“姚明鞋也太土了！”

“伪球迷才买姚明鞋呢！真球迷都买科比鞋、最次也得是艾弗森！”

“姚明鞋多丑啊，科比鞋最帅了！”

“班长啊，”本来轮到李旭东投球，但听到嘈杂声四起，却也没顾得上投，抱球来到肖栋面前，“家长给买的吧？这八成是望子成龙，来，”李旭东把篮球轻甩给肖栋，“让我们大家看看未来的姚明投球怎么样吧！”

投就投，怕你个奸商？肖栋接起皮球，朝着篮筐走去。

“你想先来啊?”刘铁看到肖栋过来,便用比画了一个“三”的手势,“一人三次机会啊!”

“嘟……”一声哨响,刘铁走到篮板后面,示意肖栋可以开始。

只见肖栋弯下腰,将篮球放在腹部前方,准备抬手托球。

“嘟嘟……”刘铁吹两声哨子,“这回练习正确的投球姿势,‘端尿盆’可不行!”

“端尿盆”三字一出,男生圈里顿时笑声大作,女孩也乐出声来。若是小学生,可能“端尿盆”投篮还无所谓,但到了高中,打球都开始追求华美炫技,肖栋却来了一个朴实无华,结局自然不是受到敬佩,而是受到嘲笑。

肖栋颤巍巍举起了篮球,模仿印象中“正确”的投球姿势,向着篮筐轻轻掷了一下。

“唰……啪……”篮球没碰到篮筐,直接扔到了刘铁怀里。

球一入怀,周围笑声顿时高扬起来,冯勇笑得躺在了地上。听到欢声笑语,操场上其他班同学也纷纷投来目光,一时间肖栋被围观了。

“想砸我也得使劲儿啊!”刘铁苦笑了一声,抬手把篮球扔回给肖栋,“再来,使劲儿!”

肖栋瞥了一眼,胖子与李旭东等人正围着武皓聊着,脸上不乏讥笑神色。

“咚!”肖栋双手把皮球抬过头顶,少许向后一仰,朝着篮筐大力扔去,双脚也不由得离地。篮球划出一道倔强的直线,直直击中了篮板,然后迅速弹回地面,又回到了肖栋手里。

“胡拽啊!”刘铁一阵苦笑,“不能投直线,投抛物线!抛物线知道吧?”刘铁用食指画了一个拱形,“来,你试试看!”

肖栋这次没有直接举起球来,反而是把球放在胸前,眼睛忽然闭上,又忽然睁开,双脚猛地一跃,顺势将球向高处一扔,皮球划出一道还算漂亮的抛物线——“咣当!”重重砸在了篮筐边缘,旋即掉了下来。

“不错，不错！”刘铁连忙鼓励，却又有些褒贬不明，“别说，看着像个书呆子，运动天赋也不错，就是锻炼太少了。下一个！”

“三罚全丢，不容易啊！”江子睿见肖栋回来，连忙鼓起倒掌。

“少说风凉话！”肖栋明显在气头上。

“这可是夸你啊！平常你不打篮球，这次投球居然只有一个三不沾，多难得啊！”说罢继续鼓掌，“姚明鞋还真是帮了你不少啊！”

肖栋白了江子睿一眼，不想多做解释。自从日本回来以后，江子睿与冯勇便盯着他，只要肖栋上课一回答问题，江子睿便在私底下窃笑；至于冯勇，经常会在私下里骂他是“狗汉奸”。

“我知道了！”江子睿低头打量了一下，“鞋这么白，刚买的吧！刚买的鞋一般不合适，这才没让你发挥到最佳。勇哥！新鞋应该踩三脚吧？”

“没错！鞋越好越要踩，‘狗汉奸’更要踩！”冯勇跑到了队尾，不问肖栋同意与否，说着就踩了一脚。球鞋表面一片白色区域顿时染上了一块黑斑。“兄弟们！踩汉奸啊！”

不行，这是妈妈给我买的最后的东西！

“你个胖子，什么汉奸，凭什么踩我！”肖栋话音刚落，李旭东也跑了过来，旋即，火炬帮成员闻风而来，猛一看有十数人。肖栋顿时傻了，一句话也说不出来，身体动作也顿时僵在那里。

他们，什么时候有这么多人了？

“班长怎么这么不礼貌啊！”江子睿在一旁窃笑着，瘦削的手竖着捂住了嘴，中指正直贴在鼻头、食指与无名指歇着放在鼻翼，好像一个大姑娘在嘲笑着什么，语气酸酸的。

冯勇直指肖栋：“你问问皓哥！在篮球队里，新鞋必须踩，哥哥们这是帮你，懂吗？”冯勇边说边招呼，所有人一个接一个踩向肖栋。

所谓踩鞋子，是篮球队内一种表达关心与爱护的方法。但篮球队训练一般都在木地板上，大家的鞋底相对干净，也会注意不要踩到脚面。但冯勇这帮人不仅鞋底都脏兮兮，更是到处乱踩，李旭东甚至往肖栋小腿去踹。

“你干吗！”肖栋狠狠推了一把李旭东，一时间火药味燃起。

“干吗呢？嘿！”刘铁“嘟嘟”吹了两声哨，快步跑来，站到肖栋与李旭东的中间，“上课呢知道不？”

“这时候您来了啊？”肖栋的气愤转到了刘铁身上，不禁有些阴阳怪气，“真是个好老师！”说罢转身就走。

“欸，你什么意思啊？”面对突如其来的指责，刘铁的火气也冒了起来，“班长应该组织好秩序，不是拽咧子！”刘铁没忍住，“投球差也就算了，班级秩序也组织不好，真是个好班长！”

“肖栋都当了一年班长了！也该重新选选了！”随着刘铁不经意的一句话，火炬帮突然响起了各种喊声。

“班长根本不是选的，是老师定的！”

“必须选举！没选举，班长就没人能约束！”

怎么回事？肖栋停下来，警惕地看着四周。

武皓低下头，略有窃笑。

都是你的错！

下课铃突然打响，火炬帮各自散去。肖栋看见武皓向徐语薇打了个招呼，徐语薇虽然只是轻轻摆手，目光却露出光芒。

肖栋，一直盯着徐语薇。

徐语薇，躲开了肖栋的目光，径直回班去了。

你……也要这样离开我么？

10-3

一片嘈杂。

电吉他、电贝司、电钢琴、架子鼓。都是发声乐器，但声音来源却似乎不在他们之中，而在墙上、天花板上、地面上、人群中。

各色人等在台上台下扭动着，他们发型怪异、发色冗杂，他们肆无忌惮地拎着酒瓶子、叼着烟卷儿，他们大拇指与食指比划了十字，跟着节奏向下指着。这唱法不像是唱歌，也不像是说话，而像是在念叨，只不过把念叨配上了调子，配上了节奏。

“哟……哟……check now……”

他，武皓，当然会出没于这种地方。但我，肖栋，为什么会来这种地方？

不对，你，徐语薇，为什么要跟着武皓来这种地方？

还以为武皓会带你去高档咖啡厅，或者听听交响乐、看看话剧，没想到他居然带你来这里，又黑又脏。你的表情怎么会这么高兴？你这种笑容我以前怎么从来没见过？

当你褪去校服装束，散开发辫，随着音乐舞动起来，却是如此有韵味。你……跟高一不一样了，身上好像有一些成人美了。你……不再是个孩子了。

徐语薇不停扭动身体，甚至跟着音乐扭动臀部。一位芭蕾舞演员随着 Hip-hop 音乐扭着，动作自然是有些奇怪，总像是一个乖乖女刚刚开始在模仿大人，演技拙劣而老套，但在肖栋看来，这却已是能接受的极限了。

但徐语薇似乎就是要突破这种极限，她边扭着，边朝旁边挥手，武皓随即走上台，轻轻搂住徐语薇跳起来。跳着跳着，他的嘴一点点朝着徐语薇袭去，肖栋睁大眼睛，朝着那个方向走去、奔去、飞去……

徐语薇虽然向后躲着，但还是阻挡不住两片唇扣在一起……

你们！

眼泪在眼眶里打转。本来重低音就让肖栋胸闷心慌，这突如其来的攻击更有如一股蛮力袭来，将他从酒吧里推了出去。

北风刮来，肖栋却丝毫没有反应。他骑上自行车，漫无目的地在道路上游荡起来。路旁慵懒的黄色路灯虽然亮起，天空却依旧黑暗无光，越高越不见光亮，这个老城区，若是没有这几盏路灯，路上便如封建社会一般。恰好酒吧所在与旧皇宫不远，若是没有些现代化东西作为标示，恐怕初来这个地方，真的会以为穿越回了古代。

每个人都有独立的空间与时间概念，人类将共同的空间与时间合并在一起，成了世界。肖栋抽离了这层共同，回归独立。这种从共同回归独立的过程，或许就叫作流浪吧。

我是怎么到这个酒吧的？怎么记忆那么模糊？

好像有人说我染发，但视觉告诉我，我的发色是黑的。

好像有人说我尿裤子，但嗅觉告诉我，我的裤子没有异味。

好像发了酸奶，但味觉告诉我，我并没有喝到酸奶。

怎么就想不起来了呢？我刚没老，不至于记忆力退步了吧？

最近也不知道怎么了。礼拜二想跟同桌闲扯几句，结果她非但没理我，反而像是没听见一样，转瞬间就走开了——朝着苏芸的方向走去。啊——对，她好像是挡灾会的人……这个苏芸是一脸奸笑，我到现在都能记得起来。

“他妈的，你丫找死啊！”肖栋回过神来，发现一辆汽车急停下来，车主伸出脑袋叫嚷着，紧接着又急踏油门躲过肖栋，呼啸而过。

原来这边是红灯。原来，脱离掉共同空间以后，我甚至都忘记了自己的身体安不安全。

啊，想起来了。第一节课之前，我急匆匆冲进班里，脑袋上却突然掉下来一个黑板擦，上面有五颜六色的粉末，又呛眼又呛鼻子，头上也是花花绿绿。老师恰巧进来，然后不知道哪里响起一句——“老师，他染发！”

全班哄笑，连老师也有点窃笑。笑得我都不认识他们了。

前天上完厕所洗手，突然有人把一捧水洒在我的裤裆上，我气不过，便追着他跑了大半个楼道，一边跑他一边喊着——“大家快看，肖栋尿裤子啦！”

但这个人,我并不认识。

刘子龙也站在一边呆呆看着。

今天中午吃饭发了一小瓶酸奶,我舍不得当时喝,就放在位子上,准备回家喝。怕丢了,还在酸奶的盖纸上面写了个“肖”。结果只是出去溜达了一会儿,回来就发现整个桌子上布满了酸奶。酸奶痕迹的中心,正是那张写了“肖”的盖纸,但“肖”字却被打了一个大大的叉。

四下望去,没人看我,也没人问我,好像桌子上有酸奶也不奇怪。怎么可能不奇怪?桌子上洒了奶,明显是有人在捣鬼!明显有人在针对我!同桌不跟我说话,同学泼我一身水,刘子龙什么也不管,还有……还有徐语薇与武皓……在酒吧里面……亲嘴儿……这些奇怪的事情怎么都在同一时期发生了?武皓只有一个人,他或许能控制三四个人,但绝不可能控制这么多人!

不对,这不是人在捣鬼,是天在捣鬼。这些事情如果都各自发生,绝非不可能,但在同一时期集中爆发,那一定不只是巧合,一定是……一定是神在针对我。

不行,我要赶紧去求求老天爷,一定是我哪里惹怒了神灵!不对,一定是有些事情让神灵误会了!我要赶紧去……

这好像是个教堂。肖栋停下了车子。虽然距离附近的商业街只有一步之遥,但这座教堂附近却是四下无人,也算是乱中取静。路两边已亮起路灯,而教堂内仍然是灯火通明,也不知道在做什么活动。

太姥姥活着的时候就信基督,她说过,耶稣可以宽恕所有人。不管犯了什么错,只要诚心忏悔,耶稣都会原谅。不对啊,我哪里有错了?这一切都是他们在乱搞!我没有错!我没有错,但所有错事的结果,却都落在了我的头上。或许是我做了有些事,铸成大错,自己却浑然不知?上天才这样惩罚我?

还是进去吧。

教堂不算太大，人却很少。肖栋心思忐忑，小步踱入教堂。周围并没有什么人招呼他，也没有人收门票，冷清的环境搞得肖栋颇为紧张。不过，当他走到教堂前方，看到十字架上“钉”着一个“耶稣”，却如初生赤子一般释然。

那是一副人类面孔，不似佛像、神像那样静坐于前，更像是一个普通人的雕像。胳膊斜斜挂在十字架上，臂膀的一缕缕肌肉都刻绘地那么清晰、那么浓重，头颅稍低，似在思考，又似松了一口气。

受难，到底是一种什么体验？让人钉在十字架上的时候，耶稣到底在想什么？他是在为这种痛苦而难过？还是在为能替人受苦而喜悦？

肖栋轻闭双眼，双手合十，两个大拇指互相摩擦着。上帝啊，不管我肖栋曾经做过什么错事，我都愿意认错，只是……只是求求您，从明天开始，不要再让我经历这些事情了。

肖栋紧皱眉头，抵住两个大拇指的骨节，紧紧攥拳。

睡下一觉，就是新的一天，新的一天，就会有新的生活。

11-1

“那个日本女孩居然这么苦……”夏冰嘬了一口咖啡，唏嘘着。

小咖啡馆香味四溢，让人陶醉。据说咖啡香味越浓，越会增长顾客对面包的需求，大致因此，大多数咖啡馆都会同时买面包类甜点，也会故意把咖啡味搞得极为香浓。

咖啡馆在费城的一个老街道，旁边还有不少老建筑，街道上零星可见的马车道彰显了上百年的人文气息，颇似第二个欧洲。

肖栋虽在欧洲生活很久，却对咖啡兴趣不大，每次无论冬夏都会点热茶，也不知是出于养生，还是纯粹的个人爱好。至于夏冰，则像个正常人，点了一杯冰拿铁咖啡与肖栋坐在一排，对面空了两个人的位置。

中川美奈子听说肖栋与老同学待在一起，也颇感兴趣，便希望能和夏冰见个面。刚一听说，夏冰自然也觉得奇怪，肖栋便把采访的前因后果都讲了出来，当然也包括美奈子的过往。

“她现在恐怕还觉得，一切都是她的错吧……”

“肯定会内疚……”夏冰摆摆头，“不是谁都像你那么坚强……”

“我坚强么？”

“你虽然经常会哭、会犹豫、会孤独，但你要是不坚强，恐怕就跟她说的那个什么学姐一样，自杀了吧？”

还没来得及回答，中川美奈子就在窗外对他们招手。今天的美奈子穿了长身的浅咖啡色外衣，下身穿着黑色丝袜裤，再加上一个黑色小包，颇有日本女人特有的可爱风。

“看看人家这打扮，再看看你……”肖栋不禁揶揄道。

“那可不一样……”夏冰不认输地说，“我都嫁人了……”

“Hello！”美奈子不经意间已经走到肖栋两人面前，“让你们等很久了吧？”

“没有……”肖栋赶忙示意美奈子坐下，“这是夏冰，我中学同学。”

“你好，我叫中川美奈子，”美奈子把长发捋到一边，掏出一张名片双手递来。

“嗯，你好……”夏冰接过名片，“没想到你中文这么好！”

“以前邻居家有一个中国太太，照顾我很多……”美奈子向夏冰弯了一下腰，或许每当道谢或致歉时分，日本人都会习惯性地向前屈一下身子，“今天太打扰你了，本来应该是你们一起叙旧的时间，我却非来……”

“没关系，谁让我是肖栋的女朋友啊！”夏冰调皮地挽起肖栋。

“女朋友？”美奈子大吃一惊，眼睛也瞪大。

“夏冰……”肖栋目光中不无责备。

“好啦……”夏冰看到美奈子的神情不禁笑了起来，“我是他中学女朋友，现在已经结婚了，今天就是帮帮老朋友的忙。”

“中学？”美奈子不知该说什么，“那你觉得，中学的肖栋是个什么样的人呢？”

“他在中学……”夏冰表情居然有些幸福，“很Man，很帅气，也很……”

“看来你很爱他啊？”美奈子笑道。

“要不然也不会忍他那个臭脾气啊！”夏冰也打趣。

“嗯……”肖栋居然认可了，“我确实脾气不小，不过脾气要不大的话……”肖栋话说半句，没再继续下去。

“我其实还没跟肖栋聊过太多，”美奈子很坦率，“我把他最初的人生比作白色，青春比作黑色，我特别想知道，他从白色到黑色的转折点，是一个什么事呢？和你有关么？”

肖栋与夏冰对视了一眼，就这一眼，似乎传递了数十万G的数据。

“和我有关，但那个故事的主角，叫徐语薇。”

“徐语薇？”美奈子掏出一个小本，夏冰指导她写出了正确的汉字。

“这个女孩曾是我生命的全部，”肖栋接过话茬儿，“但我失去了她……然后我不顾一切地向对手报仇，最后我把对手打倒了，但她也离开了学校，离开了北京，离开了中国。”

“那你一开始为什么会失去她呢？”

“那个时候的我……”肖栋的五指在空中播了几下，“太固执……”

“是太幼稚了……”夏冰评论道，“你总觉得，只要你做了你认为对的事情，情况就会好转，但你没想过，每件事情之间都有联动效应……”

“其实我也很恐惧……”肖栋摇头道，“我妈在我刚上高中的时候，一声不吭就离开家了，临走之前，她最后一次带我去商场，给我买了一双篮球鞋……我爸跟我说，她出了远门，过些日子就回来……”

美奈子听完了，若有所思。

“后来我爸酗酒，每天很晚才回来，醉醺醺的，倒也不打我，回家就睡……我就意识到，我妈不回来了……”

“这就好像一把沙子，你抓得越紧，漏得就越快……”这句话竟然出自美奈子之口。

“这些事……”夏冰惊讶地看着肖栋，“你以前从没跟我说过……”

“那时候，我一直封闭自己，什么事也不想让人知道，包括你……”肖栋倒有些不好意思，“反正就是这么一回事吧……”

“但这不是全部吧？”美奈子继续发问，“如果只是失恋的话，虽然是初恋很难忘，但不至于让你的青春变得那么黑色吧？”

“就跟你的那个前辈一样，我也受过集体欺负……”肖栋低下头，“那才真是暗无天日……”

“你经历过什么样的暗无天日？”

“我……”肖栋总想找出一个形容词，却怎么也找不到，“有点忘了……”

“可是……”美奈子继续发问肖栋，“青春时期，很多人都受过伤害，但要么忍了，要么转学了，要么得了精神病了，要么自杀了——可为什么还会有人像你一样，不仅挺过来，还能报仇？还能欺负别人？”

“我还记得……”夏冰抿了抿嘴，“我当时虽然支持武皓与徐语薇，但并不希望他们把他搞成那样……他的每一件事，我都记得……”

“很严重吗？”美奈子转过来问夏冰。

“成人看的话，没什么，但对于那个岁数的男孩……”夏冰肯定地点头，“那就是地狱……”

“那为什么他能……”

“因为……”夏冰笃定地看着美奈子，“他很坚强。”

肖栋疑惑地看着夏冰，两人又一次四目相对，然而这一次，肖栋却看不出那双眼睛之中到底映出什么。

远处有一个白衣飘飘的身影，背着一柄吉他，从一个位置站起身，拨了拨墨镜，朝着另一个方向走去。

11-2

“这道函数题，肖栋，你上来做。”数学老师指了指肖栋。

肖栋起身向前，突然一只脚横着伸了出来，幸亏反应快，马上支住了后面的桌子，并没被绊倒。

定睛一看，是李杨。一个班里并不怎么出头露面的人。

“李杨你要干吗？想绊我？”

“伸懒腰。”李杨没再多说话。肖栋本想责难，突然发现老师眼睛瞥了一眼，便转而快步上前，接过粉笔。

这道题，好像不太容易啊，怎么入手呢？我得先算定义域，但这个定义域，怎么算来着？烦死了。怎么连这几个小喽啰也开始攻击我了？我都祈求上帝不要再让我经历这些了，怎么还这个样子？

“傻逼，这么简单都做不出来。”

肖栋猛然转身，眼睛狠狠盯着声音来源。冯勇将肥胖的身子向后一仰，斜着头瞪着肖栋，继续做出了两个口型——傻逼。

嘎嘣。肖栋手中的粉笔断做两截，断掉的那节粉笔干脆利落地掉在水泥地上，响声不大，但伴随着肖栋脸色发红，半个班都注意到粉笔的异动。

既然要闹，老子就闹个大的！拼了！

肖栋刚刚向前迈出一小步，突然前门开了，王红艳把脑袋探了进来，“肖栋，跟我来一趟办公室，现在就来。”王红艳的脸上似有不满，但目光稍一转向数学老师，不满顿时变成歉意，“我有点急事找肖栋，让他过来一下吧。”

肖栋把半截粉笔扔下，跟着王红艳就走了出去。

“王老师，我想跟您反映班里情况。”肖栋紧跟着王红艳，“老师，最近班里人老针对我，刚才数学课上，冯勇上课骂人，特别……”

“你别急。”两人已走到办公室门口，王红艳一手扒开门，奔向桌子上的一沓子信，“肖栋啊，最近收了好多信，都是关于你的。内容不说了，我知道好多是编的，但我只想知道，你身为班长，怎么会受这么多人同时攻击？”

那一沓子信，少说也有二十封。

“老师，您听我解释……”

“好，”王红艳坐回位子上，“开学了，还没跟你好好聊过，到了高二，也该聊聊了。”

“都是武皓搞的！”肖栋捶了一下大腿，“他招了一批狐朋狗友，什么冯勇啊、江子睿啊、李旭东啊，他们经常一起抽烟，放了学还去酒吧喝酒，我说过他们几句，得罪他们，现在就一起诬陷我！”

“诬陷？”王老师冲着肖栋点了点头，表情却完全不像赞扬，语气也是阴阳怪气。

“他们组了一个火炬帮，在学校里见谁欺负谁，他们‘锯人’，老师您应该管管这事，要不然……”肖栋对老师彻底敞开心扉。

“什么叫‘锯人’？”王老师把书架上的一本《高二语文教学大纲》扶了扶。

“就是……”肖栋一时不知道应该如何形容。

“算了，”王老师摆了摆手，“我今天不想说他们，主要谈你的问题。”

我的问题？

“你身为班长，首要任务是帮老师维护班内秩序，但你自己居然让人围攻，”王老师拿起告密信甩了甩，“这就证明你的工作方式、方法有问题”，王红艳将信件轻轻地放下，“肖栋，老师还是信任你的,只是你要从这件事里吸取教训,改善一下与同学的关系……”

“老师,他们破坏班里秩序,不是我的问题啊……”

“肖栋!”王老师胸腔明显抬起了一下,却又强行压了下来,“我知道你是好孩子,也知道……”王老师好不容易沉下心来,正准备开启语重心长模式,她的手机就很不给面子地响了起来,对话只得暂停。

王红艳看了一眼手机屏幕,砰的一声放下,由着它去响。

终于停了。又开始响了。

“我不想跟你说话,”王红艳接起电话,态度恶狠狠地,“孩子、房子、车子、票子,全是我的!你一分钱也别想得!”

手机往桌子上一撂,王红艳的脸迅速变成红白色。肖栋不敢与王红艳直面,只能一直盯着信。

“怎么了,想看信啊?想知道别人怎么告你状啊?”口气明显变了。

“老师……”肖栋不由得向后坐了坐,“我没有……他们肯定造谣……”几句话支支吾吾,根本无法传出一米以外。

“造谣?”王老师狠狠拍了一下桌子,伸出食指指着肖栋,“肖栋!你知道你最大的缺点在哪儿么?你什么事都从别人身上找原因,你自己永远对!这么多人写东西告你的状,一个巴掌拍不响,你敢说你身上一点问题没有么?”

“我一直维护秩序,也维护您啊!”

“你维护我?”王红艳好似泼妇附身,手臂不停晃着,“你维护你自己吧!”王红艳抄起三四封信,展开其中一封开始念“‘肖栋一直暗恋徐语薇,他觉得转学生武皓是很出类拔萃的,是一个很大的威胁,就到处散布谣言,想方设法对武皓进行诋毁。’”

怎么都反过来了?

“‘肖栋是个很不检点的男生,他经常会在班里狐假虎威、骚扰女生，徐语薇就是他骚扰的主要对象……每天发短信发个不停，还老是深夜给徐语薇打电话……'后面还有……'武皓经常制止肖栋骚扰徐语薇的行为，却经常被肖栋大声呵斥。'"

"他们胡扯！我……"肖栋双手有些发抖。

"'武皓来班里以后，为班里带来了一阵新的朝气，班里同学更喜欢运动了，学习也更有劲头了；肖栋在运动会比赛中临阵脱逃，作为班长与老师的助手，不尽职也不尽责'——这谁写的，文笔也太差了！'朝气'这个词就含有'新'的意思！"

肖栋脑袋摇个不停，眼泪就在眼眶里打转。

"你冤枉是不是？"王老师扔下眼镜，嘴里得意一笑，"我知道你冤枉，肯定有不少是编的，你们这个年龄段，谣言满天飞很正常，但是，世界上没有空穴来风，"王红艳重新伸出了那根标志性的食指，"我知道，武皓来了几个月，你的风头都让他抢走了，心里不甘，所以你不喜欢他；武皓身边那群人，就不喜欢你，班里秩序就乱了。"

肖栋听了半天，并没能完全消化这套逻辑。"不对啊老师，我没有诋毁过他，我也没有……"

"但你讨厌他，对不对？"

还真是。从见他第一眼，我就觉得他不是个好人。

"但他开着个摩托车四处乱窜，还抽烟喝酒，还破坏班里秩序，我为什么要喜欢他？"

"你为什么要管别人，你管好自己不行吗？"

"我……这是班长的职责啊！"肖栋更委屈了。

"职责？"王红艳冷笑了几声，"运动会你尽到职责了么？要你组织你没组织，跑个长跑你最后一名，接力比赛你干脆临阵脱逃！"

"我冤枉，那是他们害我！"

"害你？那他们为什么只害你，不害别人呢？"

肖栋傻了眼，说起辩论，他比王红艳绝对差了多个档次。

"我早听说了，你喜欢徐语薇，但徐语薇跟武皓走得近，你就不高兴了……”王红艳得意地展示着自己的“推理”:“你针对他,他也针对你,就呛起来了,对不对?”

肖栋哭笑不得。“老师……您……这都从哪儿听来的?”

肖栋的意思,其实是想知道王红艳为什么会有这种误判。但在王红艳听来,却好像是肖栋被她说中了痛处,不禁更为得意:“那你就别管了,我毕竟是老师,吃的盐比你吃的饭都多!”

怎么,怎么这话就说不明白呢。

“我……”肖栋两眼瞬间通红,不仅有悲伤,更有丝丝凉意。

“肖栋啊,”王红艳看到肖栋哭了,口气也松下来了,轻轻用手指肚拍了拍桌子,“老师是相信你的,你要调整方式方法,不管别人怎么样,你保持自己就可以了,不要与武皓为难,不要再纠缠徐语薇……”

“王老师,”肖栋悄悄站了起来,苦涩地摇了摇头,“起因是什么,无所谓了,是我纠缠徐语薇,是我挑事,这都无所谓,但是……”肖栋擦干眼泪,伸出一根手指向地面,“我和武皓,一山不容二虎。”

“肖栋!”这次轮到王红艳站起来了,气势不可谓不宏伟。“你看看你这个样子,还像个好学生么?”

气头上的肖栋也是一怔。

“得了!”王红艳摆了摆手,“你这个班长啊,别当了,不听老师话,还净给老师惹事,现在给我回班,回班!”

我……我还能做个好学生吗?肖栋没再与王红艳说什么,而是径直回了班,数学老师已经下了课,正在前面解答问题。看到肖栋眼圈涨红,数学老师倒是投来了关切的目光,但其他同学却似乎完全没有注意到肖栋。

肖栋自顾自地收拾起来。只见他把所有书都堆进了位子里,桌子上只留下一个笔袋,书包里只扔进了那个一直喜爱的CD机,还有一个光盘夹,里面隐约放着十几张碟片。

就在收拾途中,肖栋冲着徐语薇的方向看了一眼,看到徐语薇也投来了一丝关切的目光，他本想顺着这丝目光继续向前走，但还没迈出步子，一个结实的身影与一个精瘦的身影就挡在了面前。

不，还是有人注意到我了。

“哟，挨训了吧，班长。看看这哭的。”

江子睿，你大爷。

“说两句就哭，真不是男人。”

胖子，你等着。

肖栋披上衣服，拽着书包就奔出房门，没人跟他打招呼，也没人问他要去干什么。走之前，余光瞥了一眼徐语薇的位置——空无一人。

肖栋快步走出班门，越走越快。到了楼梯间，干脆坐上楼梯扶手滑了下去，奔到自行车库。但他并没有去取车，而是跑到了自行车库一个比较深的地方——这里，正是高二二班窗户的正下方。

肖栋刚刚站住，王红艳的声音传来：“肖栋已经辞去班长职务。下一任班长，一定要选出一位大家都同意的好班长。他要能够引领全班，能够活跃班里气氛，能够体现出各位同学的青春朝气！”

“不用选了，武皓就行！”

“对，就是武皓！”

“皓哥最能象征青春的活力！”

“运动天王武皓，早就应该是我们班的象征！”

不知是谁示意大家安静，紧接着又传来了王红艳的声音：“对武皓同学，反对的举手！”

班里沉默了很久，只有肖栋站在原地，坚定地举起了手。

“没人反对，不用计票了，通过！”

“耶！”班里彻底爆炸了，这股炸弹的冲击波沿着窗户喷射出来，晾晒在冬日和煦的阳光下，也跟着这股阳光喷洒在肖栋的脸上。

“我操你大爷的！”

11-3

班里当务之争并不在讲台上，反而在武皓的手机上。

"科比一个大暴扣，湖人又超出了！"武皓冲着江子睿举出食指与中指，看起来既像 V 字形，又有"2 分"的含义，嘴上还挂着经典的单侧咧嘴笑。"瘦子，马刺傻逼了吧！赶紧加入我大湖人的阵营吧！"

"切！"江子睿手掌向上挥动了一下。虽然嘴上不服气，但仍然笑容满面。他在 NBA 喜好上与武皓斗嘴是常有之事，武皓以偶尔骂江子睿为乐，江子睿却也不以为意。

"马刺进了个 3 分……哎呀……"武皓右手拖住腮帮子，拄在桌子上，与李旭东正好四目相对，便是一个苦笑。

"别担心，这文字直播有延迟，没准咱湖人已经又领先了！别着急！"

"有我大科比在，马刺稳输无疑啊！"武皓说着用鞋踩了一下水泥地面，"今天为了科比这比赛，我可是穿着科比的 2K4 鞋呢！"

正在武皓眉飞色舞讲解着科比的轶事，讲台上突然传出一声响动。

"同学们安静，安静！"原来是物理老师在前面拍着桌子。

这堂课上了不到一半，这老师已经拍了快十回桌子，但物理老师只是个刚毕业的女研究生，论块头比班里男生要小了很多。一声拍桌子只换得五秒钟安静，以及十五秒钟的小声说话，从第二十秒钟开始，班里嘈杂又恢复如常。

自从武皓接手班长，这个班更加活力四射，每到课间全班几乎都会倾泻下楼，男孩子大多随着武皓一起打篮球，女孩子则在一旁加油；每到 NBA 有洛杉矶湖人队的比赛日，全班男生大多都会放开手头学习，专心致志等比赛结果。除了江子睿之外，全班都会支持湖人队——因为武皓喜欢湖人队主将科比·布莱恩特，还经常会穿来科比的各种篮球鞋。

好一派生机盎然。

“老师让你们小点声儿，没听见啊？”一片和谐之中，突然冒出一句非常不和谐的声音，原来是肖栋在怒视着武皓。

“你都不是班长了，还抖什么威风？”

“你喊这一声比我们可都大！”

“皓哥现在是班长，他正在带着同学劳逸结合，你管得着么？”

“肖栋啊，你不也违反课堂纪律么？上课不让听歌！”江子睿转过头来看着肖栋，指了指他位子里面的CD唱机，目光盯着肖栋仍然戴在右耳朵上的耳机。

“我没听歌，这不是歌，这是……”

“您听的是古典乐，是高雅艺术，是莫扎特、是巴赫、是阳春白雪，对不对？”江子睿先是冷笑了一阵，借着又面对老师举起了右手，“肖栋上课听音乐，您不管么？”

随着江子睿发问，班里男生将目光直勾勾射向物理老师，搞得这位年轻老师颇有些尴尬。虽是冬天，一滴热汗却从额头冒了出来。就连徐语薇也放下笔，向窗外看去，余光瞟着班里其他人。

“肖栋，把CD机收起来。”

“这不公平！他们看那个比赛还这么嚣张，您怎么就知道管我？”

“肖栋，”老师皱紧了眉头，眼中似乎有些祈求，“你是好学生，把CD机收起来。我还得……”

“好学生就得受不公平？”肖栋不等老师说完，直接站了起来，嘴里冒出一口嘲笑语气，“您好好教课，我以后不是好孩子了。”

肖栋把耳机线扯下来，拿出CD机揣在兜里，走出位子，向着班门口方向。

“肖栋坐回去！”老师十分尴尬，却碍于身材不如肖栋，不敢自己上前去拦，“徐语薇，你是课代表，还不拦一下！”

肖栋跑到班门口，拉开大门跑了出去，但出去以后却放慢速度，跑到柜子旁边去。

肖栋慢慢蹲下身子，慢慢掏出钥匙，慢慢数出属于自己柜子的这把钥匙，又慢慢把钥匙塞进了钥匙孔，慢慢拿出两本练习册。

“哒哒哒……”脚步声从屋里传来。肖栋向旁边瞥了一眼，从鞋子与腿型确认是徐语薇，却没有表现得特别兴奋。

“肖栋，上课。”一股陌生的语调传来。肖栋虽然能从听觉、视觉确定这就是徐语薇，但从感觉上，这是一个完全不同的声音，是肖栋从未听过的声音。带着这股惊奇，肖栋蓦地站了起来，转脸对着徐语薇。

徐语薇脸上，面无表情，冷峻得让人害怕。

“你是班长吗？你管我？”肖栋也冷下来。

“肖栋，你别扰乱课堂秩序……”

“武皓看了半堂课的篮球，你不管？”

“肖栋，不要再闹了。”

“我怎么闹了？”肖栋把练习册斜着砸到了柜子上，发出“砰”的响声。但很明显，这些物体的声音都不如肖栋这一嗓子来的狠，直吓得徐语薇向后一退；“错的没人罚，老是攻击那个对的，这班里怎么了？你怎么也成了帮凶了？我想好好跟你谈谈！”肖栋不禁抓住了徐语薇的小臂。

“肖栋，你放开……”徐语薇终于有些胆怯，伸手拨了拨肖栋的手。

“怎么茬儿啊？嘿，你个臭傻逼，给我放开！”肖栋抬眼一看，原来是那巨大喊声之后，武皓直接奔了出来，一根食指笔直地对着肖栋。

“你丫骂谁呢？我跟徐语薇聊天，有你事儿吗？”肖栋放开徐语薇，跨出一步，与武皓对峙在了一起，脚步越走越近。几个火炬帮成员也开始往外跑，教室内外纷纷传出“叮叮当当”的脚步声。

两双眼睛都包含着对对方的蔑视、仇恨、又有点恐惧。“你们别这样!”徐语薇急忙跑到武皓跟前阻挡。

武皓没搭茬儿,顺势搂住了徐语薇的肩部,一掌把她往边上一带,又往肖栋方向凑近了一些。他举起两手,右手虎口抵住了左手大拇指根部推了推,又用左手虎口抵住右手大拇指推了推,似乎是在学某个影片开打之前的准备活动。肖栋也不示弱,攥起两个拳头,学着电影里的黄飞鸿面对着武皓。

“武皓,你是班长吧,不能打人!”原来是物理老师在后面追出来喊了一声。

一嗓子让武皓觉醒了一些,他回头瞥了一眼老师,又看了一下徐语薇,徐语薇轻轻对他摇着头。

武皓点了点头,“咚”,对着肖栋的柜子猛踹了一脚,柜子立时出了个坑。

火炬帮几个人终于跑了过来。冯勇虽然跑步慢,却是第一个到达,紧接着是“光盘帮”走过来,中间还夹杂了苏芸等几个“挡灾会”女孩,拖在最后的是江子睿。

“皓哥,怎么了?这个傻逼对嫂……对徐语薇怎么着了?”冯勇脸上挂着关切。

“徐语薇没事吧?”苏芸跑到一边去看着徐语薇。“他怎么你了?是不是对你耍流氓来着?没事,我告诉你,他要是敢跟你耍流氓,咱们找老师,哦不,咱们去法院告他!”

“苏芸你丫……”肖栋话说到一半,却不知为什么说不下去。

“对,”武皓也转过头来对着徐语薇,“你详细告诉我,这个傻逼怎么回事?他怎么你了?是不是在你身上乱摸来着?是不是想扒你衣服……”

“没有!”徐语薇挣开苏芸的手,眼中露出一点愤怒,但转瞬间又平息下来,主动拉着苏芸的手,“他什么也没干。咱们回去上课吧,别耽误老师讲课。”说着拉起苏芸往班里走。

“肖栋你丫自己说，你干什么了?”冯勇跑上来对着肖栋，“我可不是班长，哼!”说着将两个拳头握在一起，脸上的横肉呈斜向下四十五度分布着。

“我不像他，”肖栋指着武皓，“我什么也没干!”

“你个狗屁玩意儿，”武皓却又插话进来，但不知道为什么，语气中总是透着心虚，声音也不如原来大，“我干什么了?”

“你干什么了？你自己最清楚!”肖栋分别用两个手的食指与中指交叉起来，暗示武皓“亲吻”这个桥段。

但武皓却大惊失色，“你……你丫的……”

惊讶的还有徐语薇，她本来已经快进班门，却隐约看到肖栋的手势，更看出了武皓的反应，但她只是低下头，拉着苏芸赶紧回班。只见她用左手挽着苏芸厚实的右手，却似乎有些震颤。

“好，”武皓伸出大拇指对着肖栋，上嘴唇向上翻着，牙齿咬在一起，从牙缝里蹦出了一句话，“好样儿的，你等着。”

武皓拍了一下冯勇，又挥手示意火炬帮几个人与他一起进班。不一会儿两个人又出来了，但冯勇还带着一个有点破旧的蓝书包。

“拿我书包干什么?”肖栋跑上前去质问，却被李旭东几个人顶住，冯勇将书包扔给江子睿，江子睿没接住，一个踉跄捡了起来，又扔回给冯勇。冯勇脸上露着得意的笑容，拉着书包就向楼道另一侧走去，朝着一个挂着布帘子的门里扔了进去。

“冯勇你个傻逼，扔我书包!”肖栋推开李旭东，撞倒江子睿，冲着布帘子冲去。他顾不上跟冯勇计较，只想冲进布帘子里，把书包拿出来。但就当他冲进去之前，布帘子上清晰可见的三个大字却让他退缩回来:“女厕所”。

肖栋呆住了，他千想万想，从没想过会出这种事。

“你捡去吧，没不让你捡，赶紧的!”冯勇在一旁掏出了手机，将摄像头对准肖栋。

“你!”肖栋想上前去夺手机,却被冯勇躲开。

“你丫狗汉奸动我一个试试?”冯勇一声厉喝,肖栋不敢再前进。

肖栋目送着冯勇举着象征胜利的V字回班,也目睹着火炬帮成员在一篇欢声笑语中额手相庆。

肖栋瘫坐在地上,目光对着女厕所的门帘子,似乎那是一道永远也通不过去的障碍。

物理老师缓缓走了过来,进入女厕所把书包拎了出来,放在肖栋边上。肖栋看到了这一切,他很想道个谢,却不知道该怎么说,也不知道该说什么。只是点了一下头,目光仍然呆滞地看着女厕所。

“上……”老师本想说点什么,却又什么也没说出来,径自回去上课了。肖栋似乎不会说话了,也不会思考了,他只是呆坐在那里。眼眶虽然已经涨红,却没有一滴眼泪滴出来。

12-1

“你不想找徐语薇?”

肖栋与夏冰正站在费城三十街火车站里,中川美奈子去取票,稍后才会过来。高大的候车大厅足有三层楼高,每隔二十米便挂着一层楼那么高的欧式垂直灯具;远处一个老式列车时刻表,似乎是密密麻麻地记载了火车站自从建立到现在的所有列车班次。

人在这里渺小如蚁,人头攒动也如蚂蚁搬家。但无论是什么人,有着什么样的经历,只要拿来一张票,都可以上车远行。世上有那么多集体,或许只有火车站、飞机场这种地方,才能做到有集体,却无集体压制。

“找她,又能怎么样?”

“你不想听听她的解释么?”夏冰关切道。

“答案我都能猜到，有什么可解释的？”

“你不想知道，为什么徐语薇到了最后的最后，还是要走么？”

“她爱的人被爱她的人打成那样，自然是灰心了……”肖栋明显对这番解释没什么自信，“反正我一直是这么想的。”

“但他们在情人节就分手了啊……”

“分手也不是不可能继续爱着……”

“那你知道么？”夏冰站到了肖栋面前，“在那年情人节之后，徐语薇跟我说过：‘有个骑士，连拉我手都会害羞、连一句喜欢都不敢说，但他才是真正在乎我的人；又有个王子，在全校面前说要爱我一万年，但他却把我当玩物。’”

肖栋的眼睛，涨红了。“我觉得我没爱过她……”肖栋尽力让自己平静，“我跟她在一起，其实有点稀里糊涂……这个女孩气质脱俗，也不难看，我们自然走到一起，我没有理由不接受，但这并不是说，我就爱她。”

“肖栋……”夏冰似有些怜悯地看着他。

“中学生谈爱情太早，那时候人有什么爱情观？多说几句话就是爱情了，还老强迫自己想着，别人还老瞎起哄。时间长了，不是爱情也是友情了，当然会把友情当爱情。”肖栋越说，声音越有些颤抖，好像这番话根本不是他说出来的一样。

“那你为什么要跟她在一起呢？”

“她哪儿都很好，我为什么不跟她在一起？”

“这就是爱啊。”夏冰柔声道，“武皓当时对徐语薇，也是一种爱；只不过那种男孩都是追女孩的时候用心，得到了以后就不上心，所以爱情来得快去得也快。”

“平安夜表白，情人节分手，是够快……”

“你知道？”夏冰呆呆地看着肖栋。

“我都看见了，”肖栋内心里似乎有什么东西在往外涌着，“那年圣诞夜，我在 KTV 门口等了一个晚上……但她一直没出来，直到第二天早上，刷夜同学都散了，她还是没出来，武皓也没出来……”

“你还真是傻得可爱……”

“那个圣诞夜，他们干吗去了？”

“那天我也不知道他们去哪儿了，但大家都在说……他们去开房了……”

“那她……”肖栋语气变得关切起来，“被甩了以后，没做什么傻事吧？有没有怀孕？有没有割腕？”

“怎么会那么狗血，夏冰讪笑了一下，“情人节那天武皓没约她，我就约她去游乐场散心，结果却撞到武皓带着另外一个女孩，笑得那么开心……我扇了武皓一巴掌，然后徐语薇就跑出游乐场……”

情人节……跑出游乐场……那就肯定是……

“后来我在学校旁边一个音像店看见了她，”夏冰接着说，“她用店里的耳机听着什么，眼泪一直在流……”

夏冰发现，肖栋的眼睛涨红了。

“为什么……人都是在这个时候才知道……非要进一次火坑才……”

“你不也是吗？”夏冰目光之中透出了一点留恋，“你要是听我的，咱们本来也可以……”

肖栋点了点头。

美奈子拿着票出现在检票口，在招呼肖栋过去。

“武皓在情人节约了另外一个女孩……是谁啊？”

“这个……”夏冰使劲回忆着，“这么多年了……我记得，好像戴着个很大的黑框眼镜。”

肖栋眼前一亮。黑框眼镜……那就只能是……

原来如此……大哥……

12-2

放学铃响已有一阵子，但大家并没有回家的意思，班里快乐的喊声一浪高过一浪。

“耶，我考 8 分！科比·布莱恩特！”武皓两只手又蹩得收回来，做出了一个篮球运球状，“下次考 23 分！迈克尔·乔丹！”，他又高喊着跳了起来，右手忽得弹了出来，做了一个“飞人”动作，一个转头对向了徐语薇。

徐语薇没有回看武皓，却露出一脸窃笑。武皓从后面只看得到背影，并不知道反应，便伸头向徐语薇的侧脸张望着，想从脸颊的肌肉抖动看出表情来。不过相隔实在太远，望了一下便没继续。

“皓哥，你这英语是越学越中国了啊！老美腔呢？”

刚才武皓故意用了中式英语发音，逗得几个女孩前仰后合。

“就得有爱国心，就得说 chinglish！”

徐语薇绷不住了，捂嘴笑了起来，转过侧脸看着武皓。

武皓冲着徐语薇伸出两根手指，组成“V”字。

“胖子，你丫多少分啊？”武皓兴奋异常，把中指收回来，食指偏至冯勇方向。

“才 45 分！”冯勇拍了拍卷子，“题真他妈难！哪儿有这么出题的啊，不就统练么？不赢房子不赢地的，干吗啊？都能做竞赛题了！”

“可不是！”武皓又转向另一侧，“瘦子呢？你丫不是一向学习不错么？这次考得怎么样？”

“我啊，”江子睿用手半捂着嘴，却故意大声说道，“我这次就考了 50 分！什么破题啊？看都看不懂！”

“哎哟喂！大才子江子睿都不及格啊！那得了，东儿——”武皓转过身来对着李旭东，“你丫怎么样？”

“睿哥都及格不了，我们哥儿几个当然不行了！”李旭东连连摆手。

“得嘞!”武皓似乎非常兴奋,“都不及格! 说明卷子有问题! 得跟老师说,得快乐教育,尊重学生自尊心啊!”

“对,跟老师反映去!”

“皓哥说得对! 谁及格今儿就锯谁!”冯勇从拿起了班后门处的棒球棒,抓紧棒柄,将击球的一头立在上面。“必须锯!”

“欸欸!”夏冰不太高兴,“你什么意思啊? 我们徐语薇这回可拿了 80 多分,怎么着,连她也想锯?”

冯勇听罢,冲天牛气瞬间缩水不少,放下棒球棒直摆手:“没有没有……我说男生! 男生谁及格就锯谁!”

“对,男生谁及格就锯谁!”江子睿一边“哈哈”大笑,一边回到位子上,悄悄把卷子写分数的地方折了一个角。折角底下,依稀可以看到“90”字样,只不过“9”的位置已被划得乱七八糟,代之以一个稍大一号的“5”。

“来来! 咱们查查,看看谁及格了,好好奖励一下!”李旭东等几个原属“光盘帮”的男生好像训练好了一样,纷纷走到前排,只要是男生座位,便不管人是不是在位子上,开始一个接一个地检查起卷子。

“李杨,不错啊,你 61 分啊! 及格了!”李旭东拍着小个子李杨的肩膀。

“没有没有!”李杨脸都吓白了,赶忙摆起了双手,“我……我这道选择题判错了,应该选 D,我选了个 C,你看啊,这是两分题,我应该是 59 分,差一分及格!”李杨不由得抓起了自己的胸口,神色颇为可怜。

李旭东没回话,谄媚地望向武皓,武皓并没有理他;又转向冯勇,冯勇也只是冷笑。这下子李旭东眼神慌张了,赶忙望向江子睿,希望能得到一点启示。

“东哥啊,”江子睿突然装得粗声粗气,“人家 61 分跟 59 分有个啥区别？咱皓哥从不乱锯人，得找那些真考得好的！”说着，江子睿将目光落在了某个位子上。

那个位子，暂时没有人，只有书和卷子堆在桌上。

李旭东眼前一亮，指着一个高个男孩，“你过去看看。”

“东哥，这儿有个 82 分的，咱们不是……”高个男孩扭过长脖子，疑惑地看着李旭东。

“什么 82 了！你去那个位置！”

“好嘞！”男孩迅速跑过去翻，但桌子上东西太多，不知道从何找起，干脆“扑隆”一声，把所有书从桌子推倒地上，拿起卷子一张一张看。

“有没有啊！”李旭东显然更急一些。

男孩更着急了，不小心把一份卷子撕掉了一角。但他没时间关注这些，他必须要找到，找到今天刚刚发下来的那张数学卷子……

“你们干吗呢！”肖栋站在班门口，手中拿着一张卷子，“谁让你们翻我位子了！”

冯勇突然从后排几个箭步冲到前面，吓得肖栋向后退了一大步：“你……你想干吗？”

“拿来吧你！”冯勇顺势抽走了肖栋的卷子，左上角优雅的用红笔花体写着“78 分”。但“8”字，下面隐约盖着一个“6”字。

“快看啊，老班长拿 78 分！我两倍啊！”冯勇挥动着卷子，兴奋地向后奔去，向武皓邀功。

“还是老班长厉害！”武皓坏笑了一下，边说边开始捏起手来，“别犹豫了！奖励老班长啊！”

“没错！奖励老班长！”

“老班长刚下去，心里肯定不高兴，得好好安慰他啊！”

“我看啊，”一片欢乐的海洋中，江子睿尖厉的声音却尤其明显，“这回卷子这么难，老班长能拿 78 分，应该让他去‘国旗下讲话’!”

“讲话?”所有人都不解。

“就是用国旗杆……”江子睿说着双手上下比画了好几下。

武皓右手攥拳:“走,带着老班长做‘国旗下讲话’去!”

“得令!”冯勇又是把棒球棍一立,“这次不是‘行刑’,是‘开奖’!”

“开奖! 开奖!”火炬帮众人纷纷吵闹起来,就连非火炬帮男生也开始跟着起哄,多数女孩则坐在一边看热闹。肖栋下意识看了一眼徐语薇。徐语薇却在与夏冰畅快地聊着什么。

两只粗壮的手突然从后方袭来,紧紧绷住肖栋的双手,将他倒着拉出了班门。

“冯勇,你……”

李旭东带了两个人冲过来,吓得肖栋一个踉跄坐在了地上。但这一坐,火炬帮瞬间抓住两腿,加上冯勇在后面架住腋窝,肖栋一时间动弹不得,只能用脚乱踹。

“咚!”肖栋一脚正中李旭东面门,搞得他额头上顿时出现了一大块墨迹。

“哎哟我操,他妈给你脸了!”李旭东一脚踹向肖栋肚子。火炬帮又来了两个人,一个从下面拖住肖栋的腰,一个与冯勇分担肖栋上半身,总共5个人将肖栋架了起来。江子睿迅速跑到“担架”最前面,支起棒球棒引路,武皓则慢慢悠悠在后面跟着。

“火炬帮开奖! 高二二班老班长肖栋‘国旗下讲话’! 大伙儿都去看看!”

江子睿并没有直接把“队伍”带下楼,而是故意经过高二其他班级门口,然后从另一侧楼梯下楼。

少数人,面露疑色;多数人,笑靥如花。

肖栋开始一直挣扎,但他越挣扎,被踹的地方就越疼;越挣扎,五个方向的力量就如同紧箍一样愈加收缩。

“下楼咯!”一行人抬着肖栋开始下楼梯,但五个人毕竟不太好协调,一个不小心,肖栋裤兜里的手机掉了出来,直直地摔倒了地上。

“我的手机！我……”见肖栋大呼小叫,江子睿停了下来,示意队伍先走,他一个人回去把手机捡了回来,紧跑两步追上了队伍,趁着肖栋张嘴喊着“放开我”的时候,一个巧劲把手机竖着塞进了肖栋的嘴。

“乌……”肖栋再说什么,都只剩下了这个声音,周围一圈人则笑得前仰后合。

“你丫真牛逼！这损招都想得出来!”武皓也跟上队伍一起走出大楼门,向着操场走去,国旗杆距离不过三百米。

虽然已经放学,但操场上依旧是人声鼎沸。不错,今天是全校体育团体的活动日,大多数成员都已到操场上开始热身了。

“皓哥！你这是这么回事啊？这不是你们班长么?”看到火炬帮把肖栋抬了出来,有些体育团体学生自然觉得新奇,纷纷围过来询问。

“丫早不是班长了！现在皓哥才是!”几个人七嘴八舌地说道。

“你们干吗去啊?”

“丫考试拿第一,去国旗杆奖励奖励他！你们也一起去看看吧!”

“好啊!”体育健将听着兴致忽然高昂,转身与武皓队伍一起走了起来。跟随的人越来越多,围观人员也增多,所有运动员都停下手脚动作,远远望着火炬帮。

“欸对!”武皓有点“人来疯”,围观越多他就越兴奋,这会儿似乎又想起了什么,“咱得正式一点,你们给我走慢点,踢正步！还得放《歌唱祖国》！快点!”

“哪儿有《歌唱祖国》啊!”外班人问道。

“从我手机里找,直接下,”武皓掏出手机扔给江子睿,“赶紧。”

“行行，我尽快，”江子睿把弄起手机，但半天也弄下不来，“皓哥，这玩意儿我不太会用还是，要不然咱哼哼吧！”

“你丫真没用！”武皓一边责骂着一边踢起正步，“五星红旗迎风飘扬，胜利歌声多么嘹亮……”

几个踢足球的学生停了下来，指着火炬帮哈哈大笑。

一行泪水顺着肖栋的眼角流了下来，一滴一滴淌在地上。

“你看！”冯勇喊道，“肖栋哭了！刚一唱《歌唱祖国》他就哭了，老班长这么爱国啊！”

“那可不，老班长在日本拿了个一等奖！扬我国威啊！”又是江子睿窃笑。

“什么国威！明明是跟日本鬼子一起算计咱们，”冯勇咆哮着，“狗汉奸！”

“该唱国歌了！”

“向前向前向前！”李旭东率先唱了出来。

“傻逼，这是军歌！让你丫唱国歌呢！”

这下子不仅是操场上的学生，连操场外的学生注意力也被吸引了过来：很多人本已推出自行车准备出校门了，听到国旗杆一带吵闹声震天，又纷纷把自行车往边上一停，聚拢到操场；教学楼里更有大量还没走的学生，也探出头来观看这场视觉盛宴。

两个人将肖栋两条腿劈开，将国旗杆让到了两条腿中间。

不行，不能让你们得逞！

肖栋突然一使劲，两腿猛地蹬住了国旗杆。

“不乖了是吧！弟兄们招呼！”武皓看到这么多人在围观，语气也横了起来。冯勇听罢，一个摆拳打向肖栋的侧脸，肖栋紧紧咬着手机。

“预备！一二三！”

“起来，不愿做奴隶的人们，”顺着音乐鼓点，肖栋的身体有韵律地摆动着，好似秋千一样荡个不停。

“脸都红了……”观战人士大呼，“看见哪个姑娘了啊?”

“你可能不知道!”冯勇一边荡着肖栋一边说，“这狗汉奸他妈不自量力，对我们皓哥的女人动手动脚！你说该不该治治!”

是你对我的女人动手动脚!

“该！活该!”喊声越来越多。

“兄弟们，一起试试?”江子睿拿着棒球棒站在一边，把印有火炬帮标志的一侧冲着外面，“只要跟我们火炬帮是好朋友，皓哥绝对不会亏待大家，一定让每个人都爽！大家平常有冤有仇，火炬帮替天行道，别管高一还是高三，谁坏规矩就锯谁!”

大家只是喊好，并没有人真的站出来，似乎在等着什么。但很快，两个好事者很快跑了上来，直接冲着肖栋的裤子而去，用力一拉，肖栋的运动裤连着秋裤一下子就脱落了下来，只有一个四角裤衩遮掩在光溜溜的屁股上。

“裤衩是黄的啊！怪不得人也这么色!”全场爆笑。

“这不是那种黄，这是屎黄色！丫一天到晚就知道吃屎!”冯勇嘴角快咧到后脑勺了。

我跟你们都不认识，也从来没得罪你们……

“啊!”肖栋忽然脸色一紧，大喊一声，手机也从嘴里掉了出来，“硌着我了！傻逼都给我放开!”肖栋情急之下也顾不得什么面子，更顾不得手机，只是破口大骂，两腿又开始乱踹起来。

“差不多得了，别伤着他!”武皓看到情况越来越急，也有些担心，赶紧一道命令发了下来。但很奇怪，所有人都好像没听见一样，该锯还是继续锯，该扒衣服的继续瞄准了肖栋的上衣。

“我说差不多得了！冯勇！别把老师招来!”武皓走过来狠狠拍了一下冯勇。

“老师凭什么管这么宽?”冯勇脸上写满了不乐意，但还是逐渐慢了下来，与几个人递了眼神，轻轻将肖栋放在地上——但真做到了“轻轻”二字的只有冯勇等三人负责的上半身，至于两条腿，冯勇与江子睿则是直接扔到了地上，搞得肖栋又是一声惨烈呼喊。

“我们‘锯人’不是私愤！”武皓看肖栋没什么事，便双手叉腰，“肖栋不检点，伤天害理，我们是替天行道！”

武皓望着远方，突然一愣。

原来是校篮球队的高三队员集体走进操场，体育老师刘铁领队，郑天楚紧随其后。虽然隔了有一段距离，但武皓依然能清晰地看到，郑天楚的目光一直在注视着这边。很快，刘子龙就从远方跑了过来，目光中带着关切，也带着不满。

“行了行了，收工！我得去篮球队了！”武皓扔下一句话，兀自跑向篮球场方向，把其他火炬帮成员丢在一旁。

“收工！一会儿体育队集训，腾地方！”江子睿高高伸出右手挥动着。

“赶紧走吧，放学回家还得写作业呢！”

“吃灌饼去啊，今天？”

“你丫得请我啊！两个！”

人群很快退去，只留下一个肖栋在地上躺着。

“肖栋，你丫以后及格一次，就锯你一次！”好像是冯勇。

肖栋提了提裤子，眼睛望着已显黑色的天空。

“哈哈哈……”肖栋突然苦笑起来，沾满尘土的脸上浮现出扭曲的笑容。他扒着国旗杆，一边笑着，一边任由眼泪肆虐着。

全完了，全完了。我还能在这个学校待着么？

“肖栋，没事吧？”刘子龙的声音传来，肖栋感觉裤兜里进了一个东西，应该是自己的手机。“赶紧起来，地下多冷啊！”

“子龙……”肖栋没有流下眼泪，“让我冻死算了。”

“你以后吧……”刘子龙摇着头，“别跟武皓争了。”

12-3

“老师，今天我们值周，该下课了！”武皓在后面高高举着手，也不管数学老师在前面写着什么板书，更不管全班同学是不是在做着笔记。

数学老师听到这句话，停下写板书的手，抖了一下左手手腕，目光聚焦到手表上。

“这刚十一点半吧，等我讲完这道题的，就五分钟。”

“别介啊老师，我们一会儿得维持食堂秩序，他们得先下去吃饭，要不然一会儿值完周就没饭吃了。”

“等我讲完这道题！”老师明显是着急了，“你有工夫跟我争，题都讲完了。”

“切……”武皓则大为不满，与周围同学一起聊起天来。

当值周生很赚。中午最后一节课一定会提前下课，所有人都可以先去食堂吃饭，迎接他们的必然是新鲜饭菜。所以每逢值周，最后一节课的任课老师都会从学生那里多多少少受些压力，一旦这时候拖堂，必然会招致学生不满。

这节课是十二点十分下课，一般提前二十分钟就可以了，武皓刚十一点半就要求下课，也有点过分。

不过武皓一发言，安静课堂立刻浮躁，课堂秩序又重新骚乱起来。

“下课吧你们！”数学老师干脆把粉笔往桌子上一扔，转身下了讲台，拉开门就走了。

“走啊！”武皓拎勺子就走，火炬帮瞬间全员跟上。这帮人一动，有值周任务的同学也着急走出教室。不到一分钟时间，教室竟然空了一大半；又过了十多分钟，班里几乎所有人都已经离开教室，只剩下最后两个人还留守班内。

一个是徐语薇，正目不转睛地看着数学题；一个是肖栋，正毫不犹豫地后边坐着。

这样形容有些不对，因为肖栋并没有坐着，而是趴在桌子上。他一直在睡觉，就没醒。

高中班级一周换一次位置，肖栋目前正好在窗户边上，靠暖气最近。外面虽是暖冬，却也是冷风阵阵，趴在暖气边上睡觉，对肖栋似也是享受。

过了好几分钟，徐语薇下意识回头确认了一下，发现的确没人了，便也合上书本。站了起来，转身朝着肖栋走了过来。

肖栋没有苏醒的迹象。

徐语薇轻声慢步踱到肖栋前面那个暖气片上，从上面取下了一双精巧的线制手套。看到肖栋没有起身，徐语薇却从兜里掏出了一个钥匙链，轻轻放在了上面，但想了想，又把钥匙链收了回去。

一切都那么安静，就连徐语薇的脚步声也听不到。

徐语薇看了一下肖栋。那眼神一时有些模糊，一时又有些清楚，叹了口气，回到位子上，从书包里拿起勺子，离开教室。

徐语薇离开教室后没多久，肖栋抬起了脑袋。

果然，徐语薇还是不愿意理我，哪怕是好不容易有的这次独处机会，她都不愿意跟我说上哪怕一句话……这就是失败吧。

我败了，彻底败给武皓了。他现在是班长，是班里核心，带走了徐语薇的心，也带走了班里的支持，有火炬帮伺候，打篮球这么好，是学校新星……我长得丑，又不会打球，大家都欺负我，都……突然一股酸意袭来，肖栋不禁闭上了眼睛。

“肖栋，今我去老师那开会，你先吃饭吧。”刘子龙发来了一条短信。

这家伙好几个中午都开会啊……哎，不管他了……不跟着一块欺负我就不错了。连我自己都想欺负自己，何况他呢？

肖栋眼睛突然一亮，迅速奔出教室门，从柜子里找到了历史教科书。急忙忙翻开，肖栋的目光终于停在了某一页上。

“严复将达尔文《物种起源》翻译成《天演论》，提出‘物竞天择、适者生存’的概念。”肖栋做出了恍然大悟的表情。

武皓打球更好，说明他身体更好；他长得帅，说明基因好；他能去美国留学，说明家庭条件好；他有小弟，说明他的号召力很强，这都是强者的特征！比起他来，我只有学习上还不错，但也是靠着自己努力才达成的，长得也不帅、运动也不好，所以……所以我才被这个时代淘汰了！一定是这样！

我也要做这样的强者！把武皓从我身上夺走的东西，一点点都拿回来！肖栋抬起头颅，眼神中充满着坚毅，他径自跑下教学楼，轻快地跑向食堂。这时候已经快要下课，上体育课的学生早就提前在食堂门口排起了队。虽然队伍不长，但肖栋并没去排队，而是奔向食堂出口，准备从没人进出的出口走进去。

徐语薇，就在出口这边站着，左臂上跟其他人一样，都戴着一个红色的"值周"字样。

看到徐语薇，肖栋顿时有点激动，他轻微抬了一下头，面作坚毅状闯进出口。

"同……"徐语薇看到有人从出口闯入，本想拦阻一下，但看到是肖栋，却只是与他对视了一下，并没有再说什么。

耶！这才是强者应该干的事！别人都走入口，就我走出口！不走寻常路才是强者所为！肖栋默默在胸口处攥了一下拳。

"阿姨，多打点鸡丁吧。"肖栋抓起旁边的铁制饭盘，递到了窗口里面。阿姨抬眼看了他一下，从大锅里打了一大勺宫保鸡丁，但落到盘子上的时候，阿姨的手却轻轻一抖，很多鸡丁都从勺子里掉回了锅里。

"再打点吧……"

"你吃得了吗？"尖厉的声音从口罩里传出来，搞得肖栋又是一气。

"行！"肖栋把饭盘向下一滑，打上来的饭又重新倒回锅里。"老子不吃了！"说完又在窗口"咣咣"敲了两下。

"这学生谁啊？这么没礼貌！"

武皓对我礼貌了吗？

这是青椒炒鸡蛋？我不太爱吃辣的，还是别……

不行！既然决心要做强者了，就要挑战自己不擅长的东西！我要吃！“给我多打一点青椒！”

打饭大爷疑惑地盯着他看了一下，确定肖栋是真的想要以后，悻悻地打了一勺青椒甩在盘子里。“小子，吃青椒啊？好，健康！”大爷竖了个大拇指给他，“不过注意点儿，今儿个青椒辣。”

“要的就是辣！”肖栋眼神中依然透着坚定。

“好样的！”虽然口罩遮住了打饭大爷的嘴，仍然掩饰不住他嘴角肌肉的咧动，更掩饰不住右手伸出的大拇指。

只要决心改变，一定会有人认可！一点点来，一定能……

“啊！真辣！”肖栋捏起一个青椒，说话就往嘴里送，结果一下子就被辣到了。

肖栋在食堂角落有暖气的地方找了个位置，先是小心翼翼地吃一口尖椒，紧接着又大口大口吃起米饭。两项运动交替进行，下课铃也悄然打响，食堂里学生越来越多，虽然肖栋不太显眼，但周围学生也是越来越多，越来越密，直到——

“同学，我们这四个人，要不然你换一下？”

肖栋吃了太多尖椒，舌尖已有些疼痛。抬头时分，脸上不禁是一副狰狞表情。

“去哪儿？”肖栋语气中透出了不友好，与对方的友好笑容形成了鲜明对比。

“那儿……”看肖栋表情不对，这学生也收起了笑容，只有一根手指指向了后面的一个空位。那个地方只有一个空位，周围数排都是其他学生四五成群，这些小群体好似没拼好的七巧板，又好似专门留出这一个空位，专门给肖栋。

“不去。”肖栋接着吃了一口米饭。

“帮个忙吧！”

肖栋没有搭茬儿，而是自顾自地又吃了起来。

“同学，就帮个忙，让让地方呗！”其他高三学生也已经凑近了，又是一阵新的劝说。

肖栋没忍住，嘴角稍得往里一陷，窃笑起来。

“这小子不给面子啊！”一个又高又胖的身影端着盘子走了过来，“我们都俩人跟你说了，还不换？屁事怎么磨磨唧唧的？是不是男人？”

“哎哟……”高胖学生仔细瞅了瞅肖栋，“这是高二二班的……谁来着……哦对，肖栋啊！”

“你认识我？”肖栋以斜上方的眼神看着这位对手。这时候他认了出来，这个人就是高三一班的高硕，校篮球队的成员，也是中华帮帮主。

“大名鼎鼎的肖栋谁不认识啊？黄裤衩啊！”

“你大爷！”肖栋突然一阵怒气冲上头颅，直接站了起来，两只怒目直视高硕。

“骂谁呢？”高硕吼叫一声，周围两个桌子都不禁停下闲聊，把目光聚拢到这个不起眼的角落。

“骂……”肖栋气势稍稍有点软了下来，但还是鼓足了勇气，狠狠地说了出来，“谁搭话我骂谁呢！”

“嘿，你小子……”高硕气笑了，撸了一下袖子。

“别别别……硕哥别生气，别生气……”眼见要开打，另外几个高三学生一起过来拦阻，好说歹说终于是按了下来。

我要做强者，决不能示弱！

“谁让你们不早进来的！等我吃完饭吧！”肖栋几乎是高喊着完成了这一串吐字，好像自己受了多大委屈一样。

“我还没怎么着呢，你想干吗？”高硕把几个人推开，“等你吃完饭是吧？可以啊，”矮胖学生冲上前来，拿起饭盘往地上一摔，菜汤溅到了肖栋的裤腿上。

但我的力气怎么调动不起来？怎么手也有点发抖？还有点

发凉？

“嘿！嘿！怎么茬儿啊？”突然有几个带着“值周”红色袖标的人跑了过来。

“说你呢！”冯勇没顾得上肖栋，反而是指向了另一个方向，“高硕，没惹过你，凭什么摔我们肖栋的盘子？说！”

“说！”李旭东等几个学生也迅速围了过来，直勾勾盯着对手。

“怎么回事？”

一群人围了过来，其他人赶忙打圆场，“别别别……硕哥跟肖栋岔起来了……不是大事……”

“什么不是大事？”高硕反而喊了起来，“他一个人占着四个人的地方还有理了？”

“怎么没理？谁让你们不早点来？”李旭东搭话。

“你们班值周，就袒护你们班人是吧！”高硕接着嚷嚷。

“袒护怎么了？”冯勇反而笑了起来，“肖栋有皓哥罩着，你欺负肖栋，就是跟皓哥过不去！”

轮到高硕乐了，“你们还欺负他呢？还说我？”

“肖栋只能我们哥们欺负，轮不到你们！”冯勇怒目圆睁，若是有络腮胡子，再搭配上一巴掌宽的护心毛，绝对是张飞第二。

“你丫的，想打架吧！”高硕撅起了嘴，这是他挑衅的信号。

“打就打！”冯勇说着撸起袖子。

“告诉你……”高硕突然被一只手重重拍在左肩上，转身一看，原来是郑天楚。“大……大哥……”虽然高硕比郑天楚要高，块头也更大，但目光中居然有些畏惧。

冯勇一干人等也没敢继续逼迫，而是不约而同退了退，让出一个大空当。

“跟高二的较劲，本事。”郑天楚脸上冷凝起来，他拿起手，又转来轻轻拍了拍高硕的右肩，没有再多说什么，转身就走了。

肖栋没有看清郑天楚的脸，他只看到一个背影。背影上穿着一件运动长袖T恤，袖子撸到了一半，校服外套则只是搭在肩膀上，根本没有穿上。大冬天的还是这副打扮，要是肖栋这么干，恐怕早就该感冒了。

“听大哥的！走！”高硕转身就走开了。几个跟班的人也转瞬即逝，只有那一地菜渍还隐约见证着发生过什么。

火炬帮，能保护我？

肖栋对着冯勇离开的方向，微微露出笑容。

冯勇忽然闪开，将阳光让进肖栋这边。肖栋也清楚地看到，徐语薇正在看着自己。但她的眼中，说不清是赞许，还是嗔怪。

“肖栋啊……”静校音乐早已打响，肖栋也将自行车推出学校大门。可刚准备上车回家，却听得后面有个人幽幽地叫着自己。

回头一看，是江子睿。当然，有江子睿的地方少不了冯勇，有冯勇的地方少不了李旭东，既然有了李旭东，那光盘帮的人也就都到了。这些人，差不多就是火炬帮的核心成员了。

近水楼台，核心成员都在我们班，我要是能借机加入，那也是核心成员了！

肖栋满脸堆着笑，从嘴里不自然地挤出了几个字：“睿哥，勇哥，明天见哈！”

“都叫哥了，接着聊聊吧。”

“对啊，哥哥们今天中午帮你平事儿，你准备怎么回报回报啊？”冯勇也在一边冷笑，一张大嘴抖了起来，搞得头皮屑也滑落了几块。

“那个……”肖栋赶紧跟了一句话，“兄弟们，谢谢了啊！”肖栋露出了一丝笑容。

“兄弟……”冯勇自己嘟囔着，也学着肖栋的样子笑了出来，凑近肖栋跟前。但刚在肖栋面前驻足，冯勇就立刻变了一副嘴脸，“谁是你兄弟！没听王红艳说过吗？兄弟是……是那个什么来着……哦对，偏义复合词！偏重于‘弟’，我们，哼，我们是皓哥的兄弟，不是你的兄弟！这儿都是你哥哥！”冯勇说着，鼻子拱了起来，好似要戳穿肖栋的胸口。

“什么哥哥啊？”江子睿又插了进来，“勇哥救了肖栋，可是再造父母！怎么能是哥哥？得叫爸爸！”

“对！叫爸爸！”

“要没有勇哥，肖栋早就死逼了，叫爸爸！”

“没错，我是你爸爸！”冯勇大笑起来，高兴地好像天下掉了一箱黄金，“这儿都是你叔叔！赶紧吧，叫爸爸！”

我未来是要做强者的人，只是韬光养晦，凭什么要让我受这种屈辱？不行！肖栋收起了满脸笑容，突然一个箭步骑上车。冯勇见他准备跑，立即招呼了一下，李旭东双手拽住“二八铁驴”的后座，启动速度一下子慢了下来。冯勇扭动着肥胖身躯过来，“哐”一脚从旁边一踹，肖栋随“二八铁驴”一起应声倒地。

“我操，你大爷的……”肖栋嘟囔了一句。

“大爷？”两个人一左一右把住肖栋，冯勇则在一旁吼叫着。“我是你爸爸，你大爷就是皓哥了，怎么，你连皓哥都敢骂？不孝子！”

肖栋意欲挣脱，却又引来了更多人按住他。冯勇使了个眼色，几个人换了一下眼神，“嗖”地把肖栋转了个身，面冲下压倒在地。

“哎哟！”火炬帮用力过猛，肖栋的下巴撞到了水泥地，一片红肿顿时生出。

“叫！”冯勇摆了摆手，顺势坐在肖栋后背上，胳膊抓住脖子，顺势用右手肘勒住了肖栋的脖子，左手“啪”地扇了一下肖栋的脸颊。“叫爸爸！快点！”

“勇哥，哥哥们，我错了，我错了……你们都饶了我吧！”肖栋被勒得上气不接下气，只得求饶。

不能叫爸爸，叫了我就真完了，以后再也没尊严了，会有更多人欺负我……

“叫爸爸！快点！”冯勇不依不饶。

“让你叫爸爸呢！哪儿有人管爸爸叫哥哥的，快点！”李旭东踢了一脚肖栋，响声虽沉闷却掷地有声。

“别踢他……”江子睿伸出五指向下压了压，蹲下来凑近肖栋，“肖栋啊，我们跟你是一个班的，不会害你，只要你老老实实叫一声爸爸，保证你以后再也不受外人欺负，怎么样？”

肖栋不说话。

“肖栋……”江子睿进一步低头，直接把嘴对向肖栋耳朵眼儿，轻轻地说，“知道卧薪尝胆么？勾践可还给吴王尝过屎呢……”

肖栋听罢，把脑袋顶住了地。原来如此，卧薪尝胆……韬光养晦，听着简单，做起来却是……却是这么……这么难受……先过了这一关再说吧。

“d……daddy……daddy”肖栋从牙缝里吐出了这么个英文单词。

“嘿！英语，不行，咱是中国人，得叫爸爸！”冯勇嚷嚷着，又扇了一下肖栋。

肖栋眼泪流了下来。

“勇哥，”江子睿冲着冯勇轻轻摇了摇头，使了个眼色，额头的抬头纹紧绷起来，用口型做出“别打坏了”四个字，接着又大声说了起来，“肖栋用英语叫你，这是把你尊为英国绅士啊，绅士就别跟这么个东西计较了，赶紧办下一件事才更重要啊！”

冯勇听到“下一件事”，表情顿时放松了许多，眼睛顿时俏皮地瞪大。“好，今天就饶了你，”冯勇站了起来，“今天爸爸跟叔叔们救了你，是不是应该好好感谢一下？”

感谢？“我都说了谢谢……”肖栋声音非常低沉。

“完了啊？”李旭东接过话茬儿，“你知道勇哥为你担了多大风险？那个高硕是好惹的？他可是郑天楚手下一号打手，你跟他拧，最后屁股都得叔叔们擦!”

“那……请大家喝点北冰洋吧……”

“这他妈是冬天,喝北冰洋想冻死叔叔们啊?”

“那就……那就吃灌饼去?”

“这还差不多!”李旭东回头看了一眼冯勇,冯勇点了点头,“那就走吧,东边那个小摊吧,离这儿也不远。”

肖栋把自行车扶了起来,摸了摸裤兜,里面还有个十来块钱。一个灌饼一块钱,怎么也够了吧。

肖栋推着自行车,在火炬帮裹挟之下走了起来。火炬帮几个人开始聊起最近的 NBA 与欧冠情况,肖栋无心听他们说什么,只是默默推车走着。

为什么……为什么没有一个公平的社会呢? 为什么只有他们耀武扬威,我却只能成为牺牲品? 上帝啊,美好的国度究竟在什么地方? 乌托邦到底在什么地方?

13-1

“火车真好,”中川美奈子在说着些什么,“能享受沿途景色,比在飞机上只能看云彩……”

肖栋似乎有些困倦,他盯着窗外,看着一片稻田一点点靠近,又一点点远离,又一片牧场靠近而远离,周而复始。没人知道他在想什么,或许,他根本什么都没想,只是想让这些稻田、牧场印在自己的心里。

“怎么了?”美奈子看到肖栋没搭话,又追了一句。

“啊,你刚才说什么?”肖栋突然醒过神来。

美奈子倩笑一下:“想什么呢?”

“没什么……”肖栋摆了摆手,“有点累了……”

“啊,对不起啊,我一直说来说去,影响你休息了……”美奈子温柔地致歉。

“没有没有……”肖栋用两只手大拇指的关节顶了顶睛明穴，“不是你的问题。只是……”肖栋没有接着说，而是接着看起了窗外。

一位列车员悄悄经过，斜眼看了一下肖栋与美奈子，但很快就离开了。

美国，武皓在这里曾经生活过几年，我却是平生初次踏上。这是一片什么样的土地，他又在这里经历过什么事情，让他在回国之后能够统领一个班级？

美利坚的蓝天白云，绿水青山，你们还记得他么？

“到纽约以后，你有什么计划？”美奈子拿出地图，似乎在规划什么。

“没什么……就是练琴，想想自选曲目……”

“要不要去教堂转转？”美奈子轻柔问道。

“教堂就算了……”肖栋呢喃，“我不信基督教。”

“哈，那也可以去啊，那么多人也不信基督教，但也过圣诞节啊。”肖栋的说法明显没有说服美奈子。

“我也不过圣诞节。”肖栋抿了一下嘴。

“为什么呢？”

“因为……我平生第一次想好好过圣诞节的时候，”肖栋顿了一下，似乎不知道应该如何形容，“很不高兴。”

“是因为……徐语薇？”

“不只是……”肖栋拿起一瓶矿泉水放在两人之间的桌子上，双手握紧，做出朝拜模样，“我曾向基督祈求过，也全力以赴地做过，但结果却没能实现……然后在平安夜，那个男孩正式将徐语薇从我身边抢走了。”

“所以你就不信？”

“中国人把信仰当生意，”肖栋摇摇头，拧下矿泉水的瓶盖，捏在手心里，“中国人大多会许愿，一旦愿望成真，便会‘还愿’：回到同一个神像前面，献上一笔钱，”肖栋把瓶盖放在瓶子上，“但如果愿望不成真，就不会再去还愿。”

“那你就是因为……”

“最早是……不过后来我明白了，任何事情与宗教都没有什么关系，我们去宗教场所的目的，应该是祈求心理安慰，不应该有什么现实目的……”肖栋喝了一口水，“我不去教堂，主要是不想激起一些不好回忆。”

“和你的黑色青春有关?”

“我们总觉得黑色是一种颜色，但事实上，黑色是世界上所有颜色的杂糅。”肖栋指了指自己的黑色 T 恤衫，“所谓黑色青春，其实也是五彩缤纷的青春，只不过每一种颜色都太重了……长大以后回忆过去，总会选择性删除不愉快的时光，实在删除不了就转换成愉快，让别人觉得自己的青春过得不错。久而久之，自己就真觉得自己过得不错……”

“失意者的青春……”

“我不得意，也不失意，”肖栋摇了摇头，“青春只是从幼稚通往成熟的一条路，但这条路怎么选，怎么走，决定了一个人在青春是加害者，还是受害者。”

“那你是……”

“我做过加害者，也做过受害者，”肖栋苦笑道，“两个世界我都经历过，但无论加害者还是受害者，都是青春的失败者，安安稳稳的青春远比轰轰烈烈的青春要来的成功。”

“为什么呢?”

“若想轰轰烈烈，肯定要经历人生起落。我们会极端自负，会极端自卑；会极端虚荣，会极端实用；会极端感性，会极端理性——经历极端，我们才能在一次次碰壁中走向成熟，但这代价就太高了……”

“看来，你真的没变……”美奈子唏嘘道。

“什么?”肖栋猛地坐了起来,似乎预感到美奈子要说出一番对他很重要的话。

“你说过,无论黑白,变的只是你对待世界的方法,而不是对待世界的态度。”美奈子点点头,“现在我终于明白了,加害者的你,受害者的你,其实对待世界都是那样一个态度。”

“什么态度?”肖栋渴望着这个答案。

“悲剧思维。”美奈子娓娓道来,“你把你的人生当作一场悲剧,在一开始就注定了一种悲剧宿命,在中间你虽然不停抗争,却最终无法抵抗宿命——你把你的人生戏剧化了,以你最喜欢的悲剧方式……”

“这不是精神自虐吗?”

“你应该感觉到了吧?”美奈子盯着肖栋眼睛看,“没错,人有求生的本能,但同样有求死的本能,无论精神自虐,还是肉体自虐,乃至自杀,都是这种求死本能带来的啊!”

“所以……”肖栋笑了笑,“我和你那个自杀的前辈,也没有本质差别啊!”

“你还是足够坚强的……”美奈子叹息道,“如果我的前辈有你这么坚强,她也不会走到最后那一步,恐怕也会像你一样,只是抱着一种悲剧思维来看待世界而已,但这样已经好很多了。”

“所以你也不用自责了……她的死,与你无关……”

“其实是靠了你,我才理解了这些……”美奈子非常感激,“所以你也要改变这种悲剧思维:无论你过去经历过什么悲剧,什么地狱,那都只是过去而已,不要让你的过去,影响到了你的未来。”

我在哪里被过去束缚住了?啊对,就是这种思维方式,从那个平安夜开始,我就觉得一切都是注定好的,无论我怎么求神拜佛、怎么努力前行,最后结果依然是注定的……所以我不再相信自己,才要想去依靠别人,要加入帮派,要领导集体……没错,虽然我已经是“小提琴骑士”,但却依然被困在那个孤独的礼堂,困在那个平安夜。

“美奈子,”肖栋轻轻将手放在美奈子的手上,“谢谢你。”

美奈子也报以一个温柔知性的笑容。

13-2

“我是高二二班的肖栋,我是傻逼!”冯勇推开窗户,一口气向操场喊道。

“我才是肖栋,我才是傻逼!”这次轮到李旭东了,他从另一个窗户探出头去。

“你们都不是肖栋!我才是真正的肖栋,我才是真正的傻逼!”武皓扒开李旭东,五官拧在了一起,也将脑袋探了出去。

班里一片欢腾,纷纷到窗户边争抢“肖栋”的发言权。

操场上,肖栋背着小提琴,一个人走向校礼堂。

这种活动已经持续了好几天,刚一开始,肖栋还多少有些不高兴,但现在他已经习惯了,反而觉得是一种恩典——起码没有外班人来惹他了。

肖栋走到礼堂边上,猛然发现墙上有一张巨幅海报,上面是一个圣诞老人漫画。

扶起右臂,运动表上赫然显示着“24”字样。平安夜啊……

英和中学以外语教学见长,聚集了不少外籍教师教授口语,学校为了赶个时髦,干脆在平安夜这天放假半天,一来普及一下西方文化,二来也让外教办个圣诞 party,活跃活跃全校气氛。这不,中午刚一吃完饭,全校老师就倾巢出动,给学校穿上圣诞装束,甚至在校园一角隐约可见一辆小型马车。

肖栋走进礼堂,舞台上已然布满了谱架与座位,几个乐手正在热身。

不错,借着放假机会,管弦乐团赶忙搞起“年度考核”。所谓年度考核,自然是要考察一下全员水平。但在考核方式上,管乐各声部普遍是独自演奏，一个乐手演奏一段指定乐曲；弦乐却一般用“五重奏”方式考核，即第一小提琴、第二小提琴、中提琴、大提琴、低音提琴五个人，联合演奏一曲。

为什么这么考核？很简单，管乐乐器声音大，一个小号能顶二十把小提琴，所以管乐个人技术必须过硬，弦乐则要求配合精准；管乐多少可以表现点儿个性，弦乐却要求整齐划一，二十个人也要像一个人。

所以，管乐在教学楼的例行排练室里考核，弦乐却来到这个礼堂里考核。

“差不多调音了啊！”肖栋走上舞台，从小提琴袋里抽出对音器。

礼堂外砖墙斑驳，一看就是九十年代的老建筑，楼顶上方还开了一扇窗户，搞得跟教堂一样。但今年夏天，学校投了一笔钱给礼堂，崭新电路得以敷设，内饰也粉刷一新，墙壁四周还特地装上回音设备，老式礼堂转瞬间变成了新式多功能厅。礼堂内部有两层楼高，而且不设固定座位，即便把全校人都扔进礼堂，依然会显得有些空旷。

“音低了，调调……”肖栋手中调音器正对着江子睿的小提琴，只见调音器灯光向左亮起了红色。“对了，咱们几个一会儿五重奏，”肖栋的调音器又对向冯勇的中提琴，“咱那谱子，中间有 8 小节没弦乐，中间空几拍啊？”随着冯勇拉了一声琴，调音器灯光向右发红，却很快又回到中间，变成绿色。

虽说是考核，但为了省事，团员大多用正式曲谱来凑数，老师反正是听配合，也就无所谓了。

“空 8 拍吧，2 小节。”江子睿也没看肖栋，兀自调着琴。

为什么要商量空几小节？很简单，要真是空 16 小节，数出 64 拍，多费劲啊。更何况，老师考核的重点，并不是能不能数对拍子，而是从空拍段落进入下一个乐段的时候是不是整齐。不仅弦乐，管乐也是一样，往大了说，音乐都是如此，唱歌要是进的时机不对，也会让人笑掉大牙。

“长了点吧？4拍吧？有那意思就行了！贝斯1！中提1！大提1！”肖栋喊了几声，伸出了四个手指，“B段88，空4拍啊，都别进错了！”说罢又往舞台后面走，跑去给其他弦乐手对音。

“sh-a-傻，b-i-逼……”冯勇对着江子睿做出口型，眼睛吊向肖栋方向。

江子睿扑哧一笑，啥也没说，只是跟冯勇伸出了右手食指与大拇指，变成一个“八”字。紧接着江子睿把手举起，冲着其他几个首席挥动着，几个人顿时会意，同时点了点头。

“今天是皓哥的大日子，”江子睿跟冯勇耳语到，下巴朝着舞台下方点了一下。只见工作人员正在四周张贴圣诞彩带与圣诞老人贴纸，一颗颗圣诞树也早就树立在两边，上面挂满了各类小礼物，“下面都布置起来了，得赶在皓哥他们来之前……”

江子睿右手藏在脖子附近，斜向下切了一下。

“你们轻一点儿！我们这儿还没完呢啊！”俞指挥右手拍了拍指挥台，灰白色的头发也终于微微从头皮上抬起了一些，一双怒目则看向台下一个正在搬桌子的工作人员。

“对不起……”工作人员瞳孔骤地缩小。

“记住！”俞指挥根本没理他，而是接着对乐团发号施令，“你们演奏的是华尔兹，”他轻轻将指挥棒放下，伸出两手做出跳舞的样子，表情从怒气一下变成了喜悦，“什么叫华尔兹？就是圆舞曲，要律动起来，要有跳舞的感觉，不能把活的音乐演死了！”

肖栋不住地点头。

“肖栋，我也是说你！”俞指挥又拿起指挥棒冲着肖栋，“你技术没问题，同年龄段里算罕见的，所以我要更严格地要求你！你现在完全是机械地把音符演奏出来，没有感情……最近感觉的特别明显，简直是个八音盒！”

肖栋低下了头，一句话没说。

“好了！再来一遍！然后开始考核！”

弦乐乐手纷纷将弓子搭上琴，随着指挥动作奏乐。“律动起来，律动起来！”俞指挥一边指挥着，一边提醒着乐手，眼睛也望向肖栋。“别死坐着，都动起来！”

肖栋终于听从了指示，一边拉着琴，一边随着节奏左右晃动起来。一晃动，音乐潮水就在周围环绕起来，熟悉的感觉推动他继续晃动。他不再需要动力，也不再需要引导，只要顺着音乐流向走下去就可以了。

不管我遇到何种痛苦，音乐都是我永远的港湾。

“对，就是这样！”俞指挥终于对着肖栋笑了起来。

肖栋仍然意犹未尽，乐曲却已奏完，年度考核也随之开始。乐团负责人魏老师搬着一摞材料走进礼堂，俞指挥每点评完一个组合，魏老师就会在本子上记着什么。

没错，年度考核虽然程序化，却也有着一套赏罚体系：如果技术在一年中有飞速增长，经过考核就会获得位次提升；如果飞速退步，位次也可能会降下。日后演出能不能上、奖学金能不能发，都会与位次挂钩。

乐手们也很有趣：下游乐手最不上心，他们明白再努力也不可能有什么大飞跃，于是气氛轻松活泼，演奏起来也是错误频出，俞指挥却也不当回事；中游乐手之中，气氛愈加凝重，毕竟中游乐手难分高下，一个小失误都可能拉低名次；但真到了上游乐手，气氛又变得欢快起来，因为上游乐手之间差距更小，谁做首席、谁居次席更多是指挥的个人偏好。

也就在考核过程中，礼堂布置也愈加华美，十二个大桌子分三列放在礼堂中心，上面堆满了各种糖果、饮料、薯片等零食。工作人员忙完了，干脆一边吃吃喝喝，一边看着乐团考核。除了他们之外,不时还有几个外国人会进来探个头。

“都快六点了,”魏老师坐在一边发了话,“肖栋你们是最后一组了吧,快点拉,一会儿咱学校外教要在这边办圣诞晚会,别耽误他们啊!”

“好嘞!”肖栋爽快地答应下来,转头与江子睿他们对视了一下,“开始吧?”肖栋侧过脑袋,将琴压到脖子底下,张弓搭箭,“1……2……3……齐!”

乐曲如小溪流水,婉转悠长。溪水流过一个庄严的城堡,这里鲜花盛开,春意盎然。一位美丽的公主正在参加村民聚会,与大家一起围着一棵大树跳舞。突然风起了,公主的礼帽扬起来,随着风逐渐离开了城堡,落在了一名手持长剑的骑士脚下。

徐语薇穿着美丽的长裙,向肖栋招着手。

肖栋穿着笨重的铠甲,只能慢慢弯下腰。

乐曲戛然而止,这时候应该是管乐乐段……空 4 拍,马上要进了。1……2……3……起!

风突然刮大了,把肖栋刮出整个村庄,肖栋伸出手向徐语薇……

“肖栋你怎么回事?”俞指挥拍了一下桌子,肖栋回过神来,原来其余 4 个人没有跟他一起进入下一个乐段,只有他一个人在那里热情洋溢地拉出了一段炫技独奏。

“我……”弓子滑了一下。刚从音乐世界里走出来,肖栋明显不适应现实生活。

“你抢什么拍啊?人家二提、大提都没动,你抢什么?我说没说过我最恨的就是抢拍?”

“指挥,我没有,这不是 4 拍吗……我们约好的……”

“我不管你们是怎么约的,我就知道你抢拍了。我多次重复过卡拉扬的那句话:音符可以错,但节拍绝不能错!别人都数对了拍子,怎么就你数错了?”俞指挥灰白色的头发随着他的手一起抖动起来，“不要出风头，不要炫技!”

肖栋忽的向对面一瞧，发现江子睿正与冯勇暗自窃笑，却丝毫掩盖不住嘲笑的表情。

你们……你们联合起来陷害我!

“指挥!”肖栋站了起来，“不是我的问题，是他们几个联合起来整人，真的!”

“整人？他们为什么要整你？人家跟你有什么怨，有什么仇?”

“有……”肖栋一时语塞，脑子里过了很多事情：在日本颁奖之后的吵闹，在神社门口差点着火的烟头，在国旗杆下跑向肖栋两腿的身影……该从哪儿说呢……

“你们四个!”指挥又望向江子睿的方向，“你们商量的是空几拍?”

“4拍!”江子睿伸出了4个手指，冯勇似乎本想伸个“8”，江子睿给他抛了个眼神，他赶忙把“8”变成了“4”的样子。

“那你们刚才数足拍子了么?”

“没数够，还有不到1拍，肖栋就抢了。”江子睿做出无辜状。

“肖栋你听见了么?”魏老师突然插了一句，神色颇为焦急，“你自己拍子数快了，还不和同组成员用眼神交流，这还是首席么?”

肖栋愣了，这话好像在哪儿听过。“魏老师您相信我，我真的没有……”

“行了行了!”魏老师摆了摆手，“别废话了，都几点了……你们这组就到这儿了，你也不要再说什么了。”魏老师说着在本子上记了些什么。

“指挥……”肖栋转过头来，一脸可怜地对着俞指挥。

“身为一名乐手，音符可以有错，节奏不能出错!”俞指挥平静了一点，将三根手指尖聚在一起，轻轻敲了一下指挥台，“想演奏出好的音乐，必须要遵守规矩，说进进，说停停，说延长延长。尤其是弦乐，音色、弓法、指法、节奏、呼吸全都要一致……我看你最近状态一直不好，不是疵音就是弓法、指法跟别人不一样……今天又是节奏乱了……你这样下去，我真得好好考虑你的首席位置了。”

“指挥！”肖栋听到这些，顿时急了，“我真的没有抢拍，您怎么就不相信我呢？”

“我要是不相信你，会把你提首席么？”俞指挥虽然上了点年纪，声音却依旧掷地有声，“你要再顶嘴，”俞指挥一根食指向后方一挥，“就去 4 排最里边坐着！”

四排最里边，是末位。

不信我是吧？行，让我一个堂堂首席小提琴、堂堂副团长在大家面前丢脸丢成这样，还不如不干了呢！

“刚才那首曲子来一遍，就……肖栋你要干什么，你要去哪儿？”俞指挥正要下令再来一次，却见肖栋抱起衣服就往外走，连琴都直接放在一边。

“肖栋，给我坐下！”俞指挥又拍了一下指挥台。

“肖栋，指挥说你是为了你好！”魏老师站在肖栋去路上，“回去坐下！”

“为我好？”肖栋冷笑了两声，转身从边上跳下了舞台，径自走向礼堂大门。

“肖栋，你要走了就别再回来了啊！”魏老师的声音从背后传来。

滚蛋吧。

“哐当”一声门开了。外面已经聚了很多学生，还有几个外教疑惑地看着肖栋，肖栋不由分说，从人缝里就撞了出去。

“哟，这谁啊，也不看着点儿……”

我走我的路，谁也别拦我。

13-3

要不然……还是道个歉吧。

肖栋重新走向礼堂，借助月光依稀可以看到俞指挥的汽车还没开走。

不管怎么样，俞指挥一直对我都很好……这么一走了之……乐团是我最后的避风港，我不能失去这个地方。肖栋加快速度，赶到车前。但还没来得及张望车里，肖栋就感觉到一束光线消失了。

光线，来自于礼堂顶部的那扇窗户。

怎么回事？停电了么？

肖栋踱步到礼堂门口，从前门的小窗户向里看着。

欸？好奇怪啊，确实是漆黑一片，但大家好像也是不慌不忙……有人点起了蜡烛，一个、两个……这么多啊，把礼堂照得亮堂堂的……但也没那么亮，就是刚好能看见周围人，但又有朦胧美……那边有个老外拿着话筒，念叨什么呢？听不太懂……好像是什么今天有惊喜之类的意思……哎呀！好刺眼！

朦胧中，突然有一束光线射向舞台，直直照在刚才排练的地方。

欸？他们怎么还在？江子睿……还有几个小提、中提都在……欸？还有小号……有长笛 ... 黑管……圆号……不对啊，怎么还有管乐？他们、怎么也来这边了？难道是圣诞节演出？圣诞节演出为什么不叫我呢？

江子睿扬起弓子，向上打了 4 下拍子，一首舒缓的乐曲随之而出。

这是什么曲子？从来没听过……但曲调好美……

“Amazing grace, how sweet the sound…… that saved a wretch like me!”一个优雅的男声从舞台后方传来。若是旁人听得，肯定会觉得这是外国人，因为发音实在太美式了，但肖栋却在第一时间就辨认出了这声音的主人——

“哇！是武皓，是武皓欸！”台下女孩非常激动。

武皓走进了那束光下。他今天穿着一身白色西服，上衣口袋插着一株红玫瑰，头发不似平常那样斜梳着，反而是涂上发胶，向后束了起来。武皓本就比其他同学显得更大，这么一打扮，简直就像是一位白马王子刚刚回归城堡参加晚宴。

就在武皓唱歌同时，冯勇与李旭东分别从两边冒了出来，手里举着英文歌词的中文逐句翻译。武皓每接着唱一句，他们就齐刷刷换上下一块板子，时刻提醒那些听不太懂英语的同学。

“奇异恩典，何等香甜，你拯救了我这个罪人！”

“I once was lost, but now I’m found……was blind but now I see!”武皓左手持话筒，右手捂住了胸口，只给观众一个侧脸。

“我曾迷失过，但现在却已靠岸；我曾盲目过，但现在却已明确！”

随着武皓歌声逐渐进入高潮，底下居然也有男女生跟着一起和声，甚至连参与圣诞聚会的外教也兴高采烈地唱了起来。“T’was grace that taught my heart to fear, and grace my fears relieved……”

“哇！好帅哦！”

“白马王子！”

“他今天这是要干吗啊？还穿了个白西服？”

“这是要跟谁求婚啊？”

虽然音乐声仍在回响，肖栋却能清楚听到门边几个女孩的对话。他本以为这只是一个普通的圣诞晚宴，但在几个女孩启发下，一个可怕的念头穿过肖栋头脑。

不对，这些人唱得这么流利，这是……这是校合唱团！这是武皓组织的！他要在圣诞舞会上干什么？他要求爱么？这个求爱攻势可太大费周章了……但也只有武皓能做出来……恐怕任何一个女孩都禁不住吧？他要向谁表白呢？

难道是，跟徐语薇？

肖栋拽住门把，向外用力一拉——

门没有拉开，只是轻轻动了一下。肖栋往旁边一看，又是一个熟悉身影正在紧紧压住门把。

“刘子龙！你干什么？”

“肖栋！你不能进去！”刘子龙嘴里冒着白气，一手压着门把，一手推着肖栋的肩。

“你拉我干什么？有你什么事？”

“当然有我的事！”刘子龙用身体挡在了大门门口，“江子睿今天说了，要是你进去，就打死你。”

“你他妈成了武皓的走狗了？！你还是不是我兄弟！”

“我当然是你的兄弟，所以更不能让你进去！”刘子龙左手撑住门框，“我拦着你，你不会受伤；他们把你轰出来，你少说也得挨一顿打！”

“挨就挨！”肖栋一头撞向刘子龙。

“肖栋！你冷静点儿！”刘子龙屏住呼吸，双手捏住肖栋的肩膀，脸上表情又是狰狞，又是怜惜，“你能不能听我一次？你要是早听我的话，哪儿会有今天的事儿？！今天没准站在台上的就是你了！”

“我不管！我说什么也不能让他……”肖栋依然嘴硬，却早已放弃冲撞，有些泄气地往后退了几步，扑通一声坐在了地上。

刘子龙看到肖栋退后，神情也少许放轻松。

“现在只有我是为你好，你明不明白？”

“太多人为我好了……”肖栋语气阴阳怪气。

“那么多人欺负你，我欺负你了么？”刘子龙指了指礼堂，又拍了拍胸脯，“那么多人开你玩笑，我开了么？今天我怕你进去挨打，你还不明白谁对你好？”

“得了吧！”肖栋眼睛直勾勾盯着刘子龙，“我挨整你管过么？不管就算了，还总数落我，我跟武皓谁对谁错，你看不明白么？今天你拦了我，皓哥还得请你抽根烟吧？你个趋炎附势的鼠辈！”

“我鼠辈?”刘子龙逼上前来,眼睛里满布气愤,随机点了一下头,“好,就你是人,我们他妈都是耗子! 但我也是为了保住自己! 你在年级里成了众矢之的,我帮你? 我也得死!”刘子龙急得直摇头,“大家都落井下石,我没有落井下石,我还暗地里帮你,你还想让我怎么样?”

“你走吧! 你也可以欺负我啊! 随便欺负啊! 别搞什么假慈悲!”

“肖栋,你要这么说话,你去吧!”刘子龙指着大门,“你现在就进去,看看我说的对不对,看看你死得惨不惨!”

肖栋站了起来,掸了掸屁股上的土,他感觉全身的血液都在向两只手凝结。

“现在请徐语薇同学来到礼堂中央!”扩音喇叭一声高喊。

“哇! 求爱了,求爱了!”

“喔! 喔!”

“白马王子娶了白雪公主吧!”

“在一起! 在一起! 在一起!”

肖栋赶忙冲到门口,正要打开门,却听得武皓在话筒里徐徐念道:“很多人说我是个花花公子,但这其实是我前世犯下的罪,要我今世不能对任何一个女孩专情,除非遇到那个拯救我的天使……”

武皓……你这是……

肖栋不再执着于拉开门,而是重新趴在门前,从窗户里张望着。

武皓与徐语薇对面而立。武皓两侧站着冯勇与江子睿,徐语薇两侧站着夏冰与苏芸。6个人站在整个礼堂的正中央,在圣诞气氛的装点下,在武皓那一身白色西服的衬托下,好似一场结婚仪式。唯一有些违和的,就只是徐语薇依然穿着那身校服,而不是婚纱。

“认识你以后我才知道……原来我漂泊在国外这么久,天使却就在这里等着我……”武皓右手将上衣口袋里的玫瑰花轻轻捏出，送到徐语薇胸前。

“我现在有机会对一个女孩说‘我爱你’，有机会让这份爱的期限超过一万年，我比任何人都幸运，所以……我不能错过这次机会……”武皓弯下腰，向徐语薇浅鞠一躬。

“在一起！在一起！在一起！”

“答应他！答应他！答应他！”

“多好的一对啊！郎才女貌！”

“永永远远，生生世世！”

“徐语薇同学，你愿意么？”扩音喇叭回响出一声问句。

“讨厌……”扩音喇叭让这声娇羞更加明显。

随着“厌”字收尾，礼堂爆发了雷鸣般的掌声与欢呼声，人潮纷纷涌动起来，把这个圣诞节的气氛炒到了最高潮。虽然时值冬日，但或许是暖气开得太足，又或是气氛实在太热，室内不少学生把外衣脱了下来，大家跟着乐团演奏的曲子舞动起来。

“亲一个！亲一个！亲一个！”

“喔！亲了！亲了！亲了！”

“哇！圣诞快乐！Merry Christmas！”

肖栋呆立在外面，北风顺着肖栋的关节溜入骨缝。

武皓居然有这么大能量，竟然能发动这么多人……合唱团、交响乐团、火炬帮……恐怕什么篮球队、中华帮也都在吧……他一步步把我的东西都拿走了，徐语薇、班长、乐团、刘子龙……我在乎的东西都属于他了……

一个不务正业的转校生，居然在半年里就成了这座学校的王子……我本以为，骑士会永远与公主在一起，但事实上，骑士却只能为公主厮杀，只能目送着公主与王子恩恩爱爱、走向幸福，回家独自饮泣。

肖栋仰面朝天，张大了嘴，却发不出声音。血液从两只拳头向全身扩散开来，肖栋感觉全身愈发冰冷。我这时候应该大哭啊！应该仰天长啸，壮怀激烈啊！为什么哭不出来？为什么没有眼泪？为什么不能让我也悲情一把？

难道是因为没有雪？老天爷啊！下点雪吧！让我痛痛快快哭一场吧！让我……肖栋的脑袋耷拉了下来。

“抽根儿烟吗？”刘子龙站在一边，递来一根中华烟。

肖栋茫然地摇了摇头，上下嘴唇缩成了一团。他拎起小提琴包，向外走去。他已无暇顾及是不是留在乐团，也无暇在意指挥的车是不是还停在这边。

骑士只能目送公主与王子走入婚礼殿堂。人要认命。

“子龙……”肖栋伸出手去，“教教我抽烟吧……”

刘子龙走来，把烟插在肖栋嘴里，掏出打火机。

“我点火，你嘬两口……”

啪的一下，打火机着了，忽然又被风吹灭了。又打着，又吹灭了。

“肖栋啊……”刘子龙收起火机，“刚才江子睿说，他们今晚要去旁边的KTV刷夜……反正你家近，明天早上早点起，没准能拦到徐语薇单独出来，有什么话，一次说完吧……”说完，刘子龙把打火机放在一包抽了一半的烟盒里，一起扔给了肖栋。

突然刮过一阵阴冷的北风。

为什么不下雪？

第 三 章

14-1

如果说费城是一个不苟言笑的老夫子，见证着美国开国时期每一次历史转折；那么波士顿就是一个穿着 19 世纪正装的翩翩少年，将美国之所以成为美国的思想播撒到全球。

世界上恐怕再没有一座城市像波士顿这样：历史不算悠久，却有着厚重的文化底蕴，乃至孕育出了哈佛大学与麻省理工学院这一对文理百年冤家；明明是一座 18 世纪的城市，却同时具备从 18 世纪到如今每个时代的气息，好像每一座建筑都是某个大时代下的缩影。

一幢圆柱形建筑里，肖栋与中川美奈子走了出来，四处寻望着什么。火车站外观虽然是圆柱形，但从三层到五层却排布着多个笔直的立柱，既有希腊式建筑的威严，也有罗马式建筑的秀美。混搭风格似乎也是说明，波士顿就是这么一个既有老派，又有新鲜的地方。

“要打车的话，咱们得去这边……”沿着美奈子的手指看去，有几辆车顶上戴着“Taxi”帽子。

“不是……我不是在看出租车，”肖栋眼神中充满了疑惑，拉着箱子向着出租车方向走去，“你不觉得奇怪吗？”

“奇怪？”美奈子疑惑起来，拉起箱子跟上肖栋。

"你不觉得,波士顿人好像都很年轻么?"

"是吗?"美奈子转头望望。

"请送我们去这个酒店。"肖栋与美奈子招来一辆车,一起坐进后座,美奈子掏出一张酒店名片给司机看。

"OK!"司机将食指与大拇指套成环形。他发动汽车,慢速向前滑行了一段,把一根抽了半截的香烟扎进了边上一个垃圾桶上面。

"欢迎来到波士顿!"肖栋还没来得及说什么,司机先与两人攀谈起来,虽然带着浓重的口音,但依稀能辨别出他在说什么。"你们是来度假吗?波士顿可不是个好的度假胜地……你们应该去南边,迈阿密啊、波多黎各啊、加勒比海啊……"

"哈哈哈……"虽然司机略有点烦人,肖栋却开怀笑了出来,"为什么会觉得我们是度假啊?哪儿有人在工作日度假?"

"那可说不准……"司机扶了扶帽子,稍微按下喇叭、减了减速,通过一个没有红绿灯的十字路口,"也有可能是蜜月啊!"

"不是……"这次轮到美奈子先发话了,"我们不是那种关系……"

"不是么?"司机从后视镜里看了看美奈子,又看了看肖栋,"对不起啊,你们还挺像一对情侣,要不然就这么结婚吧?"司机说完哈哈大笑,"不过既然来了波士顿,就不要错过机会啊,波士顿可是全世界最年轻的城市!"

"最年轻的城市?"肖栋将身子往前探了探,"你是说这个城市年轻人多?"

"对!这位绅士有着非常敏锐的观察力,"司机的眼神中透出了赞赏,"波士顿居民平均年龄是二十一岁,像我这样的人已经算是爷爷了……这个城市大部分是学生,所以这个城市永远年轻,到了波士顿,一定能找回青春!"

司机扬起得意的笑容,哼起了一首肖栋不熟悉的曲子。

"青春……"美奈子偷偷看了一眼肖栋,却被肖栋的目光抓住。两人对视,都是一阵苦笑。

的确,波士顿街上人群,除了警察、旅行团以外,明显都是一些不谙世事的学生。相比他们,美奈子或许算是同龄人,肖栋却已经算是大哥了。其中不仅有穿着时尚的大学生,更有校园装扮的中学生。有些中学生从星巴克里一涌而出,有些在路边等车,有些在骑车,而有些……或许正在汽车里面坐着。

听说,美国十六岁就允许开车了。

欸?怎么有那么多年轻人聚在前面街道上?旁边车怎么都停了?

"该死!"司机大骂了一声,拍了拍方向盘,喇叭断断续续作响,"又是这帮游行的!"

游行?为什么要游行呢?这是这么回事……欸?为什么有这么多女孩不穿上衣?不对,游行的所有女孩好像都没有穿上衣,这难道是集体裸奔?也不对,她们好像还穿着裤子,好像还……不行,不能这么看这些半裸女人,还有个姑娘呢,我不能……

"太美了!"美奈子的脑袋已经探出窗外,脸上写满了兴奋,"这是女性裸胸游行吧!我要下去看看!"还不等司机搭话,美奈子就跑下车,拖着一条长裙向人群冲了过去。

肖栋也赶忙跟下车,生怕美奈子出了什么事。

狭窄的大街上一片喧闹,年轻女孩纷纷举着各色标语向前行进。她们赤裸上身,情绪激昂,但也有一些人在关键部位上或贴了乳贴,或用红色胶带贴了一个斜十字。不少人在前胸后背都涂上了重重的迷彩,大体都是"Go topless"(裸胸吧!)。

"快看快看!她们好勇敢啊!"美奈子脸上洋溢着笑容,踮起脚尖跳动着。

美奈子笑了起来,肖栋也平静下来,毕竟这里治安还不错,游行队伍两侧都有警察看着,应该不会出乱子。回头看了一下出租车，司机早就趴在方向盘上，一边玩起了手机，一边嘟囔着什么。

这个丫头，还真是个小孩子啊……看着这些裸体女人居然这么兴奋，连行李都不顾了……看着这么清纯可爱，啥也不懂，实际上内心里也是有一个小恶魔在躁动啊……外表清纯，内心狂野，这似乎是很多现代女人的特征。

等等！似乎有什么东西击穿了肖栋的心。

外表清纯，内心狂野……徐语薇不就是这种人么？看起来喜欢古典音乐，却又向往着流行音乐，跟着武皓一起去听了 hip-hop，跟着武皓跑了……但后来那个歌咏比赛，她又愿意给我们伴舞，还经常用那种可怜的眼神看着我……这很明显是要回来找我才对……既然情人节分手了，那为什么最后我战胜了武皓，徐语薇却要离开这个地方呢？我到底触动了她的什么心弦呢？

“发什么呆呢？看到裸女就走不动啦！”自从认识美奈子以来，这似乎是她第一次跟肖栋这样打趣，也是第一次露出这样如同少年一样的笑容。肖栋回过神来，发现游行队伍已然走过这个街道，出租车也按起喇叭催促着。

肖栋并不急于辩白，只是沉浸在自己的世界之中。美奈子看到这副呆呆的表情，却也没有嗔怪，反而窃笑了一下，跑去出租车方向。

车流重新涌动，新的世界也打开了大门。

14-2

肖栋背着书包，斜跨“二八铁驴”，徜徉在学校门口的街上。

早应该上课了，但不知道为什么，肖栋就是不想进门。门口一直有一道摸不出来的玻璃墙，阻挡着肖栋前进的脚步。

好累。每天都这么上学，周一到周五，早七点到晚五点，循环往复。学习本来就很辛苦，为什么还有这么多学习以外的事情困扰我？

肖栋长叹一口气，引来一个老头注视，那目光好像在说：一个小孩子哪儿有那么多事可唉声叹气？

好累，不想上学了。偶尔一次不上学，应该也没什么大不了吧？

校园里传来一声铃响，肖栋也未再迟疑，骑着车朝着反方向走去。路过学校附近的音像店，本想挑挑光盘，打发一下时间，谁承想来得太早了，店都还没开。

大人都在睡觉，却要孩子早起……什么世道……

冬日无风，斜阳高照，可算得是难得风景。或许是为了应景，肖栋特地去了一趟花店，买出了一把花——但并不是送情人的玫瑰，也不是送母亲的康乃馨，更不是送老师的丁香花，而是……一捧艳丽的黄菊花。

一个穿校服的学生手捧一束黄菊花，分外惹人注目。

“这孩子，怎么买了束菊花啊？”

“这是要给谁扫墓去啊？”

肖栋把CD机从书包里取出，换上一张《安魂曲》，继续蹬车向西走去。一路上，他一直单手扶着车把，另一只手从未松开那束菊花。

“Lacrimosa dies illa.”（痛哭之日）

“Qua resurget ex favilla.”（死者从尘埃中复生）

“Judicandus homo reus.”（让罪人受到审判）

“Huic ergo parce，Deus.”（求你予以宽赦，天主！）

……

花大多凋落，草也已凌乱，一片脏兮兮的草地不知道印证了些什么。肖栋站在一座立交桥边上的无人地带，找到一个不起眼的角落，悄悄蹲下，翻起一块圆锥形石头，狠狠插进土地里，黄菊花则直接斜靠在了“石碑”上。

总要有个结束，就是现在吧。

每次陪徐语薇上学、放学，都是在这里交会、分开。或许早晚有一天，这个世界上不会有人再记得我，不会有人再记得这段感情。但我只希望，这周围的一草一木，一砖一瓦，都能把这些记录下来。或许没人读得懂你们，但只有你们才能记得，这个世界上曾经发生过什么。

走吧。

肖栋本以为工作日上学时间有个学生在外面晃悠肯定会引起关注，甚至会有警察来盘问。结果走了一路，不但没有人搭话，甚至没有人看，更没有人觉得奇怪。不管有他还是没有他，地球都依然会如此转动。

不仅是校园世界，原来大人世界也是这么冷漠。但大人世界稍微好些，大家只是不理我而已，起码不会有人以欺负我为乐。

明明晴空万里，世界为什么这么灰暗？

这个季节，太阳应该离南半球更近，怎知却依然高悬在北半球的高空之中，热度固然减弱了不少，但仍感觉这个冬天不太冷。象征冬天存在的透骨寒意不但没有，反而添加了一丝温暖气息。

不知不觉，肖栋又来到了那座教堂。

肖栋将自行车扔在一边，依旧不上锁，摘下手套，向着教堂走去。

“上帝会惩罚你的！”马上就到教堂了，肖栋却突然听到一阵喊声从旁边传来。毕竟是学音乐出身，肖栋对声音非常敏感，很快他就向着声音传来的方向走去——原来是旁边的小胡同。

“什么他妈惩罚不惩罚的？”肖栋凑近胡同，听到这个凶狠却又戏谑的声音，便没敢继续上前，而是扒着胡同口向里看。

声音主人是高中生模样，形象却颇有些“古惑仔”，狐狸眼眯成一条缝，手里 ZIPPO 火机上下摇摆，身旁还站了四五个类似打扮的高中生。哀号之人，则是一副高中生模样，被逼坐在死胡同的角落里，无助而愤怒地看着这几个人。

这个人……是不是以前在我们学校门口闹过事……小王磊？

“说好了每天二十块钱！结果你丫这一礼拜压根没见人影儿，告诉你啊，今天不补齐了……”小王磊啪的一声磕上了 ZIPPO 火机，拿出一个喝了一半的饮料瓶。只见瓶中早已不是单纯的饮料，更有抽完的烟头，饮料颜色也从透明转为暗黄色，“就给我喝下去！”

“我又没欠你们钱！是你们劫我的钱！劫一次就算了……”

“啰不啰唆！白纸黑字写得清楚，”小王磊又拿出一张皱巴巴的纸，远远看去上面有个红色的手印，“你说的每天给我们兄弟二十块钱，怎么着？不认账？”

“那是你们逼着我写的！”高中生语气中已经带了哭腔，“我已经跟上帝祈求过了，你们一定会受惩罚！”

“哈哈哈！”小王磊笑得前仰后合。

“要不怎么说你们……”小王磊双手合十，假惺惺地做出祈祷的动作，“‘上帝啊，请制裁那些作恶的人吧！’你丫不知道这世界上没神啊？我们几个打三年级就在外面混，要是有神，我们早就该死了！对不对！”小王磊冲着其他人嚷着。

“对！有什么神不神的！”

“都什么时代了还搞封建迷信！”

“应该把他举报去派出所！”一个颇为肥胖的男孩嘟起嘴，脸上透出一股憨气。

“去他妈什么派出所！”小王磊狠狠拍了一下胖男孩的脑袋，狐狸眼竖了起来，“你丫就知道去派出所，早晚把你丫也送进去！”胖男孩向后退了两步，两手在胸前不住地摆着。小王磊没再追究，反而又转过头来看着高中生，“你别想报案，我爸就是这片儿派出所长，你报了案，抓我的也是从小认识的叔叔大爷们，前脚进去、后脚就放了，知不知道？”

小男孩眼中的光芒似乎消失了。

“给钱吧!”

“不给钱就喝!”

“给钱还是喝水,自己选!”

肖栋没再接着看,因为他看到的最后一个镜头,就是那个高中生模样的男孩接过了那瓶加料饮料。饮料瓶将阳光反射到他的身上,照亮了胸前那块十字架。

肖栋看了看教堂,又看了看胡同方向。

原来是这样。我错了,我从来都错了。

神只会帮强者,无论强者是善是恶,神都只会帮强者,对弱者不屑一顾。毕竟只有强者才会有权有势,才有可能捐钱建庙宇建教堂,弱者最多也就是进去捐个几十块钱善款,根本没法比。

说得好听,叫自助者天助;说难听点,神也是欺软怕硬。也想做强者,但我没这个能耐,所以丢了脸,丢了徐语薇。既然是弱者,那也就别麻烦上帝他老人家了,我也省点钱。

肖栋回到自行车前。发现自行车已经被挪到了一边,一块硕大的宣传板取而代之。

“智宇星网吧开业大酬宾,充二百送二百!”

狭窄的街道中间斜突出一小块区域,把街道变得更窄,这座网吧就坐落在这个突出来的小块上,紧挨教堂。

远远看去,好像是一座废弃很久的教堂旁边搭配了一座废弃更久的贫民窟,不好说违和,却也不是非常协调。

远远看去,网吧里一团烟雾缭绕,几束灯光显得格外灰暗。

明明晴空万里,世界为什么这么灰暗?原来如此。

在这个城市的冬雾笼罩下,世界本来就应该这么灰暗,阳光才是稀客。大部分时间里,外面的世界与里面的世界,本就是同样灰暗,我又何必非得四处寻找阳光呢?人这一辈子,怎么都是活,浑浑噩噩一点也没什么不好。

"我想办张卡……"

14-3

真是一个美妙的世界。

只要我愿意，我可以变成任何人。我可以变成枪手，狙杀凶狠的敌人；我可以变成战役指挥官，指挥千军万马，受到万人追捧；我可以变成篮球运动员，带领球队获得冠军；我可以变成坚韧不拔的战士，一点点练级，一点点旅行。这一切，都不需要什么烦琐的附加条件，都不需要有谁来帮我，更不需要考虑谁的感情。在这里，我才是强者。

忽然一阵冷风刮进来，吹得肖栋一个哆嗦。

"冷死了……"肖栋紧地搓了搓手，"网管，来瓶冰红茶！"肖栋抱起桌子上几个空冰红茶瓶子，一个接一个扔向不远处的大垃圾桶里，瓶子一个接一个撞在桶的最远端，紧接着轻声入桶，旁边几个成年人看得声声窃笑。

"不错啊，这孩子篮球肯定打得不错！"

当初干吗非得练什么小提琴，练篮球多好。

"冰红茶，"网管衣衫破旧，也与这座网吧的气质颇为相似，"三块钱。"网管把手一伸，倒似是有地主来要账一样。

"不是能在卡里算钱吗？"肖栋露出一脸疑惑。

"你卡里没钱了啊！"

"不对啊，我充了个五十的卡，还送三十，不是八十了吗？"

"对啊，用完了啊！"网管见肖栋有点不服气，干脆回到前台。前台小哥不知道打印了一张什么小票，交给网管带了回来，"来，你自己看，八十块钱都快用完了！再不充值，别说冰红茶，你这网都上不了了！要不然充个两百的卡吧，充两百送两百，多值！"

十天时间，每天都要待五六个小时，还买了那么多……

"行吧行吧！"肖栋脸上露出一丝不耐烦，嘴唇向中间收紧了一下，拎起书包，从里面掏出一个绿色小铁盒，上面印着“薄荷糖”字样。打开铁盒，几张皱巴巴的钱叠成四折塞在里面，肖栋把钱抠出来，用食指抠出，拿出两百块钱塞给了网管，“你替我充吧！”

“好！”网管可算笑容满面，好像这两百块钱是地上捡到的一样。

肖栋揉了揉眼睛，又把冰红茶放在眼睛上敷了一下。

期末考试结束了……肯定考砸了……不过那又怎么样。考得好，以后也不见得有什么发展，徐语薇也不会回到我这里，武皓还会来锯我……

不想那么多了，网络游戏还等着练级呢，马上要升级了，不能怠慢。我只是不想面对这个残酷的世界，让我在宽松的世界里多呆一会儿吧。就多待一会儿……就一会儿……

“哎哟喂！可真他妈冷！”肖栋刚玩儿一会儿，网吧大门忽然打开，一阵阴冷的风似乎带着点雪花飘了进来，却也吹散了屋里密布的各类香烟味。肖栋朝着门口一看，四五个身材高大的高中生背着书包跨进网吧，搞得肖栋不禁有些疑惑起来。

看这校服……肯定是我们学校的……但不应该啊，这一片离着我们学校并不算近，反而是离着泰和附中与五一中学比较近。他们来这边干什么？挑事么？

算了，不管他们。

青春期男孩大体分两种，要么愣头愣脑，要么就会耍点痞气。如果说肖栋可以归为第一类，武皓便可以放在第二类里面。相比之下，郑天楚则显得有点奇怪：他剃着一副板寸，两侧头发齐齐削至耳边，不能不说有点愣；但身边经常又会跟着各种被学校老师冠以“不良少年”称呼的伙伴，又似乎有点痞；但要说他又愣又痞，他的眼神里却又偶尔会透出一股温情，尤其是在面对女孩的时候。

郑天楚捏着一张小纸条，跟几个朋友指了一下后方，兀自走了过去。

肖栋看到郑天楚过来，下意识地点头，目光却没离开电脑屏幕。郑天楚看到相同校服，边走边打量，面无表情地走开了。

“来来来……”一个不算陌生的声音接近肖栋，“跟大哥坐……”随着声音越来越近，声调也是越来越高，最后一句话似乎是直接在肖栋耳边说的，“哎哟！这儿还有咱们学校的人呐！这个……”

高硕？

“这不肖栋吗！”高硕就在肖栋边上站着，食指对着肖栋的脑袋，一边说一边哈哈大笑，眉毛都快扬到头发里了。另外几个人听到高硕的笑声，也都围在边上看起了热闹。不过随着吵闹声越来越大，周围成年人纷纷投来厌恶的眼神，网管也插着兜走过来看着，高硕便悻悻地收起了笑容。

“肖栋？”另外一个熟悉的声音也随之传来，肖栋不由得一看。

“龙哥你也认识肖栋？”高硕的大嗓门又传了来。

刘子龙眼神中颇有惊讶：“你怎么来这儿了？”

“别管我……”肖栋冷冷看了刘子龙一眼，眼神中充斥着责怪。

“嘿，你敢跟龙哥这么说话！”高硕生气地走上前，看到周围有很多人，便只是用手指戳了一下肖栋的太阳穴，“今天在外面，咱一个学校的不起内讧。”

要不要走？算了，没必要……刘子龙也在，起码不会害我。

“今儿一共几个啊？”半个网吧都能听见高硕独角戏。“那怎么打？”

打？打什么？打谁？

“那不行，咱兄弟们必须玩儿一个，是不是大哥？”

高硕的语气重心放在了“一个”上面。

什么叫“玩儿一个”，一个什么？一个人么？难道……是要玩儿我？肖栋回头瞟了一眼，发现高硕的目光正直对向了自己。

不行，不能答话！

“要不然就他吧！”高硕声音的方向明显是在冲着肖栋，“哎！”

真是我！

“叫你呢！嘿！”

肖栋赶紧把装钱的小铁盒揣进裤兜里，把书包拉上链，紧抓书包带。他感觉到手部发抖，全部血液都集中到了脚上，随时准备逃跑，手部反而缺乏供血，有些冰凉。

如果过来袭击我……我就……就先拿书包打他们一脸，然后赶紧跑。

“哎哟，我操！”高硕颇有些轻蔑。

“吵不吵！”另一个坚实有力的声音传来。虽然从没听过这个声音，但能在高硕面前厉声呵斥，也就只有郑天楚了。

“拽进来，好好虐他！他可是火炬帮小弟，武皓的人！”高硕虽然缩小了声音，但肖栋提高了警戒心，听觉也有了加成，高硕的一字一句他都能听到。

郑天楚没再说什么，肖栋听到一个人的脚步声越来越近。

来了……他们难道真的要在这儿打我？真敢……真敢的话，我就先吐他一脸！

肖栋将书包放在旁边椅子上，喝了一口冰红茶，含在嘴里……

脚步声越来越近……三……二……

“肖栋，组盘儿CS吧？”抬眼一看，竟然是刘子龙。

CS？Counter Strike？那个射击游戏？

不是要拽我去玩儿么？难道是……是玩儿CS？

“你反正也一个人玩儿，大家一起呗！”刘子龙拍了拍肖栋的肩膀，低头小声说着，“放假了，咱都好好玩玩儿，你有什么事儿，开学我再帮你不就完了！”

肖栋嘴角抽动了一下，血液从脚步涌上心头，涌上泪腺，整个人也有些震动。他不住地眨着眼，把可能流出来的眼泪咽回去；眼泪却似乎顺着泪腺进入了鼻子,他又不禁吸了一下鼻子,免得鼻涕流出来;鼻翼骤得一缩,带着嘴唇也缩成一团。

好久没有人这么跟我说过话了……好久没有人带着我一起玩儿了。好久了,我都是一个人。

“肖栋!”刘子龙在肖栋眼前摆了摆手。“不会玩儿啊?”

“我……我会CS……”肖栋调整了一下心情,把五官重新变为正常模样,向着风镜哥不停点头。“我也想玩儿!”

刘子龙露出一抹笑容:“房间号、密码都是‘YINGHE123’!”

刘子龙翻过手背,拍了拍肖栋的肩膀以示友好,肖栋却吓得向后一错。

两个人都愣了一下。

“我又不会吃了你!”刘子龙先由愣神转为苦笑,又拍了一下,搞得肖栋也跟着不好意思地笑了起来。

原来,是我误会了……我是不是太敏感了?

对局开始,在一片雪地里,所有人都在装枪。肖栋前面有三个人,但压根没有等待肖栋,换好枪以后马上跑了出去,枪声不绝于耳。肖栋没有跟着冲过去,只是按了一下小键盘的“2”,一把“沙漠之鹰”手枪就挂在了手里。

傻瓜,这可是开始阶段,大家枪都不算好,这么冲,找死。

很快,肖栋这一波三个人的名字都被挂在了屏幕右上角,其中一个人还被一枪戳穿了脑袋——也就是传说中的爆头。至于对方,则只有一个人“阵亡”。

技术真差……肖栋连续点按了几个键,屏幕上出现了两只手,右手拿着一把匕首。

“雪圈”有视线死角,只要躲好,他们四个一起来找我……

肖栋没有慌张,而是躲在一边,蹲下等着,守株待兔。

来了一个!背冲着我!好机会!肖栋按下弹跳,虚拟人物也跳了起来;肖栋又紧接着抬起鼠标前端,让鼠标离垫子有一点距离，再疯狂按动鼠标左右键，匕首对敌人发起了一连串进攻，敌人只是刚刚转过头来，连枪也没来得及开。

“我操！被刀捅死了！”只听得一声巨响从后面传来，屏幕右上角显示出了一个匕首的模样，还有高硕的网名。“谁杀的啊？这么牛逼？这个 dong……我操，肖栋?!”

肖栋没有因为“杀”一个人就兴奋，而是又躲回角落，等第二个。

手腕放松，手指也放松，好像拉琴一样，轻抓鼠标，不要太凶狠。

“砰砰砰！”一个拿着微型冲锋枪的身影忽地窜了出来，肖栋按住向下按键，抬起鼠标，瞄着对手的脖子连开了三枪。

沙鹰弹道稳定，但第二枪会稍稍向右上飘，瞄着脖子容易爆头。

就在肖栋第二声枪响结束，屏幕右上角出现一把手枪以及一个人被爆头的标志。

“手枪爆头啊！”郑天楚阵营又传来了一声惊讶，从声音辨别像是刘子龙。

肖栋回头看了一眼，恰与郑天楚四目相对，那眼神从呆滞变成了锐利……最后一战是郑天楚啊！

肖栋左嘴角轻轻向后一咧，眼睛也随笑容眯成一条缝。

肖栋还是采取守株待兔的战术，一直躲在角落里，但郑天楚久久没有出动，双方僵持，似乎都在等待着对手先来进攻。肖栋轻按“R”键，弹药补足。

刚第一局，有这个必要吗？

肖栋有点起急，他率先离开位置，慢慢从外侧圈抄去。一开始他还是边蹲边走，刚一过中线，发现危险不太大了，便干脆起身走了起来，越过了雪圈的最后一堵墙，紧接着把枪口转到另一个方向——

“砰砰砰砰砰!”一连串巨响传来,肖栋屏幕上出现了好几层恐怖的红色弹印。知道自己让人击中了,肖栋赶忙按了两次跳跃键,迅速跑回墙壁后面。定睛一看,自己还剩下 5 格血。

真他妈险……他肯定是以为我蹲着,一直瞄着我膝盖,要不是我站着跑来,早就一枪爆头了。他就在对面,直接冲出去对打肯定是找死,现在只有这一招了……

肖栋沿着雪圈里面的十字走到了离郑天楚近一点的一个出口,站定,朝着外面放了几声空枪,又按了一下 R 键,装好子弹。很快,他也听见对方朝着自己的方向打了几声空枪——没错,这就是要堂堂正正决斗的前奏。

赌一把了!

肖栋朝着外面一跳,只见郑天楚离自己非常近,便立刻将枪口转向郑天楚的胸口部分。他尽全力压住枪口,将 7 发子弹全部倾泻到对手身上。与此同时,他看到郑天楚挥舞着匕首冲了过来。

“砰砰砰砰砰砰砰!”随着 7 声巨响结束,象征郑天楚的那个虚拟人物倒了下去。近距离,果然还是沙鹰牛逼!

“这个肖栋挺牛逼啊!”高硕一声喊叫传来。

肖栋重重地拍了一下桌子,嘴角向边上一咧,跟着进入下一局。他没有看到,郑天楚少许舔了一下嘴唇,饶有兴致地笑了笑。

我的世界,就在这儿。

14-4

肖栋抬了抬头,缓解一下颈椎的压力。

这段时间,肖栋每天都泡在网吧里。白天会回家睡一睡,反正老爹白天肯定上班;至于晚上,老爹肯定会出去找朋友喝酒,更不会管他去哪儿。肖栋一般是下午一点到网吧,高硕、刘子龙他们大概会在四五点钟光临,至于郑天楚、刘子龙这些篮球队成员,则会训练到八点才会来网吧转悠转悠。

乌烟瘴气依旧充斥在网吧内，肖栋一开始还咳嗽不止，现在已然是适应了。更何况，以高硕为首的旧中华帮成员就是以抽烟为消遣，虽然没什么好烟可抽，但与这些人坐在一起，自然也要闻一闻云雾。

“你们几个去旁边引人过来，我一起杀……”肖栋的眼镜并不在眼眶上，而裸眼的肖栋丝毫不会把眼睛移开液晶显示屏，至于眼球之中，早已布上了血丝。

“好！没问题！”旁边几个英和中学的高三学生杂七杂八地应和着。

“都赶紧的！别给咱肖栋添乱！”高硕语气中虽是唯我独尊，口气却偏于肖栋，“人家耽误练级时间带你们，动作快点儿！一会儿大哥跟龙哥练完篮球回来了，还得切 CS 呢！”

放假了，一排排显示器前面坐的全都是学生，有的拿着手柄玩儿足球游戏，有的拖着鼠标玩着石器时代，更有甚者还玩着 90 年代的老游戏红色警戒。不过肖栋与他们不太一样，他在玩儿一个新出来没两年的网络游戏：梦幻西游。

肖栋本来不想玩网游，觉得耗时伤神不想搞。之所以开始玩儿，还得说说前几天打 CS 时候的一个人。

肖栋每天一点来，中华帮四五点才到，也就是说从一点到四五点，肖栋都是一个人在玩儿。也就在这段时间，一个社会青年常常出入网吧，连续两三次都坐在肖栋身边，一来二去就认识了。打游戏的时候，他总会跟自言自语一些社会上的故事，也算是给肖栋无趣的生活解了闷。

“兄弟，你这枪法真不错啊！玩儿了多久了啊？”这个十八九岁模样的社会青年又坐在肖栋旁边。社会青年的屏幕上，有一个虚拟人物刚刚被爆头，系统正在清算总分，总分显示，四十五场对决之中，他只赢了十场。

“不到一个月吧……”肖栋揉了揉眼睛。

“不可能……”社会青年窃笑起来，“哪儿有一个月就能练这么好的……”

“可不是一个月练好的啊……”肖栋又晃了晃脖子，“不到半个月，我就这水平了……”

“我不信！哪儿有人能这么厉害？你又没特异功能！”

“我……以前练过小提琴……”肖栋满脸疲倦，轻伸两只手，模拟出拉琴动作，但眼神却有些瘫痪。

社会青年愣了一下，“有什么关系啊？”

“看谱子啊，那一大堆音符掺在一起，得一下子就认出来，看准星、看目标也差不多是一个意思……”

“哼……”社会青年发出了有些轻蔑的声音，“你还是个文艺青年啊？文艺青年怎么跑网吧来玩儿了，还天天泡网吧……”

“还玩儿不玩儿？”肖栋转移了话题，“不玩儿我去买泡面了……”

“你教我呗！”社会青年拉住了肖栋，“CS我不行，教教我，你以后在网吧吃喝，我包了！”

“我不缺钱……”肖栋看样子还是要走。

“这么着！”青年又拉住他，“我有个《梦幻西游》的老号，120多级，懒得升了，给你……”说着，青年在纸上写下了三行字，第一行是“梦幻西游”四个字，二、三行则是账号与密码，“你玩玩这个游戏，可有意思了，正好用我的号还能带你……”

“没兴趣……”肖栋看电脑时间长了，眼睛也有些呆滞。

“我可跟你说啊，”青年抖动着纸片，“这游戏现在差不多一百万人在玩，上了120级的绝对不超过500个，你可是占了大便宜，你要拿着这个号带人练级，那赚钱可是……”

“我说了，我不缺钱……”

“不缺钱？”青年凑近了肖栋，“你要一辈子一个人，那你永远也不缺钱；但你要想有人听你的……”青年拉过肖栋的手，把纸片塞给了他，“多少钱都不够用！”青年站起身，拍了拍肖栋的肩膀，“就这么说定了啊！以后教我 CS!”

看着青年的背影，肖栋只记得，他的网名叫“大三石头”，对方也只知道自己的网名叫“帕格尼尼”。

从那以后，肖栋就玩儿起了《梦幻西游》，在他带动下，所有中华帮的人也都玩了起来。有了肖栋大号带领，整个帮派的平均级别不停提升。除了带他们练级，肖栋也不断完成者各种新的任务链，如今这个号已经从最开始的 123 级到了 128 级，马上就要越过 130 大关了。

肖栋用大拇指关节揉了揉睛明穴。

“大三石头”说得对，武皓为什么有那么多人听话，不就是因为有钱么？买得起烟，就把中华帮的人搞了过去；有了钱，就能天天出入酒吧，天天给女孩买东西……

但这个怎么转化成钱呢？

“听说你《梦幻西游》120 多级了，是吗？”肖栋还没睁开眼睛，忽听得前面有个人在跟他说话，“我还没见过 120 级以上的呢！你怎么练的啊？”

肖栋瞟了一眼，对方站在前面，明显比肖栋要大个一两岁，也高出一头，肯定是高中生，但放了寒假，大家都不穿校服，肖栋也看不出他是哪个学校的。

“带我练练级，成不？”

“对不住，”肖栋左右晃了晃脑袋，脖子“叭叭”作响，懒懒说道，“不带外人。”

“哥……别介啊……”高中生的下巴凑到肖栋面前的显示器附近，“我女朋友快生日了，她喜欢《梦幻西游》，但没时间练级，就让我帮着练，我……”

还有女朋友……

“不管不管……”肖栋还是有些疲倦，摆了摆手让对方离开。

“哥……不白练，我给钱行不?”学生倒是显得有些心焦。

“给钱也……”话说一半，肖栋突然顿了一下。

帮人练级不就能赚钱了么?

肖栋不想让对方觉察到自己的心理变化，“带也行，不过……我平常带我这帮哥哥们都忙死了……你……”肖栋右嘴角突然有一点倾斜，咧嘴坏笑了一下，“得多花点儿了……”

“要多少? 没事! 一小时五块行吗?”学生伸出五个手指，脸上颇有点期待。

这儿刷夜五块，合一小时五毛，点卡一小时两块四，能赚个两块钱……肖栋脑中飞速计算着。

“哥哥们，回合都结束了吗?”肖栋突然喊了一声。

“结束了!”只见肖栋已经进入出招回合。

“那我放大招了啊!”

“成，放吧!”

“快点!”

一片附和声中，肖栋的鼠标接连点着招数，阵阵白光闪烁四方，面前的怪一个接一个倒下，有的掉出了金钱，有的掉出了装备。肖栋得意地笑着。

“可以啊肖栋! 你这一个大，我就 33 级了!”

“还是肖栋牛逼，这才几天，咱们刚玩就都过 30 级了!”

“肖栋对咱哥儿几个没的说，尽心尽力!”高硕扬着嗓门说道。

哥哥们哟……你们可真给我造势了……我可没雇你们当托啊……

“哥……”听罢几个英和学生聊天，想练级的同学干脆从电脑显示屏后面走了过来，脸上堆了笑，“一小时七块钱! 每天请你两瓶冰绿茶，成不? 我就想给我女朋友练到 45 级，修炼个法术攻击就行，求你了!”

“那你想几天练到 45 级啊?”肖栋听到涨钱了,不禁喜出望外。

“就这礼拜吧……确实是时间有点紧……”

“今儿礼拜几了啊?我都不知道了……”肖栋摸了摸另一个裤兜,发现手机没在里面,便在桌子上四处找了起来。“我手机呢?”

“礼拜四……”想练级的同学答应道。

“欸?我手机呢?”肖栋上下摸了摸,却转瞬间平静了下来。想起来了,自从放了寒假,我就没再用过手机。

我不想拿着手机,一拿手机,肯定会给徐语薇发短信……肖栋不止是眼球透着血丝,就连眼眶也开始变红了。不行,不能想徐语薇……不能想……不能想……

肖栋揉了揉眼睛,稍微镇定了一下,“行,不就 45 级吗?你跟着我,后天就……”肖栋说到这里,突然停住,侧脸瞥了一下高硕。高硕虽然聚精会神地盯着电脑屏幕,好像无暇顾及这边,但本来戴着的耳机却摘了下来,对这边的情况听得一听二楚。

等会儿……要是我一个人带,这钱可就全归我了……我赚钱的目的不是为了那几块钱,是为了有人听我的……

“你还不到 15 级吧,”肖栋转回来,眯起眼睛看了看对方,“我 120 多级带你,就耽误我这帮哥哥们练级了。这么着,你先跟着……”肖栋看了一眼想练级的学生,又看了一眼高硕。

“硕哥!”肖栋抬头看着高硕,“这兄弟级低,咱们轮流带他吧,一人一个小时,然后钱都给你管着,你分,怎么样?”

高硕头点得像拨浪鼓一样:“好啊!哪个服务器?”

“那成……”肖栋又咧嘴笑了起来,“兄弟,先交钱吧?先给 5 个小时的,35 块钱,然后给那个大哥买瓶冰绿茶……”

“要新出的茉莉花茶!”高硕敲了敲桌子。

“好嘞!”刚才肖栋与高硕对话的时候,想练级学生的眼神一直在两人之间摆来摆去,不过当听到肯定的答复之后,他还是非常高兴从兜里掏出了几张皱皱巴巴的钱,数了三张十块钱和一张五块钱钞票给肖栋，然后走开了。但他没有直接去前台，而是跑回了自己的座位。

肖栋接过钱，丝毫不做停留，转手就递给了旁边的学生，轻声嘱咐了一句，“给硕哥。”

一手传一手，高硕嗖的一下就把钱抽过来。

“哥！”肖栋正在想着，刚才想练级的学生又跑了过来，但这次他身后又跟了两个高中生模样的学生，“我们这俩同学也想找人练级……”

“哥，我一个人练级速度太慢，想找人帮帮忙……刷刷副本什么的！”

“一小时七块钱，我们给！”

“额……”肖栋又看了一下高硕，只见高硕笑着点了点头，便转过头来接着说，“那成吧，虽然我们都忙，但人多，可以轮流帮你们练……还是先给钱吧！”肖栋又伸出了手。

七张十块钱转瞬间拍在了肖栋的手上，又转身间到了高硕的兜里。

“还有饮料别忘了买啊！”肖栋看着三个人要走，便用手指了一下前台。

“好好好！”

肖栋沉静了下来，独自笑了笑。在网吧嘈杂的背景下，这声笑也不为人所知。

欸……这一个小小的网吧，就有三个人愿意花钱代练，那要是扩大一点……不行，扩大了就没时间带他们练级，也没时间自己练……

对啊！

肖栋眼珠晃了晃，瞥了一眼中华帮。轮流代练，刚才我说的是轮流代练！就让他们轮流来，不行让人拿着我的号去练……我就不玩儿这个游戏了，专门给他们做日程表，今天谁带谁，明天谁带谁……然后这不就能赚钱了么？给中华帮赚了钱，他们就器重我，我就可以……

肖栋熟练地按下“ctrl”与“tab”两个按键，游戏顿时最小化，桌面弹了出来。肖栋点开右下角的企鹅标志，在QQ好友里面找到了高硕，飞快地敲了一行字：

“硕哥，复兴中华帮吧！”

他按下了“enter”键，盯着高硕。没过几秒钟，高硕喜笑颜开，伸出了右手大拇指。

“牛逼！”

15-1

距离比赛，还有三天。

来美国这一星期，肖栋并没怎么练琴。其他乐手要么加班加点，要么静心休养，唯有肖栋，却一直在到处逛。

“你不需要练习么？”中川美奈子曾经很焦急地问过他。

“应对大赛，每个人有一套方法，我的方法就是玩儿……”肖栋当时显得非常惬意，“音乐是享受，如果不能享受人生，又怎么可能享受音乐呢？”

我的音乐太沉重，好像被谁打在地上一样，毫无生机。演奏压抑的曲子或许还好，但演奏起让人放松的曲子，却会显得不伦不类。

“下一个，中国，肖栋……”

一声干脆的英语再度戳中了肖栋，把他拉回到现实。原来，他正在将要演出那个音乐厅里，参加着小提琴比赛的抽签环节。没错，每个人要拉两首曲子，第一首抽签，第二首自选，而下一个要去抽签的，便是肖栋了。

桌子上，正中间零零散散地摆了十几个折好的纸条，旁边还有一个金属盒子，里面则有几个打开的纸条。肖栋走上前去，什么也没说,“嗖”地抽走了最前面的一张。肖栋只是窃笑了一下,便在旁边签下自己的名字,又写下自己准备表演的自选曲目。

“抽到什么曲子了?”推开大厅门,走到大街上,中川美奈子悠长而高挑的声音已经赶到身边。

“到时候你就知道了……”肖栋反而卖了个关子。

“对我还保密啊……”美奈子调皮地说着,“那自选曲目呢?确定是贝多芬《春天奏鸣曲》了吗?”

“嗯,已经定了!”

“这个曲子……对你来说,会不会太简单了?”美奈子似乎也对古典乐有所了解。

“对于比赛而言,没有什么简单复杂,评委除了考察基础技术以外,还要考验乐手对于音乐的领悟能力……”肖栋有些故弄玄虚,“话说,你知道为什么贝多芬会写《春天》吗?”

“不太清楚……”

“贝多芬二十六岁发现听力下降,失去了最有力的武器,而且他不是立刻失去听觉,而是逐渐感受到听力下降,在恐惧中继续作曲。”肖栋越说语速越慢,但顿了一下又突然转快,“但他不但不写悲伤的曲子,反而更要写出欢快的曲子,三十岁左右,这首《春天》就问世了。”

美奈子疑惑地看着肖栋,似乎不明白为什么对话会这样进行。

“一般人都觉得他坚强,我不这么认为,”肖栋笑了两声,“他之所以写欢快的曲子,不是因为坚强,而是因为软弱。”

美奈子睁大了眼睛看着肖栋,仿佛是想读出什么微表情来。

“他总有一天要失聪,别人都觉得他会自怨自艾,结果他却创作出欢快曲子,这不就是在告诉世人:我才不是你们想象的那个贝多芬呢!”肖栋低沉的嗓音爆发出威猛的笑声,把旁边飞来的海鸥也惊跑了,肖栋随即又沉静下来,“他想告诉世界,他不在乎别人的看法,但他越在绝望之中强颜欢笑,就越是证明他特别在乎别人的看法。”

“所以，”沉默了一会儿，美奈子又继续接话，“你想把贝多芬的这一面也表现出来？”

“对……”肖栋脑袋一个劲儿地点着，伸出右拳紧紧攥着，“我要把他苦闷、他表面的不在乎、他内心的在乎都表现出来……”

美奈子温柔道：“其实，这是你吧？”

肖栋右拳轻轻张开，手掌向上，惊讶地看着美奈子。但转瞬间，他却似乎又明白了什么，抬头看了看美国的天空。

15-2

下午四点半，中华帮准时出现在网吧，但这次走在中华帮前面的不只是高硕，还有提前到来的郑天楚。

说不清是故意还是巧合，肖栋发现自己身边的空位拉开，一个不高却强壮的身影拉开了羽绒服链子。只见他的羽绒服下面只穿了一个运动长袖 T 恤，没有毛衣，也没有线衣。T 恤稍显紧绷，隐约显出郑天楚不太发达的胸肌与极为发达的肱二头肌。

“大哥……”肖栋朝着郑天楚方向点了下头。

郑天楚没理他，等着电脑启动。

过了一分钟，整个系统依然停留在 XP 系统的进入界面上，丝毫没有前进的样子。

“这怎么回事！”郑天楚起身，拍了拍显示屏后身。“网管！网管！”

叫了好几声，没人答应他。

“这网管跑哪儿去了？死机了都没人管？算了我换个……”郑天楚正说想要换座位，却看到周围依然坐满了人，没有空闲机器。

“大哥怎么了？”

“出什么事儿了？”

“电脑不好用，是吗？”

“大哥！”又是高硕那高亮的嗓门，“换我的吧！我这好用！”

“不用了，换你，你也得琢磨怎么修……”说着郑天楚在键盘上随便敲了几个键，似乎觉得按了这些键，就会有魔法来把机器继续运行下去了。

肖栋探身过来，抬头望着郑天楚。

“你试试？”郑天楚抬了一下下巴，胳膊也随着轻轻晃动了一下。

肖栋没搭话，他把郑天楚的椅子向后推了推，亲身钻进了桌子底下，把所有插头全部拔掉，电脑屏幕瞬间变得一片漆黑。

“不是……你……”郑天楚颇有些惊讶，却并没有多说什么。

肖栋把电脑主机的侧板抠开，不顾什么脏不脏，张嘴就是一吹，把 CPU 连带着电池与风扇上的灰都吹去了一层。但这一层灰却进了肖栋的鼻孔里，搞得肖栋猛地咳嗽了几声。

“咳咳咳……”肖栋把电源线插上，把侧板归位，摇了摇脑袋，从里面钻了出来。

“呵……”郑天楚看到肖栋钻出来，脸上带了些桌子底下的灰尘，把右腮直接“染”了一个小黑点，不禁笑了一下，“赶紧洗洗去！”

“不用了……”肖栋抹了一下，按下主机电源键，回到了自己的位置坐下。郑天楚看着电脑显示出访问界面，系统很快就自动进到了桌面。

“哎哟……”郑天楚语气中透着不可思议，“电脑专家啊……”

“没有……只要有耐心从头再来……”肖栋说到这里，突然停住，又赶紧咳嗽了几下掩饰过去。

“听说你跟高硕做生意呢？”郑天楚的话很轻描淡写，“我是有点奇怪，你是那个网游里级最高的，那为什么你自己不接？”

肖栋的鼠标在屏幕上晃来晃去，但他的人物在赶路中，不需要操作。“想代练的人太多，一个人带不过来……让别人帮忙带，人家也不听我的，让硕哥弄，人听他的……”

郑天楚更加疑惑了，“你只要分钱，人不就跟着你干了么？”

肖栋轻轻摇了摇头，“要只能赚钱，别人会把你当取钱机器。想让别人帮忙赚钱，分钱是一方面，更重要的是得有号召力。就好像刘备，他什么都没有，就知道哭，但什么关羽、张飞、赵云、诸葛亮都听他的，他就成功了……”

“你也喜欢《三国》？”郑天楚难得露出了不是嘲笑的笑容。

“是啊……”肖栋点头。

“最喜欢哪一块？”

肖栋边敲键盘边念道：“煮酒论英雄吧。曹操试探刘备，结果刘备漏了馅儿，还能用打雷遮过去……”

“那你喜欢刘备啊？”郑天楚音色低沉下来。

“韬光养晦，不容易。”肖栋眼睛睁得大了一些。

“我喜欢曹操……”郑天楚也“噼噼啪啪”敲起鼠标，“振臂一呼，气吞山河，真英雄！刘备就知道委曲求全，到哪儿都低三下四……”郑天楚砸了几下嘴，这套理论他说得井井有条，好像是刚刚背的书一样。

肖栋轻轻瞥了一眼郑天楚那张不屑的脸庞，“曹操远征西凉，让马超打得屁滚尿流，也是割须弃袍吧？”肖栋皮笑肉不笑，“曹操从华容道败走，遇见关羽，也是低三下四吧……”肖栋突然打了个哈欠，疲倦的泪水从眼眶里渗了出来。

“这……”郑天楚似乎从没遇到过这种反驳，“大丈夫不拘小节！只要能活着，再怎么苦，早晚也能像勾践一样……”郑天楚越说越激动，却也越能意识到自己逻辑存在矛盾。他转过脸看着肖栋，却发现肖栋脸上多了一份苦涩。

勾践……卧薪尝胆……一个熟悉的情境在肖栋脑中闪过，他曾被一个壮汉踩在地上。

“勾践给吴王尝过屎，你知道吗？”肖栋冷冷念出这句话，表情也好，语气也好，都没有丝毫感情在其中。

“尝屎？”郑天楚脖子稍有突出，眼睛好像要从眼球之中炸裂出来。但他随即调整了表情，轻声答了一句，“不可能吧……”

“吴王夫差生病，勾践每天尝屎，看看他是不是有可能痊愈，这下子就让吴王觉得他忠心……”肖栋依然以一种近乎旁白的声音在念这段话，但在“吴王”二字结尾之后，他却突然不去注视电脑屏幕，而是抬头望了一下天花板，仰头叹息，“我做不到啊……”

郑天楚用眼睛上下打量了他一下：“还懂挺多……”

“都知道韬光养晦，但真到低谷了，几个人能养得住？”肖栋“唉”得叹了口气，“不是忍不住爆发了，就是……”肖栋这番话没有冲着郑天楚说，而是低着头向着桌子下面说，“一走了之……”

“你哪个班的？”

“高二二班……”

“你是武皓的人？”郑天楚脸上露出一丝警惕。

“武皓……”肖栋刚一听到这个名字，似乎有些不知所云，但转瞬之间，他脑中的记忆浪潮就涌了出来，从眼眶之中喷洒了出来。

一身白色西服的帅哥，与一身校服的爱人，相拥在一起。多美的场景啊！

“我要是皓哥的人……就好了……”肖栋也不明白，自己为什么用起了“皓哥”这个称呼。

郑天楚“哼”了一声，眉头向上抬了抬：“哭什么！男儿有泪不轻弹！”

“男儿有泪不轻弹，只是未到伤心处！”肖栋倔强地顶了一句，鼻子稍喘着粗气。

“你有什么伤心的？你才多大？”郑天楚推了一把肖栋，“有什么伤心处？”

肖栋不耐烦地看了一眼郑天楚，而在肖栋的余光之中，高硕也从远处投来了疑惑的目光。肖栋突然意识到什么，赶忙收起眼神中的不耐烦，连着点了几下头。

“武皓……他抢了我的女朋友……”

“怎么抢的？”郑天楚仔细听了起来。

“圣诞晚会那天，他唱了一首歌向我女朋友求爱，还撺掇了火炬帮所有人，还让校乐团给他伴奏，还让合唱团给配乐……”

“这有什么的，不就是个女人吗？”郑天楚“哼”了一声。

“‘这有什么的’……”肖栋冷冷重复了郑天楚这句话，语气猛然转粗，“他还抢走了我的班长，组织人欺负我……”肖栋撅了撅嘴，似乎不想再多说他们做过什么，也不愿意在一遍遍重复受过的伤，“硕哥以前叫我黄裤衩……就是一次锯我的时候弄出来的外号……”

“锯人……”郑天楚眼珠向右上方蠕动，似乎在回忆着什么，“为什么锯你？你干什么了？”

肖栋支吾了一下，不知道该从何说起。

“跟他们打啊！”郑天楚刚说完这话，脸上就有点泄气。的确，从瘦弱的身形就能看出来，别说一对多了，一对一估计肖栋都会占下风。

“大哥你别开玩笑了，就我这身板儿……”肖栋捏了捏自己毫无肌肉的胸脯，又看了一下郑天楚的胸脯，即便在 T 恤下面也能明显露出线条感。

“练啊！”郑天楚一只手抓了一下肖栋的肩膀，那力量把肖栋抓得直皱眉头，“就你天天在网吧里坐着，你怎么可能不让武皓欺负？”郑天楚手掌收了回来，变成了一个拳头，“尊严怎么来的？跟曹操一样，是有勇有谋，打出来的！你现在可能有点谋，但你没勇！”

肖栋心里有些不服气，但什么也没说。

“走吧！”郑天楚张开拳头，挥动了一下手。“现在就走！”

“走？”肖栋不可思议地看着郑天楚。“什么走？”

“从网吧里出去！你不配在我郑天楚旁边坐着，也不配跟我做兄弟！”郑天楚抬手指了一下门外，“走！”

走？肖栋木讷地站了起来，眼神中既有着不可思议，又有些惶恐。

“大哥！”高硕的说话声越来越近，“别介啊！我这兄弟怎么得罪你了……这人还可以，也能帮咱们……”

“帮什么啊？”郑天楚扭过头看着高硕，“咱帮他还差不多！他跟咱不一样，他是老师的乖孩子，勇气早没了！要不然也不会让武皓欺负！”

肖栋没有盯着郑天楚。他的血液“砰砰”上涌，他怕自己眼中的怒火透出来，烧到郑天楚。但他的怒火，却逐渐把眼泪烤干了，他不再哭了。

勇气——勇气——勇气！谁说我没有勇气！

“我郑天楚身边，不要有谋无勇的人！”

“谁说我没有勇！我也有！”肖栋盯着郑天楚，喘着粗气。

“你有？”郑天楚冷笑了两声，说着拉下座椅靠背的羽绒服披上，抬手就拽起肖栋的脖领子，一股蛮力把他拉向网吧门口。

一路上，肖栋不停地挣扎，拳打上身，脚踢腿股，但不管怎么打，郑天楚都好像没事人一样，仍然是以同样的力气把他拉出网吧。但郑天楚并没有带肖栋进死胡同，而是扔到了大街上。

不顾来往行人熙熙攘攘，郑天楚兀自说着：“你有勇？好！我给你机会，让你表现表现。”说着右脚向右一抬，一个马步站定，“三分钟时间里，你只要能把我撂倒，我就当你有勇！”

郑天楚站定，高硕带中华帮纷纷跑了出来站在四周。看见郑天楚这副架势，所有人都呆立在旁边，他们互相用眼神交流了一下，纷纷退开一步，在周围形成了一个小圈子，以求阻挡好事者的好奇目光，刘子龙带人稍后也赶到现场。

“肖栋，来啊！”郑天楚右手大拇指伸了出来，指向自己，脸上挂着自信的微笑。

肖栋没说话，在寒风的映衬下，身上一件毛衣是那么单薄，只是呆了几秒钟，脸上已现红晕。但肖栋依然撸起袖子，向后退两步，然后助跑，加速，速度越来越快，“砰”的一声从正面撞上了郑天楚。

郑天楚向后倾斜了一下，好似弹簧一样，旋即反弹回来，把肖栋撂了一个跟头。

“砰！”肖栋爬起来，又一次撞到郑天楚身上。他不再寄托于一蹴而就，而是把整个侧面都贴住了郑天楚侧面，试图用“拱猪”的方法将郑天楚推倒；见不奏效，肖栋干脆用两手搂住了郑天楚的后腰，好像摔跤运动员的招式。但怎知不管肖栋多么努力，不管是踢腿、打肚子，还是推身子，郑天楚都是丝毫未动。

“还有一分钟！”刘子龙似乎做起了计时员。

肖栋急了，撩开郑天楚的一个裤腿，亮出牙齿。

“啪！”郑天楚一巴掌把肖栋的脑袋拍到了一边，“别耍赖啊！男子汉大丈夫，赢得要堂堂正正！”

“我都跟你打了，还不算有勇气？”肖栋有些气急败坏，郑天楚则看着有些得意，肖栋一屁股坐在了地上。

“这就怂啦？”郑天楚哈哈大笑。

“三十秒！”

“轰隆隆！”

一声摩托车忽然作响，肖栋顺着声音看过去。他隐约看到，一个穿着黑色冬季皮衣的翩翩少年正斜靠在一辆摩托车上，摩托车就在肖栋这群人旁边不远处，而身影的主人正用左手压着右边头发，用右手梳着左边头发。

这就是武皓！

“二十秒钟！”

“行不行啊？来啊！”

武皓的正对面，有一个长得很高的女孩映入眼帘，两耳挂着一副稍大的黑框眼镜，长得虽然不漂亮，却很端庄。

不是徐语薇，不是夏冰，不是苏芸，这是谁？

“十秒钟！”

郑天楚的脸上从得意转为震惊，本来攥拳的两手微微松开了一些。肖栋很明显感到，郑天楚的注意力让女孩吸引住了，他正在减少自己压在地上的力量。

“四……三……二……”刘子龙也发现了郑天楚的变化，便停止数拍子，高硕等人也把目光向边上投了过去。

“去你的吧！”肖栋猛地一扑，将郑天楚的腿从地上连根拔起，向后一扔，“咣！”郑天楚瘫倒在了一边，肖栋挥拳庆祝。

“大哥！”

“大哥！没事吧！”

“没伤着吧？”

周围几人涌向郑天楚，刘子龙赶紧把肖栋拉到一边，“你怎么敢真撂他啊！这是个仪式，给你个下马威，让你以后听他的，你输了他反而高兴！”

“啊？！”肖栋明显是没有转过弯儿来。

“情商啊……赶紧跑！要不然打死你！”刘子龙显得非常焦急，摆手让肖栋离开。肖栋顾不得远处的武皓与女孩，也顾不得找徐语薇，他急忙忙后错了两步，但因为紧张却又迈不大步子。

“肖栋！”一声吼叫声传来。武皓与女孩似乎也注意到了这边的情况，女孩神色慌张，两人赶忙就离开了。

肖栋站在原地，一动不动。

“过来！”相比那声“肖栋”，这声“过来”明显温和许多。肖栋亦步亦趋地朝着郑天楚方向挪动了起来。

“好样的！”郑天楚夸了一声肖栋，右手伸出大拇指，左手揉着后脑勺，但眉宇间却尽是不满神色。

“大哥我错了!”肖栋立刻鞠了九十度大躬,“别打我……”

“有勇气！是块好材料!”郑天楚语气并不像是在讽刺,他伸出一只手指,笃定地指着肖栋,“今天别熬夜了,回家睡个好觉,明天早上七点半,我在学校等你!”郑天楚抬起一点身子,“我要亲自教教你……”

我……我通过勇气测试了？就我这样要赖的,也能通过测试？

不过,太好了!

15-3

第九天了。

英和中学篮球场上一片冰天雪地,肖栋一次次飞速运球跑过。

“好了！基础训练结束!”郑天楚在一边拍着手。偌大的篮球场上,只有肖栋与郑天楚二人,门口连保安都已经不见踪影。“练投球!”

“大哥,我……”肖栋撑着膝盖喘粗气,两颊挂着汗珠好似马上要结冰,“胳膊跟腿都太疼了……能不能先休息一下……”

“休息什么?”郑天楚不由分说地喊着,“那是你练得太少了!越是这时候越应该多练!”

“我……”肖栋一时不知道该说什么,只是撑着膝盖。

“我什么我？快点投球！你起步这么晚,要想快速提高,就得苦练!”郑天楚拍着球走近肖栋,目光中满是冷色,“下午不进100个球,就别回家!”

“不是,大哥……”肖栋用袖子擦了擦汗,“练这个有什么用啊？我又不参加篮球队,也……这么练也赶不上武皓……”

“谁说让你赶上了?”郑天楚的篮球回归手中,不再拍动,“我可没说要帮你报复武皓,我现在干的事,是让你变强！你的敌人不是武皓,是你自己！要练出勇气!”

“勇气是这么练出来的吗?”肖栋半是疑问,半是抱怨。

“怎么不是？越累越要练，你只有不停冲击自己的极限状态，韧劲才能提高！有了韧劲，才有可能有勇气！”郑天楚下巴朝着边上拄了一下，“站到罚球线投球去！”

肖栋没再说什么，抱着球悻悻地站到罚球线上。他转了转两肩，举起球。怎么投来着……哦对了，不能两手同时用力，要用右手的力，左手辅助……但这样我投不远啊……又成了三不沾了……没事，就两个手一起投吧……

肖栋双手向后做了一个缓冲，径直把篮球扔向球筐，只见篮球划出一道直线，直接击中篮筐前沿，又弹回肖栋手中。

“白教你了啊！”郑天楚高声喊道，“右手发力，左手辅导方向，说过多少次了！”

“可我……”

“别说了！接着投！”

肖栋只好又疲惫地捡起球，重新做出动作，投了起来。

“这个可以！”

“加点力度！”

“左手少使劲！”

“哎呀，你怎么搞的？我不是说了不能三不沾么！最次也要……”

郑天楚呵斥肖栋到一半，却突然停下，眼睛望向操场的另一个方向，眼神从对待肖栋时分的那种严肃冷淡，一下子变成了温柔。肖栋又向着郑天楚的眼神方向看去，只见一个比肖栋还要稍微高一点的女孩走了过来，她留着一头利落的短发，整个人显得高挑，但肖栋也注意到，她的脸蛋与嘴唇都比别让显得苍白。

她的脸上，挂着一点犹豫，还有忧郁。

“你……来啦？”郑天楚对着肖栋可以侃侃而谈，对着这位女孩却只有这些俗语。

“我想跟你说点事，过来一下……”女孩招呼了一下郑天楚。

郑天楚呆呆地将球按在地上，向女孩走去，对肖栋连看都不看一下。

“继续练！”郑天楚刚从肖栋边上擦身而过，就回身拍了一下肖栋的脑袋，边走边说，“别偷懒！自己数着一百个球啊，不许谎报！”

肖栋满口答应着，却一边投球一边偷偷瞄着郑天楚与女孩两个人。

郑天楚一开始傻笑着，但看到女孩的脸色逐渐变青，他也收起了嬉皮笑脸，两只手一直在挥舞着，好像在解释着什么。但很快，女孩就冷笑了几声，摇了摇头，郑天楚也从面无表情转向严肃，嘴唇不停抖着。两个人的话语声逐渐变大，肖栋也能慢慢挺清楚整个句子了。

“你那次说要给我买早饭，后来呢？”女孩略显尖厉的声音传来。

“张倩，我不是发短信说了吗？我……我那天突然加了集训……”

张倩……这个名字好熟悉……

“我需要有人在日常琐事上给我关心，不是老用大阵仗糊弄我！不是有事没事就带着我在小弟面前显摆！”女孩嗓音极为尖锐，丝毫不顾肖栋就在旁边。

但郑天楚却生怕肖栋听到，回头看了一眼，肖栋与郑天楚四目相对，赶忙朝着篮筐投了个球，篮球打在篮板上又弹了回来。

“你怎么又不好好练！”郑天楚跟女孩说了一句“等会儿”，就急忙忙踱到肖栋跟前，拿起篮球，丝毫不作调整就投了出去。球的曲线非常怪异，篮球最终也没进网，只是在篮筐附近弹了几下，就掉在了地上。

肖栋没控制住自己，轻轻笑了一下，“扑哧……”但旋即又收回笑容。

郑天楚敏锐地注意到肖栋的笑意，抄过掉下来的皮球，立起眼睛看着他,“笑什么笑?有什么可笑的?你动作练好了么就笑我?”

“没有……我没……”肖栋赶忙摆了几下手。

“你小子,我郑天楚辛辛苦苦陪着你练球,你还……”郑天楚生气起来,两眼怒目圆睁,单臂反手托起篮球,做出要用球砸人的动作,“现在就开始投,投不进一个我就砸你一下,投不进十个就砸十下!”

肖栋浑身紧绷了起来,“投!”他的耳鼓又传来郑天楚的喊叫声。

大哥怎么了……怎么突然这么……肖栋不敢怠慢,连忙起身跳投,篮球跌跌撞撞地滑进了球网。

“一个!再来!”

肖栋由于紧张,右手投球的时候轻微抖了一下,皮球又来了个三不沾。

“砰!”肖栋投出的皮球落地瞬间,肖栋的脸上也重重地挨了一皮球。篮球正中肖栋的鼻子下端,鼻血瞬间喷涌而出,散布到了肖栋的脸上与胸口上。

“行了!”肖栋捂着鼻子蹲在地上,却听得张洁在从远处跑了过来,她并没有奔向郑天楚,而是正直奔到了肖栋跟前,“你没事吧?”张洁从兜里掏出纸巾,轻轻帮肖栋擦着血,又把脸冲着郑天楚,“你也就欺负他!职高你怎么不管了!还每月都给他们送钱……”

送钱?怎么回事?

肖栋抽过来张倩的纸巾,往后退了几步,给郑天楚让出点位置。

“你不懂!那是……”郑天楚左右晃了晃脑袋,不知道该说什么。

“对!我不懂!我只懂,这个学校的保护神郑天楚,对着职高的大气不敢长出!还不如武皓呢!”

武皓?她认识武皓?

随着“武皓”二字出现，肖栋与郑天楚齐刷刷瞪起眼睛，只不过肖栋眼神中满是疑问，郑天楚眼神中则全是怒火。张洁看到两个人都不说话，眨了眨眼，头也不回地走向了校门。

“我……你……”郑天楚气得一句话也说不出来，一脚把篮球踢到了一边。

看着郑天楚满面怒容，肖栋自然也是不敢多问，只是坐在了自己的篮球上，用纸巾不住地擦着血。

这……这是大哥的女朋友吧……看样子是吵架了……不过……但她为什么会知道武皓呢？难道她认识武皓？

那天大哥试探我胆量的时候，当时正好看到了武皓的摩托车，当时武皓旁边站了个女孩，好像跟这个女孩有点像欸……而且大哥好像就是看到了她，才分神了，然后才被我撂倒……难道……难道她也要跟武皓……

“肖栋啊……知道为什么我要训练你吗……”郑天楚发出了一声意味深长的话语，语气之中似乎带着些叹息。

“是为了训练勇气……”肖栋好似回答面试提问一样。

“不是这个……”郑天楚摇了摇头，多走了几步，把踢走的篮球捡回来放在肖栋旁边，一屁股坐在篮球上与肖栋攀谈了起来，“想让我郑天楚教篮球的人多得是，为什么我会选你，你明白么？”

肖栋还真是一无所知，只能摇头。

“你帮了我一个大忙……我是在感谢你……”郑天楚这话却与他的形象颇有不符。

“我……帮了你？”肖栋眼里更加疑惑了。

“其实我很看不上高硕……打球一般，爱诈唬，不好好学习……最重要的是他还抽烟，喝碳酸饮料！”郑天楚重重地点了几下头，“这些东西对运动员都是大忌……嗨，估计他也没心思做运动员吧……我之所以留着他，原因就在于他底下有个中华帮……

能挣点钱……所以……”

肖栋似乎明白了什么，“中华帮前些日子拿不出烟来，挣不来钱，所以我让他们带人练级，就……”

“对，你带人网游练级，这个亏空就算补上了……要不然职高他们一要起账来……”

“大哥，刚才那个……嫂……”肖栋刚想说“嫂子”，却又不知道这么说对不对，“那个姐姐说你给人交钱，这是真的啊？”

郑天楚叹了口气，“每月五百块钱，不给，就来打劫。”

“为什么不报警？”肖栋话音刚落，他就猛地想起曾经见过的一个场景：一个抢劫者对着被抢劫者喊着“我爸就是这片儿的派出所所长！”

“傻吧！职高的要怕警察，早就不是事儿了！周围的泰和、五一，也都是每月五百块钱。”

“那……这钱也可以让学生一起摊啊，咱学校好几千人，每个人五毛钱就……”

“不行！绝对不行！”郑天楚好似触了电一样，连连摆手，“这不就收保护费了么？我要是收了保护费，跟黑社会有什么区别？”

肖栋倒是一愣：我还以为你就是黑社会呢……

“大哥啊……你要真有心保咱们学生，打一架不就完了？咱三校学生一起，不比他一个职高人多啊！”

“哪儿有那么容易啊？打一两个小喽啰，有可能，你想叫一帮人群殴他们，他们也不傻，肯定躲着你！”郑天楚还是一个劲儿地摇头。

“大哥啊……”肖栋终于把纸巾移开了鼻子，血已经不流了，但脸上还是有点红晕，“不行咱们就三校联合起来，直接打去他们职高不就行了！”

“你别开玩笑了……”郑天楚苦笑了起来，“这么说吧，咱们三个学校为这个事谈过无数次，你的所有想法我们都想过，要想把他们一网打尽,咱们还不主动招惹事,根本不可能……所以大家最后还是觉得花钱买平安吧!”郑天楚说着,拿着皮球站了起来,投进了框里。

篮球重重砸在地上,肖栋也扔开了那张沾满血的纸巾。

“大哥!”肖栋也站了起来,脸上露出了邪魅的坏笑,“我还有个办法,你听听怎么样?”

“什么办法?”

肖栋将手中篮球拿起,做出一个标准的投篮动作——不过篮球并没有直接入网,而是先打到了篮板上,反弹入网。

“打板儿啊?”郑天楚笑了起来,“你要能每个球都打板儿进,也成!”

15-4

“暖冬”这个词进入肖栋的视野,虽然不是什么太远的事儿,但也决计不是最近。似乎在他印象之中,冬天似乎就应该是暖冬。否则,他也不会毫无准备,只是在一件秋衣外面套上校服外套与羽绒服就出来了。

郑天楚也是如此,薄薄一层羽绒服下面能看到英和中学的校服。白色的底子上斜着装饰了几道红色纹路,极富设计感。

肖栋并未与郑天楚并肩而行。

这么一支队伍,郑天楚自然要走在最前面,后面虽然散乱,却也大体分成两队,郑天楚左手边首先是刘子龙,紧接着是一帮校篮球队的好哥们;右手边首先是高硕,然后就是中华帮人马。至于肖栋,却也很奇怪,他走在了最后,从空间上看,却正好处于刘子龙和高硕两条队伍的中间。明明是放假了,所有人却都穿着英和中学的校服。

一干人马穿过大街小巷,为不引人注目还特地走得很慢,过了好一阵子,他们走到了一个十字路口,对面有一块招牌,写着

"台球厅"。

来台球厅干什么？肖栋挠了挠脑袋，一路上也没有多说话，只是随着大部队前进。台球厅门口站了几个学生样的人，穿着两种不同类型的校服。看到郑天楚来了，几个人都点头哈腰相迎，一个学生还猛地蹿下楼梯，进了地下台球厅，或许是去报信。郑天楚并没有理会这些，只是带着自己人走下楼梯，并不多么紧张，也不多么亢奋。

肖栋被呛得咳嗽了几声。但在烟雾缭绕中，他猛然发现，只有十六块案子的台球厅已然被高中生占满。

五一中学学生的上衣为上白下绿，运动裤也是草绿色；泰和附中学生的上衣则是上灰下蓝，裤子是海蓝色。两拨人在一起，恰似绿草与海洋融合一处。

郑天楚气不长出，从台球案子中间的通道里走过，英和中学的学生的脚步声在室内拢音效果的帮衬下响动天，连天花板上的虫子也必须紧紧黏住。见郑天楚来了，其他学生纷纷让开道路，抽烟的人则迅速将烟头掐掉，扔在一旁。

一束微弱的灯光，打在了郑天楚附近。

郑天楚直勾勾走向最里面的两个台球案子，这两座台球案子设在一个稍高一点的台子上，从上面可以俯瞰整个地下台球厅。至于其他英和学生，则聚在旁边两个空出的案子边，高硕拿起台球杆，将案子上的球拨了拨。

"楚哥！"

郑天楚一步步向前，呼声也一点点增大，但走到尽头时分，呼声顿时消减下来。肖栋眺望一下，原来是郑天楚与两个从没见过的高个子学生在打招呼。

"这俩人谁啊？"肖栋走了两步，来到刘子龙边上。

"泰和、五一的大哥，"刘子龙斜靠在台球案子上，用手指着台球厅入口处，"这块离五一近，门口那边都是五一的人，泰和的人跟咱们离得比较近，”刘子龙的手指又指向中间两个台球案子，旋即收回手指，“不过我倒是有点奇怪……自打有三校会议以来，这还是大哥第一次主动要开会，也不知道要说什么……”

原来是大哥自己召集的，看来他是要说我的那个提案了……

“今天呢……不是无缘无故叫大家来！”郑天楚斜倚在台球案子上，祭出了洪亮的嗓音，“主要还是职高的事儿。从这学期开始，职高每月各收咱们五百块钱，咱们为了保护学校，都是自己出钱，但是吧……”郑天楚重重摇了摇头，“这不是长久之计！咱们应该想个办法，一劳永逸！”

“楚哥啊……”泰和附中的大哥绕到前面来，挠了挠鼻子，“我们以前都提过，要不然咱们就在必经之路上暗地保护学生，要不然就干脆打到对方学校去，但你都不同意……那今天你突然要说一劳永逸，这……你肯定想了个好计策吧？”

“好不好不知道！”郑天楚虽然摇头，但眼神却很坚定，“大家先听听再说！”

“好！”高硕在一边鼓起掌来，英和中学的学生也随即拍手，最后整个台球厅掌声四起。郑天楚抬高双掌，向下压了压，掌声很快停止。

“我以前说过，为什么不暗地保护呢？因为回家的路太多了，保护也保护不过来，不光费事儿，最后肯定还是防不胜防！”郑天楚舔了舔嘴唇，“为什么不直接打去职高呢？因为我们是正经学校的学生，我们不能主动惹事！”

“所以说啊！”泰和附中的大哥发言了，“这也不行，那也不行，哪儿有两全其美的？”

“有！”郑天楚声音非常笃定，“我的想法是这样……这月，咱们三个学校先统一不交钱，就说钱还没收上来，反正就是不给……”郑天楚在台上踱来踱去，“然后等过完年，咱们就散布消息，说要在开补习班，三个学校的学生都要去上，然后，咱们就找几个人假扮被劫的学生，让他们劫，这时候三校学生一起搞埋伏，恶恶实实打他们一顿！”郑天楚挥舞了一下拳头。“大家看怎么样？”

台下一片安静，连交头接耳的声音都没了。

肖栋漠然一笑。

“欸？”刘子龙与高硕同时发出了疑惑声，“不对啊！这么大的事情，大哥怎么从来没跟我们商量一下？”高硕极力压低自己本来很大的嗓音，但周围一圈依然听得一清二楚，就连郑天楚也注意到高硕似乎在发牢骚。

“大家觉得行不行？”郑天楚又问了一次。

“楚哥啊……”五一的大哥率先发话，不过显得有点迟疑，“倒不是不行，其实你这个想法吧，我们也聊过……但是呢……”

“但是……”泰和的大哥倒是很果决，“咱们要想打个大的，起码也得打他十几个人才行。可你要只是补习班，估计他们还是按平常的套路，就三两个人劫一劫完事，那咱们只打三两个人，没威慑力啊！”

若是放在普通的班级里，泰和大哥这么说了，底下肯定是聊作一团，但在这个场合下，似乎所有人都不敢大声说话，只有郑天楚尴尬地在台球案子上面站着。

郑天楚也沉默了很久。“主意是我兄弟出的，我让他上来跟大家聊聊吧？”

“你兄弟？谁啊？”泰和大哥皱了一下眉头，似乎这个场合里，除了最深处站着的三个人之外，没人有权再说什么。

“是个很有想法的兄弟，让他上来聊聊，咱们也能……那个词怎么说来着？头脑暴风一下！”郑天楚明显是把“风暴”说成了“暴风”，但场上场下却没有一个人指出他的错误，更无人嘲笑他，只是将目光投向了英和学生的阵营。

这……大哥说错了，怎么都没人说话。

“看来是该我出场了！”高硕念念有词，连忙捋了捋头发，但正在他摩拳擦掌、跃跃欲试的时候，耳边却传来这样一声："肖栋，上来！"

"肖栋？"这回不仅是旧中华帮成员愣神，就连刘子龙也是目瞪口呆。他们似乎无法想到，为什么在这么重要的会议场合，大哥郑天楚并没叫任何一个老资格成员，反而是让刚刚入伙的肖栋上台。

肖栋虽然感受到周围人的目光，却并没有理会，只是将身上的羽绒服脱掉扔在一边，紧接着快步走上台。旁边其他中学的学生无一不对他投来怀疑的目光，但他只是一股脑儿地穿越人群，朝前走。

这脚今天怎么这么沉呢，怎么这么……肖栋的眼神在眼眶里不停地骨碌着，观察着周围人的一举一动。

"肖栋……这是五一中学的马晓东，马哥……这是泰和附中的杨亚明，明哥……"

"马哥……明哥……"肖栋恭顺地冲着两个人点了点头。

"楚哥，我不管这主意是谁出的，"五一的马晓东一直晃着脑袋，"咱得弄明白，怎么才能多引职高人过来……"

"马哥，你听听他怎么说……肖栋！"郑天楚不由分说，扒着肖栋的肩膀，把他拉到了中间。

"哎哟……"肖栋让郑天楚这么一拉，趔趄了两下，底下众学生看到了，不由得笑作一团。

"行不行啊……"

"就这么一扒拉就成这样了……"

怎么回事？楚哥没使劲啊，我今天这个状态是怎么了……

"安静点！"郑天楚朝台下吼了一声，世界顿时安静了。

"那个……"下面冷了好久，肖栋也愣了好久，这才回过神来，抿了抿嘴，鼓起勇气朝着台下说道，"我是这么想的！咱们呢……这个……就像大哥……哦不，就像楚哥说的……先散消息，就……

就说我们英和要专门给有钱人的孩子开小灶，他们就肯定会来劫……”肖栋说话稍显语无伦次，还略有点结巴，声音更是越来越小，连郑天楚都要竖着耳朵听才能听见。

“肖栋！大点儿声！”郑天楚急躁的声音传来。

怎么底下这帮人都不看我……为什么……为什么大家都不认同我……这个点子多好啊，为什么……

“肖栋！转过身来！”郑天楚轻拍了肖栋一下，指着另外两个学校的大哥。

对啊……我为什么要跟台下人说，跟那两个大哥说不就够了？

肖栋顿时恍然大悟，不再理会台下人，反而是转过身来，斜走两步站在郑天楚边上，调整了一下呼吸，对着其他两个学校的大哥说了起来：“咱们就散布消息……说情人节那天补习班下课以后，很多有钱的要带女朋友去附近的 KTV 过情人节，咱们在必经之路上埋伏！”

肖栋不住地点头，好像是自己在给自己支持。

“不是……还是没明白，这怎么能引来他们呢？”马晓东还是有些疑惑。

“咱们先零星找几个人去让他们劫，而且一定要比他们以前劫的要多”，肖栋舔了下干燥的嘴唇，“他们就会相信真有很多有钱人家的孩子在补习……等到情人节……”

“等到情人节……”郑天楚不等肖栋说完，便伸手拍了一下肖栋，接过话茬，“从我们学校后门到 KTV，有一条狭长小道，他们肯定在这儿堵口，咱们就……”郑天楚伸出右手攥成拳头，象征着职高学生，又用左手在右手上面画了个圈，象征着围攻，“包圆儿！”

“这……”马晓东似乎提不出什么反对意见，又是郑天楚主张做这件事，他只好看了看泰和附中的大哥杨亚明。

“楚哥，但要是打了他们，可就结仇了。”杨亚明向前走了一步，低声吟道。

“怎么，明哥，咱们当年跟他们可没少干仗，大不了重回那个时候……有什么的？”郑天楚也向前走了一步，把肖栋让在了后面。

“楚哥……咱仨都是一起打出来的兄弟，”杨亚明指着胸口，声音越来越激烈，“你以为我会怕职高么？但这次打架，是咱们先打破了和平局面，还层层设计，还诱敌深入，这……他们一旦意识到是计策，就会报复，咱仨学校都得完蛋！”

“归根结底，你还是怕报复啊！”郑天楚“哼”了一声，摇了摇脑袋。

“我不怕！”杨亚明厉声说道，“他们职高随便找我，我无所谓！但我怕报复在我们一般同学身上！咱们逞了英雄，得罪了职高，他们要报复起来，咱们防不胜防！”

“杨亚明！”郑天楚猛地伸出一只手，吓得周围人以为两个人要动手，但谁承想，郑天楚的手却只是在空中点了点，语气也变得和蔼，“你怕得罪他们是不是？好，我知道你怕，我也怕过，”郑天楚的语气又忽然硬了起来，“可你想没想过，职高凭什么就不怕得罪咱们呢？因为咱们三校不团结！形不成力量！只要咱们齐心合力，职高有什么可怕的？”

“对……”马晓东在一旁站了半天，这时候突然插话进来，“咱们得让职高怕怕咱们，咱们不能永远怕他们！兄弟们，对不对？”

“没错！”

“马哥说得对！”

“楚哥说得对！”

台下五一中学白绿色的身影与英和中学白红色的身影都在躁动着、喊叫着，只剩下灰蓝色的身影仍然在观望着杨亚明的举动。

“楚哥，你说得对……”杨亚明眼见满场欢腾，虽然有些不满，却也没有挂在嘴边，“我愿意跟着你干……但是！”杨亚明突然高喊了一声“但是”，意在让台上台下所有人都听清楚，“既然是英和提出这个想法，那打架也要英和牵头！我们和五一策应你们……”

策应？你这还是不想参加吧……

“好！本来我也是这么打算的！我们英和学生做先锋，你们两个学校到时候给我左右夹击，一起围攻职高！”郑天楚说罢，笑着走到中间，两只手一左一右抱住了另两个学校大哥的肩膀，哈哈大笑着。肖栋则站在三人的旁边，好似一台摄影机一样记录下了这一历史性的时刻。

我们中学打先锋，那岂不是……我也要跟着打架了……我……我还没打过架……这个……

“走！晚上涮锅子去！”三位大哥正直走出台球厅。

16-1

小提琴比赛之前第二天，恰逢波士顿当季音乐节的开幕式，所有参加比赛的乐手都受邀来参加开幕式。肖栋也不例外，他西服革履，带着领结，中川美奈子并没有陪在旁边。

开幕式第三曲是《沃尔塔瓦河》。伴着醉人的音乐声，肖栋又来到了那个熟悉的小镇，又看到了那个熟悉的背影——徐语薇？

一个美丽而清澈的背影，忽地转过身体，肖栋非常期待，这位曾经的女友会以何种表情来面对自己。结果却发现，徐语薇的表情却是冷冰冰的，不带一丝笑容，眼神也极为空洞，飘飘长发此时也有那么几绺向前耷拉着，略显瘆人。

一阵惊涛拍岸，沃尔塔瓦河也遇到了行进中的巨石。

肖栋身体向前倾了一下，他感到了一束强烈的目光正汇聚在身上，四下张望，发现同一排最左边的位置上，一个俊朗的身影穿着笔挺的西服坐在一旁，与肖栋四目相对，礼貌一笑。

武皓！

肖栋没能笑出来，神情疑惑不已。

武皓朝着门口方向撇了撇头，随即站起身来走出去。肖栋急忙从位置上钻出人群，在《沃尔塔瓦河》演奏到一个关节点的时候，砰的一声把门关上。

“你怎么来了？”肖栋说不清是欢迎还是不满。

“给肖哥助威啊……”武皓明显有些不安，想起来，虽然校服班会的时候他与肖栋寒暄了几句，这两位昔日的敌人却并没有真正交流过什么当年的事情。面对如今这个不安与帅气混搭的身影，肖栋倒也是有点没反应过来。

“过两天不是比赛么？”武皓挤出一个微笑，从上衣兜里抽出一张票晃了晃，“我肯定去给你加油！”

肖栋倒是笑了一下：“谢谢啊，为这事儿还专程……”

“哪儿啊！”武皓的样子不再盛气凌人，而是有些谦恭，“主要是我以前就是在波士顿读高中，也见了见以前的同学……”

肖栋莞尔一笑：“十几岁就能在美国上学，那时候你肯定是黄金时代啊……”

“其实，我跟你是一样的……”武皓不知为什么要说这些，脸上不再是从前的自信，而换以悲情，“我从美国回来，就是因为受了太多欺负，这才下决心要改变自己。”

不可思议的神情肖栋挂在脸上，曾经那个凡事都要争强好胜的武皓，如今却是如此陌生。

“所以看见你那么文弱，我就来气……其实我真的不想欺负你的，只是……”武皓眉头皱在一起，像是忏悔，又像是悲伤。

“只是因为徐语薇……”

“我真的喜欢过她，不管你信不信……”武皓点点头，“只是后来我又……都是我的错……”

“你们俩的事儿，我没兴趣……”肖栋转身就走。

“肖哥……”看着肖栋转过身去，武皓却闭了一下眼，一声叫住，“你不恨我吗？”

“恨过了……”肖栋顿了一下，摇摇头。

16-2

腊月二十八,正赶上下大雪。

虽然一直是暖冬,但都快到春节了,冬天的第一场大雪却从不期而至,总算是有了点年味。即便是从肖栋家骑车到郑天楚家这么近的距离,肖栋也不敢怠慢,不仅外面套了羽绒服与围巾,里面还穿上了高领厚毛衣。一辆"二八铁驴"飞速地转着。

如果把英和、泰和、五一三个学校连接起来,那么这无疑是个等腰三角形:英和是顶端,泰和、五一两校挨得很近,同时距离英和都很远。肖栋家就在英和中学附近,而郑天楚家则大体处在三角形的中心部分,骑车大概需要十五分钟。

随着车辆行进起来,街景就越来越陈旧。不仅街两旁的电线杆上都贴满了小广告,各类红砖墙的大院更是逐渐凸显出来。

"怎么都是红砖楼啊?"肖栋有一次送郑天楚回家的时候问过。

"原来是几个家属院。"

"那你家是哪个单位的啊?"肖栋猛然发现郑天楚的眼睛动了一下,便觉得问题问错了。

郑天楚就在上次分开的地方等着他。两人见面,郑天楚什么也没说,只是招了招手。肖栋把车停在一旁,跟着郑天楚上楼。

"来朋友啦?"一个略显老迈的中年妇女声音传来。

"啊,妈,我哥们来玩会儿。"郑天楚一边脱鞋一边说。

"是哪个同学啊?"

"阿姨您好,我叫肖栋!"

"肖栋啊!"中年妇女始终没有露出面容,而厨房里则一直叮叮当当响个不停,好像是在切什么东西,"天楚老提你,中午留下吃饭吧！难得有朋友来玩儿,可得……"

"妈……行了,"郑天楚脸上居然露出了一丝羞赧,"我进屋了……"说着拍了拍肖栋的肩膀,示意他进左边的屋子。

肖栋先朝着右边的屋子看了一眼，只见那也是一个起居室，一张不大的双人床顶上挂着一张结婚照，对面的墙上则挂满了各种证书。就在肖栋想收回注意力，右边屋子的一个小陈设却让他倍感疑惑：一个很小的桌子上摆着一张小幅黑白肖像，与郑天楚有几分神似，穿着九十年代的老警服，却是十分威武。

但在这张肖像前面，却有一个小香炉，四炷香。

“看什么呐？”郑天楚从后面发出的一声不太响亮的厉喝，肖栋赶忙抽身回来，跟着郑天楚进了他的卧室。相比对面，这边的卧室更加时尚，床头上贴了一张巨幅的 NBA 篮球明星海报，屋里的哑铃、拉力器、手套等运动装备更是随处可见。

“没什么，那个……”肖栋急忙转移话题，指着巨幅 NBA 球星问道，“大哥，这人是谁啊？”

郑天楚倒是冷笑了起来：“艾弗森啊！”

“哦，成功秘诀是看过凌晨四点钟洛杉矶的太阳那个……”

郑天楚甩手拍了一下肖栋脑袋，“那是科比！这是艾弗森，科比哪儿能跟艾弗森比啊？”

“艾弗森……”肖栋试图把这个名字印在心里，“那艾弗森一定是个篮球牛人了啊？”

“那可不是？费城 76 人就靠着他呢！别看这哥们个头就一米八三，那在球场上突破起来可是没人能挡！”郑天楚一说起艾弗森，笑容便立刻溢于言表，“他其实出身特别不好，出生在黑人区，养父净给他添事，妹妹还一身病。他就毅然加入 NBA，挣钱养家……”

“嚯……”肖栋附和着。

“艾弗森小时候还带着人跟歧视他们的白人大打了一架，他就是反抗种族歧视的斗士！”郑天楚食指指尖正对这张海报，颠了两下，“我的目标，就是要当这种男人！”

“大哥，您不已经是了吗……”肖栋突然冒出了“您”字。

“我不算什么，真勇敢的人，已经不在这个学校了……”

“不在学校了……”肖栋默默重复这句话，轻轻点着头，“那他已经毕业了？”

郑天楚笃定地晃了一下脑袋，“是我们高一的班主任，姓文化的文，”郑天楚不知怎的，突然无奈地笑起来，“还是个女老师……”

“女老师……”肖栋眼珠稍微转了一下，“她做什么了？”

“你听说过季博长么？”眼看肖栋呆呆地看着他，郑天楚不禁眉头一皱，“怎么什么都不知道啊？‘鸡巴长’，听说过没有？”

也没听说过欸，不过要是不应和一声……

“哦哦！是他啊！”肖栋装着瞪起了大眼睛，脑袋不住地向下点着，手指头向前挥动，“我知道，他就是，就是那个……”

“没错……”郑天楚看到肖栋此番反应，却是高兴，便抢过话头，“我刚高一的时候，他是这个学校的老大。”

“那他和文老师……？”

“我进校就跟‘鸡巴长’混，但他不但不保护学校，还跟职高学生一起打劫咱学生，那时候职高老大是大王磊。后来打劫累了，‘鸡巴长’干脆在学校收保护费，我也收过。”郑天楚说到这里，突然停了两秒钟，然后转身喝了口水，“文老师一直对我很好，看我学习不行，经常帮我开小灶，她就跟我说：‘你不要再跟他们混了，你是个好孩子’……”

“好孩子……”肖栋听到这三个字，脸上轻轻皱了一下。

“后来他们叫了几个人，有一天放学找去文老师办公室……”

“后来呢？”肖栋很是感兴趣。

“我赶紧跑去办公室看情况，办公室已经聚了几个学生，然后……”郑天楚伸出右掌做出手刀的架势，“文老师抄起一把菜刀，直着向下一砍，”郑天楚的手说着向下一“砍”，“把办公桌的桌角给砍下来了一截……”

“我操……”肖栋倒吸了一口冷气。

“‘想找我的麻烦，先问问这把刀再说！’”郑天楚虽然是用低沉嗓音轻描淡写，但肖栋却能想象出原主人在喊出这句话的时候是何种语气，是多么凶狠，“她这么一喊，‘鸡巴长’怂了，带着人走了……后来帮派就瓦解了，‘鸡巴长’退学走人……”

“那……文老师这么厉害，为什么……”

“为什么没留下吗?”郑天楚无奈地看着肖栋，露出轻蔑的笑容，“就因为这个事，有的家长找到学校了，说老师对同学动刀子……文老师就辞职走人了……”郑天楚撇了一下嘴，“她走之前跟我说:‘不管你学习怎么样，你不是坏孩子，你一定要保护好这个学校的学生……’从那以后我就立志，必须保护好这个学校，抵抗外校抢劫，而且不能收保护费……”

肖栋有些不知道该怎么接茬，就愣在那里。

“肖栋啊!”郑天楚正对着肖栋，右手食指有节奏地轻敲着肖栋左肩，“三校围攻的这个想法，是你提出来的，很好……我要你去领头!”

“我领头?”肖栋听罢咽了口吐沫，手一个劲儿地摆着，“不行不行！我……那个……我不会打架，而且我身体这么……”

“别婆婆妈妈的!”郑天楚声音提高了一点，“让你去你就去!我让你练勇气，不是让你敢跟我摔跤，是让你出去闯荡!”

“不是还有龙哥、硕哥他们……”

“你知道‘鸡巴长’为什么看中我么?”郑天楚伸出右拳，“高一时候我占了个篮筐打球，一个高三的大壮儿过来就让我滚蛋，还说数三个数，不走就抽我……”郑天楚冷笑了一下，“结果他喊一个数，我就抽他一巴掌……抽完他就滚了……然后‘鸡巴长’就来找我了……”

“大哥……问题是单挑更不成啊……我……”肖栋突然停住，眼睛挑了起来，瞪着郑天楚。

等会儿……这个意思难道是，要培养我做下一任老大？让我领头，就是……就是对我最大的考验?

这是考验?

我有机会做英和中学黑社会的老大?那岂不是……岂不是火炬帮、武皓、冯勇、江子睿、李旭东都不在话下了?当了老大,是不是就能干掉火炬帮了?干掉火炬帮,就能找回尊严了!就能一雪前耻了!就能……就能夺回徐语薇了!

肖栋热泪盈眶,嘴唇激动地有些发抖。“大哥,让我干吧!”

郑天楚撇嘴一笑。

“郑天楚、肖栋……午饭做好了,一起吃一点吧……”又是中年妇女的温柔呼唤,但肖栋却已无意再理了。

武皓,老子回来了!

16-3

情人节,天阴得厉害。

肖栋早早就从家门出来了,但距离“补习班”的“放学时间”还有一阵子,他便先只身前往学校练球。自从练球以来,肖栋明显感觉到两臂肌肉越来越紧绷,身上一些软软的嫩皮也逐渐粗壮起来。

一颗篮球击中篮板,弹入网中。肖栋一边擦着汗,一边端详着这个熟悉却又陌生的学校。

武皓,冯勇,江子睿,李旭东,夏冰,苏芸,都是你们逼的!我要报复你们所有人,以牙还牙。

肖栋的目光,突然落在了一间处于教学楼二楼的舞蹈排练室。

还有徐语薇!

舞蹈排练室的旁边,就是交响乐队排练室。

小提琴……自从圣诞夜以来,我的琴就一直留在乐团了……以后不知道还有没有机会拉琴……要不然,再去看一眼吧……

楼道空无一人,冬天好似连只蟑螂都没有,若有卫星从上俯瞰,肖栋倒像是一只蟑螂一样缓慢爬行在二楼楼道里。而且越接近交响乐队排练室,脚步就越缓慢。

明明放假，门怎么没锁呢？肖栋悄悄摸到教室门周围，轻轻推开了门。

果然是放假了，这一大堆乐器就这么堆着，地上灰尘也没人管。欸？我的小提琴呢？四下探视，发现在一堆谱子底下，有一个琴头孤独地伸了出来。不会吧……

肖栋走过去，咽了一口吐沫，一把翻开压在上面的所有谱子。一把小提琴翻着倒在了地上，琴弦断了两根，琴身的背板干脆裂了一个大口子。

兄弟……你怎么了……肖栋来回抚摸着裂开的背板，又把琴一下子抱在了怀里，眼泪簌簌流了下来。

"谁啊这是！"门口处传来一声响，楼道里的声控灯随即亮起来，肖栋一转头，猛然看到魏老师正拿着一串钥匙，疑惑地看着肖栋。"你来干什么啊？"

"魏老师，"肖栋把小提琴背冲着对方，"琴坏了。"

"这……"魏老师一时间不知道该说什么。

"你怎么照看这个琴的！"肖栋站了起来。

魏老师反咬一口："这是你的琴，又不是学校的，放假不拿走，学校可没义务帮你看着！"

肖栋一时语塞，喘着粗气却不知道该说什么。

"操你大爷的！"肖栋憋了半天，冒出这么一句。

"肖栋你怎么跟老师说话呢？"

"操你大爷的！"肖栋又提高了分贝。

"你再骂一句？"魏老师走近肖栋，抄过小提琴就往旁边一扔，"啪！"小提琴重重砸在了墙上，又弹到地板上。

"操！"肖栋一气之下，将全身力量聚集在脑袋上顶向魏老师，魏老师身体轻轻一让，肖栋扑了个空。

"骂完还想打！"魏老师捏了捏拳头，上前一把锁住肖栋的喉咙，"告诉你，我可不是好惹的！早看你小子不顺眼了，跟俞指挥那儿还事事儿的，你给我滚，现在就滚，永远不许回来！”

说罢，魏老师把肖栋推出门，咣的一声关上。

我的琴，你不能霸占我的小提琴……我的音乐之路，到头了么？肖栋一边哭一边爬起来，慢慢走出这个让他伤心的地方。

“哟，小同学……过来过来……”肖栋正沉浸在自己的世界里，突然被一抹猥琐的声音所打破。定睛一看，原来自己已经从学校后门走出来，走到了熟悉的那条餐饮街，羊肉馆、面馆、饺子馆、小卖部如同记忆中一样分布在两旁，只不过由于是假期，店面都关张。

旁边也已经围上来两个高中模样学生，一前一后包夹住了他。

不……这是职高学生。

“情人节怎么哭鼻子啊……”高个子职高学生搭上了肖栋的肩膀，“让女朋友甩了吧？今儿不用再跟女朋友开房啦？请哥哥们吃点饭吧？”

他们……他们把我当成……当成……

“给个话儿啊！”另一个矮个子职高学生狠狠拍了拍肖栋右肩。若不是肖栋这些日子锻炼了体格，怕是根本禁不住。

“小子，不打你是不是不言语声儿啊！”肖栋的脸上轻轻挨了几下巴掌，他的眼神旋即变得锐利而富有光芒，但紧接着又装着软弱下来。

“我——我——没——没有——”肖栋故意装成结巴，“那——那个——我身上没——没钱——”肖栋马上解开上身羽绒服，把上下内外的兜儿都掏出来，的确是一张票子都没有。

“我操！还他妈是个结巴！”高个子拍了矮个子，“你丫不是说今儿情人节，这学校肯定有人开房去么？都他妈等了一小时了，就等来这么个穷光蛋啊！你看丫那样儿像有媳妇的么？”

“不可能啊，”矮个子解释道，“前两天我们哥们儿在这儿劫了好几个了，还劫出过红票子，——怎么可能？”

“你这样不行啊!”高个子用食指点着矮个子,“今儿可来了不少兄弟,要劫不着——你可得挨揍!”

“你说!”矮个子过来狠狠推了一把肖栋,“你们补习班儿下了课没有？人都哪儿去了?”

对啊……可以引他们过去……

“下——下了——有——有——几个——带着——女——女朋友去麦——当劳——劳了……”

“操!”矮个子气急败坏,一个劲儿地咂着嘴,“他们从那边那条路去麦当劳了！坏了！从麦当劳再去小宾馆可就是大路了,截不住了！妈的!”说着矮个子狠狠踹了一脚肖栋的肚子,肖栋猝不及防,一个趔趄摔倒在地。“今儿个把这小子打一顿出出气吧!”

“别——别——大哥——我——我有——办法!”肖栋双手合十,趴在地上求饶。

“什么办法？利索点儿说!”矮个子蹲下掐住了肖栋脖子。

“我——听说——他们——吃——吃完饭——先去——去——KT——V——要从——那边——过——过去——”肖栋说着指了一下远处的一个小胡同入口,“穿——过去——有——有个——居民——居民区——可以——可以——等着——”

“牛逼啊!”这回轮到高个子激动了,“行了,今儿个看来是有货了——哎小子——我得带着你去——要是你小子蒙我们——先把你暴揍一顿!”

本来我就要去……

“我——带路——”肖栋起身,揉了揉被踹的肚子,其实早已不疼了,但他依然装作疼痛的样子,半弯腰走路。说来也巧,就在这时,天空突然飘起雪花,北风也猛地刮起,肖栋刚与两个职高学生拐入小胡同,就加速快跑了起来。

“小子要逃啊！追!”

追啊……快点……

肖栋飞速跑入胡同深处，跑入了埋伏区域。肖栋向右一看，与第一条防线的高硕正好对上眼。高硕躲在一堵砖墙后，看到肖栋跑这么快，也是吓了一跳，但肖栋旋即放慢脚步，用手指比划出了“2”，挤了挤眼睛。高硕点头回应，赶忙将身边中华帮一干人等召过来。

估摸着两个职高学生通过了高硕防线，肖栋停下。

“哟，跑不动了吧——臭傻逼！”矮个子跑累了，扶着膝盖喘气。

“上！”肖栋转身，一脚踹向矮个子的面门，对方应声倒地。而高硕防线三个人瞬间涌出，切断高个子的退路，肖栋后面又涌出刘子龙等四个人，挡在高个子的面前，一下子形成了前后夹击态势。

“哥哥们——”高矮两人都吓趴在地上，紧张之下反而也结巴了起来，“别——别——我们就是——反正别打我们——”

“大哥！怎么办？”高硕走上两步，呼唤着肖栋背后的某处。

“把其他人都叫来。”郑天楚把短发剪得更短，从居民区里面走出来，整个围攻职高的布阵也比较明确了。

这条小胡同的居民楼布局复杂，而且只有南北向道路，没有东西向，便于包夹。高硕带三个人在最前面，负责第一条防线，目的是堵后路；刘子龙带三个人紧随其后，躲在一栋居民楼的单元门口；第三条防线是泰和的杨亚明带五个人，拿好石头准备从远处攻击；第四条防线是五一的马晓东四个人，任务自然是堵截可能从对面来的袭击。

“拿手机，”肖栋右手一把掐起高个子的脖子，咬着牙说，“给你们的人打电话，就说你们围住了几个学生，让他们过来分赃，快点！”

高个子手足无措，脑袋轻微有点颤抖。他颤颤巍巍拿出手机，拨下了一个号码。

“你丫臭傻逼要是敢乱说，今儿我不要命了也要弄死你！”肖栋猛然瞪大眼睛，直勾勾地盯着高个子，与他一起听着忙音。

“喂——喂二哥——我啊——这个——”高个子紧张地有些说不出话来，肖栋则伸出左拳对着他，“我们几个人截了几个英和的——那个——票子不少，二哥一起过来分吧？”

“哎哟我操！”电话那头响起不屑的声音，“我都没听出来是咱们的人——你谁啊？”

高个子完全失去了刚才的自信，马上就要哭出来了，“二哥——你不认识我啊？”

“那么多人我哪儿认得过来啊？你们在哪儿呢？”

“英和后门往麦当劳那个方向，第一个胡同左转——有点深——你们小——”肖栋听到他可能是要通风报信，右手掐脖子更紧了，“让大家都来啊！”高个子连忙挂了电话。

“肖栋——”郑天楚面对着肖栋，两只手伸出，做出了个好似投降的动作，“今天——三校人马归你指挥，我不拿东西，就在一边看着，只许胜，不许败，要是败了……”郑天楚放下两只手，面容冷酷起来，“军法处置！”

“大哥，放心吧！”肖栋皱着眉，表情坚毅，紧接着转过身去布防。他没有发现，就在他转过身去以后，郑天楚左手突然背后，一个哥们轻声把自行车U型锁拍在郑天楚手中，几个人从胡同口退了出去。

“你们多少人？”肖栋继续凶神恶煞一样地看着高个子。

“加我们俩，整十个。”

“‘二哥’是什么人？”

“是——是我们职高老二——小磊哥下面就是他了——”

“那他为什么说不认识你？”

“是啊——我们都是些小喽啰——”

“那他会不会认出你来？”

“这个——我也不知道——但我们俩都没什么特点——估计——”

肖栋脑子飞速转着，一个计划瞬间成型。

“硕哥，第一条防线拉绊马索。什么时候对方想撤，什么时候再出来，没人撤，死也不要出来。其他人都来第二条防线藏着！龙哥，我跟这俩趴地上。你的人围我们站一圈儿，做出抢劫的样子；脸上要有坏笑，衣服弄乱一点，千万别紧张，咱们打他个措手不及！你们俩，不许耍花样，都给我抱着脑袋，不许抬头。今天我们这儿有五十多个人，你们不是对手……”

“泰和跟五一的哥哥们！咱们肯定能赢！但咱们一定要统一出击，别各自行动！听我喊上再上！拜托了！”肖栋朝着四面八方拱了拱手，随后蜷在地上，为防被地上两个职高的偷袭还故意离得远了些，所有人也连忙各就各位。

网张好了，就等鱼了。

雪花越飘越大，坑坑洼洼的胡同已布上一层白色，不知道这些垒起了几十年上百年的胡同墙砖，已经见证了多少大阵仗，才能对这次即将到来的大战无动于衷。

“哟！不少啊！”远处传来比高个子之前更加猥琐的声音，随之而来的是为数众多的脚步声，肖栋趴在地上观察着对方的前进速度，发现这个“二哥”似乎有点谨慎，所有人都是慢慢挪进来。

不行，得让他们都进来……

“龙哥。”肖栋比画了一个数钱的动作，刘子龙当时会意，立刻从兜里掏出了所有的钱，里面有好几张一百块钱的票子。

“二哥，”刘子龙朝着职高挥舞着，“刚搜出来的！好几百呢！”

“哟！今儿这一趟活儿，比一个月的份儿钱都多！”

“二哥”高兴坏了，职高们脚步也从挪动变成了走动，又小跑了起来，闯过了第一条防线的绊马索所在地，接近第二条防线，但大部分人马还停留在胡同口一带。

不行，时机还不到……

职高学生那边明显是非常放松，但刘子龙的人马明显是有些焦躁，有的人开始摩拳擦掌，脸上本应露出的坏笑也少许僵硬。更重要的是趴在地上的高矮两人已经偷偷抬起头，眼睛找寻着“二哥”所在。

肖栋躲在人群中间，两手拽住了高矮两人的后脖领子，两人忽地低下头……

哥哥们，这是我第一次指挥，你们都争争气！别轻举妄动啊！

“我看看，这帮傻逼都谁啊？”“二哥”的声音越来越近，刘子龙倒是镇定自若，但肖栋明显感觉到，其他人的呼吸都急促起来，搞得他也有些心跳加速，血液上涌。

必须等所有人都进来了！怎么胡同口还有人？他们有多少人？

看脚，大概有十几个过了第二条防线了——不够——还不够！

“让我看看啊！”“二哥”突然扒开了刘子龙等人所在的人堆，与肖栋恰好打了个照面。一张满是痘坑的脸映在了肖栋眼前，把他直接吓得向后一错。

鹅毛大雪，飘了起来。

“真是个书呆子样儿！”“二哥”咧嘴笑起来，伸高了手转身招呼后面的人过来，不过当他再度转身面对刘子龙，却似乎发现了异样，脸上的笑容急剧缩了一下，“欸？你们哪个班的？我怎么没见过你们？”

有二十多个来了——差不多了——再等两秒钟……

“二哥！这是个套儿！”矮个子突然大喊了一嗓子，喊得“二哥”愣了一下。

操！坏了！趁他愣着，必须上！

肖栋眼睛一沉，咽了口吐沫。刘子龙率先发难，将手中的一沓子钱往“二哥”身上一扔，肖栋爬起来就双手抱住了“二哥”的脑袋，斜着把他撂倒在地。

“上！快上！”刘子龙看肖栋与人缠斗起来，便先发号施令。仅一瞬间,刘子龙的人马就急速上前,迅速与最前面三个人打起来。第二条防线的高硕人马也全部涌入,但由于职高还有三个人拖在第二条防线后面,高硕人马反而是有些腹背受敌。

弄死你们!

肖栋与"二哥"缠打起来,"二哥"一开始被撂倒在地,撞了一下后脑勺。就在这意识不清醒的时候,肖栋如同野人一样疯扑上来,骑在"二哥"肚子上,几下王八拳都冲着面门而去。没过几下,"二哥"的脸就被打出血来,肖栋的手也因用力过猛而擦破了皮。

几滴血,滴在了不算苍茫的雪地上。但就在这时,"二哥"抹了一把脸,发现血渍之后突然发狂,用尽全力将肖栋顶了下去,一脚飞踢把肖栋踢到了边上,紧接着没有恋战,而是回去与刘子龙打了起来。毕竟刚才发号施令的是刘子龙,肖栋又过于瘦弱,不像主力,肖栋在这场群架之中并不太受关注。

肖栋摇摇脑袋,蹲着观看局势:对方虽是被迫迎战,思想上并无准备,但毕竟总体有十个人,高硕与刘子龙的人马加在一起,不过八人,一打起来,双方逐渐势均力敌,对英和稍有不利。

不对呀……五一跟泰和呢?

"哥哥们!上啊!"肖栋冲着第三条防线的方向喊去。但话声刚落,他就发现了一个极为惊悚的画面:第三条防线的泰和学生原地不动,好似人墙,石头也没有飞过来,领头者杨亚明不见踪影;第四条防线的马晓东倒是带着人跑了过来,但第三条防线五个人堵住胡同,他们根本过不来。马晓东脸上透着焦急,也不停地在与什么人吵着架。

泰和的!你们丫这是临阵退缩啊!

但英和与职高学生正在苦战,职高学生似乎只当他们是围观群众。

再转身一看英和这边,每个学生脸上都挂了彩,高硕这个大壮儿正被两个高大的学生猛捶肚子,两三个中华帮成员已经趴倒在地、不省人事，只有刘子龙的人马还在继续奋战，但脸上也已经露出了疲倦之色。再一看郑天楚退去的方向，更是毫无人影。

地上血迹越来越多，热血所过之处，好似红唇吻过。肖栋把外衣猛地脱下，扔在一边。

不行……先想好，怎么打……对！大哥说过，打架就要先打废一个……打哪个呢？

“肖栋……别愣着啊！”刘子龙的喊声传来。

肖栋从旁边抄起了一个啤酒瓶子，瞄准了刚才的高个子，直着冲了过去。恰好高个子回身，肖栋一使劲将瓶子狠狠砸在他的鼻子上，酒瓶子应声而破，高个子嘴唇马上遍布血迹，惨叫着向胡同口冲着，紧接着第一条防线的绊马索一下子立起，高个子马上摔了个大马趴，拉绊马索的英和学生上来就是一阵狂踢。

“哥哥们！援军到了！”肖栋虚张声势地高喊着，职高学生随即向胡同口一看，“泰和跟五一的哥哥们也到了！”肖栋又往另一个方向指出，让职高学生们看到自己是腹背受敌，最后喊出了决定性的一句话：“马哥！英和的谢谢你们了！”

肖栋没有喊杨亚明，他知道，喊了也没用。

“冲！给我冲！”马晓东带着喊叫声冲破了泰和人墙，向着混乱的人群冲来，“别愣着，给我打死这帮职高的！”

五个人好似一股洪流，从第三条防线那里席卷而来。赢了！肯定赢了！

肖栋好似打了鸡血，大喊大叫着冲在前面，与刘子龙一起对着“二哥”拳打脚踢。职高学生见来势汹涌，纷纷后退，由于胡同里坑坑洼洼，职高在路上不乏跌倒在地，甚至有的在互相踩踏。

肖栋见对方退了，便朝着第一条防线的人挥了挥手，示意他们让开。英和与五一的学生们边打边推搡，职高学生逐渐顺着后路跑了出去。

肖栋拉住一旁打得起劲的刘子龙，喊了句“穷寇莫追”，一脚把

“二哥”踹向胡同口,“二哥”定睛看了一下肖栋,眼中充满着恨意,但紧接着也向后跑去。

成了,就这样了。

“龙哥,硕哥,你们都没事吧?”刘子龙倒是没什么太大事情,高硕却是满身伤痕,连话都说不出来,瘫坐在雪地上。“硕哥,别坐地上,感冒了该……”

“肖栋,好样的!”马晓东过来打了个招呼,五一的学生也在帮忙收拾残局。

“马哥,多亏你们了……”肖栋抱住了马晓东,眼泪差点涌出来,“他们到底是这么回事?”肖栋下巴向着远处撇了一下,只见第三条防线处,泰和的学生正在有条不紊地离开,杨亚明依然是不见踪影。

“刚才我跟他们吵了一架,泰和的还是不想得罪职高。”马晓东摇了摇头,从兜里掏出一盒烟,颠了颠,一颗香烟的滤嘴部分伸了出来。

肖栋接过烟,累得靠在了胡同的墙壁上,任由马晓东把烟塞在他嘴里点上。

“咳咳咳……”肖栋抽了两口烟,呛得直咳嗽。

泰和这帮棒槌,害死我了,要不是马哥……

我早晚要干掉你们!泰和的,你们背叛了我们!

背叛!绝不能饶了任何叛徒!

“你也抽起烟了啊?”肖栋再回过身来,马晓东已经不在身边,代之以一个更矮却更结实的身影,竖着大拇指在他面前。

“大哥,我……”肖栋突然回过神来,把烟往地下一扔,又咳嗽了几下。

“兄弟,牛逼!”郑天楚的大拇指立在了肖栋眼前。在他印象之中,郑天楚的大拇指只为他自己立过,从没有对着别人立过。

“大哥。”肖栋这回露出了笑容,只不过这个疲倦的笑容一直在颤抖。

大哥，我通过——通过测试了？

雪，越来越大了。

17-1

第二十一个登台，参选人数也只有二十五个。

这个位置其实不算太好，毕竟之前演奏不乏强者，恐怕各位评委心中早已为某个琴手所折服，时至尾声，评委也大多疲倦。若不能给他们带来一些新的感悟，恐怕很难做到脱颖而出，更难以摘得桂冠。

武皓坐在第五排正中间，这里是最能直面舞台的地方；中川美奈子则在第十五排左右，这里有一条狭长的通道，不仅隔开了上下两个观众席，也方便观众进出。

帕格尼尼《威尼斯狂欢节》的前奏响起。

帕格尼尼，我从小大的偶像！这首曲子练过无数遍了，但不管台上还是台下，我都是极为忠实地按照谱子来演的，不敢越雷池一步……但今天，我不想再这么机械了，我不是演奏小提琴的机器，小提琴应该为我所用，而不是我为音乐所困。尤其是崇尚自由的帕格尼尼，尤其是这曲狂欢节。

搭弓上琴，肖栋嘴角邪魅一笑，悠扬的乐章奏响。

肖栋拉着琴，却无心观察下面的风景。骑士肖栋饶有趣味地看着一片旷野。乌云早已散去，天空一直放晴，肖栋的心情也颇为舒坦。肖栋将身上厚重的盔甲脱了下来，从头盔，到护胸，再到护臂，最后是护腿。脱下这层穿了十几年的盔甲，肖栋多么轻松。高贵却笨重的宝剑，也被肖栋扔在一旁。

好久没有自由地呼吸了，肖栋将马缰绳解开，一个箭步窜上马背，任由马匹向前驰骋。驭马术早已内化在肖栋的每一个动作之中，他不必再去费力思考，只需要跟着肌肉的记忆，就能娴熟操纵这匹骏马，飞往想要的方向，追逐我爱的人。

这不是一场比赛，这是我的个人表演，是我挥洒才华的舞台。

第一曲，完成。

按理说，在两首曲子之间不应该鼓掌，但在肖栋拉满最后一个音符之后，几位观众却不由得高声喊出“Bravo”，带动全场一片掌声。这首世界名曲通过肖栋来演绎，迸发出了更灿烂的吸引力。

台下的几位评委，不由得呆住。

肖栋仰头看了看天花板，扬起弓子在天空中甩了一个圈，好似在马背上甩鞭子。但鞭子还没有落下，肖栋的目光却被另一个方向所吸引。

美奈子正坐在他看的方向上。不是……吸引我的不是美奈子……我看到夏冰了，但吸引我的也不是她，而是她旁边坐着的那个女孩子身形高瘦，气质优雅，长发飘飘，那么熟悉，那么……

徐语薇！

“砰！”肖栋的弓子猛地掉到了地上，全场爆发了一阵笑声。但肖栋并没有笑出来，也不愿去捡起弓子，只是左手拎着琴，呆呆着望着夏冰与徐语薇的方向。

美奈子注意到了肖栋的异常，焦急地看着他，但肖栋完全没有看到美奈子，他的眼里，如今只有徐语薇。

肖栋朝着那个方向，迈了一步。

美奈子顺着肖栋的眼睛看去，发现了夏冰，也发现，夏冰旁边的那个女孩也是两眼直勾勾地看着肖栋。

肖栋又迈出了一步，连评委都注意到肖栋愣神了。

美奈子顾不得别人，她从位置上闯了出来，跑到了徐语薇面前，展开双臂，朝着肖栋挥舞起来。

美奈子！

肖栋突然苏醒，他意识到，原来弓子掉落在面前，不仅评委，连观众都开始对他议论纷纷。

肖栋从地上捡起弓子，尽可能平静呼吸，转身看了一眼钢琴。

自选曲目，贝多芬，《春天》奏鸣曲。

你知道吗？在你和武皓在酒吧接吻的时候，我就在一旁看着；你知道吗？在你和武皓欢度圣诞的时候，我在外面等了你一夜……

自从弓子接触到琴弦的那一刹那，肖栋的乐曲就一反常态，将低音部分拉得十分沉重，高音部分做得更加凄凉。整首曲子不但没有春天的生机盎然，反而充满了冬天的萧索苦涩，绝望情绪充斥进乐曲之中。

那个寒假，我在放纵自己，用游戏麻痹自己……

那个寒假，你却被武皓的放纵伤害着……

那个寒假，我在锻炼自己，用武力强大自己……

那个寒假，你却没能得到我的支持……

或许就是在一次次失望中，误会中，我们错过了……

美奈子虽然挡在徐语薇与夏冰身前，但肖栋却仿佛长了透视眼，能够想象到徐语薇在阴影之中呈现着什么样的表情。

懊悔，又转成了疑问。

为什么？我已经夺回了我的尊严，你却要离开学校？

为什么？我本来可以创造更多可能性，你却不再给我机会？

最后一个音符，随肖栋的思绪一起缓缓落下。

这一切，还没有结束……至少……我要知道全部真相！

肖栋深鞠一躬，只有眼睛还呆呆地望着台下，在一片雷鸣般的掌声之中，他却只能听到徐语薇的呼吸声。

17-2

肖栋罕见地穿上了“姚明”鞋，正随着郑天楚一起走向篮球场。

第二学期已然开学好几天，肖栋却依然无心学习。上课要么睡觉，要么看着窗外发呆，只等下课铃一响马上出去打篮球。

好几天了，肖栋与火炬帮倒还算是相安无事。

好几天了，火炬帮的“哼哈三将”江子睿、冯勇、李旭东依然会每天分别把牛奶一盒、面包一颗、香肠一根放在徐语薇的桌子上。但很奇怪，徐语薇却没有来过学校，本想打听打听，但一想到徐语薇与武皓在一起，便不再多问。

又不是我女朋友，徐语薇已经不是最重要的了，今天……今天我要向所有人证明自己！

“这哥们是高二二班肖栋，”只见郑天楚聚齐了篮球队所有人训话，说到这一句的时候，他的眼睛望向了站在第二排的武皓，“我想推荐他一下，要是没什么意见，我就报给刘老师了。”郑天楚一串话说完，气不长出，眼睛依然盯着武皓。

武皓脸上露出了奇怪的神情，他从没想象过，肖栋会与郑天楚有什么交集。

“我同意！”还不等武皓发话，刘子龙先举起了手，“肖栋人不错，也能吃苦，技术还要磨炼，但可以先进来。”

武皓表情极为困惑。毕竟在整个篮球队里，刘子龙地位起码在前三。

“没错！”高硕顶着一张黑脸，扯着嗓门喊着，“肖栋这人多牛逼啊！练球也就不到一个月，那进步速度——我觉得这就是下一个樱木花道！必须！”

“得了！”郑天楚喝住高硕，挥了挥手让他停下，“什么樱木花道，多大人还看动画片！行了，那就先这样，接下来咱们……”

“楚哥！”愣了半天，武皓终于举手发话了，但语气却不似往日那么嚣张，反而有些谨言慎行，“肖栋这哥们是我们班的，我也挺了解。去年运动会的时候，他可是给我们班拉了后腿，我们差点就没拿着运动会冠军，这运动能力……一个月时间……”

“放屁！”高硕怒目圆睁，一根手指指着武皓，“你们丫运动会要赖，跑步全都输我们班了，就在那儿狂砸什么通讯稿，你们赢就是投机取巧,我们高三一班才……”

“好了！过去的事儿就甭提了,”郑天楚又是一声大喝,歪过头来看着武皓,“肖栋过去行不行,跟他以后行不行,不是一回事儿！不错,就一个月,但有的人一个月就能变心,肖栋怎么就不能一个月练出来呢?”

变心……大哥这是说谁呢?

肖栋没太理解,武皓却是一时语塞,脸上满是羞赧,过了很久才重新醒过味来,“反正楚哥啊,别人也就算了,肖栋可真不行,这人压根就没运动神经,一个月怎么可能练得多牛逼啊?”武皓一边苦笑一边摆着手。“我,还有我们班人都知道,他就是个书呆子!”

武皓这是要干什么？又要欺负我么?

我都跟着郑天楚混了,你还敢欺负我?

郑天楚倒也笑了一下,又转脸对着武皓,“那你的意思是？你和你那帮人都说实话,我郑天楚和我这帮兄弟都蒙人么?”

“不是不是——”武皓侧眼看了下周围,发现刘子龙露出了鄙夷神色,高硕更是直接撸起袖子,似乎就等着郑天楚一声令下扑上前去,“楚哥我可没那个意思,我就是——”

“你丫什么意思!”不等说完,高硕就伸手指着武皓大喊,“我们这么多哥哥都保肖栋,你是不是想说我们都蒙人呢？小子他妈的胆子不小啊!”

“武皓,你跟你后面那个火炬帮,欺负欺负小孩也就算了,少打我们主意!”肖栋从没想到,这句话却是从刘子龙嘴中说出。

武皓听了,却是一愣,半响不再搭茬。

原来如此……

篮球队里,郑天楚人多,武皓人少,武皓一个人说话势单力薄,这时候,他越是祭出自己在外面的帮派,就反而会受到这个群体的多数人排挤,反而成了他的不利因素。

对！主攻他的弱项……

"楚哥啊,"肖栋上前两步,一个劲儿地摇头,"我觉得我还是别进队了,皓哥可是我们年级的厉害人物,等今年夏天你们高三的一退,皓哥估计就是下任队长了,他肯定还得再把我开出去。"

肖栋眼睛一直盯着武皓,突然,他的嘴角模仿武皓,向右一撇,形成了一个标志性的坏笑。

"胡扯呢!"郑天楚一下子扬起调门,那响动比高硕都要高出十几个分贝,"谁说下任队长是武皓的?谁说的?"

"楚哥,这不是明摆着么?皓哥打球也好,人缘也不错,我要是咱刘老师,估计也得选他了。"肖栋冲着武皓又是一个坏笑。

"那我倒要澄清一下了!"郑天楚拍了几下手,"都听好了,英和中学篮球队的队长,肯定是由刘老师选,但是,我推荐的人是第一备选!而且,只要第一备选不死、不重伤、不退学,那就没有第二备选的事儿!"

大哥——你——太牛逼了!

"楚哥,"武皓在几人夹击之下憋红了脸,嘴角迸发着怒气,"我从没说过想当队长,我武皓也从不是那种说怪话的小人!"武皓冲着肖栋摆了一下脑袋,"楚哥你们想让肖栋进篮球队,我也拦不住,但你们总得让我心服口服吧?"

"你怎么才心服口服?"郑天楚已经知道了这个问题的答案,他摆了摆手,示意肖栋去装满篮球的框车那边。肖栋见状毫不含糊,跑去拿了一个皮球,扔给武皓。

"没错!"武皓拍了拍皮球,伸出了左手三个手指,"肖栋攻我三次,只要他进一个球,"三根手指变作一根,"我就心服口服。"

武皓把皮球用力一甩,朝着肖栋的脑袋而去,肖栋不慌不忙,单掌接了下来。

"好,来吧!"肖栋把球夹在腋下,缓步走出三分线,武皓则朝着反方向走进三分线。郑天楚拍了拍手,篮球队其他人顿时会意,闪出了半个篮球场。

圣诞夜之后，第一次面对武皓，肖栋拍起球，沉下身子。

来吧……肖栋假装看着郑天楚，实际上却想利用这段时间麻痹一下武皓，再打一个措手不及，干脆一点来个三步上篮。

突然，肖栋转头面对武皓，一个箭步冲向篮筐方向。武皓发现他的移动方向，也是瞬间就跑去肖栋的必经之路上。双方的奔跑路线逐渐交汇在一起，肖栋也不顾是不是会和武皓撞在一起，将球抱在怀里，走出了三步上篮的第二步——

"砰！"一声闷响，肖栋撞在了武皓身上。

阻挡吧，这肯定是阻挡！大哥说过，进攻方这么打，一般都只有阻挡，对不对？

"带头撞人！攻方犯规！"肖栋望向郑天楚的那一刹那，郑天楚不满地喊了一声。

"怎么会？我明明是——"

"肖栋，你丫懂不懂球啊？"武皓被肖栋狠狠撞了一下，却是气不长出，"算了我教教你，攻防双方相撞，谁后落地谁犯规——我先你一步站住了位置，你再撞我当然是带头撞人了啊！"

随着武皓发出"哈哈"笑声，郑天楚的脸上也露出的不快的神色。但很明显，他的怒气并不是冲着武皓，因为他一直在盯着肖栋看。

大哥！还有两次机会呢……"再来！"肖栋被迫装得坚定一些，冲着武皓喊着，"球给我！"

皮球又回到了肖栋手中。这次他不再急于出手，而是抱着球不动，武皓见状赶忙贴了上来，展开双臂罩住肖栋的视野，以防他干脆来个突然投球。肖栋右脚向右前方迈了一步，紧接着又向左前方迈，球则一直举在后面，生怕武皓借机断球。

这种假动作在一开始还让武皓有些紧张，但眼见肖栋一直在做这种"试探步"，武皓却也似乎明白了什么，不仅减小了动作幅度，嘴角还少许有些冷笑。

笑什么？瞧不起我么？好，让你见识见识爷的厉害！肖栋忽然旱地拔葱，从地上一个起跳，将球顶在手中托了起来。

左手只是辅助，右手才是用力！

“啪！”随着肖栋这个旱地拔葱，武皓也跟着跳了起来。由于身材更高、弹跳力也更好，武皓跳得比肖栋还要高。不等肖栋出手，武皓就将皮球从肖栋双手之间拍了出去，如同老鹰捉鱼。

“你丫嘛呢？哥哥们白给你说话了！操！”高硕使劲拍了一下大腿。但肖栋很明显能感觉到，并非只有高硕一个人在生气，曾经保护过他的刘子龙都投来了不满的目光。

郑天楚依然不满地看着肖栋，但这次，他的食指指向了自己的太阳穴。

大哥，你这是什么意思，让我……肖栋突然眼前一亮。

让我动脑子！

“肖栋，第三次还打吗？”又轮到武皓在那里吵吵嚷嚷，“你要不打，我也少忙活一点。”

肖栋长舒了一口气，再睁眼的时候，满脸已是自信的笑容。他伸出左手，将四个手指弯曲了几下，示意武皓把球递过来。

“还不死心呢？”武皓没有扔给他，而是拍着球走了过来，站定，右手把球托到了肖栋面前，“那就再陪你玩儿会儿。”

肖栋依然如同刚才一样，沉下身子，抱着球远离武皓，右脚踏着试探步。

“还来这套啊，真是……”武皓极为放松，依然张开双臂挡着肖栋。

大哥说过……打球要动脑子，不能激动……越是困境，越要动脑子，越不要想着拼命……

武皓身子贴住肖栋，右手不断够球，肖栋一直躲着。嗯……别让他看穿我想干什么……

肖栋抬起身子,佯装起跳投篮,武皓也跟着轻抬身子,但并没有吃晃。

嗯……要制造个小小的失误……肖栋目光看着篮筐,将球摆在左手边,稍微朝着武皓的右手靠近了一点。

以肖栋的水平,出这么一个低级失误也绝不是什么稀奇事。武皓丝毫没觉得意外,而是猛地一下对着皮球来了一个饿虎扑食,身体重心也顺势朝右扑去。

动了！武皓这小子终于失位了……不对……他扑来的速度好快……

肖栋本想将球从身后绕一圈,倒到右手边,再从右边突破。但见武皓奔来太快,他也无暇再去做这个有点难度的动作,而是干脆往下一勾,皮球从武皓的裆下缓缓滚了过去。武皓见状惊讶不已,他想转身拦球,却在惊讶之下没有控制住自己,脚后跟向后一磕,皮球离篮筐更近了,简直是做了一个"助攻"。

肖栋不再犹豫,他用尽全力向前追球,武皓也完全转过身来,却是鞭长莫及。

取球,迈步,上篮,一气呵成。

"牛逼!"

在篮球里,进球不似足球那样难得,篮球队员也大多不会庆祝进球。但肖栋投进这个球,却好似足球运动员一样挥拳庆祝起来。高硕也同样发出了一声高喊,篮球队其他高三球员更是放下了一颗悬在心上的巨石。

"哟,这谁进了球了啊?"远处传来一声成人的叫喊,一个瘦高的老师走上前来,饶有兴致地看着面前的两个人。

这,这不是刘铁吗?

"刘老师——"

"刘老师好!"

"刘老师啊!"随着周围学生都叫起老师,郑天楚自然也不敢怠慢，“这是我推荐的新人，刚跟武皓单挑，赢了。”郑天楚笑容之中透着满意，武皓脸上则充斥着懊恼。

“单挑武皓能赢？”刘铁倒是显得有些不可思议，“武皓的运动能力可也不错呢，我得看看这小子是谁，”刘铁说着盯着肖栋的脸看了起来，“这孩子谁啊？我怎么好像有点脸熟，但没见过啊。”

“老师，这是高二二班的肖栋，您没教过他？”

“肖栋？”刘铁先是思忖了一下，嘴中念叨着这个名字，但紧接着，这个名字似乎与他记忆中的某个固有形象混合起来，让他不禁瞪大双眼，张大嘴巴：“这是那个书呆子肖栋？？”

肖栋很是苦笑了一阵。

17-3

该回家了吧……

下午两堂课都是副科，一节历史、一节政治，这对于肖栋，便是整整睡了两堂课，连课间铃都没能吵醒他。等他再醒来，班里已经空了一些位置，不少同学聚集在操场上打球玩耍起来，又是一个平静而平常的下午。

今天大哥出去参加区队比赛了，集训取消，我可以多在网吧玩儿玩儿了。

肖栋的眼睛，望着前排的一个座位，座位上端坐着一个女孩。

徐语薇前天开始终于上学了……火炬帮还是一如既往地对她好，给她买早饭，对她献殷勤……但有一次下课，她居然盯着我看了半天，感觉眼睛里总有些……有些……哎，我也形容不出来有些什么……奇奇怪怪的……

“我操！那都谁啊？”

“怎么来了那么一帮人？”

“职高的么？还是……”

楼道里突然响起议论声。

“这得有好几十人吧？不是，一百多人啊！”

“他们要干嘛啊？堵门劫道也没有这么劫的吧！”

职高？堵门？劫道？怎么回事？

肖栋突然一个机灵，忽然从座位上站起来，奔到窗边向外看去。只见学校正门附近已经乌压压站满了人，一百多人虽然不至于，但也有二三十人在英和中学正门外围了个半圆，水泄不通。肖栋记忆中，职高出现的时候很少有人穿校服，但今天，这些人身上齐齐穿着附近的职高校服，每个人手里似乎都带了家伙。

妈的……这帮职高的来报复了？

大哥不在，这可——这可怎么办？

“肖栋，快点，龙哥让你下楼，咱们小篮球场上见！”一声呼唤又从门口传来，说完就跑去了另外一个方向，好像是要通知其他郑天楚帮派的成员。

对，听龙哥的！

肖栋正欲出门，却发现徐语薇的目光正在注视自己，那眼神里，又出现了那种肖栋难以名状的东西。

那是什么……是懊悔？是盼望？是……管她呢！背叛了我，我为什么还要理她？

肖栋收回目光，跑出了班门，朝着小篮球场奔去。

“怎么没老师管啊？”

“这么多人老师敢管吗？”

“他们要干嘛啊？咱们要不然报警吧？”

“但他们也没怎么着啊，女孩跟小个子男生他们都不拦，你怎么报警？”

“职高这是冲着谁来的？”

“我操，赶紧有人站出来啊，别连累了我们！”

“后门也有好几十人，咱们要不然翻墙走吧？”

“聚几十个人，骑自行车冲出去吧！”

操场上、甬道上、小篮球场上都聚满了人，基本上都是出不去门的学生，大家都争相议论着。有人在出主意，有人在谩骂，有人在抱怨，但就是没有人出头。

“这怎么回事?”肖栋奔到操场。郑天楚不在，刘子龙引着十几个篮球队队员站在小篮球场里，隔得不远就是校门口，能直接看到。

但很奇怪，校外职高学生并不吵闹，也并不谩骂，就连英和中学的瘦小男孩从边上擦肩而过，他们也连看都不看一眼，如果不是穿着职高校服，他反而会以为是普通中学的学生。

这帮人……什么意思?

“就是情人节那个事，”一向冷静的刘子龙脸上也有些惊慌，“咱们不是臭揍他们一顿么？寻仇来了！”

“寻仇?”肖栋仍然在大喘着粗气，不禁低下头，露出了懊恼的神色，“这，这主意都是我出的，我惹的事，我！”

“行了！”刘子龙走过来拍了下肖栋，“你没错，他们劫道就该打！大哥也知道他们会寻仇，但都半个月了才来，肯定是有什么歪点子。”

“能有什么歪点子……”肖栋不解。

“你想想看啊，大哥前天才知道今天要出去比赛，结果这帮人今天就来了……”刘子龙摇了摇脑袋，“这绝对不可能是偶然，但是谁通风报信的呢……”

通风报信?

肖栋环顾四周，发现每个人都在看着其他人，眼中不仅有怀疑，也有胆怯。

“不用互相怀疑！”肖栋突然对着大家举起手，“那天打架，咱这儿都是挂了彩的，不可能跟职高勾结！”

“说得对！别起内乱！”刘子龙也配合着肖栋喊了起来，“先看看情况，他们估计不敢打进来，咱得……”

“我操！谁在咱门口犯劲啊！”正在刘子龙说到一半，一声高喊从远处传来，只见一个胖子在打头阵，手里还举着一柄棒球棍。肖栋定睛一看，棍子顶端还有点发红，好像是涂了什么印记。

火炬帮吗……冯勇要出头？

随着冯勇走得越来越近，后面一串人马也逐渐能辨明，就是火炬帮那几个人。但很奇怪，这次武皓并没有打头阵，反而是走在最后一个跟着，脸上毫无生气。不只是他，就连一惯喜欢高呼口号的李旭东也是没精打采，更不要说蔫儿在一旁的江子睿了。

“皓哥啊！”整个火炬帮里只有冯勇比较激动，脑袋晃得头皮屑一个劲儿地往下掉，“傻逼职高的堵门口，这回到了咱爷们表现的时候了！皓哥，你拿个主意，我们兄弟都听你的！”

武皓没搭茬，他先是晃了晃身子，然后朝着门外看了一眼，嘴唇稍稍一皱；紧接着又朝着刘子龙、肖栋的方向看了一眼，似乎是在寻求篮球队的认同；最终，武皓还是摆了摆手，懒懒地说道，“咱人可不够！这时候，就是……”

“勇哥啊，”江子睿声音本就如同女孩一样尖细，一紧张起来更有些娘娘腔，“这事有三难四不可！”

“什么东西？什么难不难的？”

“你听我说啊，咱们学校一来能打架的人少，二来互相不团结，三来又不能伤着其他学生，这就是‘三难’；而且你看那边，一来人数众多，二来是士气正盛，现在出去肯定让人打个大马趴回来。”

“你行啊，”武皓仿佛是抓住了救命稻草，赶忙过来搂着江子睿的肩膀，“可你这不是才两个不可吗？还有俩呢？”

“第三，围了这么半天，警察也不出来，这就说明背后有事，”说到这里，江子睿突然把声音放大，而且直冲着刘子龙、肖栋的方向，“第四，人家篮球队那帮高三大哥都不出手，咱们在这儿起什么哄啊！”

“对！咱们得、得避其锋芒！”武皓也晃动着，带着江子睿一起摇晃了起来。

你个江子睿，临阵脱逃还要推卸责任……

“欸，你丫什么意思啊？”高硕一直没发话，但听到江子睿居然挑衅，浑身好似炸毛了一样，“有本事你自己上！”

“硕哥！”肖栋见高硕要往武皓方向走去，连忙上去推住，“那个瘦子是臭嘴巴，他要激你，万一起了内讧，那职高就看笑话了！”见高硕还有点不高兴，肖栋又贴近了一点，“咱可不能中计！我以前吃过这小子的亏！”

高硕与肖栋对视了几秒，愤愤不平地走开了。

“哟，看见没有？”江子睿尖厉的声音再度传来，“高三这帮人不到外面维护学校，还在这儿跟我们高二小孩剑拔弩张的！”

“对啊！”李旭东也随声附和，“高三还好意思说自己最大呢！”

“高三的出去应战啊！”

“欸！我可听说过啊，”武皓突然想起了什么，把江子睿推到一边，面对肖栋，“你们篮球队前些天跟他们干过一架，这是寻仇吧？他们不拦女生，不拦小个子男生，就拦大壮和高个子，这明显是冲着你们篮球队来的吧？那可——”

“武皓，”肖栋向前走了几步，“你也是篮球队的！”

“是，这个……”武皓有些慌不择言，似乎他加入的这个篮球队，与他口中的“篮球队”不是一回事，“反正就是——”

“别着急，别嚷嚷！”突然，理着寸头的体育老师刘铁跑了过来，穿过校门向外跑去，声音喊得是震天响，“你们哪个学校的啊？老师谁啊？跑这儿来寻衅滋事，我看你们……”

“砰！”一声闷响，刘铁的声音戛然而止。

“怎么回事？”

“他们把刘铁打死了？”

“我看见他们朝着刘铁后背来了一棍子！”

“刘铁死了?”

“杀人了!”

“赶紧报警,报警!”

“算了!”肖栋看见学校里议论成一片,暗自下了决心,向前走过来,眼睛盯着武皓,只见武皓这时已经是满脸惊恐,“你不去,”肖栋的左手则伸向冯勇,四根手指弯了弯,“我来!”

冯勇完全愣在那里,他眨了眨眼睛,看了看肖栋,又看了看武皓,条件反射一样将扛在肩上的棒球棍卸下,递给肖栋。

肖栋左手接过棒球棍的大头,又用右手专抓住棍子的把手,斜着搭在肩上。

“肖栋! 你别去!”刘子龙见状跑了过来,身后跟着一大堆高三学生。

“你一个人去肯定让他们打死!”

“别硬来,不行报警!”

“你要挨打我们就必须上,这么多人——”高硕闻讯也跑过来,“肯定吃亏!”

“没事!”肖栋伸出空着的那只手,举上头顶,“我不跟他们打,我去跟他们聊聊! 两国交战不斩来使,我也得刺探他们军情。”

“太危险了!”刘子龙还是不同意,上前一步抓着肖栋的衣服就往边上扯。

“龙哥!”肖栋左手也用力抓住刘子龙的胳膊,凑近他小声说,“非挑大哥不在的时候来,来了也只围不喊,不奇怪吗? 你放心让我去,不行我还可以拖延时间,你赶紧打电话给马晓东,再要是不行……”肖栋用棒球棍轻轻敲了敲自己的后背,眼中充满坚定,“也能干他三五个!”

“我不只是大哥的人,我还是你兄弟!”刘子龙还是有点迟疑。

“让我去!”一句狠话从肖栋牙缝里蹦了出来,恶狠狠的眼神让刘子龙不禁放开了手。

17-4

一路虽然不长,但已挤满学生。大家从一开始乱作一团变成如今一言不发,漫无目的地等着什么。眼见肖栋带着一根棒球棍过来,这些学生纷纷站了起来,朝着肖栋后面看去,眼中带着不少期望。但很快他们的期望就消失了,因为肖栋只有一个人,没有其他人跟着。

"送死啊!"不知哪里传来了这么一声。但肖栋似乎没听见。

我得去看看,职高到底是搗什么鬼……

看见肖栋带着一根棍子出来,职高学生们也是如临大敌,纷纷站了起来,抽烟的把烟直接掐掉。但当发现肖栋只有一个人,职高学生大多发出了嘲笑声,个别的还在边上击掌庆祝。侧眼一看,刘铁正倒在地上喘着粗气。又仔细看看,除了虚弱一点,似乎也没有什么别的问题,刘铁还有气力向肖栋摇头。

肖栋点了点头,继续看起职高学生。

职高什么时候有这么多人了?从哪儿叫的?不太对,有些人不太像那帮职高啊,没染发也不抽烟……

"来啦!"梳着偏分的小王磊站了过来,使劲点了点头,将一个ZIPPO打火机"啪"的一声磕到位置,"等了这么半天,终于来了个有点骨头的学生,不错不错!"

"磊哥,就是他!"突然从后面冒出了一个矮个子学生,"就是他把我们引去挨了打!"

"没错,就是他!"

"这家伙真他妈操蛋!干丫的!"

"好了好了!"天色已黄昏,明亮的火光照亮了小王磊自己,"要是来打,你一个人肯定不行,但要是来谈谈,带着棍子又是什么意思呢?"

"先把我们老师送回去。"肖栋用棒球棍指了指刘铁。

小王磊咧嘴一笑,“仁义。”说着一摆头,几个职高学生连拉带拽,把刘铁拽回校门口。刘铁朝肖栋喊着什么,但肖栋只是注意到,这几个拉走刘铁的人并不粗鲁,也都剃着平头,气质与他印象中的职高学生并不太像。

“磊哥,那我就直说了,”肖栋的棍子拄在地上,“你们这么多人围我们,警察也不来,为什么你们不闹呢?”

“怎么闹?”小王磊似乎就是要让肖栋说出来。

“你们不吵也不闹,女孩和小个子男生你们也不理,这架势我实在是不明白。”

小王磊仰天而笑:“文明人不能老喊打喊杀,我们也不是为别的,就是把话说清楚,”小王磊用手捋了捋头发,“不过要是说不清楚,我们也有说不清楚的办法。”

“开个价儿吧!”肖栋倒是直截了当。

“欸!我就喜欢你这么直爽!”小王磊脸上布满了坏笑,“算上你们欠我们一个月的五百块钱,再加上我这帮兄弟们的医疗费,还有那个——那个什么神经损失费……”

“精神损失费?”肖栋冷言冷语说道。

“一共两千块钱,拿钱就走人!”小王磊顿时显出了不耐烦,ZIPPO火机也揣进兜里,两手攥在一起,“你回去商量,不行的话……”

“别想着报警啊!”一声低吼从旁边传来,这是情人节他打过的那个“二哥”,“这片派出所所长就是磊哥他爸,打电话也没用!”

不能继续拖了,得赶紧告诉龙哥,让他……不对!那个人是谁?

肖栋忽然眼前一亮,正门对面的自行车道附近有一个人站着。

这个人虽然离得很远,他也一直藏着树后面,但就凭那个身影……

杨亚明!

泰和的大哥怎么会来这边？他为什么不站出来？我说怎么有这么多人长得好像高中生？

泰和的大哥来了,他自己却不来前面。这些穿着职高校服的高中生有可能是泰和的学生！他们什么时候开始联合的？情人节之前么？不对,如果是情人节之前,那我们的计划应该失败了,这是情人节之后！马晓东说过,杨亚明不愿意和职高的人闹僵……所以……所以！

杨亚明与职高联合在一起,想从我们这边诈钱！挑大哥不在的时候来,就是怕大哥太强势了！现在学校群龙无首,大兵压境,我们只能给钱！他们是来搞威慑的！不一定真打。也不是……也有可能,我推测的全是错的,这就是他们抓了一批高中生。

"行不行啊!"见肖栋愣得出了神,小王磊伸手拍了拍肖栋的脑袋,指着英和中学校门口,"赶紧回去！别拖时间!"

回去也没用,那帮人也没主意！不如我来冒个险……如果那帮人真的是泰和附中的学生,那就肯定……

"我可以代表我们学校,"肖栋眼神突然变得坚毅,他的棒球棍也垂了下来。"今天我一个人来,但带了个棍子,意思就是:我们愿意谈判,但要是谈判条件太过火了,我们手里的家伙也不是吃素的!"

小王磊露出不可思议的表情。

"磊哥！估计你也知道,我们大哥郑天楚不在,他要是在,肯定领我们打出来！就算打得见了血、开了瓢、人脑子打出了狗脑子,我们英和的也绝不会妥协!"肖栋说到这里,突然话锋一转,面向左边那些气质不太一样的人,把语音提高了好几倍,"我们英和,跟那帮泰和的臭傻逼们可不一样!"

左边那些高中生模样的人,全都停止了手头的活动,齐刷刷看着肖栋。远处的杨亚明听了也是一惊,从树后探出头,又藏了回去。

小王磊看了一眼后面:“提泰和干什么?”

果然!还真是!上钩了!

“你不知道啊?”肖栋故意做了个夸张的惊讶表情,“那天合围你们职高的,可是商量好三校合作,结果呢?英和打头阵,五一殿后,就他妈泰和的在那儿站着,”肖栋又一次提高了分贝,“一帮叛徒!胆小鬼!懦夫!不是人生的!”

肖栋用能想到的所有恶毒语言来攻击,那些泰和模样的人也纷纷站了起来,怒气爬进了他们的眼睛。

“磊哥!你是条汉子,”肖栋不知道从哪里学来了这句话,“你出去打架,有人光说不练,你肯定也觉得丫们就是一帮狗操的!”

几个高中生的胸腔明显鼓动着,好像随时都会冲出来。

“你别说了,”小王磊继续环顾四周,但明显已经有点惊慌,“要不然,要不然少找你要点,那一千五行不行?”

“磊哥!”肖栋一边叫着小王磊,一边却对着泰和人马喊了起来,“这钱要是给你,别说两千了,一万又怎么样?我敬佩你!我们英和的跟着你们职高的混都无所谓!但这钱要是进了狗操的泰和的腰包,我肖栋一万个操他妈!”

“你他妈才狗操的呢!”一个脸上满布青春痘的健壮学生跑了出来,指着肖栋骂了起来,身后十几个高中生也随声附和,骂了起来。

小王磊无奈地望了望天空,肖栋则稍有些放松。

“我骂泰和的呢,你急什么劲啊?”肖栋语音忽然变得阴阳怪气,“难不成,你们都是泰和的那帮狗逼吗?”

“你他妈才是狗逼呢!”“青春痘”跑了过来,一把抓住肖栋的衣领,“我他妈告诉你,我们也想上去!可他妈的——”“青春痘”喘了好几口粗气,又把肖栋的衣领放下,看着远处的自行车道附近,但杨亚明早已不在。

肖栋咧嘴笑了笑,那笑容颇为邪魅。

肖栋拍了拍对方的肩膀:“我知道！泰和的普通学生是好样的！就是他妈的杨亚明这个大哥不配当大哥！你们干嘛非听他的?”

“青春痘”转过脸来,不再面对肖栋,而是朝后面走去。

还不够,得再加把火！

“兄弟们!”肖栋举起了右手的棒球棍,“你们是正经学校,是好学生,是学生的保护神！我们也是！干嘛跟职高合作?”

“说得好!”道路另一侧突然传出一声喊,黑压压一片人身披五一校服站在了一边,领头的正是马晓东。“泰和兄弟们,不觉得这身职高皮丢人么?”

“青春痘”听罢,加快了脚步,一边走一边把职高的衣服脱掉,露出了里面的泰和附中校服。高中生队伍顿时开始瓦解,其他愤怒的泰和学生也纷纷脱掉了衣服,有的还扔在地上踩了几脚。

一瞬间,泰和学生重新面向职高学生站着。这下子,职高只剩下十多个人站在原地,左右各有泰和、五一几十学生堵住去路,背后则是跑汽车的大马路,只有肖栋,依旧站在职高十多个人的中心。

“咣!”小王磊一起急,跑过来一脚就把肖栋踹倒在地,“妈的!你丫坏老子好事！我们就算还剩一点人,打死你也是他妈绰绰有余了！给我上!”

小王磊虽然急眼,但周围的其他职高学生却无意跟进,他们以提防的眼神看着泰和、五一的学生。马晓东看到肖栋被踹了一脚,两下撸起了袖子,好像马上就要发令总攻。但就在这时,一个大学生模样的社会青年,轻轻按住了没想到马晓东的肩膀。

“大……”马晓东回头一看,只说了这一个字。

“行了!”社会青年拍了拍手,意图引起职高学生的注意,“小磊子啊,两年没见,你再叫我回来,就是让我看着你怎么欺负弱小么?”

这个人，是谁？

目光越来越清晰，这个社会青年头戴一顶鸭舌帽，叼着一根烟，缓缓走到了肖栋面前。“哟，你不是……不是‘帕格尼尼’么？”社会青年笑了起来，伸出一只手要拉肖栋起身。

“‘大三石头’？”肖栋抓住对方的手，爬了起来。

“我的妈呀！大水冲了龙王庙啊！”社会青年哈哈大笑起来，两手狠狠拍了一下，“你英和的啊？我说你就是个好学生的样子吗！”

“大磊哥，”小王磊看着两个人对话，傻了半天才反应过来，“你认识这个傻——这个英和学生？”

“这可是个好兄弟啊！”大王磊帮着肖栋掸了掸土，“我给了他一个120级的《梦幻西游》号儿，人家现在练到130级不说，还给别人代练赚钱。”大王磊又转过身来指着小王磊，眼睛眯成了一条缝，“你看看你，还指着劫道、收保护费，跟人家好好学学！人比你还小呢！”

原来，他就是传说中的大王磊！

“大磊哥，”小王磊颇有点愤愤不平，“这也不赖我啊！这两年咱们职高就要拆了，大家该回家就得回家，该找工作就得找工作，都快最后了就——就想赶紧弄点钱，省得以后挣不着钱了。”

“行了行了！”大王磊颇为不耐烦，“我当时想把网游号让你代练，你干嘛去了？还有，今天你不是说肯定能拿不少钱回来么？还说什么有正规中学帮忙，十拿九稳，结果呢？”大王磊摇了摇头，“告诉你啊，下次让我回来镇场子，挑个十拿十稳的，我不想当那个一！”

“那个，大磊哥……”肖栋赶忙喊了一声，“反正——谢谢啊！”

“别叫大磊哥，生分！”大王磊面对肖栋依然是笑容满面，“叫我石头吧。”说着，大王磊迈步离开战场，其他职高学生也随着他的步伐退去。

“还有，”大王磊似乎跟小王磊没说完，“下次别老吹牛逼，这片派出所所长是我爸，不是你爸！”

一刻钟之前还剑拔弩张的街道如今已经恢复平静，只剩下肖栋与小王磊还在面对面站着。小王磊再度掏出 ZIPPO 火机，点燃了一根香烟，把第一口烟雾吹到了肖栋脸上。

肖栋拎起了棒球棍，但没理他。

两个人几乎是同时，转身向着不同的方向走去。

“首席！”肖栋走近学校铁栅栏的同时，一个稚嫩的声音传来，定睛一看，是乐队的张晓晨，“哦不，肖哥，你真牛逼！”

“牛逼！”

“真他妈牛逼！”

“一个人几句话就把职高的说跑了！”

学校甬道里本来挤满了人，如今却自发形成了一条通路。

肖栋愣了一下，拎着棒球棍，走上通路。

“肖哥……”

“肖哥……”

四周传来了完全一样的声音，每个人都好似复读机一样重复着这两个字。肖栋逐渐适应了这种呼声，左手插进兜里，右手将棒球棍举过头顶，搭在肩上。

我——我才是这个学校的王者。

肖栋大踏步向前走，突然，徐语薇不知道为什么出现在了通路的终点，她呆呆地看着肖栋，眼睛里除了惊讶，依然是那种莫可名状的东西。肖栋发现，她在面对自己的时候，右手突然拉了拉左手的袖子。

徐语薇，后悔去吧！肖栋没有停留，而是直接从身边与徐语薇擦肩而过，走向自己篮球队的朋友。

街头一角，一支迎春花，已经悄然开放。

第四章

18-1

“本届波士顿国际小提琴比赛第一名:空缺。”

金碧辉煌的舞台上站了一排领奖选手,然而肖栋却只是坐在选手席上,心情繁杂,心思也不知道是落在台上还是落在台下。

但凡古典乐比赛,都存在“空缺”制度:如果技术上本应成为最佳的选手却发挥失常,那么就只有第二,没有第一。总说“文无第一,武无第二”,但一场比赛下来,谁的技术更好,谁的状态更好,别说身经百战的评委与乐手,即便只是个古典乐发烧友,怕也能听出个一二三来。

当“空缺”一词念出来,肖栋感觉全场都在盯着他。但他并没有显出任何悲伤与怅惘,只是站起身来,将西服扣子系上,向周围人鞠了鞠躬,礼貌地从旁门走向后台。

夏冰与徐语薇的席位已经空了,只留下武皓坐在位置上,有些懊丧。

“肖栋,她就是徐语薇?”肖栋还没走出大门,中川美奈子的声音就在高耸的大堂里回荡着,飘过每一个棱角圆弧,迫力有些加大。然而肖栋并没有回答,只是向着大门外走去。

“夏冰……”肖栋拽住在门口的夏冰,“怎么带她来了?”

夏冰点点头,微笑着:“对不起啊,本来你应该是第一的。”

"我没怪你,"肖栋摇摇头,"她在哪儿呢?"

"她走了。"

"走了?"肖栋奇怪道,"既然来了,为什么?"

"她说你还是那么强大!"夏冰模仿徐语薇的口气念着什么,"在你面前,她会感觉到自己的弱小,就好像那年你和武皓争夺她的时候一样。"

"什么意思?"

"她当年离开你,也是因为这个。"

"也是? 因为我强大,所以她就离开我了?"

"我也不太懂。"

"或许……"美奈子在后面站了一阵子,突然插话道,"她想和你见面,但又觉得太唐突,没有心理准备,就逃走了。"

"为什么?"肖栋转过身来面对美奈子。

"可能女孩子就是这样吧,什么时候都盼着男孩主动。"

是吗?

肖栋又转过头来盯着夏冰,也得到了一个肯定地点头动作。

"可我已经不想跟她……"

"她或许还想跟你在一起也说不定呢!"美奈子又插话进来,仅仅是与徐语薇见了一面,似乎就已经把握到了对方的特质。

"要不要去找找她?"夏冰接过话茬儿。

找她? 肖栋倒是有点犹豫。

"我带你们去吧!"大门口传来一声疾呼,原来是西装革履的武皓正在一步步下台阶,"肖哥,你是这个时代的奇才,我不想让你以后还因为这种事发挥失常,我想,你应该去见见徐语薇。"

"武皓?"夏冰开始眯着眼,神情写满了不可思议。

"夏冰,你好……"武皓眼中透着些歉疚,"你知道徐语薇住在哪里吧? 我开车带你们去找她……"

"你去找她干什么?"夏冰倒是防备起来,"都这么……"

“我不会见她……”武皓大摇其头，“我估计你也应该知道，我跟她之间其实什么都没有过……”

夏冰低下了头，肖栋却瞪大眼睛。

“那天出了 KTV，她就自己走了，我觉得挺没趣的，就自己回家了……”武皓摇了摇头，“肖哥，我其实跟你是一种人……”

原来如此，原来事情从来就没有我想的那么复杂……

“肖栋，去看看吧？”美奈子在一旁建议道。

18-2

“班长，这么乱你也不知道管管？”一片嘈杂声中，王红艳拿粉笔头敲了敲黑板，“值周生呢？黑板也不知道擦擦！”

“那谁，你赶紧去擦黑板！”武皓在最后一排，不耐烦地拍了拍手，“大家别说话了，开班会了，听老师的啊！”

肖栋一如既往，趴在位置上睡着。

“长话短说！”王红艳敲了敲桌子，“歌咏比赛提前了，下下周四演出，”随着这句话，班内传来了一片哀号，王红艳更扯着嗓子喊了起来，“武皓！你是班长，合唱曲子怎么选、怎么排练就交给你了！”

“别介啊，老师！”武皓说着从最后一排站了起来，一急之下险些摔了一跤，“我，我哪儿懂合唱啊！咱得找专业人士对不对？而且啊，合唱应该是班里文艺委员啊，对，应该苏芸负责啊我！一个搞体育的，应该……”

“苏芸不是生病了么？你先赶紧选曲子，定高低声部，排练再交给她不就完了吗？”

“我平常不听什么合唱曲，那些太老气了，”武皓硬点了一下头，“我听的都是 Hip-hop，总不能让同学在台上一起‘药药切克闹’吧？”

全班一阵哄笑。

“行了你！哪儿那么多话！”王红艳斥责道，“你要不知道该选什么曲子，就找个知道的，江子睿，你不是乐团首席么，你说说！”

“我……”江子睿狐疑地看了看武皓，又看了看王红艳，眼睛滴溜溜转了一圈，“我就是个学器乐的，声乐不太灵哈。”

“那还谁能行？”王红艳又开始新一轮点兵，“徐语薇，我看你平常也挺有音乐素养的，也帮武皓想想主意。”

王红艳话音刚落，全班同学起哄更厉害了，但火炬帮瞬间不再作声，武皓则呆呆望着前方。

肖栋的眼睛突然睁开，身体也向老师的方向挪了挪，但依然不起身。

“徐语薇，你说说啊，什么曲子好？”

徐语薇不作回答，只是冲着王红艳摇了摇头，也说不清是不知道该选什么，还是根本就不想说话。

“王老师，你什么意思啊？”武皓脸有点憋红了。

“怎么了？”王红艳斜眼看着武皓，眼里略显得意。

“有你这么当老师的吗？”武皓明显提了一口气到胸腔。

“有你这么跟老师说话的吗？”王红艳眼神颇有些得意。

“你明明知道……”武皓嘴唇有点发抖。江子睿连忙对冯勇使了一个颜色，冯勇会意，用手拍了拍武皓的腰部。武皓强压怒火坐了下来。

班内本来还一片欢腾，突然变得肃杀起来。肖栋微微抬起身来，用手掌搓了搓脸，从指缝里观察王红艳的神色。

这个王红艳还挺有手腕的，两句话就让武皓生气成这个样子，真是……厉害……我在她手里也吃过亏，最好还是别惹她……没错，还是要联合她。

“班长不愿意管，苏芸也没在，”王红艳走下讲台，到了徐语薇的身边，“徐语薇，歌咏比赛你负责吧？你跟苏芸关系好，交接起来也方便。”

“我……”徐语薇面无表情，却欲言又止。

“王老师，”夏冰突然举了一下手，“徐语薇身体不太舒服，别让她负责了，我来吧！”

“不行！”王红艳连连摆手，“你是体育委员，管不了这摊事。徐语薇怎么了？身体哪儿不舒服啊？”

徐语薇依然不作声，但肖栋注意到，她右手又拉了拉左手的袖子。

“老师！”夏冰直接站起来，“徐语薇现在不适合！”

“不是徐语薇还能是谁？有音乐素养的，有组织能力，还得能服众？”说着，王红艳又看向了江子睿。

“老师，我可不行。”江子睿依旧摆手。

“肖栋怎么样？”夏冰的手指笔直地指了过去，“肖栋是乐团首席，音乐素养肯定行。他也当过班长，应该让老班长发挥余热啊！”

好机会啊。

武皓第一次抢走我的风头，是在他擅长的运动会，现在我想击败他，从他手里抢回尊严，那也要在我擅长的地方！

就是这个歌咏比赛！

夏冰一番提议，引得王红艳一惊，也引得徐语薇的身影僵住，全班同学再度陷入沉寂。冯勇本想多说什么，但嘴刚刚张开，江子睿就冲他摆了摆手。武皓看到江子睿这番手势，眉头稍稍皱了一下，又朝着李旭东使了个眼色。

“肖栋啊，”王红艳边点着头边念道，“倒也行，但他自己愿意么？”

“老师，我愿意——为班集体多做一点贡献。”肖栋向王老师举手致意，脸上还硬挤出了一丝笑容。

徐语薇轻轻侧过身子，似乎在从余光里看着肖栋。王红艳侧着脑袋，沉默了三四秒，嘴角露出了一丝轻松的微笑。肖栋清楚地记得，上一次看到这丝微笑，还是武皓毛遂自荐，主动要求带队参加运动会。

“老师！肖栋要是指挥，我可不参加啊！”李旭东把脚伸在前面同学的椅子下面，头向后仰着，喊了一声马上转过脸去。

“我也不去！”光盘帮的小弟们都异口同声起来。

王红艳看了看李旭东，只是粗声叹了口气，又把目光投向肖栋。

“歌咏比赛没必要全班都上，”肖栋轻轻摆了摆手，“咱班没有合唱队的，唱歌不好听的也没法滥竽充数，”肖栋瞥了一眼李旭东，又冲着王红艳自信地一笑，“不如择优选人，严格排练，保准比那些全班上的要强很多！”

王红艳少许迟疑了一下，“班级间比赛，按说应该全班上场。”

“对啊！”李旭东接过话，“还择优选取？班级活动，你不能剥夺我们参加的权力！是不是！”

“那可不是！”

“肖栋这太欺负人了吧！”

“老师，咱们的目的是拿下第一，对吧？”肖栋右嘴角邪魅一笑。

王红艳点了点头：“说实话，不只是你们学生比赛，我们老师也是暗暗较劲。你们拿了名次，我脸上也有光！”

我也要像武皓一样，说点硬气话……“老师，我也说实话，”肖栋语气与目光都变得诚恳起来，“我了解咱们班人唱歌怎么样，您让我来选，保证效果好！”

王红艳看着肖栋，却是轻微一笑：“但说好了啊，你可得给我拿回来个好名次！起码前三！”

“老师，肯定冲第一！第二跟最后一名没区别！”肖栋拍了拍胸脯。

“老师我有意见！”武皓不请自站，话语虽然是对王红艳说，但目光却一直盯着肖栋，“肖栋是有点音乐才能，但他是器乐厉害，声乐怎么样谁都不知道吧？他真行吗？”

“王老师，”肖栋的目光也一直盯着武皓，“反正让他管，百分之百拿不了第一，对吗？”

“你……”武皓眼睛睁得正圆。

“武皓，你给我坐下！”王红艳厉声喝道，“发言要举手，知不知道？”

武皓茫然地站在位子上，又茫然地看了看火炬帮人马，只见大家都没有给予支持，武皓便咣一声坐了下来。

武皓，这就是我当年的感受，你终于开始经历了……

“王老师，想拿第一，光唱歌好听不行，还得有特色！”

“什么特色？”随着王红艳一问，全班人的疑惑都集中在肖栋身上。

“我想——”肖栋向前排一指，“让徐语薇同学伴舞！”

“肖栋，我操你妈！”武皓嗖的一声站起来，桌子也向前晃着。

“武皓你给我出去！”王红艳一直站在徐语薇桌子面前，便拍着她的桌子喊道，吓得徐语薇向后缩了一下。

武皓重重捶了一下桌子，二话不说，径直走出了屋门。王红艳怒气冲冲，连看也不看他一眼，更不会去拦阻了。

“肖栋，”夏冰脸上堆着不高兴，“徐语薇身体不好，你怎么还让她跳舞啊？你什么意思啊？你……”

“我跳！”缓慢的高音从徐语薇的方向传了过来，她依旧保持着正对前方的坐姿，只有手轻轻举了起来。

“语薇，你还不能……”夏冰不顾王红艳在场，边说边离开位子，向徐语薇走去。“你还是?!”夏冰总想多说点什么，但又不知为什么，总是说到一半就停下，搞得肖栋也有些丈二和尚摸不着头脑。

“徐语薇你怎么了？生什么病了？”王红艳看到夏冰这么焦急，却也有了些疑虑。

徐语薇又是猛地摇了摇头，也不知道是没生病，还是不想多说。

“说话啊，你！”王红艳有点不耐烦。

“老师！不用了，”肖栋也给了个台阶，“回头我把选好的曲子发给徐语薇同学，排练之前合一遍就完了。夏冰，你就当经纪人吧，以后沟通，我找你。”

肖栋看到，徐语薇默默点了点头。

“王老师，您看这样行么？”肖栋依然诚恳地看着王红艳。

“行吧，那我不管了。要唱什么曲子，肖栋，你来定；夏冰，苏芸回来之前，你也帮着肖栋参谋参谋，看看什么曲子好吧！”

“参谋？”夏冰一愣，嘴里似已准备好反驳词语，但很快，徐语薇就抓住了夏冰的手，夏冰顿时沉静下来，不再多说什么。

肖栋没有看到，徐语薇手里有一个U盘，递到了夏冰手里。

“那就这样吧！别耽误时间了，都回位子上坐着！把课本拿出来，翻到古文部分！”

没过几分钟，肖栋又趴在桌子上酣睡起来。

18-3

“你找我？”肖栋眼中颇有些不满。好不容易挨到放学，好不容易能在网吧里玩两盘CS，怎知有这么个阎王爷找上门来。

“嗯，找你。”夏冰就站在肖栋电脑的正后方，脸上带着些不耐烦，手里似乎攥着什么东西。

“都找到这儿来了。”肖栋抬了抬眼皮，不停嘟囔着，眼睛依然转回到屏幕上，继续在电脑里用“狙击枪”瞄着人。随着“砰”的一声，远处一个身影倒在了地上，肖栋的人物则在换着子弹。

“王红艳不说要选曲子么？”夏冰绕到电脑前面，肖栋旁边有个空座，但她根本无意坐下来，“我来找你商量唱什么啊！”

“这么快想好了啊？”肖栋倒是有些惊异，又打了好几枪，但却无一爆头，“我还说找合唱队的弄份谱子回来呢。”

“你认真点儿行不行?”夏冰环顾一下网吧四周,怕自己说话的分贝值太高吓到别人,“这回学校说了,如果歌词或曲子是原创,是有加分的! 你找一合唱队的谱子有什么用?”

“怎么没用啊?”肖栋干脆砸了一下键盘,游戏随即暂停,耳机也从肖栋耳朵上褪了下来,“合唱谱子起码两个声部:高低音。这么短时间哪儿来得及重新编曲啊? 反正我跟你说,找合唱队借一首简单点儿的,曲子是什么不重要,主要在练习和配合。”

“你就是怕麻烦呗,”夏冰咬了一下牙,从口袋里掏出一个U盘递给肖栋,“喏,我这儿有个好曲子,有MP3音频,有钢琴伴奏谱,有三声部的分声部谱子,歌词也是原创的。”

肖栋的腿蓦地停住,冲着夏冰眨了好几下眼睛,似乎“钢琴伴奏”“分声部谱子”这种话压根不应该从夏冰嘴里吐出来。

“怎么了? 你听不听啊?”夏冰又把手往前伸了一下。

“你什么时候对这事这么上心了?”肖栋半带着责怪口吻,却也是接过了U盘插在电脑上。只见他在键盘上噼里啪啦操作了几下,游戏画面顿时退出。肖栋将耳机好好戴上,打开了U盘中的音乐。

好像是一首日语歌啊……调子不算悲,却带着淡淡的忧伤。

这是什么忧伤呢? 不舍? 遗憾? 还是什么别的?

肖栋的脑袋跟着晃了起来。

“别光听,看看歌词。”夏冰终于拉开了椅子,坐在肖栋边上。

这首歌词,怎么押韵这么死板? 每个音乐顿点都要押一下……但是……这个词的文笔还真的很细腻,肯定是个女孩……

夏冰?

“这歌词怎么样? 不错吧?”夏冰见肖栋侧脸在看她,便也饶有兴致地问了一句。

“你写的?”肖栋右眼皮抬了一下。

“就说写得怎么样吧!”

“你还能写出这东西啊？”

“你什么意思啊？”夏冰白了肖栋一眼，饶有兴致也变成不耐烦，“我夏冰是个粗人，但谁说粗人不能玩儿绣花针？”

“噗——”肖栋差点没喷出吐沫，“您还知道自己是粗人啊！”

“少说片儿汤话！行不行啊这个曲子？”

“就是它了。”肖栋似乎是累了，不禁打了个哈欠。

“欸，还有啊，”夏冰稍微凑近了一点，身上散发出成人香水的刺鼻味道，搞得肖栋有点不适应，向后错了一下，“你说要精选人，怎么精选啊？咱得赶紧定谁上谁不上啊！”

“这个事啊，”肖栋又向左右掰了掰头，脖子发出“咔咔”的响声，“你不用担心，我早想好了。”

“那你到底。”

“肖哥，你在呢？”夏冰话刚刚说了一半，一个熟悉的身影在网吧另一侧站了起来。肖栋定睛一看，原来新跟随自己的小弟、乐团打击乐手张晓晨，“小王磊到门口了，大哥一会儿就过来，你要不要看一眼？”

小弟话音刚出，肖栋就转瞬间进入了战斗状态，腾的一下站了起来。夏冰看到肖栋神色变化剧烈，也赶忙站了起来，让出通道。

“马哥呢？”

“马哥跟大哥一起来！”

“大王磊呢？”

张晓晨摇了摇头：“没信儿。”

肖栋咂了咂嘴，语气也变得强硬起来，“咱们人怎么还没到齐？要每次都这样，职高早晚得把咱们灭了！”

“肖哥，今天就是聊聊天，也不会。”

“万一动手呢？又让我一个人冲锋陷阵？”高二训斥高一，似乎理所当然，但肖栋的语气似乎是急促了一点，“算了，把网吧里几个哥哥都叫上，出去先聊聊再说。”

“好！”张晓晨跑去叫人，肖栋则披上校服外套，径直走了出去。夏冰见状，本能地跟了上去，肖栋听到后面有脚步声，停下回望了一下。

“你别去了，在这儿看着吧，”肖栋转过头去走了两步，却又突然停下，沉吟了几秒钟，“你还是来吧，在一边儿看着就行，什么话都别说。”

“嗯好！”夏冰重重点了一下头。

已到了漫天柳絮的时节，一颗颗种子被柳条甩下母体，独自走向这个世界。他们心中或许有恐惧、有不舍，他们明知可能会被人踩在脚下，如同烂泥一样磨灭在土中。但只要种子还在，他们就依然能生根发芽，以更绚烂的姿态重新回到大家的视野之中。

依然是网吧外的小空场，小王磊双手插兜，却也不再摇晃他拿标志性的打火机了。他的身边站了几个身材比较高大的职高学生，但看到肖栋带着身材明显矮一头的几个人出现，小王磊的气势也是削弱不少。

“肖栋，没记错吧？”小王磊语气有点玩世不恭，却一点笑容也没露，“看你这么瘦，没想到这么难缠，今天约我什么事？是想给我们最后来一下子？”小王磊的拳头向前捅了一下。

“你可误会了，”肖栋指了一下旁边的夏冰，“我都带了个女生来了，可能干仗么？”

小王磊瞄了一眼夏冰，夏冰盯着肖栋，眼中带着些惊讶。

“那你找我们干什么？”

“别着急，”肖栋晃了晃食指，“等我大哥来了才能接着说，不过你放心，今天我要说的事，对你有好处，也对职高的人有好处。”

“有好处？”小王磊笑容中带着阴阳怪气，“兄弟你入伙没多久吧，知道我们职高跟你们结了多久梁子么？为我好？你大哥能同意么？”

“同不同意，说说不就知道了吗？”

小王磊依然是一阵笑声，只不过从阴阳怪气变成了单纯的苦笑。也随着这声苦笑，郑天楚与马晓东并排出现在地平线另一端，身后十数个学生也跟了过来。肖栋发现来的人不仅有英和、五一两校的学生，泰和也有几个学生跟了过来。

肖栋朝着两位普通中学的大哥打了个招呼。

“大哥，马哥。”肖栋待郑天楚、马晓东走进了，点头再度致意。

“肖栋？”马晓东抄在郑天楚前面凑近了肖栋，低声说道，“你今天把这么多人聚在一起要干吗？职高不都被你给制服了吗？”

“没事，听我一会儿说吧，”肖栋拍了下马晓东的胳膊，又大声说道，“今天请几位一起来，没什么别的想法，是想和解！”

“和解???”两个字同时从在场大多数人嘴里说了出来，分贝之大好似歌剧之中的大合唱。

“怎么可能和解？”

“什么和解啊？他们能投降么？”

“什么建议啊这是？”

“撤吧撤吧。”

“好了！听肖栋说！”郑天楚亮出嗓门，全场顿时安静，郑天楚抬了一下下巴，示意肖栋继续。

幸亏之前跟大哥打了个招呼……肖栋也朝着郑天楚点了下头，挥手来了个斩钉截铁的动作，“没错，打架不是长久之计，咱还是得想办法解决这个问题。”

周遭肃静了几秒。

“肖栋啊，”马晓东倒是面露微笑，“你是不知道以前的事儿，你知道职高是怎么欺负咱们的么？他们是问题的制造者，怎么可能跟你解决问题？”

“马哥，他们是问题的制造者，但他们本身也有问题，”肖栋点了点头，“职高没钱，也没其他办法，能抢一天是一天！所以他们有问题，就给咱们带来了问题。”

“我当然懂，”马晓东走近了一步，“可不能没办法就来抢咱们吧？”

“当然不行！要不然咱们干吗打他们？”

“对啊，都打完了，干吗还和解呢？”

“咱们可以打小王磊，打死他都成！”肖栋指着小王磊，“但底下的人呢？该没钱还没钱，该抢还抢，要都单个儿出动，又得有人挨抢！打他，是能出口气，但治标不治本，顶多管俩月。”

“那你说，怎么治本？”

“很简单，他们不是没钱么，让他们有钱不就完了吗？”

马晓东哈哈大笑，也不知道是嘲讽还是欣赏：“对啊，我也想让他们有钱，但怎么让他们有钱呢？”

“三条路！”肖栋右手形成“OK”状，左手食指抵住了右手中指：

“第一，我这儿有个网游代练的生意，让他们进来，我手把手教，”

肖栋接着又抵住了右手无名指：

“第二，我们班有一拨人卖片儿，从外面批发一堆回来卖，你们也可以拿走去职高卖一卖。”

肖栋的左手食指又来到了右手小指：

“第三，我们班还有个朋友家里挺有钱的，开一摩托车，他老能拿一堆烟到学校卖，可以让他低价进点货给你们，你们想抽就抽，想卖就卖……”

肖栋稍微顿了一下，又接着说：

“磊哥，只要你能答应，再有人来抢我们，你就首先去追查——那这些生意就都是你的！”

“你这是要让我们改行做生意啊？”小王磊摇头如拨浪鼓，“别了，我们都没文化，哪儿像你们这些高才生。”

“什么高才生？学习好有个屁用?!”肖栋突然咆哮起来，“普通高中就牛逼，职高就低人一等么？做生意的有几个有文化？敢干才能赚钱！你有胆子抢学生，怎么就没胆子挣点好钱？”

面对肖栋一声怒吼，小王磊似乎一下子被吓到了，怔在那里一言不发。

“肖栋说得对！”大王磊从网吧里面走了出来。

“磊——大磊哥，”肖栋随着职高的人叫了起来，“大磊哥，我还以为你今天不来了。”

“谁知道你今天是来当财神的，我还以为你今天要当阎王爷呢！”大磊哥放松地笑了笑，没再继续跟肖栋说话，“小磊子啊，我是听明白了，人家不但不把你赶尽杀绝，还出手帮你，你可得领情！赶紧把兄弟们归拢归拢，该干什么干什么吧！”

“大哥啊，”小王磊叹了口气，“你看今天跟我来的这几个兄弟，现在我能叫得动的也就这些人了，怎么可能找那么多人来加入他们做生意？”

“这个，交给我吧！”大王磊拍了拍小王磊的肩膀，“我跟他们说。”

“大哥……”小王磊听了顿时热泪盈眶。

“郑天楚！”大王磊以一种怀念的目光看着郑天楚，“你这个兄弟，可比你当年有见识多了，你得重视啊！”

“这也是我想说的！”郑天楚借着大王磊一言走上前来，“本来还想找个机会，算了，就今儿宣布吧！下个月开始，我就转去泰和附中了！”

“泰和？”肖栋惊讶地看着郑天楚，但环顾四周，却发现刘子龙、高硕这些人却并无反应。“大哥你怎么走了？”

大哥肯定跟他们先打招呼了……

“不是走！”郑天楚哈哈大笑，拍起肖栋的肩膀，“我这学习，上哪个大学都难，但泰和大学最近找我家里，说只要今年我帮他们附中在区里夺冠，就保送我上泰和大学。”

“这——”肖栋表情有点焦急。

“也不止因为这个，”郑天楚看了一下跟来的几个泰和学生，摇了摇头，“我这篮球水平在哪儿都能保送，但泰和附中让杨亚明搞成了这个样子！”

“我们不听杨亚明的了！”一个泰和学生高喊着，“以后我们都听楚哥的！”随着这声高喊结束，几个泰和学生都连连称是。

“那，那英和这边的事儿怎么办？”肖栋手心向上翻着。

“肖栋，我正想说，我在英和这帮子兄弟，你带着吧！”

我？

“大哥，”肖栋瞪大了眼睛，怒容也变成了惊讶，“大哥别这么说啊，子龙、硕哥不都行吗？这些都是我哥哥，我怎么可能带他们？”

“说实话，子龙、高硕也都推荐你，”郑天楚又看了一眼跟随来的其他人，只见刘子龙与高硕都在点头，“你刚来没多久，做事方法也跟我不太一样，但你有脑子，胆量也练出来了，我相信你，能代替我保护好这个学校。”

我接郑天楚的班儿？也就是说，我是郑天楚的继承者，这个学校的老大？

我是学校的老大了？

武皓，我再也不用怕武皓了？没错！他只是那一个班的老大，只是一个小帮派的老大，我可是这个大帮派的接班人，是……太好了！

“马哥、大磊哥、兄弟们，”郑天楚一边走向肖栋一边环顾四周，“我就把肖栋托付给你们了！有什么事大家商量着办！”郑天楚右手搂住了肖栋的肩膀，示意他上前说几句。

“我……”肖栋明显还没从惊喜之中缓过神儿来，“那个……楚哥这么器重我，我肯定得好好干！不能辜负楚哥的期望！”

肖栋这番发言颇为平实，虽然与他外貌形象契合，却与他之前表露出来的感染力与逻辑性形成了反差，多少让一些旁观者觉得可爱。

“但是小磊哥！”肖栋少许镇定，又用手招呼了一下小王磊，“有一个事得提醒你，刚才我说三条路，网游代练已经打开了，明天我就可以带你，但卖片和卖烟，这个估计还得你来帮帮我的忙。”

“帮什么忙？”小王磊迟疑道。

“这个嘛，”肖栋专门看了一眼夏冰，“慢慢说……”

夏冰听到这里，不禁向后退了一步，甚至踩到了张晓晨的鞋。

18-4

放学许久了，高二二班里依然传出歌声。

“女二声部大点声！”肖栋左手掌心向上抬了一下，“坚持住，唱满拍，好！”肖栋两只手的手掌猛然一收，变成了两个拳头，歌曲也随之结束。

“今天就先练到这儿吧，”肖栋转身指了一下苏芸，“苏芸，他们有人丢了谱子了，回去你给复印一下，然后大家回去再把歌词记牢了，合唱舞台上最忌讳滥竽充数！”

“好！”苏芸脸上犯了些红晕，蹦跳着跑出班门去找复印机。

换做往常，如果肖栋这么说话，恐怕会有很多人上来诘问，但不知道为什么，排练时候大家针对肖栋的一举一动却都不做评论，只是耐心听着，答应着。哪怕肖栋声音高了一些，底下也不会有什么异议。

可能因为人少吧……肖栋没多说话，把书包放在位子上，丝毫不顾所有书都在桌子上对着，边穿外衣边走出班门。

得赶紧走了，一会儿该刷新副本了，还得带职高的练级……

“肖栋！”走了没几步，一个稍显熟悉的声音把肖栋叫停了下来，回身一看，居然是江子睿。肖栋警惕地看了看对方，但没想到，江子睿却露出一张笑脸。

“肖哥，”见肖栋只是盯着自己，江子睿也连忙改口，“有个事儿想托你办一下，就是这回这个歌咏比赛，让我也参加呗！”

“你?”肖栋上下打量了一下江子睿,“想搞破坏吗?”

“哪儿啊!”江子睿脸上装作好像受了多大委屈,实际上又笑了笑,“多个猴儿还多把力气呢! 我江子睿虽然瘦得像只猴子,也想给班里出出力啊。”

“别介,那天你不还说自己是学器乐的吗?”

“我是组织不了,但可以参与啊! 肖哥这么辛苦,我也得跑跑腿儿啊!”

“你怎么了?”肖栋干脆地说出了不解,“圣诞节你不是还拿五重奏整我么? 现在你又想干吗?”

“没有!”江子睿又是一副苦大仇深的样子,“那不是我的主意,是冯勇搞的,他那么壮,我哪儿敢不听啊! 俞指挥还是挺喜欢你的,就是魏老师对你印象不好,没事,回头再说说。”

“不用!”肖栋想起乐团的种种事情,眼前又浮现起了那把破损的提琴,眼睛不禁冒起怒火,直勾勾地盯着江子睿,“我的琴都被人摔成那样了,我还回去干什么?”

“是我干的,”江子睿走上前一步,扬起头,语气倒是豁达了起来,“只要你能出气,想打就打,想揍就揍。”

“我……”一瞬间,肖栋的血液涌上头部,眼神顿时立了起来,丹凤眼充满了血丝;但又是一瞬间,肖栋却控制住了自己,紧紧攥住的拳头又轻轻松开,变成了一个柔软的手掌,轻轻搭在江子睿的肩上。

“这顿打,先记上账。”肖栋脸色依旧活像个阎王。

平复了许久,江子睿才喘了口气:“肖哥,我是真没想到你把郑天楚哄住了,还让你接班儿。你现在比火炬帮已经强了很多,这才一个寒假就——”

“你打算投奔我?”肖栋冷笑了一声。

“也不是,”江子睿收起了谄笑,摆了摆手,“我江子睿是个墙头草,但也不会随便倒。既然郑天楚以后让你接他的班儿,我也是英和学生，自然想跟你搞好关系，我也盼着你好好保护这个学校，把主要力量对外，跟学校里的人搞好关系。”

“什么意思？劝我跟武皓和解么？”

“这是我的建议，让武皓就以前的事儿给你道个歉，然后——”

“我不接受道歉！”肖栋斩钉截铁地说。

“肖哥，你现在比以前更有人气了，”江子睿凑过来，“而且，我都听说了，徐语薇那边不也又有机会了么？”

肖栋眼睛睁大了一点，“你听说什么了？”

“嗨，”江子睿坏笑着拍了一下肖栋的肩膀，“我都知道了！她现在肯定是想回你身边，想得不得了！”

想得不得了？为什么啊？就因为我又强大了？这，那徐语薇也太次了，武皓跟她还好着呢，她怎么能一边跟着武皓，一边又来跟我……哦，她那时候不就是这样么？一边跟我，一边去追武皓……但是就算这样……如果她真愿意回来的话，其实回到以前那种感觉……我怎么这么没出息！不行！她说回来就回来?! 当我是什么了！

“话说，”肖栋仔细选择用词，语速放得很慢，“你是怎么知道——她想回来找我啊？”

江子睿依然坏笑：“肖哥重情重义，还是这么关心她。”

“得了吧！我就是想玩儿几把，再把她扔了，”肖栋表情变得冷峻，“算了，你不说拉倒！”

“肖哥，”江子睿看着肖栋要走，赶紧拉住，“女孩都腼腆，你是男子汉大丈夫！多给她点儿机会，让她表现表现，再把她抢回来不就完了吗？对不对！”

“歌咏比赛我不是让她伴舞了么？”

“这不就对了吗！”江子睿舒了口气，“徐语薇这个事才是你跟武皓的深仇大恨，你把她抢回来，这个事不就结了么！”

也对，我要真是把徐语薇夺回来……反正现在是我接替大哥，武皓怎么着也不可能攻击我，要真是跟徐语薇和好，武皓小施惩戒就完了……

“具体怎么着，我再想想看，”肖栋径直走出楼门，“你回班里，找苏芸要谱子，就说是我让你加入的！”

“好嘞！”看到肖栋进了车棚，江子睿没再跟着，只是提高了嗓门，“有什么能帮忙的，随时言语！”

肖栋不置可否，只是走向自己那辆二八铁驴。

“啊对！”肖栋突然又想起什么，“江子睿啊，歌咏比赛我当指挥，得有个指挥棒，你去乐团帮我取一下吧。”

“什么指挥棒？”

肖栋撇嘴笑了笑，眼睛看了看绿油油的车棚顶。

19-1

“到哪儿了？”肖栋在汽车后座睁开了惺忪睡眼，却被外面的蒙蒙细雨吸引住，不由得四周观望起来。看似是个城市，街上却异常冷清，偶尔才有一两个人从街边某个店里走出来，撑起伞，慢悠悠地向着另一个方向走去。整个城市好像沉浸在一片萧条之中，搞得老百姓生活节奏也很慢。不难发现，这里的建筑还很有古典风格，阳台挨着阳台，颇有19世纪欧洲大陆的平民建筑特色。

“肖哥醒了啊？快到法兰西区了。”武皓开着车，从后视镜里看了一眼肖栋。

“什么地方？”肖栋好像从没听过这个名字。

“新奥尔良啊。”中川美奈子坐在自己身边副驾驶位置上。肖栋依稀记得，前一天下午他们从波士顿坐了飞机出来，在圣路易斯落了地，然后就租了一辆车，然后他就彻底睡着了。现在后备厢里，估计还躺着自己的各种行李。

“罪恶之城啊。”肖栋感叹道。

“对啊！”美奈子显得很兴奋，“你来过这里？”

“没有，”肖栋依然有些朦胧未醒，“以前在法国去过奥尔良，在那时候就听说过。”

“咣当当！”肖栋话刚说到一半，汽车突然轧到了一颗石头，车体晃了好几下。

“武皓你小心点！”肖栋突然眼睛一立，厉声吼道，“我琴还在后备厢呢！”

“对不住啊！”武皓不由得降下了车速，“没想到路这么坑坑洼洼的。”

“放心吧，”美奈子接过话茬，“我把小提琴箱固定住了，不会出问题！”

“哦……这样，谢谢。”肖栋略有惊讶。

美奈子还是体贴啊……

“夏冰，徐语薇就住在这附近？”肖栋注意到，与武皓坐在前排的夏冰一反常态，几乎一言不发，只是偶尔查查手机，然后发送导航指令，然后就焦急地左右盼着。

“再过两三个街区就是了。”夏冰略有心事地说。

“她现在，”肖栋听到很快与徐语薇相会，突然变得少许紧张，身子也向前挪动了一下。“在做什么呢？”

“她，你到时候还是问她吧，”夏冰又在后视镜里与肖栋对视，“反正是个有点叛逆的职业！”

“叛逆，”肖栋突然苦笑起来，对夏冰用起了汉语，“这个世界真有意思，你小时候那么叛逆，大了却这么居家，她小时候那么淑女，大了却这么叛逆。”

“人这一辈子，总要叛逆一次，”夏冰从后视镜看了看肖栋，又看了看武皓，“叛逆过才会追求平静，越早叛逆，代价就越小，越晚叛逆，代价就越大。”

“你最先叛逆的，所以，你平静地也就越快。”肖栋叹了口气。

“你最晚叛逆的，所以，你到现在还平静不了。”

车上一时无语。肖栋看起了两侧风景，法兰西区周围的建筑大多都是二层小楼，在细雨的映衬下显得有些破旧，却又有些怀旧。小楼的二层大都会有一块落地窗，落地窗的外面则是两块可以向两侧开的木板。在肖栋印象之中，这种建筑风格似乎没有法式建筑的典雅与庄重，反而像是西班牙式的自由建筑风格。

"这个小镇，不会大家都说法语吧？"

"嗨，"夏冰也不想就上一个话题再唠叨什么，"会有人坚持说法语，但这个地方早就是美国了，不管传统秩序有多悠久，总要与外人打交道，这一打交道，当然就容易被人同化了。"

肖栋向后面靠了一下，又一次沉默了。

"肖栋啊，"夏冰似乎是终于下定决心，"咱们停一下吧，听说这里今天有个庆典，咱们一起参加怎么样？"

"什么庆典？"

"是个音乐庆典，规模还挺大的。"夏冰回过头来看着。

"前面不就是徐语薇的家了吗？干吗要在这边停一下？"

"其实吧，"夏冰顿了一下，"今天有一个我特别喜欢的乐队来演出，你找徐语薇也不差这一两天，一起参加吧？"夏冰说着从兜里掏出一张票，递给肖栋。

"哪个乐队啊？"肖栋接过票，发现上面有好几个乐队的名字。

"就第三个，晚上 6:30 开始是他们。"

"Seine Amour，"肖栋念着第三个乐队的名字，颇感拗口，"法语吧，应该是塞纳河之爱的意思……"

"哟，你还懂法语呢啊？"夏冰乐了一下，脸上却有些惊慌，好像怕肖栋看出什么事情。

"嗨，在欧洲待了那么久，多少有接触。"肖栋似乎没有什么奇怪反应，一把将票揣进了裤兜，夏冰便也安下心来。"既然晚上要在这里待着，现在先停一下车吧，武皓也开了这么久了，大家都休息一下。"

“这还下着雨呢。”

“你忘了？我最爱淋雨。”

夏冰没再说什么，武皓直接在附近找个地方停了下来。肖栋拉开车门，撑起一把透明伞，沿着街道向前走着，饶有趣味地看着街道两旁的住房。走了差不多半分钟，肖栋发现身旁有个卖酒小店，便弯下腰，隔着玻璃观察橱窗里摆放的葡萄酒。

突然，橱窗的玻璃之中，一个白衣飘飘的女性身影悄悄闯进来。这身影是那么小，仅能盖住一瓶酒的标签。

大白天的，难不成是见鬼了？肖栋猛地抽了个冷子，转头向街对面看去。

他发现了，那个街对面的白衣女子，也在用着同样惊讶的目光看着肖栋。

白色雨伞，白色连衣裙，长发飘飘。

不会错的……

“徐语薇——徐语薇！”肖栋暗自念了一遍，又抬高声音喊了一通。

正当肖栋要上前一步，一辆黄色的校车呼啸而过，吓得肖栋向后一退。待校车离开，映入眼帘的依然是同样的一副风景，只不过那个白衣飘飘的女子已经不在他的视野之内。

“徐语薇！”肖栋边喊着边冲过了马路，他已经顾不得四下是否有人在看他，只是四处搜寻；他更顾不得其他人是否看到了他，只是向着徐语薇离开的方向追寻着。

一只蝴蝶，默默飞过街道。

19-2

“下一个，高二二班，演唱歌曲《致多年后的我们》，歌词原创。”

肖栋身着西服，打着一颗有点歪的领结，背对观众，站在舞台正中央。但他的右手并没有拿着指挥棒，而是拿着一把小提琴琴弓。这正是肖栋过去的琴弓，也正是江子睿从乐团中取出的。

随着琴弓轻轻划过，钢琴伴奏脉脉响起，而徐语薇穿着一身洁白的舞蹈服，脚着一双有些磨坏的舞蹈鞋，也从舞台的另一侧缓缓走上舞台，摆出了亮相姿势。

“我的妈呀。”台下突然响起一些议论。

“居然还有伴舞。”

“这是咱学校舞蹈团第一美女徐语薇吧？”

“哎哟，她不是肖栋的 ex 吗？”

“有好戏看了。”

当然，这一切议论，肖栋并没有听到，他稍稍扬起弓子，弓尖点向苏芸和她后面的女高声部。一首舒缓的女声徜徉在整个礼堂之中，一段优美的舞蹈播放在学校众人之前。

“如果累了，睡个好觉，天自然会明；

如果哭了，流滴眼泪，心自然会静；

清晨奔跑在操场，是我们的身影；

黄昏漫步在街巷，又有谁在倾听？”

肖栋晃动着琴弓，好似骑士在挥动着宝剑；徐语薇转动着身体，好像公主在跳着没有舞伴的交谊舞。

“那吹过四季的风啊，你不要急着停。

让我们再多听一听，那熟悉的下课铃。”

“这歌词不错啊，谁写的啊到底？”

肖栋也不免有些疑惑，眼光扫了一眼夏冰。

不可能是她！这个女的连唐诗都不背几首，怎么可能是她写的……难道……难道是徐语薇？

肖栋动作忽的僵住，侧脸看了一眼徐语薇，却发现就在这个时候，徐语薇也在看着他。而且她的眼睛里，那种莫可名状的东西淡了很多，深邃的眼神镶嵌在淡妆的小脸上。

难道……真的是她？

“睡着睡着，蒙蒙醒来，天却还未明；

哭着哭着，泪也尽了，心却还没静。

未来的世界，会不会这么不安宁？

过去的我们，又能留下几个姓名？”

语薇，你对这段青春，究竟是怎么想的？不安宁？不平静？告诉我好不好？咱们找个机会，好好聊一聊好不好？

“那吹过四季的风啊，你不要吹得那么轻。

把我们的一段段故事，变成青春的辉映。”

肖栋的眼眶开始湿润起来，徐语薇旋转到了肖栋身前，张开双臂好像要抱住他，却又忽地退了回去，微微低下身子。肖栋意识到高潮部分要来了，琴弓“呼”地向上一挥，全体成员都发出了最大的声音。

“青春的我们或许有很多不幸，

但千万不要掩盖自己的感情，

多年之后，多么想和你在一起，

一起数天边的流星，一起想美好的曾经。”

多年之后，多年之后，语薇，我们能有多年之后吗？多年之后的我们，在哪里？在做什么？你还认识我吗？

“啦啦啦……”合唱到了转调时刻，随即进入反复。徐语薇的舞步随之快了起来，一次又一次地从肖栋眼前经过，而且每次经过的时候都要抬眼看一下肖栋，每看一次，眼中的光芒就更清晰一次；每看一次，肖栋的心也震动一次。

对啊，我的青春的确很不幸，我只想好好练琴，好好学习，做一个普普通通的文艺特长生，跟一个普普通通的女孩在一起……现在学校已经交给我了，如果徐语薇能回到我的身边……那该多好！

肖栋左手一收，右手琴弓也定住，无论是高二二班的合唱，还是徐语薇的舞步，都随之戛然而止。

台下静默了三秒。

“啪啪啪!”评委席响起了几声响。肖栋转身一看,正是一位白发老者坐在那里鼓着掌,慈眉善目地看着肖栋。

俞指挥?!

“好!”随着俞指挥鼓掌,几位评委都不约而同地拍起手,大家脸上都洋溢着满意与惊喜,就连魏老师也重重了点了几下头。评委认可,台下的同学更是认可,不仅高二二班在欢呼,整个高二年级都对他们同年级同学的优异表现报以热烈掌声。

但肖栋顾不得这些,他草草鞠躬谢幕,便转身用眼神捕捉徐语薇。

徐语薇从舞台一侧下去了。肖栋故意从舞台另一侧走了下去。刚一脱离舞台,他迅速跑了起来,琴弓一把塞给了同学,领结也一把扯掉。他从人缝之中钻来钻去,眼神旁无他人,只是寻找徐语薇可能经过的地方。兜了一个大圈,他终于走到了徐语薇的下台的一条必经的狭窄过道上,深呼两口气,肖栋缓步逆向走过去。

让我碰到你吧……突然,一个洁白的身影从拐角处出现,白舞蹈鞋似乎也没来得及换。

徐语薇!肖栋险些喊出声来,但还是忍住了。他的步伐比刚才更缓慢,好像猫在寻食一样亦步亦趋。徐语薇意识到肖栋在一边,也是放慢了脚步,用脚底贴着地面磨着走。

两人好似角斗士的对手,每走一步就将身体多侧一点对着对方。肖栋尽可能压着呼吸,将身体在有限范围内多贴一点给对方。但不知道为什么,徐语薇却与舞台上判若两人,不但没有与肖栋打招呼,反而连看都不看肖栋一眼,只是笔直地朝前走着,无意撇头。

徐语薇……你怎么……肖栋双眼直勾勾地看着徐语薇,但依然没有得到回馈。擦肩而过前的那一刹那,徐语薇突然转了一下身体,正面不再冲着肖栋,而是冲着墙;肖栋倒是将正面冲着徐语薇,从旁边看来,简直就是徐语薇给了肖栋一个冰冷的后背。

肖栋的手,只能伸出一点点,不足以抓住徐语薇的肩。

徐语薇走了过去，肖栋愣在了原处，脸依然对着刚刚的方向。

“徐——”肖栋轻轻唤了一下，却只说出了这一个字。

肖栋没有看到，这一个字刚刚吐出的时候，徐语薇的身体猛然颤了一下。但当肖栋下定决心转过头来，却发现徐语薇已经快步走远了。

“徐语薇——”等到徐语薇已经消失在了肖栋的视野里，肖栋才瘫坐在地上，喊出了她的名字。

她真的想回来么？对啊，那个歌词，谁说就是徐语薇写的？就算不是夏冰写的，也可能是夏冰从网上下载的，然后说是原创……还有那段舞蹈，可能也不是故意看我，而是要看舞台下方，而我正好站在舞台正中间……我自作多情么？你就这么爱武皓么？我一定要把武皓彻彻底底从这个学校抹掉！

也不知是因为早春倒春寒，还是因为生气，肖栋的身体颤抖不已。他低头走了回去，但没有关注到，就在他路过的一面墙上，大概一个人高的地方，有一部分已经不知道被什么东西打湿了。

“下一个，高二五班，演唱歌曲《香榭丽舍》。”

19-3

“皓哥！”虽然是中午休息，但天还没有完全热起来，即便如此，冯勇却穿着短袖校服，身上也满布汗碱，急匆匆冲进教室，“皓哥，快去看看吧，咱有人被锯了！”

武皓正举着一个篮球演练投篮姿势，消息突如其来，他的手也一滑，皮球正直砸在脸上。武皓一边揉着额头，一边将目光投向了不远处的肖栋。

肖栋依旧趴在桌子上睡着。

“怎么回事？”武皓的目光依旧没离开肖栋，“谁被锯了？谁敢锯咱们火炬帮？”

冯勇脸上显出了少见的慌张：“中华帮！”

“篮球队?”武皓声音低了下来,紧紧盯着冯勇,“郑天楚在不在?”

“不是郑天楚,是高硕!”

“高硕啊,”武皓稍微松了口气,将篮球扔在一边,头也不回地走了出去,“咱赶紧下去!”

待到武皓走出班门,肖栋也伸了个懒腰,轻轻站起。他扒在窗户边上看了起来,看着操场上一群人架着一个不算瘦小的身影“锯”着篮球柱子,又看着武皓、冯勇冲出教学楼,却是微微一笑。

该我下去了吧……肖栋把校服外套脱下,露出自己的长袖T恤,轻轻踱向班门。班门口挂着一张崭新的奖状,这正是前些日子歌咏比赛第一名的证明。肖栋在奖状前面停了一下,表面上是在端详,实际上却用余光瞄了一眼徐语薇,只见她的脑袋冲着窗外,并没有朝着肖栋瞥一眼。

这个徐语薇,还那么关心武皓么?武皓你给我等着!

肖栋三步并作两步向前行进,或许觉得不过瘾,肖栋在跃下台阶之后又跑了起来,转瞬间从教学楼冲进操场。操场上,学生们已经把高硕等人所在的篮球柱围了个水泄不通,不仅是爱打球的男生,就连爱散步的女生也纷纷围在一旁观看。

“哟,这是火炬帮人被锯了啊?”

“一向不都是他们锯别人么?”

“这也是报应啊!”

“告诉你们,你们再锯,我可……”武皓站在一边高喊着,他的嗓门虽然很大,但步伐却始终没有往前走一步,两眼有些不知所措,一边看看冯勇一边又看看其他火炬帮的人,“把我这兄弟放开!”

“哎哟!”一声惨叫从篮球柱一带传来,“疼死我了!”肖栋穿过人群,少许凑近,眯眼一瞧,发现是光盘帮的李旭东。

“放开是吧?”高硕也学会了阴阳怪气,他给几个中华帮的兄弟使了个眼色,扑通一下,一起把李旭东扔到了地上。

“哎哟!”李旭东喊得好像杀猪一样。

“你们要干吗啊?”武皓这下也有些急。

高硕走上前来,与武皓对面而立,扬起嗓门比武皓要高出一个数量级:“告诉你啊武皓,不是哥哥们要锯丫个小瘦子,实在是你们丫火炬帮欺人太甚,逮谁锯谁,连个高一小孩都要锯,我们中华帮的人都看不惯了!”

“我……”武皓把“我操”咽了回去,“我们他妈锯哪个高一小孩了?”

肖栋望向了一个矮个的小男孩,他长了满脸青春痘,流着眼泪羞答答地站在一旁。但看到肖栋,张晓晨却高兴地挥了挥手。

张晓晨,好样儿的……

“你看看那个高一小孩,”高硕的手指也指向了张晓晨的方向,也恰好挡在了肖栋的视线前面,“都让你们锯哭了! 欺负小孩有意思么? 以后你们欺负一次小孩,我就欺负一次你们!”

“你丫他妈的!”武皓往前跨了一步,好像要与高硕决一死战,但马上又被胖子冯勇拦了下来,瘦子江子睿也在一旁耳语了几句。

“你丫跟谁说他!”高硕喊到一半,突然看到肖栋走过来,一脸怒容顿时转为坏笑。

“硕哥啊,”肖栋转头瞥了一眼武皓,“这是怎么回事啊? 谁让咱们硕哥这么生气啊?”

“我不生气啊,”高硕摆开两手,紧接着又指向李旭东,“但这帮傻逼说是皓哥的手下,说‘我们高三都不敢动’,他们不是喜欢锯人么? 我就得锯锯他们!”

“我没说过,”李旭东趴在地上,面色依然非常痛苦。

“你丫再他妈说你没说过?”高硕突然袭过来,蹲下冲着李旭东大喊,把李旭东吓得向后一退,脑袋又撞到了篮球柱上。高硕得意地撇了撇嘴,重新站了起来,“你们火炬帮想锯你们自己那小鸡巴,我们不管! 但我告诉你,从今以后,再敢拿其他人开刀,我们中华帮不答应!”

“你欺负我们李旭东还有理啊!”武皓接着痛斥。

“皓哥,我得说两句,”肖栋走到武皓与高硕的中间,冲着武皓点了点头,“你们火炬帮每礼拜锯一次人,我受过害,说实话大家都对你们怨声载道,就是不敢说;今天硕哥把李旭东锯了,就是让你们也懂得换位思考,想想别人受欺负的时候是什么感受!”

“呵,”武皓笑着点了点头,“我知道了,这波人,是你叫来的啊?行啊肖栋,有点本事了,高三都……”

“操场上同学都注意!”全校广播突然高喊道,估计是操场乱象已经惊动了部分在校老师,“午休期间不许在操场打闹! 不许进行危险活动! 下面念到名字的同学现在去各自班主任办公室——高硕! 武皓! 肖栋! 现在就去!”

在肖栋印象中,学校拿大喇叭喊人训话,还真是次数不多。

“哎,好戏刚演了一半,这帮老师怎么?”

肖栋下意识寻找了一下声音的主人,却怎么也找不到。他瞥了一眼武皓,又跟高硕微笑了一下,转身就离开操场,走回教学楼。

我当然知道好戏演了一半,不过另一半,不能在你们面前演了……

“肖栋,你给我等着!”看到肖栋走了,武皓也随即跟了上来,丝毫不管李旭东是否还在痛苦之中,“一会儿到了王红艳那儿,我把你那点事儿全都抖搂出来!”武皓加快脚步,飞也似的跑去二楼。肖栋却不着急,依然慢步走着。稍等了二十秒钟,高硕从后面跟了上来。

“肖栋,”高硕搂住了肖栋的肩膀,“到时候把所有事儿都推我们身上,没事啊!”

“硕哥,这可……”肖栋摇了摇脑袋。

“行啦! 没时间推来推去的!”高硕倒也爽快,拍了两下肖栋,马上带着中华帮的人跑上楼梯。肖栋自信地笑了笑,也走去了王红艳的办公室。

这帮哥哥，还真是讲义气！

肖栋还是不着急，上了二楼反而是迈起了四方步，走一步晃一晃，直到过了两分钟，他才凑近了王红艳的办公室。

“老师你相信我！这全都是肖栋的错儿！”肖栋听到武皓在办公室里面喊着，却并没有着急要进去。

“武皓！你知道你最大的缺点在哪儿么？你就是什么事都从别人身上找原因，你自己永远对！一个巴掌拍不响，你身上一点问题就没有吗？”王红艳又一次吼叫着。

这句话怎么听起来那么熟悉，难不成王红艳又开始狂躁了？

“报告！”肖栋在门口规规矩矩喊了一声。

“肖栋来了？进来！”王红艳的语气依旧那么严厉，“肖栋，听说你组织了高三那帮学生，挑事跟武皓打群架？”

肖栋看着武皓，眼角突然立了起来，将一副丹凤眼扯成了三角眼。但他马上揉了一下脸，又把严肃紧张的神态松弛了下来，摆出一副无辜的表情给王红艳。

“高三的？不可能啊，王老师您想想看，我一高二的，怎么可能指挥一帮高三的去打架?!”

“你又成了好学生啦？刚才你在底下怎么说的！”武皓指着肖栋的鼻子。

“我没怎么说啊，”肖栋继续装无辜，“我就说你们别老锯人，不行么？”

“你？”武皓一时语塞。的确，刚才那段对话之中，肖栋只说过锯人，并没有提到别的事情。

“老师，您想啊，我要真能叫得动那帮高三的，那我也不可能让武皓他们欺负啊，您说呢？”肖栋说话声音越说越小，故意摆出一副弱者的态势。

王红艳这个人，吃软不吃硬，武皓，你估计一辈子也看不出来吧？

“嗯，”王红艳当然还是有些生气，但也点头觉得有理，“武皓，你是班长，你要主动跟同学搞好关系！肖栋以前是班长，也是这个班的骨干力量，前些日子歌咏比赛要没他，咱们班能得第一么？你和高三那帮人有什么过节我不管，但你不能胡乱指责！”

“你才胡乱指责呢！”武皓拍了一下旁边的椅背，“这个班的情况你了解多少？肖栋早就……”

“武皓，你怎么跟老师说话呢！”王红艳狠狠拍了一下桌子，嗓门再次亮了出来，“你当了班长以后，光顾着早恋，班里成绩节节下滑，歌咏比赛你不带，就知道瞎搞帮派，告诉你你要再这样，班长我还是可以换人的！”

早恋，是徐语薇……不行，我要给武皓致命一击。

“老师……您也别这么说武皓，他工作也很努力，就是——”肖栋盯着武皓的眼睛，露出了邪魅一笑，“他可能还不太适应现在环境的变化吧，您多给他点时间，他会调整好的。”

“武皓你看见没有！你冤枉人家，人家还替你说话，还不赶快谢谢肖栋！”

“我，”武皓满面怒气，“我谢谢你娘的祖宗！”说着武皓抬起右脚，一脚踹中肖栋的大腿，肖栋猝不及防，扑通一下倒在了地上。

“武皓，你给我滚出去！”王红艳快步走过来，挡在肖栋身前，“反了你了！在我面前你还这么嚣张，是不是想被开除啊？告诉你，我是这个学校资历最老的特级教师，逼急了我，我就到学生处勒令你退学，校长也得给我面子！”

武皓气不过，又咚一声踹到了旁边的椅子，拉开办公室门，砰的一声甩门而去。两个声音之间，肖栋似乎听到了武皓说出“狗逼”一语。

“肖栋，你没事吧？”王红艳低下身子，拉肖栋起来。

“老师，您放心吧，”肖栋摇了摇头，“今天多亏了您，要不然武皓非得又把我给锯了不可。”

“肖栋，”王红艳把肖栋扶到座位上，又回到自己位子坐下，“今天是怎么回事啊？你给我讲讲。”

“哦，是这样，”肖栋撣了撣身上的土，一个故事瞬间形成，“有个高一学生被李旭东他们给锯了，我上去打抱不平，他们就要锯我，这时候正好有几个高三学生看不下去了，就围住了李旭东他们。”

我不能告诉王红艳，是我让张晓晨主动去挑衅李旭东，是我安排高硕那几个高三学生围在附近。

“高三那几个都人高马大，一下子就把李旭东锯了。”

我不能告诉王红艳，是我让高硕专门锯李旭东，而不锯别人……“我还阻止这帮高三的来着，但他们谁会听我的啊？”

“这时候武皓下来了，就……”

就……就落入了我的圈套了。

李旭东，老老实实把你的卖盘业务给我交出来吧！肖栋低下头，用尽全力不让自己笑出声来，不让自己的左嘴角撇得过多。

19-4

“嘟！”一声哨响，篮球队为郑天楚举行的告别赛正式开打。

英和中学篮球队虽有郑天楚这个高端人才，整体实力却不算高。得知郑天楚要离开，篮球队内部自然愿意搞个仪式欢送一下。对于篮球手而言，最好的欢送仪式，就是再来一场比赛；对于郑天楚的粉丝来说，最好的欢送仪式，就是来现场给他加油助威。

“郑天楚加油！”不知谁用硬纸壳做了一个牌子，在人群之中传来传去，大家也随着这个牌子喊来喊去。

对阵双方，一边是高三学生组成的一队，另一边是其他年级学生组成的二队。

一队主力，想也知道会有郑天楚、刘子龙、高硕。

二队主力，武皓、肖栋两人却同列其中。

用刘子龙的话说，这就是“不是冤家不聚首”。肖栋想到这句话，却只是哂笑了两声。他用胳膊擦了擦汗，瞥了一眼旁边的计分板。计分板摆在两张课桌的正中间，后面有两个记分员在翻牌子。

一场 20 分钟，只有上下半场。现在都半场多了，32∶25。

“一队发前场球！”篮球教练刘铁自然是充当裁判员，“一队 4 号！发球，不是罚球！”刘铁吹了声哨子，把正欲走向罚球线的高硕叫了出来。

高硕一脸不耐烦，将皮球顺势一扔，扔到了站在界外的刘子龙手中。肖栋连忙走过来防在刘子龙身前，两人目光一错，互相都会心地微笑了一下。刘子龙的下巴朝着郑天楚的方向一挪，肖栋立刻让开传球路线，让刘子龙舒舒服服传球给了郑天楚。

郑天楚立刻启动，带球从人缝中穿过，吸引住二队防守。待到武皓也在面前率先落位，郑天楚却立刻跃起，将皮球扔给三分线外的刘子龙。刘子龙一时间无人防守，稍作调整之后驾轻就熟地一扔，皮球穿过篮网。

刘铁向记分牌方向先伸了三根手指：“一队 5 号，3 分！”。

“哇！”两旁观战的学生都喊了起来。虽然只是一场校内友谊赛，但校园里最为惹眼的几个人都列于场上，自然引人注意，篮球场上喷发出的雄性荷尔蒙更引得不少女孩也凑过来围观。

“都领先 10 分了，二队没戏了吧？”

“10 分可是一个坎儿啊，过不去就过不去了。”

“听说武皓跟肖栋最近有仇啊？”

“对啊，你看肖栋跑位不错，武皓就是不传他。”

“是啊，这俩人争徐语薇那么狠，老师怎么还把他们放一个队里啊？”

“放两个队里就该打起来啦！”

肖栋跑到小禁区里要球，但无论他的跑位多么积极，武皓就是不给他喂球。武皓瞥了一下记分牌，忽然加速向前，吸引防守队员盯防他，紧接着又来了个急停，趁着对方还没落位，也是一个三分球投向了篮筐。

“砰！”篮球砸到了篮筐边上，向旁边一跃，肖栋与高硕在球筐底下摆好了阵势。高硕本来紧紧挤着肖栋，却在球掉下的一刹那，轻轻往外面一让，肖栋立刻贴近了三秒区，球正好落在肖栋的头顶上。肖栋会意，也不停球，跳起来直接将球补投入网。

“真能捡漏！”满场欢呼中，肖栋却看到武皓一张嘲笑的脸。

“二队 8 号，2 分！”

郑天楚继续运球，武皓不顾自己位置，上前逼抢。一队球员上来挡拆，给挪动中的郑天楚腾出了位置。郑天楚如同猛虎下山一样突入前方的进攻空间，面对的就是补防的肖栋。

只见肖栋向前一贴，身体向右一斜，给郑天楚让出了一条不算太宽的空挡。郑天楚眼皮向下一压，将皮球从空档之中传了个反弹球给跑到中间的高硕，高硕得球直接一个上篮，球又一次入网。

“一队 4 号，2 分！”

“大哥，我肯定让你赢。”

“肖栋，我肯定让你出彩。”

肖栋与郑天楚对面一笑，谁也没再说什么。

武皓带球从中路突破，郑天楚则从一旁紧紧粘着武皓，让他不得动弹。同时，刘子龙也从底线附近围堵过来，双人夹防武皓。武皓只能原地不动，等待后援。

远处，肖栋正在冲武皓招手。

武皓不耐烦地看了他一眼，又把球扔给了己方 11 号球员。但 11 号球员带了两步，又把球扔给了处于空当位置的肖栋。肖栋看到武皓脸上闪过一丝懊丧，继续自信地带球前进。面前的高硕、刘子龙对他大都在用眼神防守，肖栋顺利完成了一个漂亮的上篮。

“二队 8 号，2 分！”

肖栋紧紧攥拳庆祝。

又一回合。刘子龙传球不小心让二队拦下，武皓得球又打出反击。但面对无人防守的局面，武皓并未选择稳妥的上篮，而是站定在三分线外，做了一个冒险的三分跳投——皮球在篮筐里转了两圈，才不情愿地落了下去。

“二队 5 号，2 分！”

“老子就是牛逼！”武皓展开双臂呼喊，但转瞬间又意识到什么不对，“欸？怎么 2 分啊？我明明站在三分线外！刘老师！”

“你踩线了！”刘铁伸出脚踩了踩地。

“我没有！”武皓继续高喊，刘铁则不再理会，继续吹罚比赛。

“你他妈。”武皓本想骂点什么，却只得泄了气，接着回去防守。

郑天楚又一次带球来到前场，肖栋又一次闪开一点位置给郑天楚，郑天楚当然又发了一个弹地球给高硕——

“啪！”武皓突然出现在高硕身前截住这一球，肖栋也不禁一惊。武皓又露出邪魅一笑，把球甩向前场，二队 10 号球员接球，也是做了一个三步上篮——但很可惜，这次无人防守的三步上篮却没能投进。

“傻逼啊！”武皓向前挥了一下拳头。

一队重新发球。肖栋这次却不去盯防郑天楚，改由武皓防守。郑天楚看到武皓来了，却也是来了劲，突入禁区与武皓贴住。郑天楚低身快拍了几下球，突然分球给不远处的外线投手刘子龙，刘子龙抬手要投，武皓立刻放弃郑天楚，上前封堵。谁承想刘子龙跳起以后却没有投球，而是又传给了郑天楚；武皓再度放弃刘子龙，上前补防郑天楚——

“嗙！”武皓比郑天楚要高不少，本想来个盖帽。怎知一着急，动作也歪了不少，直接打在了郑天楚的手上。但郑天楚已经投球出手，球缓慢地划出弧线，在篮筐上弹了两三下，应声入网。

“二队 5 号，打手！二加一！”刘铁两手交叉在一起，把弹过来的球捡了起来。

“我没打手!”武皓咆哮着朝刘铁冲了过去,“老师你没看见啊?我根本没碰到他,他自己手滑了!”

“你能不能别闹了?”刘铁吹了吹哨子。“郑天楚都要走了,打个队内赛而已,闹什么啊闹?”

“我怎么闹了?你胡乱吹哨还说我闹?”武皓冲到了刘铁身前,与他四目相对起来。

“武皓,不要扰乱比赛秩序,要不然我罚你出场!”

“你为什么老针对我啊?刚才那个三分也吹了,现在也是。”

刘铁把皮球放在地上,“你别再争了,要不然。”

“咣!”不等刘铁说完,武皓把皮球一下子踢出了场子,满场哗然。

“二队5号,退场!”刘铁吹了吹哨,手指向场外。

“你行!”武皓用手指点了点刘铁,愤愤走开。路过肖栋,武皓擦了擦脸,又故意往地上啐了一口吐沫。“你也行!”

这个武皓,怎么跟原来的我一样……肖栋摇了摇头,抬手招呼替补上阵。

郑天楚罚球,应声入网。

“一队7号,1分!”

但紧接着,新上场的12号颇为兴奋,带球就往对方阵营冲去,肖栋看着他轻松晃过一队两名球员上篮。

“二队12号,2分!”

终于,武皓不在了,那接下来的时间就应该混过去么?

肖栋环顾四周,看了看周围几个队友。

不对,将来,这些人都是我的队友,我要统领起他们,就不能再像以前那么懦弱了!我是郑天楚的接班人,是下一任大哥,要是换做大哥自己,会安安心心放着这场比赛不拼吗?

郑天楚又一次来到的肖栋身前,而肖栋也是一如既往地让开了一个空位，高硕就在后面蠢蠢欲动。郑天楚面无表情，依旧向着高硕传出了斜插球——

“咣”肖栋鬼使神差地伸手一挡，球被断了下来，郑天楚也是一惊，没有及时去抢。肖栋带球急匆匆冲向前场，面对前来防守的刘子龙，肖栋没有纠缠，直接在三分线外就投了一球，皮球来了一记空刷——

“二队 8 号，3 分！”

“哇！肖栋今天打神了！”

“进了多少球了？”

“怎么武皓一下场他就打得这么好啊？”

“这还用问？肯定是武皓下场把他解放了啊！”

40∶36，还差 4 分……

肖栋抬眼看了一下记分牌，又转过头来，他的眼神突然变得锐利起来，指挥着旁边队友落位防守。

“还有 1 分半时间！”

郑天楚带球杀向边线，面对二队逼抢，使出了一个漂亮的转身过人，贴着二队 11 号抹进了小禁区里面。紧接着一个低抛球给了中间的高硕，高硕在罚球线附近将球一掷。

“一队 4 号，2 分！”刘铁又看了看表，“还有 3 次进攻机会！注意！3 次进攻机会！”

肖栋很明白刘铁为什么要说两遍。所谓 3 次进攻机会，有可能都是自己的，也有可能都是对方的。

二队 9 号与 11 号进行了两三次互相传递，但在禁区内，两人却被高硕与刘子龙防得死死的。突然，郑天楚从一旁冲过来劫球，皮球又弹到了二队半场。肖栋立刻回追，抢在郑天楚前面将球抱在了怀里。

肖栋来不及理会郑天楚疑惑的目光，又带球向前推进。郑天楚还在回追，目前是五打四，但那四个人似乎无意防守肖栋，只是放他在外围。肖栋见状，立正姿势，他特意多用了一点力量，角度也稍高。

不要总想空刷，要打板！

“防他！”郑天楚在后面大喊，然而一队球员都已经傻在那里，只能目睹皮球平着飞去，重重砸向篮板，弹入网窝。

“一队 8 号，3 分！”

42∶39。

“肖栋太帅了！”

“就差 3 分了！”

“肖栋！加油！”旁边的女孩子们似乎转移了注意力。

“肖栋，”郑天楚目光变得非常犀利，伸出一根大拇指对着肖栋，又指着自己，“我要防你了。”

肖栋只是笑了笑。

“往前冲！”郑天楚将球传给一队 6 号，任其在边线来回突进，自己杀入禁区。6 号会意，立刻穿了个高球给郑天楚，郑天楚则突然一跳，个子不高的他居然跳得比高他一头的防守球员还要高，接球直接做了一个空中配合。

然而不走运，皮球击中了篮筐内沿，又向原方向弹了回来。郑天楚再度补投，但由于力量太大，皮球打中了外沿，弹得很高，直接飞出了篮板底线。

42∶39。

“还有最后一次进攻机会！”

“肖栋加油！”

“二队要追平啊！”

想要追平，必须再来个三分球……我得加油了……

球传到了肖栋手中，这次刘子龙也站在肖栋面前防守。肖栋不再恋战，将球一下子扔给 12 号。12 号依旧保持着极快的速度与充沛的体能，一下子甩开了回防中的高硕，突入禁区。但他也知道应该投个三分球，于是又传球给外线 11 号。不过这么一传，一队球员全体回到防守位置，肖栋虽然游走在禁区外围，却也一直被郑天楚紧盯着。

不及肖栋挥手示意，12 号马上跑过来为肖栋挡拆，肖栋则突然一个快步迈了出去，扯出一片空当，11 号顺势一个高球传给肖栋。

肖栋向地上看了一下，确认走出三分线，抬手就要投。与此同时，郑天楚也摆脱挡拆，高高跃起，意图封住肖栋的出球角度。

肖栋忽然一慌。对啊，郑天楚，他毕竟是我大哥，这是他的告别赛……我的实力已经展现了不少了，是不是应该……

肖栋故意顿了一下，等到郑天楚到来，紧接着轻轻跃起，正好赶上郑天楚也跳了起来，肖栋故意将球打在了郑天楚的手上。郑天楚没将球拨远，他接着拿起球向前场冲去，二队已经无人防守，他一个干脆利落地上篮。

"嘟嘟……"刘铁吹响了终场哨，"一队 7 号，2 分！"

"盖了大帽儿啊！"

"郑天楚还是牛逼！老大！"

"郑天楚太牛逼了！盖帽上篮！"

"真牛逼！"

一片欢呼声中，郑天楚又一次走向了肖栋。

"肖栋，"郑天楚微笑着用手指点着，"有你的。"

"大哥，"肖栋挠了挠头，"我这是雕虫小技了。"

两人相拥在一起，哈哈大笑。

20-1

语薇……你在哪儿……在哪儿？

肖栋的身影穿梭于巷子之间，新奥尔良的法兰西区如此别致，肖栋却无心看景，他的眼中，完全被那一缕白色的身影所占据。肖栋已经扔掉了雨伞，他紧握双拳，全身说不清是大汗淋漓还是大雨淋身，却依旧快步走着，眼睛也不舍得眨太多。

肖栋手机已经响了无数次《沃尔塔瓦河》，一开始还只是夏冰和中川美奈子，到后来是肖栋的经纪人，再到后来，居然连远在中国的肖栋老爸也来了电话。但对于这些电话，肖栋一概不接。

现在不是时候……似乎是到了音乐节举办地附近，肖栋发现了越来越多的海报贴在周围，似乎每个参加的乐队都会有自己一张宣传海报。

“都什么时候了，还办什么音乐节。”肖栋暗自嘟囔着。肖栋的手机突然响了，但铃声并不是《沃尔塔瓦河》。谁的短信？

肖栋又掏出手机瞧了一眼，夏冰啊……

夏冰短信里没有任何文字，只有一串不长的数字。从位数来看，明显是一个美国手机号。

手机又响了，夏冰信息中写道：去找她吧。

既然都到这儿了，就主动一下吧……肖栋按下电话号码，手机立刻转入自动拨叫。

“嘟嘟……嘟嘟……”电话持续响着，但对方始终没有接的意思。“对不起，您所拨打的电话无人接听。”

肖栋重拨了一次。

“Hello——”电话那头响起一声悦耳的英语，声音还是那么纤细。虽然上一次听到这个声音已经是十一年前，肖栋却一下子就辨识出声音的主人。

“徐语薇？”

肖栋能听见对面不算急促的呼吸声，他捏紧了拳头，沿着街道奔去宽敞一点的地方，生怕信号不好。两侧的建筑物随风飘过，肖栋却无意与他们有所交集。

这个声音，虽然只是呼吸声，但是……

“是你吗？”肖栋又喘了两口粗气。

“夏冰。”沉默了好久，那边才传来了这两个字，好像带着一点点南方口音，也好像带着一点点熟悉的滋味。

“语薇！”肖栋下意识地省去了姓氏，喊了出来，但他很快就深呼一口气，控制住自己的情绪，“见见面吧？”

“不是见过了吗？”徐语薇打断了他。

“那就聊聊？”

“我们不是在聊么？”

“哈……”肖栋不禁苦笑了几声，“你还是老样子，不紧不慢。”

“你也没变，还是那么强大。”

“啊？”肖栋似乎是没听清楚。

徐语薇声音终于大了些：“你还是那么强大，也还是那么喜欢展示强大，在你面前，我永远是弱者。”

“什么意思？”徐语薇好像就在对面，肖栋能够直接看到她在摇头。

“我本来以为，过去的事情都放下了，但我坐在音乐厅，看到你……”徐语薇轻轻叹了一口气，“我就知道，你还是那时候的你；看到那时候的你，我也变回了那时候的我……”

“那时候的你我？”

“那时候的你我，”徐语薇似乎也在摇头，“不是就在互相逃避么？”

肖栋斜倚在墙壁上。

“我不怪你，”肖栋摇了摇头，“我弱得连自尊都没有。”

“我不觉得你弱，”徐语薇声音亮了一点，“你家里那么反对你拉琴，你妈妈弃你而去，但你就是凭着一股劲儿练到今天，你弱吗？”

“劲儿？”肖栋学着徐语薇的语气，说着这句儿化音。

“你牺牲了太多时间在琴上，才与外界格格不入，其实你不管认准了什么，都会成功，因为你心智强大，一般人要么屈服，要么转学，你却能从另一条路上反击。”徐语薇终于笑了两声。

“所以我不明白，”肖栋抬眼看着远处，“我后来强了，你也和武皓分了，为什么不回来呢？”

“肖栋，”徐语薇只是轻声唤了一下，“你太不懂我了。”

“不是因为他更强吗？”肖栋苦笑了几声。

“肖栋！”徐语薇终于打断了他，语气也从轻柔变得刚强起来，“你是越来越强，但你跟武皓也越来越像！”

“尼采说过‘想战胜恶魔，自己要先变成恶魔’，我想从武皓手里夺回尊严，必须要先和他一样，但这并不代表我什么都跟他相似。”

“尼采原话是‘与恶魔斗争，要防止自己也变成恶魔’，”肖栋仿佛能看到徐语薇在摇头，“‘当你望着深渊，深渊也在望着你。’你越仇恨武皓，你就和他越像。”

“你听我说！”

“武皓把我当成压寨夫人，却并不关心我；我不需要一个高高在上的王子，我需要一个关心我、照顾我的骑士。哪怕只是个乡村骑士，都比城市王子要好。”

“我不关心吗？”

“你曾经很关心我！但武皓让你变了太多，你把他当作敌人，把我当作了战利品。”

一阵微风吹来，让本已湿透的肖栋更加发凉。

“那年歌咏比赛，我们擦肩而过，我多希望你能……”徐语薇突然停住，叹了口气，“但那以后我就感觉到，你不仅在武皓面前示强，也对我示强。”

“有错吗？”肖栋非常不解。

“当你示强，我就会觉得自己是弱者，是你在怜悯我，好像我就是压寨夫人，”徐语薇的语气越来越细，“我不想经历第二个武皓，我只想要一个以前的肖栋！”

"以前的肖栋……"肖栋抬起下巴，争取不让泪水流下来，却根本阻止不住，"那我改变自己是为了什么？"

"我给过你机会，"徐语薇继续念道，"还记得那条短信吗？"

"短信？"肖栋在脑海中搜索着答案，"什么短信？"

"'周三，别去'……"

一道闪电击穿了肖栋……

"我本来想说，'如果你为了我，放弃跟武皓纠缠，我就回来；如果你为了争我而和武皓决战，我就再也不见你。'"徐语薇声音突然坚定了起来，"但真要发短信了，我却删了又删，只打了那四个字。"

"那你不说明白，我怎么会明白？"

"你还记得你的回复吗？"徐语薇没有理会肖栋这一问，"你的报仇，比任何事情都重要！比我也重要。"

肖栋抽动了两下鼻子，闭上眼睛任眼泪横流，与雨水交织在了一起。

"这就是答案吗？"

"嗡！"电话里突然响起一声嚣叫，随机电话就切断了。

"徐语薇！"肖栋对着电话喊了一声，狠狠哭出了声，手机也摔在了地上，屏幕碎了一片。这就是我青春的答案吗？

"你怎么没打伞？"一声亲切的问候从旁边传来，抬眼一看，一个中学生模样的女孩身穿着雨衣，抱着一大摞传单，关切地看着肖栋。

肖栋没有理她，转头看着别处。

"别难过啦！"年轻女孩拉着肖栋来到一个屋檐下，递出一张传单，饶有兴致地说着，丝毫不顾肖栋脸上不耐烦的表情，"今晚有音乐节哟！著名的 Seine Amor 今天也会登台演出，去看看吧？"

传单上一个白色的身影，映入肖栋眼帘。肖栋盯着传单看了几秒，呼吸突然变得更加急促。

这个女孩……不会错的……Seine Amor……塞纳之恋……

夏冰也说她喜欢这个组合……

肖栋突然抓住年轻女孩的手腕，眼睛一立："她今天来么？"

年轻女孩被吓了一跳，连忙抽出手，只是点了点头。

"在哪儿？音乐节在哪儿？"肖栋又上前一步，年轻女孩被肖栋吓得赶紧跑了，也没回答具体位置。

对了，票……肖栋从兜里掏出夏冰给他的票，只看了一眼，便全速跑了起来。

徐语薇……一定要等我……不要走！

20-2

不算月黑风高，却是傍晚黄昏，但路灯依然尚未亮起。几个职高学生从后门跟了一阵子，悄悄围住了英和中学高二二班李旭东的去路。

"你是李旭东吗？"一个声音突然传来。

"不……不是！"李旭东前后环顾了一下，连忙否认。

"不是？"小王磊从几个人后面走了出来，这次他没有带着标志性的打火机，"那让我们检查一下吧？"小王磊说着咧嘴笑了起来，用下巴指挥着一个胖胖的职高学生。

胖学生不由分说，一个箭步冲到李旭东后面，将他反手摁住。其他职高学生上前帮忙，从各个方向限制住李旭东。小王磊插兜走上前，"嚓"的一声拉开了李旭东的上衣拉链。李旭东的衣襟甩开，两边各自并排放着两列光盘，每张盘只用很粗的自来水笔写着一些文字。

"松岛枫……苍井空……小泽玛利亚……"小王磊饶有兴致地翻了起来，"都是好片儿啊！一张多少钱？"

李旭东不敢大出气，只是摇了摇头，半天才挤出一句"不要钱。"

"哪儿能不要钱啊？"小王磊又开心地笑了起来，"你是卖片儿的，我们就是想找你买几个片儿，回去自己爽爽！说吧，多少钱？”小王磊说着，抽出一张光盘拍了两下李旭东的脸颊。

“真……真不要钱！”李旭东快哭出来了，“是孝敬哥哥的！”

“别说得我们跟劫道似的！”小王磊使劲摇了摇头，“跟你说啊，肖栋大哥已经不让劫道了，我们也老实赚钱，改邪归正了！”

“肖栋！大哥？”李旭东慌张中夹杂了一丝疑惑。“怎么会？”

“对啊！就是跟你一个班的肖栋！”小王磊又用光盘拍了拍李旭东的脑袋，“我跟肖哥不打不相识，人家非但没瞧不起我，还带我们挣钱，行了！别说废话了！一张盘多少钱？说不说？”小王磊说着抬起了拳头。

“别别别！”李旭东摇了摇头，“左边的10块，右边的8块！”

“这就对了！”小王磊从兜里掏出一张皱巴巴的10元钱，塞进了李旭东的上衣兜里，“这才是做生意啊！”随着小王磊一抬下巴，职高学生立刻松开李旭东，但他却没有逃，而是直接瘫倒在地上。

“李旭东啊，”小王磊蹲下拍了拍他的脑袋，“跟你商量个事，我兄弟多，买的片儿也多，估计没一百、两百张打不住。这样，你带我们认识认识你的进货商吧？怎么样？”

“什么？”李旭东立刻警惕起来，似乎发现了职高的真正意图，“这个……”

“告诉你啊，”小王磊站了起来，居高临下看着对方，“没你，我们照样找得到进货商；找你，就是给你一个机会。”

“什么机会？”

小王磊冷笑了一声，“如果你给我们牵线搭桥，帮我们拿个低价，我就允许你在这个学校的外面卖！不用担心警察，我老爸就是这一片儿派出所的头儿，有事儿直接找我！”

“这个……”李旭东虽有迟疑，眼中却有些光芒。

“想想吧，”小王磊示意周围人把李旭东拉起来，“咱都不算富裕，你的生意只在这个小破学校里做，赚不了多少钱吧？还得看你们那个什么武皓的脸色。你跟我们干,每月我就要这个数,剩下的事儿绝不过问。”小王磊伸出两个手指,又像是“二”,又像是“胜利”。

“这是多少?”李旭东的身体向后躲了下。“两——两千?”

“两千你大爷!”小王磊拍了一下李旭东的脑袋,“我要你两千你给得起吗?”

“那是……两百?”李旭东站了起来,嘴角稍微向旁边抖动了一下,眼睛也滴溜溜转了几圈,“两百倒是不多,但……”

“不用担心……”小王磊似乎看出了什么,“我们每个月只收两百,除此以外,不会让你请吃的、请喝的,剩下的钱我们不要!两百块钱,一锤子买卖,行不?”

“这生意不是我一个人做,我得……”

“好!”小王磊鼓起掌来,随即掏出一个硬纸壳塞进了李旭东的上衣兜。由于上衣兜已有一张10元钱,硬纸壳没能完全插进去,还露出了几位数字。“有事找我!”小王磊单手指向远处,李旭东愣了一下,明白可以走了,便捏紧上衣兜,快步离开现场。

“肖哥!”小王磊看到李旭东走了,向远方招了招手。

“小磊哥,可真有你的……”肖栋从远处一根电线杆后面走了出来,跟在他身边的还有几个矮个子的高一学生。

“嗨,这事儿也算我专长了,闻道有先后、术业有专攻啊!”小王磊一副痞样却诌出一片古文,却也有些喜感。小王磊哈哈大笑,掏出一根烟敬给肖栋,但肖栋却微笑着摆了摆手,小王磊只好把烟放在嘴里,从兜里甩出一个ZIPPO火机,“啪”一下点着,“不过肖哥啊,你说这有用吗?不让我们动手。”

“到时候你就知道了,”肖栋看向了校门方向,装着成年人运筹帷幄的样子说道,“武皓在我们学校算一号人物,这是盘大棋!”

“肖哥,你太仁慈了,”小王磊吐了口烟,右手挥了挥,不让烟味跑到肖栋那里,“这要是我,早找人把那傻逼武皓给做了!”

“小磊哥，”肖栋沉思了一下，表情突然变得狠毒起来，“没错，我让那个武皓欺负得特别狠。但就是因为这样，我更不能打他一顿就完了，得让他拥有的所有东西一点点离他而去！最后他知道背后是我，肯定找我决战，到时候，这可算是他挑事儿！”

“得……”小王磊狠点了一下头，“文化人啊，不好惹！那你说，怎么让他一点点失去？”

“磊哥，你说呢？人都有什么东西引以为豪？”

“这个，那也就是有能耐、有钱、有势力呗！”

肖栋伸出了第一个手指，“有能耐，使不出来”，第二个手指也伸出来，“有钱，挣不到”，肖栋又伸出第三个手指，“最后就是，有势力，但自己跟自己却掐了起来……”肖栋收回手指，攥了个拳。

街上的路灯，忽地亮了起来，映衬着肖栋的目光，越来越犀利。

“那光是我们劫李旭东，够么？”小王磊又嘬了一口烟。

“你忘啦？我还有个小兄弟呢……”肖栋会心一笑。

20-3

“干什么，你们干什么？”不知哪里传来这样一声喊叫。

“老老实实待着！”定睛一瞧，却是瘦小的张晓晨在吼叫。如果让他照照镜子，恐怕他也很难认出如今的自己，与半年多以前有什么相似之处。但也必须说，半年前曾经消瘦的张晓晨，如今已高了不少，长了些肉，显得结实了一些，强大了一些，不再那么好欺负了。

“你们这帮高一小孩，凭什么？”对面继续传着喊叫，但很可惜，他已经被这些高一小孩堵在了死角里，虽然晌晴薄日，虽然光天化日，他却依然不被任何人重视。

“李杨，没认错吧？”张晓晨捏了捏手。

“你们怎么知道的？”李杨虽然是高二学生，个头却没比高一学生强多少，对方四五个人围过来，他也是不寒而栗。

“想问你个事，”张晓晨从裤兜里掏出一个橡胶状长条套子，但套子的头部已经损坏，旁边几个高一孩子不禁乐出声来，“这个鸡巴套子，你还记得吗？”

“这个……”李杨似乎想了起来，又似乎无甚印象。

“啪！”张晓晨说着就给了李杨一巴掌，“你拿着这个东西，对肖哥做过什么？自己说！”

“说！”另外几个高一孩子跟着喊了起来。

“我……我……”李杨显然是没意识到事态变化之复杂，“肖栋他怎么样，跟你们有什么关系啊？”

“挺横啊！”张晓晨给了李杨一脚，但没能踢上力气，“看来是不知道错，那我们就得替肖哥行道了！”张晓晨挥了挥手，另外几个孩子跑上前来按住李杨四肢，张晓晨自己把破损的避孕套头部撑开，强行套在了李杨那不大的脑袋上。李杨挣扎了两下，终于把鼻子从避孕套另一端露了出来。

“呜呜……”李杨的声音隐藏在了高一学生的嘲笑中。

“这叫声跟驴一样啊！”不知是哪个孩子这么说。

“你别说还真像！”张晓晨捧腹大笑，“来来来！学个驴叫！”

李杨本还有发出着不情愿的呼唤，一听“学驴叫”，马上停住。就在他停住之时，学校忽然打起了上课铃。

“你他妈倒是叫啊！叫完了就让你走，我们也还等着上课呢！”张晓晨又给了李杨一脚，这下子直接把李杨踢倒，旁边几个学生都没能拽住，“叫！”

“叫！”又是一阵群魔乱喊。

“哞哞……”李杨慌不择路，学起了牛叫。

“让他妈你学！”张晓晨跟上去猛地踢了一脚，却被旁边几个同学拉住。

“饶了我吧，我错了。”李杨哭出了声。

“你看你一个高二的还哭鼻子，真丢人！”张晓晨讽刺了一下，也笑了起来,“你要想不再挨打,得肖哥亲自说了算。”说着,张晓晨突然俯在李杨的耳朵边上,轻声说了些什么。

“这个……”李杨听罢,不禁摇了摇头。

“肖哥要是不原谅你,这事不算完！别看学校现在不让锯人了,我们有的是法子治你!”张晓晨示意周围人把李杨放开,带头撤走。

李杨躺在地上,一边揉着身上一边看着天空,也不知道在盘算什么。忽然,他没再留恋冰冷的地面,蹿起来直奔教学楼而去。

教学楼一层入口处多了一条标语:“校园内禁止锯人运动。”

李杨对着标语愣了一会儿,这才狂奔上楼,出现在班门口,王红艳自然早已在里面讲起课来。

“高二写作文,重在把事情条理说清楚,不要出现逻辑漏洞,不能文不对题,给高三……”王红艳看到李杨推门进来,“李杨！你看你！打铃半天才进来？身上怎么全是土?”

“老师,我……”

“回去坐着去!”王红艳刚刚虽然来了一串问句,却似乎无意听回答。李杨的位置恰好就在大门口第一个,直接坐下似乎比再说什么更容易。

坐下前那一刹那,李杨用余光看了一下后排的肖栋,肖栋依然保持着以前的姿势,趴在位子上睡觉,也不知是真睡还是假睡。

“接着说……”王红艳在桌子上翻了翻材料,“每一句话都紧扣题目,才能给高三打下好的基础。我接下来读一段反面教材,题目是咱们上回布置的《配合》。”王红艳戴上花镜,清了清嗓子,用她特有的尖声朗读了出来:

“‘人生就像打篮球,看不到洛杉矶凌晨四点的景色,就投不出必胜的三分,这就是著名球星科比·布莱恩特的成长历程……’”王红艳拿下眼镜盯着远处,武皓又羞又恼,坐在位子上前后挪动,“我不禁想问这位同学,文章题目是《配合》,你第一句话却根本不讲配合，全都在描写一个人，这样对么？”

班里有人窃笑，武皓往笑声方向看了看，但似乎没发现是谁在笑。

“‘科比·布莱恩特出生在一个穷人家庭，困苦的生活让他穷人的孩子早当家，他很小就懂得了勤奋的重要性……’我要再提醒一下这位同学，这篇文章的题目是《配合》，不是《勤奋》，文章已经写了两个整句，却根本没有扣题点题，就是在写这个球星……你有多爱他啊？”

王红艳话音刚落，窃笑的声音更响了，毕竟在高二二班，这么疯狂喜欢科比的人恐怕也只有天天脚踩“科比鞋”的武皓了。

“李旭东，你丫笑个鸡毛啊？”冯勇还不等武皓发火，就先在一旁骂了起来。

虽然冯勇没那么热爱篮球，但随着这一声喊，全班注意力都集中到了冯勇身上。

“冯勇同学！注意说话用词！”王红艳先声夺人，冯勇虽然很生气，却只得暂行退却，低头不语。

“老师，我们都听出来了，这肯定是武皓写的吧？”出乎所有人意料，这话竟然从李旭东嘴里冒了出来。但也没有人看到，趴着的肖栋听到这句话之后，淡淡一笑。

“李旭东你丫想干吗啊？”武皓脸上着急又惊慌，他已经顾不得王红艳是不是看着，拍着桌子就喊了出来。

“武皓同学，请你注意说话用词，不要骂人！”李旭东学着王红艳的口气说了起来，王红艳则有些不明所以。

“李旭东，我操你妈！你丫反了吧？”武皓一下子站了起来，用力过猛甚至踢到了课桌。江子睿也有些不知所措，赶忙向武皓摆了摆手，但武皓丝毫不理他。

“老师！”李旭东也站了起来，面对王红艳，“武皓他经常这么骂人！我每天都要被他骂好几次，老师您一定要管一管！”

苏芸看了看夏冰，夏冰则侧过脸看了看李旭东，又看了看武皓，又看了看远处的徐语薇。只见徐语薇放下笔，轻轻站起身，在无人注意的情况下悄悄走向班门口，推开门就出去了。

“老师！我要报告问题！”随着李旭东话音落下，光盘帮另一个成员站了起来，“武皓经常在上课时候组织同学看比赛，还聊天儿，搞得周围同学都没法正常学习！”

说完，光盘帮几个成员齐刷刷地瞥了一眼坐在前排的李杨。而李杨这个时候，也面对着后方，他不仅与光盘帮这几个人眼神相对，也看到肖栋早已坐了起来，正饶有兴致地看着李杨，嘴角也继续露出邪魅一笑。

李杨粗喘一口气，站了起来：“老师！我也要报告！刚才……刚才就是武皓他们锯我！您看我这一身土！”

“锯你？”王红艳似乎对光盘帮不感兴趣，却对李杨的这个“锯”字非常关注，“武皓，是真的么？”

武皓的眼睛早已瞪大：“怎么可能？老师他诬陷我！”

“你别说话！”王红艳伸手制止武皓，回身找了起来，“徐语薇，徐语薇呢？徐语薇怎么出去了？”

“老师，她有点不舒服去厕所了。”夏冰在一旁帮忙垫了句话。

“怎么也不打个报告？”王红艳晃了晃头，“夏冰同学，你对武皓也比较了解，你觉得他和李杨谁有问题？”

“老师您别这么说，我可不了解武皓。”夏冰冷眼看着武皓。

“老师……”苏芸突然发了一阵酸酸的话，“这武皓从上学期就开始锯人，都成习惯了，我看，李杨有道理。”

“没错，都是武皓的错儿！”

“武皓把这个班都变成什么样儿了！”

“肯定是武皓！”

随着苏芸发话，她的几个朋友组成的挡灾会也都摇头晃脑地交流了起来。

“老师！”有女生撑腰，李旭东更起劲了，“我跟武皓锯了很多人，我也有过过错，但我现在想改邪归正！按我的经验，李杨不可能说假话！”

“你们丫今儿怎么了？”武皓说着离开位子，挥着拳头朝着李旭东走过去，却被冯勇当中拦住，“串通一气要干吗？”

“武皓！”李旭东伸出手指，“当着王老师你还想动手？你堂堂班长，欺负了李杨还要打我？”

“李旭东，你别说了！”王红艳赶紧走下台来，“武皓，学校明令禁止锯人，你是班长，应该以身作则，怎么还带头违反？”

“班长？”武皓高喊道，“我不当了不就完了！”

“你喊什么？”王红艳虽然斥责武皓，自己的声音却也很大，“你爱当不当！天天就知道抱着个篮球，一点正经事也不干，学习还那么次！我早就想换你了！”

“换我？换就换！天天拿班长说事，老子早就不想当了！”

王红艳一根手指直对武皓：“你是谁老子？”

武皓转头向着另一边，不再搭茬儿。

“你说啊！怎么没话了？”

“老师，”肖栋慢悠悠接了一句，“您别太生气，别为了他耽误了教学进度。”

随着肖栋发话，班里很多人重新打量起这位老班长。

“肖栋！”武皓似乎恍然大悟，“原来是你！你挑拨我们火炬帮内斗，然后你自己再渔翁得利！你丫够阴的啊！”

“武皓！”王红艳也不等肖栋说什么，而是继续对着武皓，“什么火炬帮？告诉你，学校刚有规定，拉帮结派，最轻也得是个记过处分！”

“记……记你大爷！”武皓挣脱了冯勇，拉开面前的课桌，直接冲向王红艳，拳头说着就挥了过去。

机会来了！

“你干什么?”王红艳慌乱之余,只好捂着头,闭上眼睛。

“咚!”王红艳抬眼一看,肖栋站在面前,硬生生用侧脸挨了武皓一拳,随即向边上倒去。肖栋故意向旁边一个女生的桌子扑去,把书籍、文具扑了一地。

“肖——肖栋——”武皓却是愣了神,冯勇赶紧把他往回拉。

“武皓!”王红艳声音从未有过这么尖,手臂气得直发抖,“你他妈要反啊!连老师都敢打!给我滚!滚出去!”

“是他——都是他——”武皓指了指倒下的肖栋,赶忙退了几步,从刚才徐语薇打开的班门溜了出去;冯勇马上跟了上去;江子睿却依然在一旁干看着,一句话也不说。

“我今天就去跟校长说,必须把你开除!”王红艳对着武皓的背影吼了一嗓子,赶忙走过来察看肖栋的情况,语气立刻变得和蔼起来,“肖栋你没事吧?用不用去医务室看看?”

“不用了老师,”肖栋摆了摆手,脸部依然做出痛苦表情,“我没事。”

王红艳拍着肖栋的肩膀:“我现在才意识到,当时你说的是对的。”

“没事,老师,没事的……”

“同学们,武皓对老师这样,对同学这样,不能再当班长了,”王红艳示意肖栋回位子,也挥手示意同学们收拾一下残局,重新走回班级前面,“我提议,还是让肖栋来当这个班的班长,怎么样?”

“好!”灰头土脸的李杨第一个鼓掌。

“我也同意!”苏芸带着挡灾会都举起了手,但很奇怪,夏冰却并没有跟着一起举,也没再说什么。

“没问题!”李旭东也随着鼓起掌来。掌声一开始稀稀疏疏,然后变得浓烈起来,最终,整个班里没有一个人不再鼓掌。

“肖栋同学,上台来!”王红艳露出少许欢欣的笑容。

终于,我终于回来了……

20-4

“这才是刚开始。”肖栋在手机里打了一行字，确定内容之后，又轻轻按了几下，收信人一栏出现了“高硕”。

肖栋一抬头，又到了学校篮球场附近。自从武皓在班里大闹，已有一个星期不见人影，但不知何时，篮球场附近墙上多了一行字：“周三放学，有种单挑，谁也别带。武。”

肖栋又一次路过这行歪七扭八的字。光盘帮的几个人曾想把它擦掉，肖栋却并不同意，用他自己的话说，就是要时刻提醒自己不能懈怠。

“刘老师！”

“肖栋。”刘铁把正在擦的篮球扔回框里，挥手致意。

“您的伤怎么样了？”肖栋指了指后背。

“没什么事儿了，”刘铁走了过来，指了指旁边的墙上，“我今天找你来，是因为这个事儿。”

“您想劝我别打，对吗？”肖栋撇了撇嘴。

“肖栋，”刘铁摇了摇头，“我教过这么多学生，但在短短一年里就变化这么大的，你是第二个。”

“第一个肯定是郑天楚了吧？”肖栋畅快一笑。

“你们这架肯定要打，”刘铁对肖栋的问话不置可否，“手轻点儿。”

“我不会把武皓打死的。”

“你是这么说，”刘铁转过头去，背对肖栋，“打急了眼，你可就顾不了那么多了，你们这些孩子还都没见过死人吧？”

死人？肖栋从来没有想过这个问题。

“你可能只想教训他，但你知道人的身体多脆弱么？”刘铁做了一个挥动棒球棍的动作，“全力挥棒球棍，轻的脑震荡，重的直接打出脑浆子，上次职高的四五个人空手打我，都差点打骨折了，你再想想要是拿着个棍子呢？”

要当杀人犯么？

“肖栋，我不知道你未来想在哪一个道上混，但我不希望你十几岁就进少管所。不管前途如何，那起码不是个舒服地方。”

少管所？肖栋警惕地看了一眼刘铁：“刘老师？您究竟是？”

“我和你一样，曾经是这个学校的学生。”刘铁坚定地看着肖栋，眉宇之间，突然露出一丝英武之气。

肖栋向后倒退了一步，深呼吸一口气，随即镇定下来。

“我保证，不多伤害武皓的身体，但我也要让他最心爱的东西在他面前毁掉！”

刘铁没再说什么，表情也回归自然。肖栋没再多说什么，却是低头给刘铁浅鞠一躬。

“肖哥！”刚一走出体育馆，刘子龙便伸着手跑了过来，很明显是在外面等了肖栋不久，“有个要紧事儿得赶紧跟你说！”刘子龙停在前方不远，喘着粗气慢走过来。

“什么事儿？”肖栋急切地问着。

“武皓回来了！”

“他回来了？”肖栋感觉到自己全身的血液朝着手部涌去，眼睛也骤然瞪大，两股血丝爬上眼球，“不是礼拜三么？”

“不是，”刘子龙摆了摆手，“他偷偷回来的，就是不想让你知道，他刚才在二楼男厕所里谈事，咱一个哥们听见了。”

“他说什么了？”肖栋凑近刘子龙，带他往远离教学楼的方向走去。

“他说礼拜三要从外校带十几个人，再让冯勇抓几个壮丁。”

“外校？十几个人？”肖栋声音高了不少。

什么外校？哪个外校会支持他？

“具体他没说，但到时候估计起码有二十人，”刘子龙突然神色来了个阴转晴，“不过啊，肖哥你也别在意，火炬帮人是不少，但心可不齐。"

"怎么不齐?"

"江子睿可是被武皓一脚踹出了厕所门。"

"江子睿?"肖栋调门不禁又高了一度,"他这是……"

"他就说了一句话,'肖栋已成势力,不应强压,应该合作',这话还没说完,武皓就骂骂咧咧,一脚把他踹了出去。"刘子龙模仿了个武侠小说的飞踢动作。

"看来这个江子睿还真……"

"嘟嘟……"肖栋话说了一半,手机传来短信声,一行全无标点的文字铺在眼前,"武皓周三带泰和30人过去小心"。

肖栋看了看文字上方,屏幕只显示了一串数字。

"子龙,"肖栋把手机递过去,"你查查这个号,我看八成是江子睿。"

刘子龙接过来,掏出手机"噼里啪啦"打了几下,向肖栋点了点头。"武皓这一踹,踹出个奸细啊。但我还是不明白,他怎么能泰和打上连连儿?"

肖栋只是一笑,他已经知道了答案。

当我与刘子龙、高硕并肩作战,有一个人站在后面,阻止其他人帮忙;当我一人挡住职高众人的时候,有一个人一直躲在树后,暗中指挥一切。

"肯定是他!"肖栋默念道。

"谁?"

按说早应春暖花开,怎知暮春时节却依旧寒冷非常,女孩子们纷纷穿着一层外衣,瘦弱的男孩也不敢只披校服外套。肖栋走回楼里,却发现楼道里不仅比外面还要寒冷,还多了一分阴森气息。

对于肖栋的到来,若是去年此时,楼道里的学生不会有什么反应,只会匆匆路过;若是半年前此时,有些学生会投来讥笑,另一部分依然漠不关心。而现在，肖栋无论经过何处，都不会缺少目光。

我不需要这些目光，我只需要一个人的目光。

肖栋离班门口还有一小段距离，却不再前行。屋里的徐语薇，依然低头晃着手中那根笔，想了想，又在本子上写了些什么。

肖栋轻声叹了口气，朝着二楼男厕所走去。厕所门口挂的帘子掉了一个角，肖栋轻轻扶起来，又轻轻挂了上去。厕所已然空无一人，只有少许烟味还飘在窗口。

“嘟嘟……”正在肖栋走向窗边，一封短信又来了。

谁啊？

肖栋先本能向屏幕上方看了一下，却又是一个没存的号码。但这个号码，肖栋却并不陌生。

“周三别去。”

徐语薇！

她怎么知道我这个新手机号的？哦对，肯定是夏冰……她肯定知道我要干掉武皓，她还是不想武皓受伤，不想武皓的势力减弱。她还是爱武皓！武皓都这么弱了，她居然还是向着武皓！

肖栋的双手紧紧攥着，发出“咯吱咯吱”的声音。我还是不够强大，我要显得比武皓更为强大！

“我要夺回尊严！！”肖栋故意打了两个叹号，把短信发出去。随即又退出电信界面，按下一连串号码，拨通了通话键。

徐语薇，你不是不愿意把事情闹大么？我偏偏要把事情闹大！

“大哥，我有事和你商量！”肖栋的声音异常坚韧。

21-1

新奥尔良的细雨，早就停了。

天色渐晚，灯火渐明，肖栋紧紧捏着夏冰给他的门票，四处寻找着地址。不知不觉间，锃亮的皮鞋上已然粘着尘土，肖栋却浑然不觉。

穿越大街小巷，肖栋的足迹或许已踏过了徐语薇经过的地方。如果在五维世界里将同一空间里的时间线全部重叠，想必会找到肖栋与徐语薇的重合点，但很遗憾，身为三维生物，我们只能感知到时间的流逝，却无法将其糅合重组，也无法让时间倒流。

肖栋拿着票仔细看了看，又左右望了望，确实是票上所写的酒吧，但不知为什么，附近虽然不乏人声，四面却空无一人。

“嗡嗡——”一阵电吉他声音从远处传来，那正是酒吧正后方，对于肖栋也是个不大不小的盲区。仅仅走了几步路，盲区就彻底散去，一片欢快景象展现在面前。就在酒吧后院，一个小型舞台摆好，恰好能容纳一支身着奇装异服的乐队站到了台上。台下的观众三三两两坐在草地上，排序也没有什么规律。

电吉他声一响，台下自然人声鼎沸。

“肖栋！”夏冰的声音从远处传来。但肖栋的目光一直盯着前面，肖栋的脚步也一直朝着前面。

夏冰来了，她肯定知道我跟徐语薇联系上了……这一切，或许都是夏冰安排的。

“肖栋！”这次是中川美奈子，声音明显近了些，肖栋只是摇了摇头……

“主唱来了！”肖栋距离舞台还有十几米距离，一个稍显瘦弱的女子，身披一身白衣，走上了这座舞台。没错，这身白衣，与肖栋多年前在照相馆看到的、与当年舞蹈台上的完全一样。

这么多年过去了，无论经过了多少事，至少外表，她还是那么……那么圣洁。

“徐语薇……”肖栋停住了脚步，就在距离徐语薇十米的地方停了下来。夏冰与美奈子走到他身后不远处，夏冰本想走到肖栋身边，美奈子却将她拦了下来，一个劲儿地摇头。

肖栋的眼睛满怀激动，徐语薇的眼睛却依然有一层保护膜。这么多年了，咱们从来没离得这么近过。

“各位朋友，下午好！”徐语薇凑近了话筒，电声将她细长而婉转的声音传到了每一个角落。这一声问候，却与那年圣诞节的喇叭声略有相似，也激起了台下观众的掌声。待掌声停住了一些，徐语薇才继续说道，“很抱歉，我想在演唱所有乐曲之前，先唱一首老歌。”

老歌？

“很多年前，我写过一首词，但那首歌，并没有唱完。今天，我想唱完它……请允许我使用我的母语来演唱。”

“为什么啊？”台下不少人喊着。

“因为……”徐语薇举起了一只手，示意所有人静下来，眼睛直勾勾地盯着肖栋，“只要有一个人能听懂，就够了。”

肖栋的脚步，不禁向前错了一步。也似乎正是这一步，让周围所有人的目光都聚向了肖栋。大家都逐渐发现，徐语薇在盯着肖栋看，而肖栋也紧紧聚焦在徐语薇身上。

一场演唱会人数众多，但在肖栋与徐语薇眼中，这里只有对方。

“如果累了，睡个好觉，天自然会明。

如果哭了，流滴眼泪，心自然会静。

清晨奔跑在操场，是我们的身影；

黄昏漫步在街巷，又有谁在倾听？”

多年未见的乡村骑士，终于突破重重险阻，来到了公主面前。骑士将他的宝剑放下，公主则拿起了她的桂冠。

“那吹过四季的风啊，你不要急着停。

让我们再多听一听，那熟悉的下课铃。”

这歌词不错啊……谁写的啊到底？真是徐语薇写的词？

“睡着睡着，蒙蒙醒来，天却还未明；

哭着哭着，泪也尽了，心却还没静。

未来的世界，会不会这么不安宁？

过去的我们，又能留下几个姓名？

那吹过四季的风啊，你不要吹得那么轻。

把我们的一段段故事，变成青春的辉映。”

青春再也不会回来，我们的故事也不会再有人知道，也只会淹没在那些平平常常的故事中，甚至连我们自己都忘记……

“青春的我们或许有很多不幸，

但千万不要掩盖自己的感情，

多年之后，多么想和你在一起，

一起数天边的流星，一起想美好的曾经。”

连我们都忘了我们的青春，于是我们的青春就会被人定义……青春就只会有美好，连悲伤都那么喜悦，连不幸都那么幸运。

间奏逐渐奏完，徐语薇再度凑到话筒前，继续唱了起来。

“难忘夏天塞纳河畔美丽的倒影，

难忘秋天绿草地旁愉快的风景，

感谢缘分聚起这些孤单的浮萍。

让我们能够互相依偎走下去，不会再飘零。”

这段词，是她十一年前没唱完的？她为什么还会感谢缘分？为什么？她明明受了这么多苦……

“那吹过四季的风啊，你不要觉得孤苦伶仃。

和我们一起相伴，一起感受青春的空灵。”

肖栋终于会心一笑。不必觉得孤苦伶仃，更不必自怨自艾，因为早晚，我们都是一个人。

“不知道我们会摧毁多少约定，

只能说声对不起，再闭上眼睛，

多年之后，等一切都云淡风轻，

那时候还能不能手牵着手，一起去旅行？”

多年之后再相见，我想要的真的是一句“对不起”么？不是！

我想要的，只是给我的青春，画一个真正的句号。

有些事曾经发生过，有些事给我们刻下了记号，有些事让我们能成长。但具体有些什么事，已经不重要了，因为我们已经成长。我们的青春一直在被人定义，真正的青春是什么样，每个人自己最清楚。

“语薇！”音乐还没有结束，肖栋便挥了挥手，眼中饱含热泪，“我爱过你！”

“谢谢你！”徐语薇眼中那层如同窗户纸一样的隔膜也悄然褪去，露出一副纯净而又圣洁的双眸。

骑士与公主或许会有很多交集，也会有很多可能性，但最终，骑士依然会走向属于自己的战场，公主依然会走向属于自己的殿堂。

肖栋悄悄离开现场，却又远远望了一下徐语薇，她依然站在舞台上，只是换了下一首歌曲，一首欢快的摇滚乐。

肖栋冲着徐语薇挥动着双臂，徐语薇却只是笑笑。

一切都结束了。

21-2

“肖栋你丫傻逼了吧！”天空已从湛蓝变得灰暗，球场也从寂静无声变得风声鹤唳。“单挑？你丫一个人单挑我们一群吧！”

“哈哈哈！”笑声正对肖栋传来。武皓站在足球场垓心，冯勇拄着一根棒球棍立着，后面站了几个高一模样的孩子；稍远一点，一个稍长一点的男孩子带着一帮身材健硕的孩子，穿着蓝白相间的校服散布一旁，脸上略带嘲讽。

数一数，武皓那边有二十多人，肖栋这边只有他自己。

“看我怎么弄死你吧！”武皓摆了摆手，冯勇的棒球棍瞬间离地，搭在肩膀上，高一孩子跟着大喊大叫起来。但肖栋也注意到，除了冯勇往前走了两步，其他孩子都逡巡而不敢进。

肖栋脸上，不但没有惊慌，反而露出讥笑。武皓真是没人了，才抓了这么几个壮丁……

“就这么点人啊？”肖栋伸出一根食指摇了摇，故意提了提嗓音，“皓哥，你知道杨亚明是什么人吗？”

“什么什么人？”武皓回头看了一眼，杨亚明两手抱在一起，叉在胸口前面。“少拖延时间！老子今天非要……”

“情人节那天，英和、泰和、五一三个中学联手对付职高，”听到“情人节”三个字，武皓突然向后退了一步，但肖栋没有多在意，“杨亚明带着泰和的人临阵脱逃！还带职高攻击英和！跟个叛徒联手，你早晚也得被他做掉！”

“肖栋啊！”杨亚明的声音由远至近，脸上居然露出了一点惋惜，“你要是我的人，我也不会，”杨亚明摇了摇头，轻声叹了一口气，“不过就算郑天楚接了泰和，我还是要出了这口气！”

“原来你跟他一样，”肖栋又指了下武皓，“困兽之斗！”

“你丫才困兽之斗！”武皓接过话茬，拍了下冯勇的肩膀，“都不用杨哥出手，我们几个就能把你给办了！”

冯勇架着棒球棍走了过来，但刚走几步，他的满脸横肉却停住了，他的目光也没有再盯着肖栋，而是望向肖栋身后。“妈的！皓哥快看！”武皓随着冯勇的手指看去，脸上是一种从未有过的惊慌失措。

肖栋没有回头，只是将得意的嘴角向右撇了一下。

“哥哥们！”肖栋听着脚步声越来越近，便举起手竖了个大拇指，把嗓门提到了最高，一字一字地往外喊着，“武皓，扰乱校园秩序，怎么处理？”

“看老子的吧！”高硕撸了撸袖子，脖子一抬，“傻逼武皓，约好了单挑，你丫还带他妈外校的，非得收拾死你丫！”随着高硕一声喊，十几个高三的高个子学生走上前，横成一排面对着武皓。

“肖哥，”刘子龙也靠近身前，“大哥跟马晓东说了，我也跟刘铁联系了，一会儿他们就……”

“子龙，已经来了……”肖栋拍了拍刘子龙的手臂，自信地向远处看去。

“杨哥，杨哥！”武皓着急向后退了几步，转身招呼杨亚明。但没想到，杨亚明却用后背对着他，十几个泰和学生也向他的方向退了几步。越过杨亚明不算高大的身躯，武皓看到，一大票学生突然从对面涌入足球场，堵住了他们的后路。

肖栋的人站在东侧，另有一拨身着泰和校服的学生站在操场西侧，南侧充斥着五一校服的身影。若想跑，只能从北侧走人——但北侧是看台，想穿过只能走看台下面的狭窄通道。换句话说，武皓、杨亚明一干人等彻底被包围住了。

郑天楚与马晓东，分别站在了泰和与五一阵营的最前方。这还是郑天楚穿上泰和附中的校服后，第一次出现在英和校园里。

“这他妈有多少人啊?!”武皓冷汗直流，“肖栋你丫想干什么?”武皓甚至不敢正对着肖栋，却也不敢正对着郑天楚，只好将身体两个侧面分别对着两边，“郑天楚你丫是不是要杀人?”

“你没资格跟我大哥说话！”肖栋吼了一声，“我大哥是泰和老大，他得为泰和教训这个叛徒！为五一出了这口恶气！”肖栋的手指从杨亚明挪向武皓，通红的眼睛外凸了出来，“至于你，我来替英和解决！干死这个狗逼！”

“干死丫们！”高硕挥手冲锋。英和、泰和两拨人两面夹击，五一的人则迅速冲到武皓、杨亚明阵营中间，切断两方联系。

武皓、杨亚明阵营的人当场就吓傻了。杨亚明派的泰和学生仓促应战，却是双拳难敌四手，被郑天楚的人马以众敌寡，尽数打翻在地；武皓这边更是凄惨，高一孩子们大多没见过这种阵势，要么吓趴在地，要么朝着北侧看台狂奔而去。只不过，肖栋与郑天楚都没有搭理这些人。

肖栋与郑天楚把东、西、南三面全都堵上，却偏偏留了一个北面不加守备。若是乘胜狂追，想必敌方真的会做困兽之斗；若是网开一面，却会让人有求生之路，放弃抵抗却也不难。

“呀呀！！！”武皓阵营中战力最猛的自然是冯勇，他一边高喊着，一边挥舞着棒球棍，几个人都被抡中胳膊或腿，一时间竟无人敢上去。两三个没能逃跑的高一学生躲在了冯勇后面，武皓则与冯勇背对背站立，两个人把背后的对手都交给了对方。

“我来！”肖栋示意众人让开，自己冲了上去。冯勇一见肖栋来了，更是火气上扬，扬起棍子，憋足了力气向肖栋挥去。

避其锋芒！

“咣当！”冯勇摔倒在地，棒子也随之掉落。众人定睛一瞧，原来是肖栋做了一个足球之中的滑铲动作，不仅躲开了冯勇的棍棒，也将冯勇铲翻在地。趁着冯勇没来得及起身，肖栋立刻翻转起来，用身体坐在冯勇的身上，拳头如砖头般砸在冯勇的脸上。

但冯勇毕竟皮糙肉厚，左右错了几下，便挣脱了肖栋的纠缠伸出右脚来，将他一脚踢了个趔趄。

“肖哥！”高硕见状，带着人把肖栋让在后面，几个人围住冯勇狠命儿踹。

“操你大爷的！”冯勇始终站不起来，只能用手抱住头。

“胖子，我来帮你！”武皓带着剩下的几个人冲了过来。突然，刘子龙出现，一拳击中小腹，又转到后面一脚踹中屁股，搞得武皓向前摔了个大马趴。一层灰土漫布武皓那英俊的脸庞，肖栋也跟了上来，一脚踩在了武皓后背上。

我终于征服了他了，终于！

战斗还没有最终结束，肖栋却不禁向教学楼方向看去。他隐约看到，一个白色瘦弱的身影，就站在不远处的教学楼二层，呆呆地看着这一切发生。

你也来了么？你看看我有多强大！我已经把碾压我自尊的人碾压在了脚下！肖栋高抬脚，狠狠向下踩了下去。

“咚!”一记闷响从武皓身上传出,“操!”这无疑是武皓的声音。

“武皓你不是能吗?你不是牛逼吗?你怎么不牛逼了?快点,再给爷牛逼一个!”肖栋示意旁边几个人让开,又像踢足球一样狠狠踢了几脚。每踢一脚,肖栋的怒气就上升一点;每上升一点,踢出的力量就更狠一些。几脚下去,武皓已然忍受不住,在地上打起滚来。

“给我按着他!”肖栋的脚使劲踩了一下武皓的左肘。

“肖栋!”刘子龙跑过来,一把抱住肖栋往外拉,“别这样。”

“子龙你别管我!”肖栋也吼起了刘子龙,腿还是不停地踢着,“我这一年过得这么不幸,全都是因为这个傻逼!”

“行了!”刘子龙把他拉远了一点,“你打他有个屁用?你都忘了你想干什么了吗?”

肖栋没再说话,只是喘着粗气。足球场上已然听不见什么喊声,只有喘息声与呻吟声还在零零星星交织着。

五一学生从中间让了出来,围着其他人站了一个大圈。随着五一学生退去,肖栋清晰地看到,郑天楚也已经将杨亚明的队伍收拾地一干二净,每一个趴倒的泰和学生旁边都至少站着一个泰和学生;再反过来看自己这边,冯勇被两个人压在地上,武皓则被三个人围圈堵着。

“你!”刘子龙看肖栋沉静下来,赶忙指着一个没事干的英和高三学生,“把高一那帮人带过来!”

报信的马上跑去了操场外面。

“肖栋!”刘子龙又回来拍了拍他,“你不是说了吗?‘要让武皓亲眼看着,他心爱的东西在他面前毁掉!’”

肖栋轻轻站了起来,嘴里默念着什么。愤怒之日,最后审判之日,尘世化为灰烬。

看向足球场,这里趴着一个又一个孩子,那里也站着一个又一个孩子。他们稚气未脱,却已不得不介入这场纷争,这场他们引爆的纷争。透过刚刚亮起的路灯，可以勉强看清那一身身校服，沾满了泥泞与灰土，也溅上了滴滴血痕。

末日审判来临，一切都会严肃清算。

张晓晨带着几个高一孩子，将一辆半新不旧的杜卡迪摩托车推进足球场，灯光打在金属的车身上，泛起几点寒光。

这是一切的开始，也是一切的结束。

随着摩托车进来，五一学生让出了一个缺口，张晓晨等人把摩托车放在人圈的正中心。

“你们丫……”武皓默念着什么。但话刚说了一半，他就被那三个矮他一头的高三学生架了起来，径直拖到了摩托车前面。

肖栋轻轻捡起冯勇掉下的棒球棍，走到武皓面前，也学着之前冯勇的模样拄着棍子站着。武皓被三个人架在中间，只能捂着左臂，死死盯着肖栋。他的目光恍若尖刀，左手也在不停颤动，却始终不敢再说什么。

肖栋的嘴角，却是喜悦地向着一边撇着。“武皓！你丫再抢一次徐语薇啊。”肖栋阴阳怪气地说着。

“啪！”肖栋一个挥臂，棒球棍带着风声击碎了杜卡迪的一个车灯，碎片飘散落下，飞溅到武皓的脸上、身上。武皓狰狞起面孔，吼叫起来，但三个比他矮一头的学生却架着他的身体，不让他动弹。

“心爱的东西让人毁了，你现在知道是什么滋味了吧？”肖栋更加狰狞地笑了起来，随着他的笑声，他那略长的头发也跟着摇晃了起来。

“啪！”又是一个挥臂，另一侧车灯也被肖栋击碎。

“啊……”武皓绷起劲头，却无法挣脱三个人的压制，他只得又松懈下来，眼角露着些许泪花，也不知道是伤痛、是不舍，还是悔恨。“肖栋，有本事你砍了我！拿大砍刀把老子砍了！”

“哈哈哈……”肖栋大笑起来，但嚣张的笑声中也似有惆怅。

“笑什么！”武皓又无助地喊着，“有什么可笑的？”

“我当然要笑！”肖栋一脚踢翻了摩托车，抡起棒球棍狠狠砸在油箱上，棍子“啪”地一下折为两截，“我笑自己没本事，我笑我斗不过你，我班长让你抢走，女人让你抢走，学校里我抬不起头来！不好笑么？”

肖栋把手中的半截棍子随手扔在一边，蹲下身子，把自己的眼睛与武皓的眼睛摆在同一水平线上：“你没笑过我吗？”

武皓把目光转向了别的地方。

“所以！”肖栋好像打拍子一样，随着自己话语的节奏使劲拍着武皓的脸，“我现在他妈的把你打倒了，我他妈是不是得笑你！”

“肖栋！”郑天楚远远地喊了一声。

“大哥没事……”肖栋喘了几口气，没再继续扇巴掌，而是抚摸起武皓湿润的脸庞，“一破摩托车，俩车灯碎了，你丫哭成这样，你知道我什么没了吗？”肖栋站起身子，一脚狠狠踹向武皓的胸部，“老子什么都没了！”

“子龙、高硕！”郑天楚也看不下去了，唤起了两个旧日好友，刘子龙、高硕两人也赶紧跑上来拉住肖栋。

“哈哈哈……”肖栋随着走了起来，他歇斯底里地狂笑，声音传得很远很高，似质问、似愤恨、似忧伤、似无力。这将是何等惊惧战栗。

“嗞啦……”舞蹈排练室的门开了，夏冰站在门口，呆呆地看着徐语薇。而这个白衣飘飘的身影正趴在窗口，呆呆地看着楼下这一切发生。脚下的舞蹈鞋已经被她自己踩掉了一只，却浑然不觉。

“夏冰……”窗口传来这么一声，那声音虽然依旧柔声细语，却是干涩生硬，“帮我按一下那个录音机。”

夏冰四下找着，终于按下了一个小型 CD 唱机的开始按钮，一曲宛转悠扬的音乐传来，徐语薇也随着舞动起来。她的双手抬高，右腿与左腿之间呈现了一个美妙的 30 度角。

“这是他送你的《沃尔塔瓦河》?”

徐语薇没有回答。

尾　声

“肖栋！真要走了么?”夏冰在后面问着，肖栋与美奈子已经把行李从后备厢里面取了出来，放在一边。

“还留着干嘛?”肖栋倒是愉快地笑了起来，合上了车后备厢。

“晚上可以和徐语薇一起吃个饭啊!”夏冰颇有些惋惜，“你好不容易来一趟美国。”

“有缘还会重逢!”肖栋冲着夏冰摆了摆手，“过去的一切都结束了，新的一切会重新开始。”

“肖哥，好歹也得让我送你们去飞机场吧!”武皓也显得有些不舍。

“不用了!”肖栋倒退着越走越远，高高举起手，“有空回国找我!”

“珍惜眼前人吧!”夏冰最后喊了一句，也含着泪挥着手。

新奥尔良的夏天，竟是那么美不胜收，天空是那么湛蓝碧绿。就让徐语薇在这里生活下去吧，多美啊!

两个人虽然拖着箱子，却自由地漫步在那并不宽阔的道路上。

“跟我来这么一趟了，你的专栏是不是该写了?”肖栋亲切地问着。

“还不够……”美奈子可爱地笑着，“我还得多了解了解你才能写。”

“还要怎么了解啊?”

肖栋话音刚落，只觉不经意间，美奈子从边上凑了过来，用左手挽住肖栋的右臂。但美奈子依旧平淡地说着：“就是你打败了武皓之后，又发生了什么？你和夏冰之间后来又发生了什么?”

“夏冰……”肖栋又突然若有所思，“太长了，以后慢慢给你讲吧。”

夕阳斜挂在远方的地平线，也斜照在两个人的背影上。人世间爱恨情仇只会留下十年、百年，这缕夕阳却会继续绽放千年、万年。

喧闹的城市重新寂静下来，好像千万年前这里毫无人烟一样。